中国现当代文学史教程

主　编　欧阳祯人
副主编　孙萍萍　周颖菁　〔韩〕金东洙

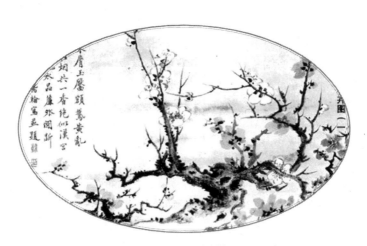

图书在版编目(CIP)数据

中国现当代文学史教程/欧阳祯人主编. —北京:北京大学出版社,2007.9
(北大版留学生本科汉语教材·文化教程系列)
ISBN 978-7-301-12456-7

Ⅰ.中… Ⅱ.欧… Ⅲ.①文学史-中国-高等学校-教材 ②文学史-中国-现代-高等学校-教材 ③文学史-中国-当代-高等学校-教材 Ⅳ.I209

中国版本图书馆 CIP 数据核字(2007)第 088978 号

书　　　名:	中国现当代文学史教程
著作责任者:	欧阳祯人　主编
责 任 编 辑:	白　雪
标 准 书 号:	ISBN 978-7-301-12456-7/I·1973
出 版 发 行:	北京大学出版社
地　　　址:	北京市海淀区成府路 205 号　100871
网　　　址:	http://www.pup.cn
电　　　话:	邮购部 62752015　发行部 62750672　编辑部 62754144　出版部 62754962
电 子 邮 箱:	zpup@pup.pku.edu.cn
印 刷 者:	北京飞达印刷有限责任公司
经 销 者:	新华书店
	787 毫米×1092 毫米　16 开本　18.75 印张　480 千字
	2007 年 9 月第 1 版　2019 年 8 月第 6 次印刷
定　　　价:	45.00 元

未经许可,不得以任何方式复制或抄袭本书之部分或全部内容。
版权所有,侵权必究　举报电话:010-62752024
　　　　　　　　　　　电子邮箱:fd@pup.pku.edu.cn

前言

《中国古代文学史教程》和《中国现当代文学史教程》是根据国家汉办有关来华留学生《汉语言专业课程设置表》的精神，为留学生学习汉语言专业而设计和编写的中国文学史教材。这部教材的最大创新是把文学史发展的介绍与相关作家作品的选读结合起来，让它们同时出现在一篇课文中。换言之，就是将中国文学史的教学与对外汉语教学统一起来，将冗长、艰难的文学史课程，立足于对外汉语教学课堂的特殊性，进行了一次适合于教学实际的表述。这既是对外汉语教学在教学方法上的一次尝试，也是中国文学史课程在教学、传播方式上的一次突破。为了便于使用，我们特作出以下说明，供老师、同学们参考。

一、本系列教材专门用于汉语言文学专业的外国留学生在三、四年级期间的学习，大体对应中国《汉语水平等级标准和等级大纲》四到五级的文化教材(《中国现当代文学史教程》为四级，《中国古代文学史教程》为五级)，因此同时适合相关级别的基础型、自修型同学的选修。但是，由于中国文学史的特殊性，百分之百地将生词圈定在某一级所规定的词汇范围之内是不现实的，所以本系列教材列出的生词量比预料的程度略有超出。

二、本教材由《中国古代文学史教程》和《中国现当代文学史教程》两册构成。本教材十分注重文学史的教学与对外汉语教学的关系，十分注重文学史的教学与其他门类文化课教学的良性互动，同时也十分注重中国文学史一以贯之的内在发展规律。不过，从文学史发展的过程来讲，中国古代文学史是发生在中国现当代文学史之前的内容；但是，从汉语习得的循序渐进性上来讲，古代文学史却必须安排在现当代文学史之后。根据国家汉办制订的来华留学生《汉语言专业课程设置表》中的有关精神，现代文学史安排在三年级上学期，当代文学史安排在三年级下学期，古代文学史安排在四年级上学期(或三年级下学期与四年级上学期)。

三、本教材直接为教学服务，实用性是本教材的最大特点。《中国古代文学史教程》选录四十篇课文，每周两节课，授课时间为一学年(或每周四节课，授课时间一学期)；《中国现当代文学史教程(上编)》选录20篇课文，每周两节课，授课时间一学期；《中国现当代文学史教程(下编)》选录20篇课文，每周两节课，授课时间一学期。这三门课程彼此之间既有相对的独立性，又有相互的关联性，既可以作为汉语言文学本科专业的留学生使用的教材，也可以是长、短期汉语进修生或者已经进入其他院系(特别是文、史、哲等相关专业)学习的留学生的选修课教材。

i

四、本系列教材是专门用于外国留学生的文学史教材,因此,教材内容的趣味性、生动性和直观性,教材语言的通俗性、针对性与科学性,都在教材中得到了尽可能充分的体现。每篇课文作品的选择,煞费苦心,其选择的内容都是经过了多方考量而定下来的。它们直接面对教学对象的汉语水平、文化心理结构以及师生互动的课堂教学情景。

五、《中国古代文学史教程》的内容分精读与泛读两个部分:两个课时以内的内容是课文、作品、练习和相关注释,也就是精读的内容;两个课时以外的内容是相关的文学史知识提示、名篇欣赏和相关注释,这属于泛读的内容。精读的部分由教师课堂讲授,也是学生必须字斟句酌、读懂、读通的内容。教师当然可以根据学生的需要与汉语水平作出适当的调整。泛读的内容既是对教师备课的提示,也是给希望进一步深造的同学的一个适当引导。"文学史知识提示"与"名篇欣赏"两部分都是课外阅读部分,不属于课堂授课的内容。但是,这两部分都不是可有可无的,是教材的重要组成部分。"文学史知识提示"至少有三个方面的作用,第一,作为"教程",它是带领同学们向更高层级进步的门户,它们从不同的角度和层面对学生所学的内容进行了独到的评述,因而是对同学们进一步学习的引导,更是对"课文"与"作品"两部分的重要补充;第二,它以独特方式把课与课之间的逻辑发展,以"史"的方式串联起来,在一定程度上加强了点与面的联系,显示了本教程在简明性、生动性的背后具有理论性、学术性的强大支撑;第三,它无形地给学习中国文学史的外国留学生介绍了中国卓有成就的文学史专著与研究成果,既是一种较为全面的资料介绍,也是通向中国文学史学术殿堂的明灯。"名篇欣赏"也是对课文与作品选读不可缺少的补充,是对教学对象的特殊状况与中国文学史学科之间的协调。没有这一部分,文学史的学科性质就不丰满,学科发展的内在张力就不充分,就没有由低级向高级、由点到面不断深入、不断提升、不断扩展的可能。本教材之所以被称之为"教程",并不仅仅在于整个教材是由古代向现代、当代的推进,更在于每一篇课文本身就具有一种潜在认知心理的趋向和知识提升的可能性,它为充分发挥学生的主观能动性提供了更大的空间。

六、《中国现当代文学史教程》的课文部分为教材的主体部分,主要介绍在中国现代、当代文学史上较有代表性的作家、文学流派和文学团体的概况,力求文笔通俗易懂,以适合留学生使用。教师在讲授该部分时,还可以根据时间和学生情况适当补充材料。课本中所选作品为课文中所涉及的作家、文学流派和文学团体最有代表性的作品,长篇作品节选了其中最有代表性的章节。在每一部选入教材的作品前面,都有一个"作品提示",主要介绍作品的背景、影响和主要内容,目的在于帮助学生在正式接触作品之前,对作品有一个大概的了解,以加快学生对作品的理解。教师在讲授这一部分时,可以辅助以多媒体等手段,使学生对作品有更为直观的认识。由于在目前外国留学生汉语言本科系列教材(特别是精读课、阅读课、口语课)中有很多课文是从中国现当代作家的作品中挑选出来的内容,老师们可以根据这些课程的教学进度,适当调整整个教学的内容与节奏,进一步与对外汉语教学的内容结合起来,努力做到胸中有数,使我们整个的专业课程设置更加合理,更富有整体的有机性。

七、本教材的练习编写遵循理解、记忆和应用结合的原则,主要包括背诵、熟读、朗诵、填空、解释带点或画线的汉字或词语、翻译成现代汉语、简述题、思考题、问答题、复述

前 言

题、写作题、论述题、分析题、讨论题等等多种题型,既可以强化学生对所学内容的掌握,也可以使教师在课后检查学生对课文和作品的理解程度。针对一些要结合现实生活的讨论题,教师可以演讲、辩论、话剧演出等多种方式展开。这些练习的答案虽然总的来说在课文中都有相关的提示,有的还很明确,但是要发挥同学们思考问题、解决问题能力的地方也不少。因为我们认为以学生为中心的教学理念并不仅仅体现在课堂教学的方式方法上,而且也应该体现在学生在认知过程中智力的充分挖掘上。

八、我们真心实意地把编写教材的过程视为一种教学的研究活动,其本身就是一个不断提升的过程,因此,这系列教材的出版,就是希望有更多的专家学者参与我们的教研活动,进一步指出系列教材的不足之处,提高本系列教材的质量,促进文学史教材研发的水平,使我们在今后的工作中取得更好的成绩。我们诚挚地期待着对外汉语教学与中国文学史研究界、教学界对我们的批评与指正。

编 者

目 录

上 编

第 一 课	中国现代文学概况及五四文学革命 ······ 1
第 二 课	鲁迅 ······ 9
第 三 课	郭沫若 ······ 17
第 四 课	问题小说 ······ 24
第 五 课	五四现代乡土小说 ······ 31
第 六 课	自叙体抒情小说 ······ 38
第 七 课	新月诗派 ······ 46
第 八 课	五四时期的散文 ······ 53
第 九 课	丁玲 ······ 59
第 十 课	京派文学 ······ 67
第 十一 课	上海现代派 ······ 74
第 十二 课	茅盾 ······ 81
第 十三 课	巴金 ······ 88
第 十四 课	老舍 ······ 93
第 十五 课	曹禺 ······ 98
第 十六 课	萧红 ······ 104
第 十七 课	幽默闲适小品 ······ 109
第 十八 课	赵树理 ······ 115
第 十九 课	张爱玲 ······ 120
第 二十 课	钱锺书 ······ 126

下 编

第二十一课	"十七年"时期的小说创作	131
第二十二课	"十七年"时期的诗歌创作	139
第二十三课	"十七年"时期的散文创作	147
第二十四课	"归来者"的诗	153
第二十五课	"朦胧诗"的崛起	160
第二十六课	人道主义思想的兴盛	167
第二十七课	"伤痕文学"和"反思文学"	172
第二十八课	王蒙的反思小说	178
第二十九课	改革文学	182
第 三十 课	乡土小说与市井小说	188
第三十一课	寻根文学	193
第三十二课	新时期及其后的散文创作	202
第三十三课	当代话剧创作	210
第三十四课	新写实小说	217
第三十五课	转型时期的小说创作	225
第三十六课	当代台湾文学（上）	232
第三十七课	当代台湾文学（下）	239
第三十八课	当代香港文学（上）	247
第三十九课	当代香港文学（下）	254
第 四十 课	当代澳门文学	261

现当代文学史生词总表 ………………………………………………… 266

后　记 …………………………………………………………………… 288

第一课

中国现代文学概况及五四文学革命

课 文

胡适

我们在这里所要讨论的"中国现代文学",不仅是一个时间概念,还是一个历史概念。

中国现代文学的"时间概念",是指所谓①的"中国现代文学三十年",即中国现代文学跨越了大约三十年的时间:以1917年1月胡适在《新青年》卷5号发表《文学改良②刍议③》为开始,以1949年第一次全国文学艺术工作者代表大会在北京召开为结束(注:1949年中华人民共和国成立)。

中国现代文学的"历史概念",是指文学的"现代化",即"用现代文学语言和文学形式,表达现代中国人的思想、情感和心理"。文学的现代化,是和20世纪中国人思想的巨大变化分不开的。20世纪对中国历史来说,是一个非常特殊的时期,中国社会政治、经济、文化、军事等各个方面都发生了很大的变化。民族工业发展、西方文化进入、新型④知识分子出现……这些都对人们的思想变化起了推进的作用。而思想上的变化又带来了文学上的变化,和古代文学相比,现代文学出现了很多新的特点,最明显的就是古典诗词的衰落⑤和现代小说、戏剧的兴起。这和现代作家吸收西方文学手法⑥,渴望有更多的语言来表达心灵变化的心态⑦有关。

中国现代文学史上出现了很多著名作家和优秀作品。鲁迅就是其中最有名的一位。他的作品深刻思考了现代中国人心灵深处的痛苦和矛盾,他的小说集《呐喊⑧》、《彷徨⑨》不但是中国现代小说的开端⑩,更是它成熟的标志。其他的如郭沫若、巴金、老舍、沈从文、曹禺、赵树理、张爱玲等都是中国文学史上非常有代表性的作家。

中国现代文学的开端以五四文学革命为标志。五四文学革命是在中国历史上有名的辛亥革命⑪和五四运动的基础上发展起来的。

辛亥革命爆发⑫于1911年(农历辛亥年),它结束了中国两千多年的封建⑬制度,使中国的政治、经济、文化发生了极大变化。此后的十几年,政府变更频繁⑭,整个社会缺乏严密的思想统治,出现了少有的思想比较自由的局面。正是这样一个特殊的文化背景⑮孕育⑯了五四文学革命。

五四运动是现代中国的一场伟大的爱国主义运动。第一次世界大战结束后,中国作为战胜国,参加了1919年的巴黎和会。会上,英法两国决定把德国在山东的特权⑰转让给日本。当时的中国政府不顾人民反对,准备在《巴黎和约》⑱上签字。消息传来,伟大的五四运动爆发了。1919年5月4日,北京13所大学的学生来到天安门广场游行,抗议政府的卖国行为。游行⑲很快得到了中国各界的支持,形成了一场全国规模的抗议活动。在中国人民的反对下,中国政府最终没有签署《巴黎和约》。

五四运动象征⑳着一个新时代的来临,我们把它叫做"五四时代"。这是一个充满思考、希望和激情㉑的全新的时代,它对当时很多年轻人的思想和生活都产生了巨大影响,促进了五四新文化运动和五四新文学运动的产生。

五四新文化运动在五四运动以前就开始萌芽㉒,以1915年《青年杂志》(第二卷改为《新青年》)在上海创刊㉓为标志。1917年《新青年》迁往北京后,团结了一批推进新文化和新文学运动的先驱㉔人物。到1919年,它更凭借五四运动的巨大影响,将整个新文化与新文学运动推向高潮㉕。《新青年》集中代表了新文化运动的思想特色。它主要从两个方面推进了思想启蒙运动:其一是批判孔子和文化专制㉖,倡导㉗思想自由;其二是广泛引进和吸收西方文化。

　　五四新文化运动最重要的部分是五四新文学运动。1917年1月,胡适㉘在《新青年》上发表了《文学改良刍议》。同年,陈独秀㉙发表了《文学革命论》,表明了更加坚定的革命文学的立场。这两篇五四文学革命最有代表性的文章象征着新文学运动的开始。

　　五四新文学运动在四个方面取得了重大成果:首先是白话文的全面推广。1920年,教育部宣布所有的学校课本应使用白话文㉚。其次是外国文学思潮的进入和新文学团体(如文学研究会㉛和创造社㉜)的兴起,带来了中国历史上从未有过的思想大解放局面。其三是文学理论方面取得了初步的成果。其四是创作取得了引人注目㉝的成绩。

注　释

① 所谓:所说。(用于复述、引证观点、概念等。)
② 改良:去掉事物的某些缺点,使它更适合要求。
③ 刍议(chúyì):谦虚的说法,指自己的不成熟的言谈议论,也指浅陋的议论。
④ 新型:新的类型。
⑤ 衰落:由兴盛转向没落,由强大转为弱小。
⑥ 手法:文艺创作的技巧。
⑦ 心态:心理状态。
⑧ 呐(nà)喊:大声呼喊。
⑨ 彷徨(pánghuáng):原地走来走去,不知道往哪里走好。
⑩ 开端:开始,发端,事情的起头。
⑪ 辛亥革命:1911年(农历辛亥年)10月10日,由孙中山领导的革命运动。最先爆发于武昌。它最重要的历史价值在于推翻了清朝的统治,标志着中国古代历史的结束。
⑫ 爆发:突然发作,突然发生。
⑬ 封建:一种政治社会制度。特征是封建主占有大量土地,掌握国家政权,以收取地租的方式剥削农民。
⑭ 频繁:间隔短暂,(次数)多。
⑮ 背景:对人物、事件起作用的历史情况或现实环境。
⑯ 孕(yùn)育:怀胎生育,这里比喻在已存在的旧事物中将要发展出新事物。

⑰ **特权**:一般人享受不到的特别优厚的权利。
⑱ **《巴黎和约》**:1919年1月18日,第一次世界大战中获胜的27个协约国在巴黎凡尔赛宫举行和平会议时制订的一个条约。在这个条约中,英、美、法等国不顾中国的战胜国身份,要把战前德国在中国山东的一切权利和利益转交给日本。消息传到中国,五四运动爆发,迫于全国人民的压力,当时的中国政府最终拒绝在《巴黎和约》上签字。
⑲ **游行**:广大群众为了庆祝、纪念、示威等原因,在街上结队行走。
⑳ **象征**:用具体事物表现某些抽象意义。
㉑ **激情**:强烈激动的感情。
㉒ **萌芽**(méngyá):比喻事物刚发生。
㉓ **创刊**:(报刊等)开始出版发行。
㉔ **先驱**:最初发现或帮助某种新事物发展的人。
㉕ **高潮**:比喻事物高度发展的阶段或最紧张激烈的阶段。
㉖ **专制**:做事时不考虑别人的意见,单独做决定。
㉗ **倡导**:首先提出看法让大家讨论。
㉘ **胡适**(1891—1962):字适之,安徽绩溪人。现代学者、诗人。1917年,在《新青年》上发表《文学改良刍议》,倡导文学革命。1920年出版新文学史上第一部白话诗集《尝试集》。主要作品有《中国章回小说考证》、《白话文学史》、《胡适论学近著》、《四十自述》等。
㉙ **陈独秀**(1879—1942):原名乾生,字仲甫,号实庵,安徽怀宁人。新文化运动的发起人,中国共产党的早期领导人。1915年9月,在上海创办《青年杂志》(一年后改名《新青年》),并先后在这一杂志上发表《敬告青年》(1915)和《文学革命论》(1917),倡导新文化运动和文学革命。主要作品有《独秀文存》、《实庵自传》等。
㉚ **白话文**:指的是以现代汉语口语为基础,经过加工的书面语。五四以前白话文作品在文坛上只占少数,文言文作品是主流。1917年新文化运动以后,文言文的使用渐渐减少,白话文最终代替了文言文,成为写作的主流。
㉛ **文学研究会**:中国现代第一个新文学社团,也是文学革命后最早出现的人数最多、影响最大的新文学社团,为中国现代现实主义文学的发展作出了重大贡献。该社团成立于1921年1月。主要成员有沈雁冰(茅盾)、叶绍钧(叶圣陶)、周作人等。主要刊物有《小说月报》等。文学思想倾向和文学主张是"为人生"的现实主义。翻译作品大多是现实主义作家的作品。
㉜ **创造社**:中国现代重要的新文学社团,1921年6月在东京正式成立,以1925年为标志,分为前后两期。前期主要成员有郭沫若、郁达夫、成仿吾等人,主张"为艺术而艺术",强调文学必须忠实地表现作者的"内心要求"。
㉝ **引人注目**:由于跟大家不同或具有明显的特性而引起别人的注意。

作品提示

这篇文章提出:文言文㉞作为一种文学工具已经丧失了活力,中国文学要适应现代社会,就必须进行文体㉟改革,废除㊱文言文,提倡白话文。

文学改良刍议(节选)

胡 适

吾以为今日而言文学改良㊲,须从八事入手㊳。八事者何㊴?

一曰㊵,须言之有物㊶。

二曰,不摹仿㊷古人。

三曰,须讲求文法㊸。

四曰,不作无病之呻吟㊹。

五曰,务去烂调套语㊺。

六曰,不用典㊻。

七曰,不讲对仗㊼。

八曰,不避俗字俗语㊽。

……

吾每谓今日之文学㊾,其足与世界"第一流"文学比较而无愧色者㊿,独有白话小说(我佛山人㉛,南亭亭长㉜,洪都百炼生㉝三人而已)一项,此无他故㉞,以此种小说皆不事摹仿古人(三人皆得力于《儒林外史》、《水浒》、《石头记》㉟,然非摹仿之作也㊱),而惟实写今日社会之情状㊲,故能成真正文学。其他学这个,学那个之诗古文家,皆无文学之价值也。今之有志文学者,宜知所从事矣㊳。

……

今人犹有鄙夷白话小说为文学小道者㊵。不知施耐庵曹雪芹吴趼人皆文学正宗㊶,而骈文律诗乃真小道耳㊷。

注 释

㉞ **文言文**:用文言写的文章,文言指五四运动以前通用的以古汉语为基础的书面语。
㉟ **文体**:文章的体裁。
㊱ **废除**:取消,停止使用。
㊲ **吾**:我。**以为**:认为。**言**:讨论。
㊳ **须**:应当。**入手**:开始做。

㊴ **者**：助词，表停顿。**何**：什么。

㊵ **曰**：为，是。

㊶ **言之有物**：写文章要有内容，有价值。**之**，代词，指文章。

㊷ **摹(mó)仿**：模仿，按照已有的样子学着做。今多写“模仿”。

㊸ **讲求**：讲究，要求。**文法**：语法。

㊹ **无病之呻吟(shēnyín)**：比喻诗文表达的思想感情虚假，缺乏真实的情感。**呻吟**，指因痛苦而发出的声音。

㊺ **务**：一定，务必。**去**：除去，不要。**烂调套语**：不符合实际，使人厌烦的言论和流行的公式化的言谈。

㊻ **用典**：使用典故。

㊼ **对仗**：(律诗、骈文等)按照字音的平仄和字义的虚实做成对偶的语句。

㊽ **俗字俗语**：流行于民间的文字和通俗语句。

㊾ **谓**：称呼，叫作。**之**：助词，的。

㊿ **愧色**：惭愧的脸色。**者**：助词，用在动词或形容词及其词组后，表示有此属性或此动作的人或事物。

(51) **我佛山人**：吴沃尧(1866—1910)的别号，又名吴趼人，原籍南海佛山镇(今佛山)，生于北京。代表作有长篇小说《二十年目睹之怪现状》。

(52) **南亭亭长**：李伯元(1867—1906)的别号，原名李宝嘉，江苏武进人。代表作有长篇小说《官场现形记》。

(53) **洪都百炼生**：刘鹗(1857—1909)的别号，字铁云，江苏丹徒人。代表作有长篇小说《老残游记》，其与《二十年目睹之怪现状》(吴沃尧)、《官场现形记》(李伯元)、《孽海花》(曾朴)，并称为晚清“四大谴责小说”。

(54) **他故**：其他原因。

(55) **皆**：都。**事**：动词，做，从事。

《儒林外史》：清代著名的现实主义长篇讽刺小说，作者吴敬梓。小说批评了清朝八股取士的科举制度的种种弊害，塑造了一群热衷科举、追求“功名富贵”的读书人的形象，讽刺因一心追求功名富贵而造成的极端虚伪、恶劣的社会风气。

《水浒》：即《水浒传》，长篇白话小说，创作于元末明初，作者施耐庵。小说以宋江起义为线索，生动地描绘了众好汉被逼上梁山，反抗当时统治者的曲折历程，成功地塑造了鲁智深、李逵、武松、林冲、阮小七等英雄人物形象。

《石头记》：《红楼梦》的原名。

(56) **非**：不是。**也**：助词，表判断或解释的语气。

(57) **惟**：只，只是。**情状**：情况，情景。

(58) **宜**：应当。**所**：助词，与后面的动词结合，构成名词性结构。**矣**：语气助词，了。

(59) **犹**：还，仍然。**鄙夷(bǐyí)**：轻视，看不起。**小道**：非正统派的，不是继承最早的传统而流传下来的。

(60) **施耐庵**：元末明初时期的兴化白驹场人(今属江苏)，《水浒传》的作者，生平不详。

曹雪芹(1715—1763)：名霑，字梦阮，《红楼梦》的作者。

吴趼人：即我佛山人。

正宗:正统,继承最早的传统而流传下来的。

㉛ **骈文**:魏晋以后产生的一种与散文相对的文体,又称骈俪文。其主要特点是以四六句式为主,讲究对仗,因句式两两相对,像两匹马并驾齐驱,所以称骈体。在声韵上,讲究运用平仄,韵律和谐;在修辞上,注重藻饰和用典。

律诗:近体诗的一种。发源于南朝齐永明时讲究声律、对偶的新体诗,唐代正式定型。因每句字数的不同分为五律、六律、七律,其中六律较为少见。通常的律诗每首有八句,仅有六句的则称为小律或三韵律诗,十句以上的称排律或长律。

乃:是,就是。**耳**:助词,表示肯定或语句的停顿与结束。

练习

(一) 填空。

1. 中国现代文学开始于_____年,标志性的文章是_____,发表于_____(杂志),作者是_____。

2. 五四新文化运动主要从_____和_____两个方面推进了当时的思想启蒙运动。

3. 和古代文学相比,现代文学最明显的特点是_____的衰落和_____的兴起。

4. 辛亥革命爆发于_____年,它象征着中国_____制度的消失。

(二) 请解释下列画线词语的意思。

1. 须言之有物

2. 不作无病之呻吟

3. 务去烂调套语

4. 不讲对仗

5. 吾每谓今日之文学

6. 以此种小说皆不事摹仿古人

7. 今之有志文学者,宜知所从事矣

8. 今人犹有鄙夷白话小说为文学小道者

(三) **根据课文回答问题。**

1. 为什么说中国现代文学是一个"历史概念"？
2. 五四文化革命发生的背景是什么？
3. 五四文学革命的倡导性文章是哪两篇？
4. 五四文学革命有哪些成果？

第二课

鲁　迅

课　文

鲁迅①被称为现代中国的民族魂,他的思想深刻影响了他的读者、研究者,他的文学创作为中国现代文学的发展奠定②了深厚的基础。鲁迅又是20世纪的世界文化巨人之一,他对民族性的思考也是对人类共同面临的问题的思考。他对世界文化发展作出了独特贡献。

从1907年发表第一篇论文《人之历史》,至1936年逝世③,鲁迅留下了大量论著,主要作品有短篇小说集《呐喊》、《彷徨》,散文诗集《野草》,散文集《朝花夕拾》,杂文④集《热风》、《坟》等。其中小说集《呐喊》(1923)和《彷徨》(1926)是中国现代小说开始和成熟的标志。鲁迅比较著名的作品还有《阿Q正传⑤》、《狂人日记》、《祝福⑥》、《药》等。

《阿Q正传》是鲁迅小说的代表作。它最初发表在1921年12月到1922年2月的《晨报副刊》⑦上,后收入《呐喊》。《阿Q正传》最大的思想价值在于高度概括了在几千年封建文化压迫下的中国国民性的弱点,阿Q则是这种国民弱点的集中体现者。

和一切杰出的文学形象一样,阿Q首先是一个鲜明的个体形象。他的基本特点就是缺少自我意识,常用"精神胜利法"来安慰自己。所谓"精神胜利法"就是自己安慰自己,使得自己在精神上永不失败的做法。阿Q在物质上一无所有⑧,别人很看不起他,常常欺负他。为了摆脱⑨困境⑩,他就经常想象自己地位比别人高,用自我欺骗的方式来安慰自己。比如有人打了他,他就说"儿子打老子!",来

鲁迅

获得心理上的平衡。

《阿Q正传》在艺术上的成功首先在于注重⑪现实主义⑫的典型⑬的塑造⑭。鲁迅一方面成功地塑造了阿Q这个典型人物⑮，深入挖掘⑯了他的内心世界；另一方面更向读者展示了整个中国社会和思想的现实情况，表现了封建文化的毒害⑰和在这种文化熏陶⑱中形成的国民性的弱点。《阿Q正传》在艺术上的另一个成就是把悲剧⑲和喜剧⑳有机㉑地结合了起来。在作品中，一切可笑的，同时也是可悲的；一切可悲的，又同时都是可笑的。这种艺术方法极好地表现了鲁迅对阿Q、对软弱而不知进取㉒的国民和对当时不求自强的整个民族的"哀其不幸，怒其不争㉓"的情感态度。

《祝福》是鲁迅的另一部代表作㉔。作品描写了中国传统妇女的悲剧命运。女主人公祥林嫂因为没有替死去的丈夫守节㉕，受到了封建道德肉体和精神上的残酷㉖压迫。她不是不想守节，而是没有选择的权利，婆家人㉗像卖牲口㉘一样卖了她，使她守节不成。祥林嫂吃苦耐劳㉙、淳朴㉚坚韧㉛，即使这样，她也没能逃脱自己的悲剧命运。

"中国现代小说在鲁迅手中开始，又在鲁迅手中成熟，这在历史上是一种并不多见的现象。"鲁迅小说的独特之处主要体现在题材㉜、创作视角㉝的独特和小说形式的创新。从题材看，鲁迅的作品开创了"表现农民和知识分子"两大题材。从创作视角看，鲁迅在表现他笔下的主人公的时候，有着非常独特的视角。如他自己所说，他写小说是为了改良㉞人生，因此他始终关注㉟"病态㊱社会"里人（知识者和农民）的精神"病苦㊲"。从小说形式看，鲁迅借鉴㊳了西方小说的形式，加上自己的创造，建立起了中国现代小说的新形式。例如《狂人日记》这部小说之所以被称为第一部现代白话小说，一个重要的原因就是它打破了中国传统小说注重完整的故事情节㊴和依次展开故事的结构。

除了小说，鲁迅对中国现代文学的重大贡献还在于他的杂文。杂文是一种未经规范化㊵的文体，主要发表在报刊上，内容以议论时事㊶和热点事件为主。鲁迅的杂文富有批判㊷性、攻击性,思维与众不同,别出心裁㊸,语言自由,富有创造力,在当时影响很大。代表作品有《纪念刘和珍君》、《魏晋风度㊹及文章与药及酒的关系》等。

注　释

① 鲁迅(1881—1936):原名樟寿,后改名树人,字豫才,浙江绍兴人。中国现代伟大的文学家,翻译家和新文学运动的奠基人。1918年发表中国现代文学史上第一篇白话小说《狂人日记》时开始使用笔名"鲁迅"。
② 奠定(diàndìng):建立,安置使稳固。
③ 逝世:死亡的庄重说法,用于有名的人。
④ 杂文:现代散文的一种,不限制于某一种形式,偏重议论,也可以叙事。
⑤ 正传:长篇小说的正文部分,说书中的主要故事情节。
⑥ 祝福:求神赐给福气。
⑦ 《晨报副刊》:1916年8月创刊于北京,名《晨钟报》,后来先后改名为《晨报》、《晨报副镌》、《晨报副刊》。历任主编有李大钊、孙伏园、徐志摩等。曾登载鲁迅的《阿Q正传》。与北京的《京报副刊》、上海的《时事新报》副刊《学灯》、《民国日报》副刊《觉悟》并称为"四大副刊"。
⑧ 一无所有:什么也没有。
⑨ 摆脱:脱离,离开。
⑩ 困境:困难的处境。
⑪ 注重:重视。
⑫ 现实主义:这里所说的现实主义是文艺创作的基本方法之一,侧重客观地再现现实生活,按照生活的本来面貌加以描写,并力求细节真实,再现典型环境中的典型人物。
⑬ 典型:具有代表性的人或事物。
⑭ 塑造:用语言文字等艺术手段描写人物形象。
⑮ 典型人物:作者运用典型化方法创造出来的,能够集中表现一定时代、一定阶级、一定思想倾向的某些本质方面,同时又具有鲜明独特的个性,达到共性与个性高度统一的艺术形象。
⑯ 挖掘(jué):发掘,努力找出里面的东西。
⑰ 毒害:指用不好的东西使他人受到损害。
⑱ 熏陶:被一种思想、品行、习惯所影响而渐渐变得相同。
⑲ 悲剧:戏剧的主要类别之一,基本特点是常表现人物和现实的矛盾冲突,结局悲惨。
⑳ 喜剧:戏剧的主要类别之一,用夸张的手法讽刺丑恶落后的现象,常引人发笑,结局大多是圆满的。

㉑ **有机**:事物的各部分互相关联协调而不可分,就像一个生物体那样。

㉒ **进取**:努力上进,想取得一定成绩。

㉓ **哀其不幸,怒其不争**:为某人的不幸遭遇感到悲哀,同时为他的不抗争、不争气而感到愤怒。

㉔ **代表作**:最能体现作者的水平、风格的作品。

㉕ **守节**:妇女不仅要在丈夫生前,而且在丈夫死后仍要为丈夫恪守贞操,这就是守节。这一陋习在中国源自秦朝律法。

㉖ **残酷**:凶狠冷酷。

㉗ **婆家人**:丈夫家的人。

㉘ **牲口**:供人使用的家畜,如牛、马、骡、驴等。

㉙ **吃苦耐劳**:能承受辛劳或艰苦。

㉚ **淳朴**(chúnpǔ):诚实朴素。

㉛ **坚韧**:坚固而柔韧。

㉜ **题材**:作品内容主题所用的材料。

㉝ **视角**:观察问题的角度。

㉞ **改良**:去掉事物的某些缺点,使它更适合要求。

㉟ **关注**:关心重视。

㊱ **病态**:病状。

㊲ **病苦**:疾病和痛苦。

㊳ **借鉴**:把别人或事当镜子,对照自己,以便吸取经验或教训。

㊴ **情节**:事情的变化和经过。

㊵ **规范化**:使合于一定标准。

㊶ **时事**:近期的国内外大事,这里特指近期的国内大事。

㊷ **批判**:对错误的思想、言论或行为进行分析,加以否定。

㊸ **别出心裁**:有独创性,和别人不一样。

㊹ **魏晋风度**:魏晋时期的名士风度,也称魏晋风流。用以指称当时的名士们崇尚自然、率真的生活态度。作为知识分子追求的一种人格表现,成为当时的审美理想。

作品提示

《伤逝》是鲁迅小说中比较独特的一部作品。小说中的男女主人公㊺涓生(男)和子君(女)是一对恋人,他们不顾家庭的反对,住到了一起。可是甜蜜的爱情时光过去后,因为社会的压力和经济的贫困,他们之间产生了种种矛盾,不得不分开。子君回到了家中,孤独地死去,而涓生也只能在孤独和痛苦中生活下去。这是鲁迅唯一㊻的一篇描写爱情的小说,它深刻揭示了涓生和子君的爱情悲剧的根源㊼,同时也反映了在五四时代,青年男女放弃个人的理想,仅仅追求小家庭的安宁和幸福的愿望是很难实现的。

伤 逝(节选)

(涓生回忆自己和子君谈恋爱时的情景)

子君不在我这破屋的时候,我什么也看不见。在无聊赖㊽中,随手抓过一本书来,科学也好,文学也好,横竖㊾什么都一样;看下去,看下去,忽而自己觉得,已经翻了十多页了,但是毫不记得书上所说的事。只是耳朵却分外地灵㊿,仿佛听到大门外一切往来的履㉛声,从中便有子君的,而且橐橐㉜地逐渐临近,——但是,往往又逐渐渺茫㉝,终于消失在别的步声的杂沓㉞中了。我憎恶那不像子君鞋声的穿布底鞋的长班的儿子,我憎恶那太像子君鞋声的常常穿着新皮鞋的邻院的搽雪花膏的小东西!

莫非㉟她翻了车么?莫非她被电车撞伤了吗?……

我便要取了帽子去看她,然而她的胞叔就曾经当面骂过我。

蓦然㊱,她的鞋声近来了,一步响于一步,迎出去时,却已经走过紫藤棚下,脸上带着微笑的酒窝㊲。她在她的叔子家里大约并未受气;我的心宁贴㊳了,默默地相视片时㊴之后,破屋里便渐渐充满了我的语声,谈家庭专制,谈打破旧习惯,谈男女平等,谈伊孛生㊵,谈泰戈尔㊶,谈雪莱㊷……她总是微笑点头,两眼里弥漫着稚气的好奇的光泽㊸。

"我是我自己的,他们谁也没有干涉我的权利!"

这是我们交际了半年,又谈起她在这里的胞叔㊹和在家的父亲时,她默想了一会之后,分明地,坚决地,沉静地说了出来的话。其时是我已说尽了我的意见,我的身世,我的缺点,很少隐瞒;她也完全了解的了。这几句话很震动我的灵魂,此后许多天还在耳中发响,而且说不出的狂喜㊺,知道中国女性,并不如厌世家所说的那样的无法可施㊻,在不远的将来,便要看见辉煌的曙色的㊼。

(涓生和子君同居㊽了一段时间后,涓生失业了)

小广告是一时自然不会发生效力㊾的;但译书也不是容易事,先前看过,以为已经懂得的,一动手,却疑难百出㊿了,进行得很慢。然而我决计㉛努力地做,一本半新的词典,不到半月,边上便有了一大片乌黑的指痕,这就证明着我的工作的切实㉜。《自由之友》的总编辑曾经说过,他的刊物是绝不会埋没好稿子的㉝。

可惜的是我没有一间静室,子君又没有先前那么幽静,善于体贴㉞了,屋子里总是散乱着碗碟,弥漫着煤烟,使人不能安心做事,但是这自然还只能怨我自己无力置一间书斋㉟。然而又加以阿随(编者注:他们养的小狗),加以油鸡㊱。

们又大起来了,更容易成为两家争吵的引线。

加以每日"川流不息"的吃饭;子君的功业,仿佛就完全建立在这吃饭中。吃了筹钱,筹来吃饭,还要喂阿随,饲油鸡;她似乎将先前所知道的全都忘记了,也不想到我的构思就常常为了这催促吃饭而打断。即使在坐中给看一点怒色,她总是不改变,仍然毫无感触似的大嚼起来。

使她明白了我的工作不能受规定的时间的束缚,就费去五星期。她明白之后,大约很不高兴罢,可是没有说。我的工作果然从此较为迅速地进行,不久就共译了五万字,只要润色一回,便可以和做好的两篇小品,一同寄给《自由之友》去。只是吃饭却依然给我苦恼。菜冷,是无妨的,然而竟不够;有时连饭也不够,虽然我因为终日坐在家中用脑,饭量已经比先前要减少得多。这是先去喂了阿随了,有时还并那近来自己也轻易不吃的羊肉。她说,阿随实在瘦得太可怜,房东太太还因此嗤笑我们了,她受不了这样的奚落。

注　释

㊺ **主人公**:文艺作品中的中心人物,最重要的人物。

㊻ **唯一**:只有一个。

㊼ **揭示**:向人指出不易看清的事理。**根源**:使事物发生的根本原因。

㊽ **无聊赖**:指精神上无所寄托,感到很无聊。常说"百无聊赖"。

㊾ **横竖**:反正,无论如何。

㊿ **灵**:灵敏。

㉛ **履**(lǚ):鞋子。

㉜ **橐橐**(tuótuó):拟声词,走路时皮鞋发出的声音。

㉝ **渺茫**:模糊不清。

㉞ **杂沓**(tà):杂乱。

㉟ **莫非**:表示反问语气,相当于"难道"。

㊱ **蓦**(mò)**然**:猛然,突然。

㊲ **酒窝**:笑时脸颊上出现的小圆窝。

㊳ **宁贴**:心情宁静、安稳。

㊴ **相视片时**:互相看了对方一会儿。片时,很短的时间。

㊵ **伊孛生**(1828—1906):通译易卜生,挪威著名戏剧家、诗人。一生共写了25个剧本和一些诗歌。其作品《玩偶之家》讲述了女子娜拉在经历了一系列家庭变故之后,终于意识到自己只不过是丈夫的玩偶的事实,最终离家出走的故事,对中国现代文学的创作影响很大。

㊶ **泰戈尔**(1861—1941):印度著名诗人、作家、艺术家和社会活动家。一生写了《吉檀迦利》、《新月集》、《飞鸟集》等多部作品,于1913年获得诺贝尔文学奖。他的作品早在1915年就已被介绍到中国,现已出版了10卷本的中文《泰戈尔作品集》。

㊷ **雪莱**(1792—1822):英国浪漫主义运动的代表诗人,代表作有诗歌《西风颂》等。

㊸ **弥漫**:充满。**稚气**:孩童的气质、神态。

㊹ **胞叔**:父亲的弟弟。

㊻ **狂喜**:极其高兴。
㊺ **厌世家**:悲观消极,厌弃人世的人。**无法可施**:寻找不出恰当的办法、对策。
㊼ **辉煌**:光辉灿烂。**曙(shǔ)色**:天亮时的天色。
㊽ **同居**:指男女双方没有结婚而共同生活。
㊾ **效力**:效果,作用。
㊀ **疑难百出**:到处都是疑问和困难。
㊁ **决计**:表示主意已定。
㊂ **切实**:踏实,实在。
㊃ **埋没**:使显露不出来,不能发挥作用。**稿子**:文章。
㊄ **体贴**:了解别人的心理或境况,并给以关心和照料。
㊅ **书斋**:书房。
㊆ **油鸡**:鸡的一个品种,羽毛多为黄色或红褐色,脚上有毛,身体较肥,产蛋大。
㊇ **川流不息**:像水流一样连续不断地行进。
㊈ **筹**:筹划,准备。
㊉ **饲(sì)**:养。
㊊ **构思**:做文章或制作艺术品时运用心思。**催促**:叫人赶快行动或做某事。
㊋ **坐**:座位。
㊌ **感触**:跟外界事物接触而引起的思想感情。
㊍ **束缚(fù)**:约束限制。
㊎ **罢**:吧,助词,用在句末,表示估量。
㊏ **润色**:修饰文字,使有文采。
㊐ **无妨**:不妨,没有影响。
㊑ **嗤(chī)笑**:讥笑,嘲笑。
㊒ **奚(xī)落**:讥笑,讽刺。

练 习

(一) 填空。

1. 鲁迅的主要作品有短篇小说集_____和_____,散文诗集_____,散文集_____,杂文集_____、_____等。其中小说集_____和_____是中国现代小说开始和成熟的标志。鲁迅比较著名的小说有_____、_____、_____、_____等。

2. _____是鲁迅小说的代表作。它最初发表在1921年12月到1922年2月的_____上,后收入小说集_____,其最大的思想价值在于高度概括了在几千年封建文化压迫下的_____,_____则是这种国民弱点的集中体现者。

3. 《祝福》这部作品描写了_____的悲惨命运,其主人公是_____。

（二）根据课文回答问题。

1. 鲁迅在中国现代文学史上有什么重要影响？
2. 鲁迅小说的主要特点是什么？
3. 为什么说《狂人日记》是第一部现代白话小说？
4. 鲁迅杂文的主要特点是什么？

（三）讨论。

结合子君和涓生的爱情悲剧，谈谈你对爱情的看法。

第三课

郭沫若

课　文

郭沫若①在现代文学史上是足以代表一个时代的诗人与历史剧作家。他的第一本诗集《女神》出版于1921年8月,以崭新的内容与形式,开创了一代诗风②,可以看作是中国现代新诗的奠基③之作。

郭沫若

《女神》的成功在于时代的需要与诗人创作个性的统一。激情的五四时代需要热情的浪漫主义④来表现,而诗人郭沫若正是"偏于主观的人",艺术想象力大于观察力。他在《女神》中强调了诗的抒情⑤本质⑥,创造了一系列⑦自我抒情主人公的形象,显示了浓郁的五四时代气息。

《女神》的自我抒情主人公首先是五四时代觉醒⑧的中华民族⑨的自我形象。他的《凤凰涅槃⑩》正是一首庄严的时代颂歌,宣告着:在"五四"开辟的新时代中,世界上最古老的中华民族(凤凰是她的象征)正经历着伟大的"涅槃"——死灰中复生的历史过程。

诗人笔下的"我"是一个具有彻底破坏和大胆创造精神的新人,高喊着"一切的偶像⑪都在我的面前毁破!破!破!破!"(《梅花树下的醉歌》)在这里,古老中国的妥协⑫和柔弱不见了,取而代之⑬的是彻底的、战斗的民族精神。

诗人笔下的"我"又是一个执著⑭追求精神自由与个性解放的新人。在《女神》中,处处有这样的呼喊:"我崇拜⑮我"(《我是个偶像

17

崇拜者》),"我赞美我自己"(《梅花树下的醉歌》)。

这个时代的新人目光不再局限在中国,而是放眼于世界。在《晨安》中,"我"不仅向"我年轻的祖国"问候,还向恒河、印度洋、红海、尼罗河,向着"大西洋畔的新大陆","太平洋上的扶桑[16]"问候,这种胸襟[17]在中国诗歌发展史上是前无古人的。

《女神》在艺术上一个很重要的特点在于它非凡[18]的艺术想象力。在《女神》中,大自然被充分地人化,地球成了有生命的个体:"雷霆[19]是你呼吸的声威[20],雷雨是你血液的飞腾[21]"(《地球,我的母亲》);夕阳[22]与大海是一对亲密的恋人,举行着日暮[23]的婚礼,"新嫁娘最后涨红了她丰满的面庞儿,被她最心爱的情郎拥抱着去了"(《日暮的婚筵[24]》)。可以说,是《女神》中这些奇特的想象使新诗插上了飞翔的翅膀。

除了《女神》之外,郭沫若还出版了《星空》、《瓶》、《前茅》、《恢复》等新诗集。

郭沫若创作的另一高峰是在抗日战争时期以《屈原》[25]为代表的历史剧[26]创作。在这些历史剧中,郭沫若创作了一系列民族精英[27]人物,他们集中体现了中华民族的道德美,自觉为追求民族的独立与祖国的统一而斗争。

郭沫若历史剧的最大特色在于尊重历史,而又不局限[28]于历史。在郭沫若看来,历史剧最重要的不是外在历史事实的真实,而在于内在历史精神的真实,以及历史对现实的借鉴。他提出了一种创作历史剧的新观念:"失事求似"。所谓"求似",就是对历史精神的尽可能把握;所谓"失事",就是在这个前提下,历史剧和历史的事实是可以有一些不同的。所以在郭沫若的历史剧里,历史人物反映的是现代的精神,借着古人的嘴说自己的话。

注　释

[1] 郭沫若(1892—1978):原名郭开贞,别号鼎堂,四川乐山人。现当代诗人、剧作家、历史学家。1914年赴日本留学,1916年开始白话新诗创作。1921年出版的诗集《女神》,成为中国

现代新诗的奠基之作。此外还著有诗集《星空》(1923)、《瓶》(1925)、《前茅》(1928),戏剧代表作《屈原》、《虎符》等。

② **诗风**:诗歌风格。

③ **奠基**:比喻创建某种事业。

④ **浪漫主义**:文艺的基本创作方法之一,侧重主观地表现现实生活,侧重表现理想世界,把情感和想象提到创作的首位,常用热情奔放的语言、超越现实的想象和夸张的手法塑造理想中的形象。

⑤ **抒(shū)情**:表达情思,抒发情感。

⑥ **本质**:事物的根本性质。

⑦ **系列**:相关联的成系统的事物。

⑧ **觉(jué)醒**:在认识上由模糊变得清楚,从错误变正确。

⑨ **中华民族**:中国各民族的总称。

⑩ **涅槃**:佛教用语。有两种含义:一是指想象中超脱生死的境界,二是原指释迦牟尼之死,后用于代称佛或僧人的死。

⑪ **偶像**:尊敬佩服的对象。

⑫ **妥协**:部分地或全部地放弃自己的意见或利益以避免矛盾和争吵。

⑬ **取而代之**:指一事物代替另一事物。

⑭ **执著(zhuó)**:坚持不放弃。又作执着。

⑮ **崇拜**:尊敬佩服。

⑯ **扶桑**:有两种含义:一指古代神话中海外的大树,据说太阳从这里出来;另一指传说中东方海中的古国名,旧时指日本。课文中"扶桑"指日本。

⑰ **胸襟(jīn)**:指心情、志趣、抱负等。

⑱ **非凡**:出色的或突出的。

⑲ **雷霆(tíng)**:雷暴,霹雳。

⑳ **声威**:声势和威势。

㉑ **飞腾**:迅速地飞起,升腾。

㉒ **夕(xī)阳**:傍晚的太阳。

㉓ **日暮(mù)**:太阳快下山的时候。

㉔ **婚筵(yán)**:结婚的酒席。

㉕ **《屈原》**:郭沫若在1942年1月创作的一部五幕话剧。取材于中国战国时期(约公元前300年)楚国的历史,写伟大的爱国诗人、政治家屈原的政治挫折和个人遭遇,被公认为是郭沫若历史剧中成就最高、影响最大的一部。

㉖ **历史剧**:用戏剧的形式艺术地再现历史,二者同历史都有割不断的联系。作为一门艺术,历史剧少不了夸张和虚构,但必须是在尊重基本历史事实的前提下进行艺术创造,既要富有艺术感染力,又不失历史的真实性。

㉗ **精英**:最宝贵的人才。

㉘ **局限**:限制在狭小的范围内。

作 品

> **作品提示**
>
> 这首诗写于1920年。诗人将自己比喻为燃烧的煤,将祖国比喻为年青的女郎,通过反复的表白[22],抒发了自己怀念祖国、热爱祖国的感情。诗歌比喻独特,情感真挚[30],富有浪漫主义气息[31]。
>
> 《凤凰涅槃》节选的部分表现了凤凰点火自焚[32]之后,重获新生之后的喜悦。

炉中煤

——眷恋[33]祖国的情绪

啊,我年青的女郎!
我不辜负你的殷勤[34],
你也不要辜负了我的思量[35]。
我为我心爱的人儿
燃到了这般[36]模样!

啊,我年青的女郎!
你该知道了我的前身[37]?
你该不嫌我黑奴卤莽[38]?
要我这黑奴的胸中,
才有火一样的心肠[39]。

啊,我年青的女郎!
我想我的前身
原本是有用的栋梁[40],
我活埋[41]在地底多年,
到今朝总得重见天光[42]。

啊,我年青的女郎!
我自从重见天光,
我常常思念我的故乡,
我为我心爱的人儿,
燃到了这般模样!

凤凰涅槃(节选)

凤凰和鸣

我们更生㊸了。

我们更生了。

一切的一,更生了。

一的一切,更生了。

我们便是"他",他们便是我。

我中也有你,你中也有我。

我便是你。

你便是我。

火便是凤。

凤便是火。

翱翔㊹!翱翔!

欢唱!欢唱!

我们光明,我们新鲜,

我们华美,我们芬芳,

一切的一,芬芳。

一的一切,芬芳。

芬芳便是你,芬芳便是我。

芬芳便是"他",芬芳便是火。

火便是你。

火便是我。

火便是"他"。

火便是火。

翱翔!翱翔!

欢唱!欢唱!

我们热诚,我们挚爱㊺,

我们欢乐,我们和谐㊻。

一切的一,和谐。

一的一切,和谐。

和谐便是你,和谐便是我。

和谐便是"他",和谐便是火。

火便是你。

火便是我。

火便是"他"。

火便是火。

翱翔！翱翔！

欢唱！欢唱！

我们生动,我们自由,

我们雄浑㊶,我们悠久。

一切的一,悠久。

一的一切,悠久。

悠久便是你,悠久便是我。

悠久便是"他",悠久便是火。

火便是你。

火便是我。

火便是"他"。

火便是火。

翱翔！翱翔！

欢唱！欢唱！

我们欢唱,我们翱翔。

我们翱翔,我们欢唱。

一切的一,常在欢唱。

一的一切,常在欢唱。

是你在欢唱？是我在欢唱？

是"他"在欢唱？是火在欢唱？

欢唱在歌唱！

欢唱在欢唱！

只有欢唱！

只有欢唱！

欢唱！

欢唱！

欢唱！

注　释

㉙ **表白**:对人解释、说明自己的意思。

㉚ **真挚**(zhì):真诚恳切。

㉛ **气息**:特征或显著的优点。

㉜ **自焚**(fén):自己烧死自己。

㉝ **眷**(juàn)**恋**:非常留恋。

㉞ **辜**(gū)**负**:对不起(别人的好意、期望或帮助)。**殷**(yīn)**勤**:情意深厚。

㉟ **思量**:思念,惦记。

㊱ **这般**:像这个样子。
㊲ **前身**:佛教用语,指前世的身体。
㊳ **卤莽**(lǔmǎng):同"鲁莽",指说话做事不经过考虑,轻率。
㊴ **心肠**:心,心地。
㊵ **栋梁**(dòngliáng):比喻担负国家重要责任的人。
㊶ **活埋**:把活人埋起来弄死。
㊷ **今朝**:现在。**天光**:日光,天空的光辉。
㊸ **更**(gēng)**生**:死而复生。
㊹ **翱翔**(áoxiáng):在空中(常指在高空)飞行或盘旋。
㊺ **挚**(zhì)**爱**:诚挚相爱。
㊻ **和谐**(xié):和睦协调。
㊼ **雄浑**:雄健浑厚。

(一) 填空。

郭沫若的第一本诗集_____出版于___年__月,可以看作是_____的奠基之作。其成功的主要原因在于_____与_____的统一。

(二) 根据课文回答问题。

1. 郭沫若新诗和历史剧的代表作分别是什么?
2. 《女神》中自我抒情主人公的主要特点是什么?
3. 《女神》最主要的艺术特色是什么?
4. 郭沫若历史剧的主要特点是什么?

(三) 背诵《炉中煤》。

(四) 讨论。

请将《凤凰涅槃》(节选)与下面一首中国古代诗歌对比,谈一谈中国现代新诗有哪些特点。

静夜思

(唐)李白

床前明月光,
疑是地上霜,
举头望明月,
低头思故乡。

第四课

问题小说

课 文

　　"问题小说"是五四时期兴起的以探讨①人生问题为主要题材的一类小说的统称②。1919年下半年,女作家冰心在《晨报副刊》上发表了《斯人独憔悴》等作品③,正式开创了"问题小说"的风气。1921年,一个重要的文学团体"文学研究会"成立,它公开倡导文学应"表现并且讨论一些有关人生的一般问题",将"问题小说"的创作引向高潮。不过,值得注意的是,"问题小说"并不是对一种小说文体的实验,而只是五四运动前后三四年间的一股小说"题材热④",创作"问题小说"的作家创作风格⑤和艺术倾向并不一定相同。

　　"问题小说"的形成有多方面的原因。首先是时代的原因。作为思想启蒙⑥运动,五四运动带来的思想解放,培养⑦了思考的一代。在相当一段时间里,全社会都在思考"人生到底是什么"这样一个严肃的问题,由此产生了大量的"问题小说"。"问题小说"涉及⑧到当时青年关心的家族⑨礼教⑩、婚恋家庭、妇女贞操⑪、战争、知识者等多方面的社会问题。读者要求小说能提出他们所关心的各种社会问题,但并不指望⑫作家能给自己明确的答案。罗家伦⑬的《是爱情还是苦痛》就写了一个接受了人道主义⑭思想的青年面对家庭包办婚姻⑮的两难⑯处境:如果离婚去追求自己的幸福,就要牺牲一个旧式的弱女子,使她一生痛苦;不离婚,自己必然一生痛苦。王统照⑰的《沉思》中,作裸体模特⑱的女子因为爱人反对、官吏干涉⑲甚至男画师都不能理解自己为艺术献身的理想,而陷入了沉思。

冰心

其次,"问题小说"的出现也受到了国外表现社会人生为主的作品的启发。1918年挪威作家易卜生的社会剧[20]在中国流行,推动了"问题小说"的发展。而在理论方面,更有很多文学理论者,借国外思潮[21]来提倡"为人生"的"问题小说"。

"问题小说"的代表作家有冰心、王统照等。

冰心是中国现代文学史上著名的女作家。她的小诗和散文都很有名,最早又以"问题小说"闻名。她的第一篇小说《两个家庭》(1919),用对照的方法否定了封建家庭培养出来的旧女性,肯定了接受西方思想教育的新女性,提出了当时的家庭、教育乃至社会人生的普遍问题。另一篇代表作《斯人独憔悴》则描写了走出家庭参加社会运动的儿子和不理解他的父亲之间的冲突,提出了父子冲突[22]问题。她早期的代表作《超人》(1921)提出了"人生究竟是什么?支配[23]人生的是爱还是憎?"这样一个引起很多青年深思的问题。

王统照的"问题小说"则更突出"爱"与"美"的观点,探讨人生的烦恼与困惑[24]。在《沉思》中,担任模特的纯洁美丽的女性是作家"爱"与"美"的象征,她希望用自己的身体将"爱"与"美"传递给人们,可是这个理想破灭[25]了。其后的《湖畔[26]儿语》加强了社会现实感,从一个有家不能回的儿童的视角,侧面[27]描写了贫穷母亲被迫[28]卖淫[29]的困境,以及这种缺乏"爱"与"美"的外部环境给孩子心灵带来的伤害。

"问题小说"流行的时间不长,却是五四启蒙时代的典型产物,它关注人生的价值、生存的意义,虽然有概念化[30]、简单化等毛病,却也体现了五四青年知识分子对生命、自我的真实思考。

注　释

① 探讨:研究讨论。
② 统称:总的称呼。

③ **冰心**(1900—1999):原名谢婉莹,冰心是笔名。祖籍福建长乐,生于福建福州。中国现当代小说家、诗人、儿童文学作家。代表作品有小说《斯人独憔悴》《超人》,自由体小诗集《繁星》、《春水》,散文《寄小读者》、《小桔灯》等。
斯:这,此。**憔悴**(qiáocuì):形容人瘦弱,面色不好看。

④ **热**:名词,指流行的一种潮流。

⑤ **风格**:作家作品表现出的主要思想特点和艺术特点。

⑥ **启蒙**:普及新知识,使摆脱愚昧和迷信。

⑦ **培养**:按照一定的目标,在一定条件下长期地教育和训练使成长。

⑧ **涉及**:关联到。

⑨ **家族**:具有血缘关系的人组成的一个社会群体,通常有几代人。

⑩ **礼教**:礼仪教化,特指旧传统中束缚人的思想行动的礼节和道德。

⑪ **贞操**:女子的贞节,封建礼教提倡女子保持贞节、丈夫死后不改嫁的道德。

⑫ **指望**:盼望。

⑬ **罗家伦**(1897—1969):教育家、历史学家。五四运动中,亲笔起草了唯一的印刷传单《北京学界全体宣言》,提出了"外争国权,内除国贼"的口号,并在5月26日的《每周评论》上第一次提出"五四运动"这个名词。

⑭ **人道主义**:起源于欧洲文艺复兴时期的一种思想体系。提倡关怀人、尊重人、以人为中心的世界观。

⑮ **包办婚姻**:父母、长辈包办子女、卑幼的婚事,是古代宗法家族制度下的人身依附关系在婚姻问题上的具体表现。中国古代礼制讲究结婚必须遵从"父母之命"、"媒妁之言",即要听从父母和媒人(介绍人)。

⑯ **两难**:两种做法都有困难。

⑰ **王统照**(1897—1957):字剑三,山东诸城人,中国现代小说家、诗人。1921年参与创立文学研究会,代表作有短篇小说《沉思》、《湖畔儿语》,长篇小说《一叶》、《黄昏》、《山雨》等。

⑱ **裸**(luǒ)**体**:光着身体,不穿衣服。**模特**:艺术家用来写生、雕塑的描写对象或参考对象。

⑲ **官吏**(lì):官员。**干涉**:过问或制止,多指别人的事不应该管却要管。

⑳ **社会剧**:即社会问题剧,指戏剧家易卜生创作的,以探讨资本主义重大社会问题为主题,但并不给出结论或暗示的剧本。代表作有《玩偶之家》、《社会支柱》、《群鬼》、《人民公敌》等。

㉑ **思潮**:某一时期内在社会上流行的思想倾向。

㉒ **冲突**:因观念的不同而发生的矛盾、不和。

㉓ **支配**:控制,引导。

㉔ **困惑**:感到有疑问和困难,不知道该怎么办。

㉕ **破灭**:无法实现,消失。

㉖ **湖畔**(pàn):湖边。

㉗ **侧面**:指通过间接的方式。

㉘ **被迫**:受到别人的强迫。

㉙ **卖淫**(yín):指妇女靠出卖肉体获得报酬。

㉚ **概念化**:文学创作中缺少深刻的具体描写和典型形象的塑造,用抽象概念代替人物个性的不良倾向。

作 品

作品提示

《超人》的主人公何彬,原来是个思想脱离人生现实,甚至仇恨人类社会的"超人"㉛,认为"世界是虚空㉜的,人生是无意识的","与其互相牵连㉝,不如互相遗弃㉞"。一次,他偶然听到一个名叫禄儿的孩子因为腿伤而不停地呻吟,由于不愿听到呻吟声,他给了禄儿治伤的钱。后来他联想到禄儿母亲的焦急㉟心理,进一步想到自己的母亲,终于明白世界上是存在着爱的。"世界上的母亲和母亲都是好朋友,世界上的儿子和儿子也都是好朋友,都是互相牵连,不是互相遗弃的。"作品虽然在描写何彬思想转变过程的时候显得有些突然,但文笔简洁,语言清新,也表现了作者对人生的积极思考,极具五四特色。

超 人(节选)

冰 心

(何彬在帮助了禄儿之后,想起了自己的母亲)

慈爱的母亲,满天的繁星,院子里的花。不想了,——烦闷……闷……

黑影漫上屋顶去,什么都看不见了,时间一分一分的过去了。

风大了,那壁厢㊱放起光明。繁星历乱㊲的飞舞进来。星光中间,缓缓的走进一个白衣的妇女,右手撩㊳着裙子,左手按着额前。走近了,清香随将过来;渐渐的俯下身来看着,静穆㊴不动的看着,——目光里充满了爱。

神经一时都麻木了!起来罢,不能,这是摇篮里呀!母亲,——慈爱的母亲。

母亲呵!我要起来坐在你的怀里,你抱我起来坐在你的怀里。

母亲呵!我们只是互相牵连,永远不互相遗弃。

渐渐的向后退了,目光仍旧充满了爱。模糊了,星落如雨,横飞着都聚到屋角的黑影上。——"母亲呵,别走,别走!……"

十几年来隐藏起来的爱的神情,又呈露㊵在何彬的脸上;十几年来不见点滴的泪儿,也珍珠般散落了下来。

清香还在,白衣的人儿还在。微微的睁开眼,四面的白壁,一天的微光,屋角的几堆黑影上,送过清香来。——刚动了一动,忽然觉得有一个小人儿,跟手蹑脚㊶的走了出去,临到门口,还回过小脸儿来,望了一望。他是深夜的病人——是禄儿。

何彬竭力㊷的坐起来。那边捆好了的书籍上面,放着一篮金黄色的花儿。他穿着单衣走了过去,花篮底下还压着一张纸,上面大字纵横,借着微光看时,上面是:我也不知道怎样可以报先生的恩德。我在先生门口看了几次,桌子上都没有摆着花儿。——

这里有的是卖花的,不知道先生看见过没有?——这篮子里的花,我也不知道是什么名字,是我自己种的,倒是香得很,我最爱它。我想先生也必是爱它。我早就要送给先生了,但是总没有机会。昨天听见先生要走了,所以赶紧送来。我想先生一定是不要的。然而我有一个母亲,她因为爱我的缘故,也很感激先生。先生有母亲么?她一定是爱先生的。这样我的母亲和先生的母亲是好朋友了。所以先生必要收母亲的朋友的儿子的东西。禄儿叩上㊸

何彬看完了,捧着花儿,回到床前,什么定力㊹都尽了,不禁呜呜咽咽㊺的痛哭起来。

清香还在,母亲走了!窗内窗外,互相辉映㊻的,只有月光,星光,泪光。

早晨程姥姥进来的时候,只见何彬都穿着好了,帽儿戴得很低,背着脸站在窗前。程姥姥陪笑着问他用不用点心,他摇了摇头。——车也来了,箱子也都搬下去了,何彬泪痕满面,静默无声的谢了谢程姥姥,提着一篮的花儿,遂㊼从此上车走了。

禄儿站在程姥姥的旁边,两个人的脸上,都堆着惊讶的颜色㊽。看着车尘远了,程姥姥才回头对禄儿说:"你去把那间空屋子收拾收拾,再锁上门罢,钥匙在门上呢。"

屋里空洞洞的,床上却放着一张纸,写着:

小朋友禄儿:

我先要深深的向你谢罪㊾,我的恩德㊿,就是我的罪恶。

你说你要报答我,我还不知道我应当怎样的报答你呢!

你深夜的呻吟,使我想起了许多往事。头一件就是我的母亲,她的爱可以使我止水㉛似的感情,重要荡漾㉜起来。我这十几年来,错认了世界是虚空的,人生是无意识的,爱和怜悯都是恶德。我给你那医药费,里面不含着丝毫的爱和怜悯,不过是拒绝你的呻吟,拒绝我的母亲,拒绝了宇宙和人生,拒绝了爱和怜悯㉝。上帝呵!这是什么念头呵!

我再深深的感谢你从天真里指示我的那几句话。小朋友呵!不错的,世界上的母亲和母亲都是好朋友,世界上的儿子和儿子也都是好朋友,都是互相牵连,不是互相遗弃的。

你送给我那一篮花之先,我母亲已经先来了。她带了你的爱来感动我。我必不忘记你的花和你的爱,也请你不要忘了,你的花和你的爱,是借着你朋友的母亲带了来的!

我是冒罪丛过㉞的,我是空无所有㉟的,更没有东西配㊱送给你。——然而这时伴着我的,却有悔罪的泪光,半弦㊲的月光,灿烂的星光。宇宙间只有它们是纯洁无疵㊳的。

我要用一缕柔丝,将泪珠儿穿起,系在弦月的两端,摘下满天的星儿来盛在弦月的圆凹里,不也是一篮金黄色的花儿么?它的香气,就是悔罪的人呼吁㊴的言词,请你收了罢。只有这一篮花配送给你!

天已明㊶了,我要走了。没有别的话说了,我只感谢你,小朋友,再见!再见!世界上的儿子和儿子都是好朋友,我们永远是牵连着呵!何彬草㊷

用不着都懂得,因为你懂得的,比我多得多了!又及㊷。

"他送给我的那一篮花儿呢?"禄儿仰㊷着黑胖的脸儿,呆呆的望着天上。

注 释

㉛ **超人**:智能、体力、行为等超过普通人的人。

㉜ **虚空**:空虚,没有什么实在的东西。

㉝ **牵连**:留连,牵挂。

㉞ **遗弃**:不顾情感、忠诚或义务的约束而抛弃。

㉟ **焦(jiāo)急**:非常着急。

㊱ **壁厢(bìxiāng)**:边儿,旁边。

㊲ **历乱**:杂乱,混杂。

㊳ **撩(liāo)**:揭起,向上掀起。

㊴ **静穆(mù)**:安静而严肃。

㊵ **呈露**:显露,呈现。

㊶ **蹑手蹑(niè)脚**:形容走路时脚步很轻。

㊷ **竭力(jiélì)**:用尽全力,尽力。

㊸ **叩(kòu)上**:磕头送上(书信)的意思,一般写在书信中写信人的名字后,表示尊敬,多用于对长辈。

㊹ **定力**:克制力。

㊺ **呜呜咽咽(wūwūyèyè)**:低声哭泣。

㊻ **辉映**:照耀,映射。

㊼ **遂**:就,于是。

㊽ **颜色**:脸色,神情。

㊾ **谢罪**:自己承认有过错,请人原谅。

㊿ **恩德**:恩惠。

㉛ **止水**:静止不流动的水。

㉜ **荡漾(dàngyàng)**:(水波)一起一伏地动,这里指感情的起伏变化。

㉝ **怜悯(mǐn)**:对遇到不幸的人表示同情。

㉞ **冒罪丛过**:不悔罪,不对自己的过错进行忏悔。

㉟ **空无所有**:什么也没有。

㊱ **配**:够得上,符合。

㊲ **半弦**:半圆形的月亮。

㊳ **疵(cī)**:过失、缺点。

㊴ **呼吁(yù)**:公开表达。

㊵ **明**:亮。

㊶ **草**:潦草地写,意思是在匆忙中写的,含有请对方原谅的意思。

㊷ **又及**:信写完后,在另添加的词句后常写上"又及",意思是顺便再提一下。

㊸ **仰**:脸朝上。

（一）填空。

1. "问题小说"开始于女作家____在_____（杂志）上发表的小说_____。这位女作家其他的问题小说还有_____、_____等。

2. "问题小说"涉及当时青年关心的_____、_____、_____、_____、____等多方面的社会问题。罗家伦的小说_____和王统照的小说_____、____也是其中的代表作品。

（二）根据课文回答问题。

1. "问题小说"出现的原因是什么？
2. "问题小说"的主要特点有哪些？
3. "问题小说"有什么样的社会作用？

（三）讨论。

在《超人》这部作品里，主人公何彬因为一个偶然的机会，由对母爱的回忆而改变了自己的人生哲学，你认为偶然的事会改变一个人对生活的看法吗？请举例谈谈这个问题。

第五课

五四现代乡土小说

课 文

"现代乡土小说"与"问题小说"一样,也是五四时期富有写实风格,主要表现现实人生的小说作品,所不同的是此类小说独特的乡村视角。

"乡土文学"作为一种特定的文学现象,其主要特征是作家以自己熟悉的故乡村镇为背景,描绘乡土风情,揭示农民命运,表现鲜明的地方色彩和浓郁①的生活气息。

现代文坛②上,开创"乡土小说"先河③的是鲁迅。写于五四前后的《孔乙己》、《风波》、《故乡》以及《阿Q正传》等,可以看作是最早的"乡土小说"。

在鲁迅的影响下,20年代前期,一个以青年作家为主的现代乡土小说作家群开始出现,其中的代表作家有王鲁彦④、彭家煌⑤、台静农⑥、许钦文⑦、蹇先艾⑧等。

王鲁彦的作品重在讲述浙东的民俗环境和乡土生活方式,代表作有《菊英的出嫁》等。

彭家煌则主要描写在湖南闭塞⑨的农村,乡绅⑩与普通乡民之间所发生的各种故事。其作品《怂恿⑪》写土豪⑫恶霸⑬互相争斗,并挑拨⑭老实的农民夫妇参与争斗,使其受侮辱⑮,而他们自己也大出洋相⑯。这是一部讽刺⑰性的小说,人物形象鲜明⑱,方言土语⑲运用自如⑳。

王鲁彦

台静农的作品不多，但很有特色。主要以他的故乡安徽作为背景，描写宗法制度㉒对乡村底层民众的精神统治。如《烛焰》写"冲喜㉒"的恶习，《蚯蚓们》、《负伤者》表现农村"卖妻"、"典妻㉓"的现象，《拜堂》写的是汪二半夜偷偷摸摸地与寡嫂㉔成亲的事。

许钦文的小说突出表现了家乡浙江绍兴一带古老乡镇沉闷忧郁㉕的气氛。其短篇代表作《疯妇》，描写了勤快㉖的双喜媳妇因为不愿意跟婆婆学织布㉗而引起婆媳隔膜㉘，沉重的精神负担使她心情十分压抑㉙，最后发疯死去。小说表达了对古老乡村陈规陋习㉚的怨愤和对劳动妇女命运的深切同情。

蹇先艾的小说展现的则是贵州乡村的苦难画面，其代表作品《水葬㉛》以忧郁的笔法描写了民国时期㉜在贵州乡村流传的一种古老习俗——以水葬的方式处死抓住的小偷。小说中将被水葬的驼毛显然是因生活所迫才变成小偷的，他家里还有孤苦无依的老母亲，然而围观㉝的人们却毫不同情地看着他被水葬。作者通过这一冷酷的习俗写出了乡间人生的多重㉞悲剧，揭露㉟了世道㊱的黑暗和民众的麻木。

在20年代兴起的"乡土小说"浪潮中，还有一位情调㊲独特的作家，他就是具有田园风格㊳的乡土抒情小说家废名㊴。他的作品以散文化的结构，描写了古老乡村"梦"一般的宁静和幻美。其代表作《竹林的故事》中，主人公菜园少女三姑娘美得像竹子一样纯净，她对幸福的憧憬㊵和淡淡的忧伤，都融化㊶在青翠的竹子中。在另一个短篇《桃园》里，作者也是借纯洁少女阿毛的理想来表明自己的理想。阿毛是个心地善良、一心助人的女孩子，她摘自己家的桃子送人，还可惜自己不会上树多摘几个！阿毛的纯洁表现了农村纯朴的古风㊷。

"现代乡土小说"给当时的文坛带来了清新的泥土气息㊸，突破了"五四"新文学诞生㊹以来主要描写知识青年这一相对狭小的天地，丰富了新文学的反封建题材，吸引了一大批新作家更多地关注社会，关注农民的生存状况。

注 释

① **浓郁**:浓厚。
② **文坛**:文学界。
③ **先河**:先倡导的事物。
④ **王鲁彦**(1901—1943):原名王衡,又名返我,出生于浙江镇海县。乡土文学代表作家。主要作品《秋雨的诉苦》、《柚子》、《阿卓呆子》、《菊英的出嫁》都收在 1926 年出版的小说集《柚子》中。
⑤ **彭家煌**(1898—1933):字蕴生,别字韫松,又名介黄,笔名曾用韦公。乡土文学代表作家。代表作有《活鬼》、《怂恿》、《陈四爹的牛》、《茶杯里的风波》等。
⑥ **台静农**(1903—1990):安徽霍丘人。中国乡土文学代表作家、教育家、学问家和书法家。代表作有短篇小说集《地之子》、杂文集《龙坡杂文》、文集《我与老舍与酒》等。
⑦ **许钦文**(1897—1984):原名绳尧,笔名钦文,浙江绍兴人。乡土文学代表作家。在鲁迅指导下开始小说创作。著有短篇小说集《故乡》、《幻象的残象》、《若有其事》、《西湖之月》、《一坛酒》等。
⑧ **蹇先艾**(1906—1994):贵州遵义人。乡土文学代表作家。著有短篇小说集《朝雾》、《还乡集》,散文集《城下集》、《离散集》、《新芽集》等。
⑨ **闭塞**:交通不便,偏僻,消息不灵通。
⑩ **乡绅**:乡里的官吏或读书人。
⑪ **怂恿**(sǒngyǒng):鼓动别人去做(某事),含贬义。
⑫ **土豪**:旧社会农村中有钱有权势的地主。
⑬ **恶霸**:独霸一方,欺压群众的人。
⑭ **挑拨**(tiǎobō):制造并传播双方的坏话,引起他们相互不满甚至引起争斗。
⑮ **侮辱**:使对方的人格或名誉受到损害、蒙受耻辱。
⑯ **出洋相**:闹笑话,出丑。
⑰ **讽刺**:用比喻、夸张等手法指责和嘲笑某人或某事。
⑱ **鲜明**:清楚确定,一点也不模糊。
⑲ **土语**:小地区方言。
⑳ **自如**:没有障碍地,不受约束地。
㉑ **宗法制度**:由氏族社会父系家长制演变而来,是奴隶主贵族按血缘关系分配国家权力,以便建立世袭统治的一种制度。该制度确立于夏朝,发展于商朝,完备于西周,影响了后来的各封建王朝。主要包括"臣子必须服从于皇帝,妻子必须服从于丈夫,儿子必须服从于父亲"等制度。
㉒ **冲喜**:一种迷信习俗。旧时家中有人病危时,企图通过办喜事来驱除病魔,以求转危为安。
㉓ **典妻**:又称租肚皮,是一种传统陋俗,现已消失。指的是丈夫与买主订立契约,将妻子的肚子借给买主,为买主生孩子。生子之后,孩子留在买主家,妻子还要回到丈夫身边。
㉔ **偷偷摸摸**:形容瞒着别人偷偷做某事的样子。**寡**(guǎ)**嫂**:死去的哥哥的妻子。
㉕ **沉闷**:沉重,烦闷。**忧郁**:忧愁烦恼。

㉖ **勤快**:热爱劳动,手脚快。
㉗ **织布**:把丝线纺织成布匹。
㉘ **隔膜**:彼此情意沟通的障碍,思想上的距离。
㉙ **压抑**:情绪、感情低落。
㉚ **陈规陋(lòu)习**:过了时的不合理的规章制度和习惯。
㉛ **水葬(zàng)**:把尸体投入水中,让鱼类吃掉的埋葬方法。
㉜ **民国时期**:即中华民国时期,指1912年到1949年这一段时期。
㉝ **围观**:(很多人)围着观看。
㉞ **多重**:多层。
㉟ **揭露**:揭发隐蔽的事,使之暴露。
㊱ **世道**:指社会状况、风气。
㊲ **情调**:思想感情表现出来的格调。
㊳ **田园风格**:描绘或表现农村生活的(作品),常用理想化和习俗化的手法。
㊴ **废名**(1901—1967):本名冯文炳,湖北黄梅人。京派代表作家。1929年出版的第一本小说集《竹林的故事》,属乡土文学作品。代表作有长篇小说《桥》及《莫须有先生传》、《莫须有先生坐飞机以后》等。
㊵ **憧憬**(chōngjǐng):神往,向往。
㊶ **融化**:融入。
㊷ **古风**:古人之风,指质朴淳古的习俗、气度和文风,也指质朴的生活作风。
㊸ **气息**:特征或显著的优点。
㊹ **诞生**:新事物的出现。

作品提示

　　《菊英的出嫁》是写"冥婚㊺"的。菊英8岁时,因为走亲戚不小心得了白喉病死了㊻。十年之后,母亲却仍然为她找了婆家㊼。小说以两边家长严格讲究的地方性婚嫁习俗为叙事线索㊽,展开一幅幅具体生动的风俗画,直到后来人们才发现新郎新娘都是死去多年的人。细致的场面描写和人物描写,展示了"冥婚"这一奇特的民俗。

菊英的出嫁(节选)

王鲁彦

　　菊英的娘和爹,一个千辛万苦的在家工作,一个飘海过洋的在外面经商㊾,一大半是为的儿女的大事。如果儿女的婚姻草草的了事㊿,他们的心中便要生出非常的不安。因为他们觉得儿女的婚嫁,是做爹娘责任内应尽的事,做儿女的除了拜堂㉛以外,可以袖手旁观㉜。不能使喜事热闹阔绰㉝,他们便觉得对不住儿女。人家女儿多的,也须东挪西扯㉞的弄一点钱来尽力的把她们一个一个,热热闹闹阔阔绰绰的嫁出去,何况他们除了菊英没有第二个女儿,而且菊英又是娘所最爱的心肝儿㉟。

尽她所有的力给菊英预备嫁妆㊱,是她的责任,又是她十分的心愿。

哈,这样好的嫁妆,菊英还会不喜欢吗?人家还会不称赞吗?你看,哪一种不完备?哪一种不漂亮?哪一种不值钱?大略的说一说:金簪㊲二枚,银簪珠簪各一枚。金银发钗㊳各二枚。挖耳,金的二个,银的一个。金的,银的和钻石的耳环各两副。金戒指四枚,又钻石的两枚。手镯三对,金的倒有二对。自内至外,四季衣服粗穿的俱备三套四套,细穿的各二套。凡丝罗缎㊴如纺绸等衣服皆在粗穿之列。棉被八条,湖绉㊵的占了四条。毡子㊶四条,外国绒的占了两条。十字布乌贼㊷枕六对,两面都挑出山水人物。大床一张,衣橱二个,方桌及琴桌各一个。椅,凳,茶几及各种木器,都用花梨木和其他上等的硬木做成,或雕刻㊸,或嵌镶㊹,都非常细致,全件漆上淡黄,金黄和淡红等各种颜色。玻璃的橱头箱中的镴器光彩夺目㊺。大小的蜡烛台六副,最大的每只重十二斤。其余日用的各种小件没有一件不精致,新奇,值钱。在种种不能详说(就是菊英的娘也不能一一记得清楚)的东西之外,还随去了良田十亩,每亩约计价一百二十元。

吉期㊻近了,有许多嫁妆都须在前几天送到男家去,菊英的娘愈加一天比一天忙碌起来。一切的事情都要经过她的考虑,她的点督㊼,或亲自动手。但是尽管日夜的忙碌,她总是不觉得容易疲倦,她的身体反而比平时强健了数倍。

她心中非常的快活。人家都由"阿姆"而至"丈姆"㊽,由"丈姆"而至"外婆",她以前看着好不难过,现在她可也轮到了!邻居亲戚们知道罢,菊英的娘不是一个没有福气的人!

她进进出出总是看见菊英一脸的笑容。"是的呀,喜期近了呢,我的心肝儿!"她暗暗的对菊英说。菊英的两颊上突然飞出来两朵红云。"是一个好看的郎君哩!聪明的郎君哩!你到他的家里去,做'他的人'去!让你日日夜夜跟着他,守着他,让他日日夜夜陪着你,抱着你!"菊英羞得抱住了头想逃走了。"好好的服侍他,"她又庄重的训导菊英说:"依从他,不要使他不高兴。欢欢喜喜的明年就给他生一个儿子!对于公婆要孝顺,要周到。对于其他的长者要恭敬㊾,幼者要和蔼㊿。不要被人家说半句坏话,给娘争气,给自己争气,牢牢的记着!……"

音乐热闹的奏着,渐渐由远而近了。住在街上的人家都晓得菊英的轿子出了门。菊英的出嫁比别人要热闹,要阔绰,他们都知道。他们都预先扶老携幼㊼的在街上等候着观看。

最先走过的是两个送嫂㊽。她们的背上各斜披着一幅大红绫子,送嫂约过去有半里远近,队伍就到了。为首的是两盏红字的大灯笼。灯笼后八面旗子,八个吹手㊾。随后便是一长排精制的,逼真㊿的,各色纸童,纸婢,纸马,纸轿,纸桌,纸椅,纸箱,纸屋,以及许多纸做的器具。后面一顶鼓阁两杠纸铺陈㊻,两杠真铺陈。铺陈后一顶香亭,香亭后才是菊英的轿子;这轿子与平常的花轿不同,不是红色,却是青色,四维⑯着彩。轿后十几个人抬着一口十分沉重的棺材,这就是菊英的灵柩⑰。棺材在一套呆大的格子架中,架上盖着红色的绒毡,四面结着彩,后面跟送着两个坐轿的,和许多预备在中途折回的,步行的孩子。

看的人都说菊英的娘办得好,称赞她平日能吃苦耐劳。她们又谈到菊英的聪明和新郎生前的漂亮,都说配合得得当⑱。

注　释

㊺ **冥婚**:是一种传统习俗,分三种:一种是男女为情而死,死后亲人为其合葬并举行婚礼;二是亲人给未婚就死去的男女举行婚礼;三是活着的女子被迫与死去的男子结婚。

㊻ **走亲戚**:与亲戚来往。**白喉病**:一种小孩容易感染的流行病。

㊼ **婆家**:丈夫的家。

㊽ **线索**:比喻事物发展的脉络或探求问题的途径。

㊾ **飘海过洋**:乘船度过海洋,指远离家乡,去海外其他国家。**经商**:经营商业,做生意。

㊿ **草草**:马虎,简陋从事。**了事**:完成事情。

51 **拜堂**:旧式婚礼,新郎新娘一起参拜天地、双亲、夫妻对拜,也说拜天地。

52 **袖手旁观**:在旁观望,不参与事情。

53 **阔绰**(kuòchuò):花费大量金钱追求过分享受和大气派。

54 **东挪西扯**:多方面把零星的事物凑集在一起。

55 **心肝儿**:称最亲热最喜爱的人(多用于年幼的子女)。

56 **嫁妆**:妇女在结婚时带到丈夫家里的钱、物。

57 **簪**(zān):用来盘住头发的一种首饰。

58 **钗**(chāi):妇女头上的一种首饰,由两股簪子合成。

59 **丝罗缎**(sīluóduàn):半透明紧密织物,由丝、棉或人造丝织成。

60 **湖绉**(húzhòu):织出皱纹的丝织品。

61 **毡子**(zhānzi):用兽毛压成的厚片状制品。

62 **乌贼**:一种海洋软体动物。

63 **雕**(diāo)**刻**:在金属、木材、石头等上面刻出图形、装饰。

64 **嵌镶**(qiànxiāng):镶嵌,把一个物体嵌入另一个物体内。

65 **镴**(là)**器**:铅和锡的合金做成的器皿。**光彩夺目**:颜色和光泽很耀眼。

66 **吉期**:指结婚的日子。

67 **点督**(dū):清点监督。

68 **阿姆**:母亲。**至**:到。**丈姆**:丈母,妻子的母亲。

69 **恭敬**:对尊长或宾客严肃有礼貌。

70 **和蔼**(ǎi):性情温和,态度亲切。

71 **扶老携**(xié)**幼**:扶着老人,搀着小孩子,形容来的人多,老人、小孩也不例外。

72 **送嫂**:结婚时为新娘换妆、梳发、扶拜的妇女。

㊄ 吹手:吹鼓手,吹奏管乐器的人。
㊅ 逼真:非常像真的。
㊆ 铺陈:指被子和枕头等床上用品。
㊇ 维:系,拴。
㊈ 灵柩(jiù):盛有尸体的棺木。
㊉ 得当:恰当。

(一) 填空。

1. _____写于"五四"前后的_____、_____、_____等作品,可以看作是最早的"乡土小说"。

2. 五四乡土小说有代表性的作家作品主要有讲述浙东的民俗环境和乡土生活方式的_____的_____,描写在湖南闭塞的农村,乡绅与普通乡民之间所发生的故事的_____的_____,以故乡安徽作为背景,描写宗法制度对乡村底层的精神统治的_____的_____,描写家乡浙江绍兴一带古老乡镇沉闷忧郁的气氛的_____的_____,展现贵州乡村的苦难生活的_____的_____。

(二) 请根据课文回答问题。

1. "现代乡土小说"与"问题小说"有何异同?
2. 五四"现代乡土小说"的主要特征是什么?
3. 废名小说的主要特点是什么?

(三) 讨论。

作品《菊英的出嫁》展示了中国古老乡村"冥婚"这一奇特的民俗。请你谈谈你所了解的你的国家的一些特殊的民俗。

第六课

自叙体抒情小说

课 文

中国现代抒情小说的最初体裁形式是自叙体抒情小说,作者多数是五四时期的文学团体"创造社"(当时与"文学研究会"齐名)的成员,大多在日本留过学,受19世纪欧洲浪漫主义文学①的影响较多,强调"本着②内心的要求,从事文艺活动"。同时他们又吸收了1921—1926年间在日本流行的"私小说"的创作特点和现代主义小说的手法③,并加以创造性的发展,主张减弱对外部事件的描写,侧重表现作家自己的生活和心境,特别是大胆暴露作家个人生活中的灵魂与肉体的冲突以及性心理,以此作为向一切旧礼教旧道德挑战的艺术手段。郭沫若早在1920年就写过《未央》④等表现日常生活的小说,初具自叙体抒情小说的特征。但自叙体抒情小说作为一股创作潮流还是从郁达夫1921年出版的《沉沦》小说集开始的。

郁达夫⑤是中国现代自叙体抒情小说的重要开拓者⑥。他早年丧父⑦,母亲的辛勤劳作和家境⑧的日益⑨窘迫⑩在他的心里留下了深刻的印象。他一生在感情上远离豪门⑪巨富,同情病苦柔弱的人们,并且总是把自己也看作病弱不幸的人,这都与他早年的人生感受有关。

1913年,郁达夫到日本留学,在此期间他接触了大量的外国文学作品。1921年,他

郁达夫

的第一个短篇小说集《沉沦》出版,这是中国现代文学史上第一部现代白话短篇小说集。《沉沦》出版后,在社会上特别是在广大青年学生中引起了很大反响⑫,因为其中涉及到"性心理"的描写,也引发了不少争论。小说集《沉沦》共收入《银灰色的死》、《沉沦》、《南迁》三篇小说,其中影响最大、最能代表郁达夫早期小说思想艺术特色的还是《沉沦》。

《沉沦》描写了一个从小接受中国儒家"男女授受不亲⑬"道德教育的年轻人,进入性开放⑭程度相对较高的日本社会后,他的道德观念和本能欲望之间发生冲突,引起了性苦闷,而民族贫弱带给他的自卑⑮感又加重了这种性苦闷,最终他选择了自杀。小说的情感是在主人公对爱情和性的要求上爆发出来的:

知识我也不要,名誉我也不要,我只要一个安慰我体谅我的"心"。一副白热⑯的心肠!从这心肠里生出来的同情!从同情而来的爱情!

我所要求的就是爱情!

而作品的最后则表达了希望祖国富强起来的思想:

祖国啊祖国!我的死是你害我的!

你快富起来!强起来吧!

你还有很多儿女在那里受苦呢!

《沉沦》所表现的内心苦闷,在某种程度上也是新旧文化交替⑰时期中国青年共有的苦闷。在这篇小说中,郁达夫采取了大胆的自我表现暴露的方式,这对传统的礼教是一个很大的冲击,给人以极端直率⑱和真诚的新鲜感受。《沉沦》可以说是最早的直接表现人的性心理的文学作品。

小说《春风沉醉的晚上》也是郁达夫的代表作品之一。作品主要描写了同住在贫民区的一个贫穷的知识分子和一个烟厂女工交往的一段经历。与《沉沦》相比,它多了一些社会描写和客观表现。

郁达夫小说作为五四时期自叙体抒情小说的代表,有着非常鲜明的特征:其一就是作品的自叙传的性质。郁达夫的小说大都具有自我表现和自我暴露的性质,有着强烈的主观抒情色彩。其二是情调比较低沉,大多表现了伤感和失意⑲的情绪。其三是大胆而直率地描写了性心理。把性心理作为人物心理的一个重要组成部分,改变了中国古代文人只是在爱情小说中或者揭示反面人物心理的虚伪⑳时才描写性心理的做法,这在中国小说发展史上有着重要的意义。第四是将小说的散文化程度发展到了最高程度。郁达夫在自叙传观念的影响下,抛弃了传统写实小说㉑由人物关系构成的叙事框架㉒,而以人物的经历为小说的叙事框架,这使他的很多小说与散文没有了明显的区别。

注　释

① **19世纪欧洲浪漫主义文学**:产生于18世纪末,在19世纪上半叶达到繁荣,是西方近代最重要的文学思潮之一。代表作家有英国的拜伦、雪莱,法国的维克多·雨果等。

② **本着**:按照。

③ **私小说**:日本大正时代产生的一种独特的小说形式,大多描写个人身边琐事和心理活动。代表作有田山花袋的《棉被》等。**现代主义小说**:主要指发端于19世纪晚期的唯美主义一直到第二次世界大战后的存在主义小说,包括表现主义小说、超现实主义小说、意识流小说等。现代主义小说用荒诞和变形的形式表现人的异化,充满了强烈的危机感、幻灭感和悲观厌世的情调。

④ **《未央》**:郭沫若1920年写的一片短篇小说,描写一位身处异国、名叫爱牟的父亲,在长夜漫漫尚未天亮的时候,想起才三岁的大儿子在国外受到的歧视和欺侮,产生了对故乡的思念之情。

⑤ **郁达夫**(1896—1945):原名郁文,浙江富阳人。中国现代小说家。代表作有短篇小说《沉沦》、《春风沉醉的晚上》、《迟桂花》等。

⑥ **开拓者**:开辟新领域的人。

⑦ **丧父**:死了父亲。

⑧ **家境**:家中经济状况。

⑨ **日益**:一天比一天更加。

⑩ **窘(jiǒng)迫**:经济困难。

⑪ **豪门**:旧时指位高权重的家族。

⑫ **反响**:回声,反应。

⑬ **男女授受不亲**:中国古时礼教规定一般男女之间不能直接接触对方身体,即使传递东西也不能。
⑭ **性开放**:性观念开放,不受拘束。
⑮ **自卑**:低估自己的能力,觉得自己各方面不如人。
⑯ **白热**:高度热情的。
⑰ **交替**:轮流替换。
⑱ **直率**:言行坦率、爽朗。
⑲ **失意**:不能实现自己的意愿,不得志。
⑳ **虚伪**:虚假,不真实。
㉑ **写实小说**:指内容尽量贴近现实生活,以其反映现实真实与否和是否展示了当时的社会问题作为衡量标准的一类小说。
㉒ **框架**:比喻事物的组织、结构。

> **作品提示**
>
> 小说男主人公"我"是一位十分落魄㉓的知识分子,因为失业,经济上发生了困难,只好与一位烟厂女工合住在贫民窟㉔的一个小套间里。这个名叫陈二妹的女工心地善良、性格单纯。在相互了解和相互安慰的过程中,我对她产生了朦胧㉕的情感冲动,却又因自身的生存困难而克制㉖住了这种情感。这部小说含蓄委婉㉗,于平淡中见趣味,结构完整,表现了同为沦落人㉘的情感。

春风沉醉的晚上(节选)

郁达夫

四

二妹回来的响动把我惊醒的时候,我见我面前的一枝十二盎司㉙一包的洋蜡烛已经点去了二寸的样子,我问她是什么时候了?她说:"十点的汽管㉚刚刚放过。"

"你何以今天回来得这样迟?"

"厂里因为销路㉛大了,要我们做夜工。工钱是增加的,不过人太累了。"

"那你可以不去做的。"

"但是工人不够,不做是不行的。"

她讲到这里,忽而滚了两粒眼泪出来,我以为她是做工作得倦了,故而㉜动了伤感,一边心里虽在可怜她,但一边看她这同小孩似的脾气,却也感着了些儿快乐。把糖食包打开,请她吃了几颗之后,我就劝她说:"初做夜工的时候不惯,所以觉得困倦,作惯了以后,也没有什么的。"

她默默的坐在我的半高的由书叠成的桌上,吃了几颗巧格力㉝,对我看了几眼,好像是有话说不出来的样子。我就催她说:"你有什么话说?"她又沉默了一会,便断断续续的问我说:"我……我……早想问你了,这几天晚上,你每晚在外边,可在与坏人作伙友㉞么?"

我听了她这话,倒吃了一惊,她好像在疑我天天晚上在外面与小窃恶棍㉟混在一块。她看我呆了不答,便以为我的行为真的被她看破了,所以就柔柔和和㊱的连续着说:"你何苦要吃这样好的东西,要穿这样好的衣服。你可知道这事情是靠不住的。万一被人家捉了去,你还有什么面目㊲做人。过去的事情不必去说它,以后我请你改过了罢。……"

我尽是张大了眼睛张大了嘴呆呆的在看她,因为她的思想太奇怪了,使我无从辩解㊳起。她沉默了数秒钟,又接着说:"就以你吸的烟而论,每天若戒绝㊴了不吸,岂不可省几个铜子㊵。我早就劝你不要吸烟,尤其是不要吸那我所痛恨的N工厂的烟,你总是不听。"

她讲到了这里,又忽而㊶落了几滴眼泪。我知道这是她为怨恨N工厂而滴的眼泪,但我的心里,怎么也不许我这样的想,我总要把它们当作因规劝我而洒的。我静静儿的想了一回,等她的神经镇静下去之后,就把昨天的那封挂号信的来由㊷说给她听,又把今天的取钱买物的事情说了一遍。最后更将我的神经衰弱症和每晚何以必要出去散步的原因说了㊸。她听了我这一番辩解,就信用㊹了我,等我说完之后,她颊㊺上忽而起了两点红晕,把眼睛低下去看看桌上,好像是怕羞似的说:"噢,我错怪你了,我错怪你了。请你不要多心,我本来是没有歹意㊻的。因为你的行为太奇怪了,所以我想到了邪路㊼里去。你若能好好儿的用功,岂不是很好么?你刚才说的那——叫什么的——东西,能够卖五块钱,要是每天能做一个,多么好呢?"

我看了她这种单纯的态度,心里忽而起了一种不可思议㊽的感情,我想把两只手伸出去拥抱她一回,但是我的理性却命令我说:"你莫再作孽㊾了!你可知道你现在处的是什么境遇,你想把这纯洁的处女毒杀了么?恶魔㊿,恶魔,你现在是没有爱人的资格的呀!"

我当那种感情起来的时候,曾把眼睛闭上了几秒钟,等听了理性的命令以后,我的眼睛又开了开来,我觉得我的周围,忽而比前几秒钟更光明了。对她微微的笑了一笑,我就催她说:"夜也深了,你该去睡了吧!明天你还要上工去的呢!我从今天起,就答应你把纸烟戒下来吧。"

她听了我这话,就站了起来,很喜欢㉛的回到她的房里去睡了。

她去之后,我又换上一枝洋蜡烛,静静儿的想了许多事情:

"我的劳动的结果,第一次得来的这五块钱已经用去了三块了。连我原有的一块多钱合起来,付房钱之后,只能省下二三角小洋来,如何是好呢!"

"就把这破棉袍子去当吧!但是当铺㊾里恐怕不要。"

"这女孩子真是可怜,但我现在的境遇,可是还赶她不上,她是不想做工而工作要强迫她做,我是想找一点工作,终于找不到。就去作筋肉㉝的劳动吧!啊啊,但是我这一双弱腕㉞,怕吃不下一部黄包车的重力。"

"自杀!我有勇气,早就干了。现在还能想到这两个字,足证我的志气还没有完全消磨㉟尽哩!"

"哈哈哈哈!今天的那天轨电车的机器手!他骂我什么来?"

"黄狗,黄狗倒是一个好名词,……"

"……"

我想了许多零乱断续的思想,终究没有一个好法子,可以救我出目下的穷状来㊱。听见工厂的汽笛,好像在报十二点钟了,我就站了起来,换上了白天那件破棉袍子,仍复吹熄了蜡烛,走出外面去散步去。

贫民窟里的人已经睡眠静了。对面日新里的一排临邓脱路的洋楼里,还有几家点着了红绿的电灯,在那里弹罢拉拉衣加㊲。一声二声清脆的歌音,带着哀调,从静寂的深夜的冷空气里传到我的耳膜上来,这大约是俄国的飘泊㊳的少女,在那里卖钱的歌唱。天上罩满了灰白的薄云,同腐烂的尸体㊴似的沉沉的盖在那里。云层破处也能看得出一点两点星来,但星的近处,黝黝㊵看得出来的天色,好像有无限的哀愁蕴藏着的样子。

注 释

㉓ **落魄**:穷困不得意。
㉔ **贫民窟**(kū):指城市中穷人聚居的地方。
㉕ **朦胧**:不清楚,模糊。
㉖ **克制**:控制,抑制。
㉗ **含蓄**:意思含而不露,值得人品味。**委婉**:(言词、声音等)婉转。
㉘ **沦落人**:四处流落、生活状况不良的人。
㉙ **盎**(àng)**司**:英美制重量单位,一盎司等于十六分之一磅,大约相当于28.35克。
㉚ **汽管**:即汽笛。
㉛ **销路**:货物卖出的状况。
㉜ **故而**:因而。
㉝ **巧格力**:巧克力。
㉞ **伙友**:伙伴,朋友。
㉟ **小窃恶棍**:小偷和随意大胆地做了很多坏事的人。
㊱ **柔柔和和**:柔软,温和。
㊲ **面目**:指面子、脸面。
㊳ **辩解**:对受到指责的某种见解或行为加以申辩解释。
㊴ **戒绝**:彻底戒除。
㊵ **岂**:难道。**铜子**:铜元。
㊶ **忽而**:忽然。

㊷ **来由**:原因,缘故。
㊸ **神经衰弱**:神经系统的病,多由过度紧张引起,症状是头疼、失眠、疲劳等。**何以**:为什么。
㊹ **信用**:动词,相信。
㊺ **颊**(jiá):脸的两侧。
㊻ **歹**(dǎi)**意**:坏意,恶意。
㊼ **邪路**:不正当的生活道路。
㊽ **不可思议**:不可想象,不能理解。
㊾ **作孽**(niè):做坏事,造孽。
㊿ **恶魔**:比喻非常凶恶的人。
㊼ **喜欢**:欢喜,高兴的样子。
㊽ **当**(dàng)**铺**:旧时专门收取抵押品而借款给人的店铺。
㊾ **筋肉**:肌肉。
㊿ **弱腕**(wàn):腕,手腕,代指瘦弱无力的身体。
㊼ **消磨**:逐渐消耗,磨灭。
㊽ **目下**:目前,现在。**穷状**:穷困的处境。
㊾ **拉拉衣加**:俄罗斯古老的民族乐器,又名三弦琴。
㊿ **飘泊**:同"漂泊",比喻无固定住所或职业,生活不安定。
㊼ **尸体**:人或动物死后的躯体。
㊽ **黝黝**(yǒuyǒu):没有光亮,黑暗。

(一) 填空。

1. 中国现代抒情小说的最初体裁形式是_____,作者多是文学团体_____的成员,大多在_____留过学,受_____的影响较多,强调_____。
2. 郁达夫的第一个短篇小说集_____,也是中国现代文学史上第一部现代白话短篇小说集,其中收入_____、_____、_____三篇小说,其中影响最大、最能代表郁达夫早期小说思想艺术特色的是小说_____。
3. 小说_____也是郁达夫的代表作品之一,主要描写了同住在贫民区的一个贫穷的知识分子和一个烟厂女工交往的一段经历。

(二) 根据课文回答问题。

1. 自叙体抒情小说的主要特征是什么?
2.《沉沦》的主要内容是什么? 它在当时有什么意义?
3. 郁达夫小说的主要特点有哪些?

(三) 讨论。

作品《春风沉醉的晚上》描写了"我"因为贫穷,在认识了一个陌生女孩之后,对她"想爱又不能爱"的复杂感情。请你谈谈你觉得他们可能发展成恋人吗?一个人的生活状况和爱情有关系吗?

第七课

新月诗派

课 文

活跃在 20 年代中期到 30 年代前期的"新月诗派",以其系统的理论主张和鲜明的诗歌风格在现代新诗史上自成一派,对中国新诗的发展进程产生了重要的影响。

"新月诗派"是从 1923 年胡适、徐志摩①等人在北京发起成立的"新月"诗社发展来的。最初的"新月社"只是一个俱乐部②,成立后的几年里,在诗歌方面并没有多大作为③。1926 年 4 月,闻一多④、徐志摩在北京《晨报》副刊上创办《诗镌》,明确提出了现代新格律诗⑤的理论主张,这才标志着新格律诗派即"新月诗派"开始形成。虽然《诗镌》只出了 11 期就于同年 6 月停刊,但它所倡导的新格律诗歌的理论和实践,已经在新诗坛上形成风气并产生影响。《诗镌》时的新月诗派,被称为前期新月诗派。

1928 年 3 月,徐志摩、梁实秋⑥等人在上海创办了《新月》月刊,1931 年徐志摩、陈梦家⑦又创办了《诗刊》季刊,他们在"新月"的旗帜⑧下团结了一批年轻诗人,继续积极从事新诗的探索。1931 年徐志摩去世后,"新月诗派"的活动逐步减少。上海时期的新月诗派,被称作后期新月诗派。1931 年 8 月,陈梦家将前后两个时期共 18 位新月派诗人的一些作品编成《新月诗选》出版(上海新月书店出版),并为它作了长篇序言⑨。这部诗集较为完整地展现了"新月"诗人的风采。

尽管前后期"新月诗派"在思想倾向上有很多

徐志摩

不同,但他们在艺术主张方面却比较一致。首先,他们系统阐述⑩了新诗格律化的理论,强调新诗最主要的审美⑪特征应该是"和谐⑫"与"均齐⑬",这突出表现在闻一多提出的诗歌"三美"⑭(建筑美、音乐美、绘画美)上。新格律诗的"新",是继承⑮了古典诗歌的精髓⑯之后的创新,主要表现在它破除了文言和旧韵以及旧体格律诗歌的种种规范,着重强调了诗歌内在的音节和韵律⑰。其次,强调扩大新诗的抒情领域,丰富新诗的抒情技巧,把"理想的爱情"题材引入现代新诗,运用心理分析的方法开拓新诗情感的内涵⑱,并且崇尚自然,注重"性灵⑲",为新诗注入了新的情感活力。第三,注重对诗体形式的探索,翻译了大量外国诗歌,引进了一些外国诗体形式,开阔了新诗发展的思路⑳。

无论从理论上还是创作上看,"新月诗派"的首要㉑代表应是闻一多和徐志摩。

闻一多

闻一多对新诗格律化的贡献最为突出,他提出的新诗"三美"的原则,奠定了新格律诗的理论基础。他重视新诗的社会价值,特别是郭沫若《女神》所代表的时代精神。

闻一多的新诗创作实践了自己的理论主张。他的作品主要有诗集《红烛》和《死水》。1928年1月出版的第二部诗集《死水》,不仅显示了闻一多的思想向现实主义的深化,也真正体现了他的新诗格律化的主张。诗集中的代表诗作是《死水》,诗人由一沟腐臭的死水引发了写诗的灵感㉒,但他没有直接写死水的丑恶,反而用了"翡翠㉓"、"桃花"、"云霞"、"绿酒"等很多绚丽的词汇,竭力写死水的"美"。然而,强烈的审美反差㉔,使人感受到越是写它的"美",越能感受它的丑,越能使人感觉到诗人心中的悲愤:理想中的种种美好,原来只不过是一沟发臭的死水!

徐志摩则代表了新月诗派的另外一种风格,他始终参与了新月派的活动,他的作品也有很大影响。

从1921年开始写诗到1931年因飞机失事去世,徐志摩一生共留下四部诗集:《志摩的诗》、《翡冷翠的一夜》、《猛虎集》和《云游》。其中,最能代表他艺术特点和风格的诗,是那些抒发个人情感,表现真切生活实感的诗篇。它们揭示了人生的哲理㉕,富有诗歌的美感。

　　徐志摩最有影响的诗篇是他1928年重访英国后回国途中所作的《再别康桥》。虽然这首诗以康桥的自然景致为直接抒情对象,但在诗人心中,康桥已经变成旧日情思㉖的象征。康桥自然景物的人情化,诗人主观感情的自然化,在这里融为一体㉗,情意越浓,笔下越显得潇洒㉘。在这种物我交融㉙的境界中,表达了一种悠远而又执着的意念:人不能伴景长生,但情却能与景共存;人间总有别离,而记忆却能天长地久㉚。这首诗不仅美在意境㉛,而且也美在音韵,美在结构。全诗七节,韵律舒展自如,首尾两节意象㉜重叠㉝,在回环往复㉞的旋律中,诗的主题一再重复、深化,让人回味深长。

注　释

① **徐志摩**(1897—1931):名章垿(xù),现代诗人、散文家。浙江海宁人。1921年开始创作新诗,中国现代新诗的代表作家之一。著有诗集《志摩的诗》、《翡冷翠的一夜》、《猛虎集》、《云游》,散文集《落叶》、《巴黎的鳞爪》、《自剖》、《秋》,日记《爱眉小札》、《志摩日记》,译著《曼殊斐尔小说集》等。
② **俱乐部**:进行社会交际、文化娱乐等活动的团体和场所。
③ **作为**:人在事业中的成就。
④ **闻一多**(1899—1946):原名闻家骅,号友三,湖北浠水人。中国现代诗人、学者。代表作品有诗集《红烛》、《死水》等。
⑤ **格律诗**:诗体名。指形式有一定规格、音韵有一定规律的诗歌。中国古典格律诗有五言、七言的绝句和律诗。词、曲每调的字数、句式、押韵都有一定的规格,也可称为格律诗。
⑥ **梁实秋**(1903—1987):学名梁治华,字实秋,原籍浙江杭县,生于北京。现代文学评论家、散文家、翻译家。出版有散文集《雅舍小品》4辑、《槐园梦忆》等,传记文学《略谈中西文化》、译作有《莎士比亚全集》,并著有《英国文学史》。
⑦ **陈梦家**(1911—1966):浙江上虞人,中国现当代诗人、古文字学家、考古学家。1931年,编辑出版《新月诗集》,收入十多位新月诗人的诗作。代表作有诗集《梦家诗集》、《铁马集》、《梦

家诗存》等,被认为是"新月派"后期最有成就的诗人。
⑧ **旗帜**:比喻有代表性的某种思想、学说或政治力量。
⑨ **序言**:写在著作正文之前介绍或评价的文章。
⑩ **阐述**:阐明陈述。
⑪ **审美**:鉴别和领会事物或艺术品的美。
⑫ **和谐**:和睦协调。
⑬ **均齐**:平均整齐。
⑭ **"三美"**:1926年5月,闻一多发表《诗的格律》一文,提出"三美"主张,认为诗歌应具有音乐美、绘画美和建筑美。音乐美,指的是音节和旋律的美;绘画美,指的是词汇的运用要体现出中国象形文字的视觉方面的印象;建筑美,指的是诗中各小节的匀称和句子的均齐。
⑮ **继承**:泛指把前人的作风、文化、知识等接受过来。
⑯ **精髓**(suǐ):比喻事物的精华。
⑰ **韵律**:平仄和押韵规范。
⑱ **内涵**:引人思考的内容。
⑲ **性灵**:指人的精神、性情、情感等。
⑳ **思路**:思考的条理脉络。
㉑ **首要**:摆在第一位的,最重要的。
㉒ **灵感**:在文学、艺术、科学技术等活动中,由于不断积累经验和知识而突然产生的富有创造性的思路。
㉓ **翡翠**(fěicuì):玉石的名称。
㉔ **反差**:人或事物优劣、美丑等方面对比的差异。
㉕ **哲理**:关于宇宙和人生的原理。
㉖ **情思**:情意。
㉗ **融为一体**:(情和景)融合成一个整体。
㉘ **潇洒**:自然大方,不呆板,不拘束。
㉙ **物我交融**:外界的事物与主体的人交汇融合。
㉚ **天长地久**:跟天和地存在的时间一样长,形容永久不变(多指爱情)。
㉛ **意境**:文艺作品借助形象传达出的意蕴和境界。
㉜ **意象**:客观形象与主观心灵融合成的带有某种意蕴与情调的东西。
㉝ **重叠**:叠加。
㉞ **回环往复**:来来回回,曲折环绕。

作品提示

《再别康桥》是徐志摩的代表作,表现了诗人在重游康桥时,对往事的追忆和对旧日情感的怀念。《死水》是闻一多的代表作,表现了诗人在回到祖国后理想的破灭和对民族命运的深切忧虑。

再别康桥

徐志摩

轻轻的我走了,
正如我轻轻的来;
我轻轻的招手,
作别㉟西天的云彩。

那河畔的金柳,
是夕阳中的新娘;
波光里的艳影,
在我的心头荡漾。

软泥上的青荇㊱,
油油的在水底招摇㊲;
在康桥的柔波里,
我甘心做一条水草!

那榆荫下的一潭㊳,
不是清泉,
是天上虹揉碎在浮藻㊴间,
沉淀㊵着彩虹似的梦。

寻梦?撑一支长篙㊶,
向青草更青处漫溯㊷,
满载一船星辉,
在星辉斑斓里放歌㊸。

但我不能放歌,
悄悄是别离的笙箫㊹;

夏虫也为我沉默，
沉默是今晚的康桥！

悄悄的我走了，
正如我悄悄的来；
我挥一挥衣袖，
不带走一片云彩。

死 水

闻一多

这是一沟绝望的死水，
清风吹不起半点漪沦㊺。
不如多扔些破铜烂铁，
爽性泼你的剩菜残羹㊻。

也许铜的要绿成翡翠，
铁罐上绣出几瓣桃花；
在让油腻织一层罗绮㊼，
霉菌㊽给他蒸出些云霞。

让死水酵㊾成一沟绿酒，
漂满了珍珠似的白沫；
小珠们笑声变成大珠，
又被偷酒的花蚊咬破。

那么一沟绝望的死水，
也就夸得上几分鲜明。
如果青蛙耐不住寂寞，
又算死水叫出了歌声。

这是一沟绝望的死水，
这里断㊿不是美的所在，
不如让给丑恶来开垦(51)，
看他造出个什么世界。

注 释

㉟ **作别**：分手，告别。
㊱ **青荇**(xìng)：多年生草本植物，青色。

- ㊲ **招摇**:招展摇动,引人注意。
- ㊳ **榆荫**:榆树阴影下。**潭**:深水池。
- ㊴ **浮藻**:浮于水面的水草。
- ㊵ **沉淀**:凝聚,积累。
- ㊶ **篙(gāo)**:撑船的竿。
- ㊷ **溯(sù)**:逆着水流的方向走。
- ㊸ **斑斓(bānlán)**:色彩错杂灿烂的样子。**放歌**:放声歌唱。
- ㊹ **笙(shēng)**:管乐器名。**箫**:管乐器名。
- ㊺ **漪沦(yīlún)**:微波。
- ㊻ **爽(shuǎng)性**:索性。**残羹(cánggēng)**:吃剩的饭菜。
- ㊼ **罗绮(qǐ)**:罗和绮。罗,质地稀疏的丝织品;绮,有花纹或图案的丝织品。
- ㊽ **霉菌(méijūn)**:真菌的一类。
- ㊾ **酵(jiào)**:发酵,指复杂的有机化合物在微生物的作用下分解成比较简单的物质。
- ㊿ **断**:绝对,一定(多用于否定句)。
- 51 **开垦**:把荒地变成可以种植的土地。

(一) 填空。

1. ＿＿＿年＿＿＿月,＿＿＿、＿＿＿在北京＿＿＿副刊上创办＿＿＿,明确提出了＿＿＿的理论主张,标志着"新月诗派"开始形成,这一时期的新月诗派,被称为＿＿＿。1928年3月,＿＿＿、＿＿＿等人在上海创办了＿＿＿月刊,1931年＿＿＿、＿＿＿又创办了＿＿＿季刊,上海时期的新月诗派,被称作＿＿＿。

2. ＿＿＿年＿＿＿月,＿＿＿将前后两个时期共18位新月派诗人的一些作品编成＿＿＿出版(上海新月书店出版),并为它作了长篇序言。这部诗集较为完整地展现了"新月"诗人的风采。

2. 闻一多提出的诗歌"三美"原则是指＿＿＿、＿＿＿和＿＿＿。

3. 徐志摩一生共留下四部诗集:＿＿＿、＿＿＿、＿＿＿和＿＿＿。其中,最能代表他艺术特点和风格的诗有＿＿＿等。

(二) 根据课文回答问题。

1. 新月诗派的主要艺术特色是什么?
2. 闻一多的主要作品有哪些?
3. 徐志摩的《再别康桥》表现了怎样的情感?

(三) 背诵《再别康桥》。

第八课

五四时期的散文

课 文

五四革命之后,作为文学体裁之一的现代散文也随着产生并迅速发展起来了。

现代散文最早出现的品种是"随感录"①式的杂文,它是五四思想革命和文学革命的产物。1918年4月,《新青年》开辟了"随感录"专栏②,专门刊登短小的时评和杂感③。这些杂文作品,是中国最早的一批杂文作品,也是中国现代最早的一批散文作品。在当时的杂文作者中,最有名的是以鲁迅为代表的一批常在《新青年》上发表"随感录"的作家。

第二类很有影响的五四散文,是以朱自清④为代表的写实主义散文作品。朱自清以创作新诗步入文坛,但主要的成就是在散文方面。他最早的散文名篇,是作于1923年的《桨声灯影里的秦淮河》和1924年初的《温州的踪迹⑤》。他1925年担任清华大学教授期间,有意识地将主要精力转向了散文创作。1927年之前,他创作的散文名篇还有《背影》和《荷塘月色》等。这些散文,处处显示着他的严谨简练、朴素清新的创作风格,尤其是《背影》,已经成了和朱自清这个名字密不可分的一篇散文名作。

朱自清

第三类影响较大的五四散文,是以周作人⑥散文创作为代表的小品⑦散文。

周作人是现代散文的大力提倡者。1921年6月,他在《晨报》副刊发表名为《美文》的短评,提倡大胆创作现代散文,并以自己的创作实践积极推进它的繁荣与发展。周作人从1923年起,先后出版了24部专集。他在1928年之后虽然也发表了不少优秀散文,但艺术性最强的还是五四时期创作的散文。周作人最有影响的、最有代表性的散文集有《自己的园地》(1923)、《雨天的书》(1926)等。

周作人的小品散文常记叙生活中的一事、一情、一种景,清新随意,富有情趣。从艺术性的角度来看,小品散文这一形式在他这里确实发展得更为成熟了。他的散文名篇《故乡的野菜》(1924),通过介绍家乡的野菜,集中表现了深沉的思乡之情。文章本身虽然写得平和质朴,细细品味,却又有恬静⑧、深长的诗意。《乌蓬船》(1926),写的是在乌蓬船上欣赏水乡美景的情景,描述了家乡的优美的山水景色,烘托⑨出作者轻快、愉悦的心情,表达了悠远的故乡之恋。

注　释

① **随感录**:散文的一种,多描写个人对一些事件的评论和感受,收集成册,称为随感录。
② **专栏**:报纸或杂志上专门登载某类稿件的栏目。
③ **时评**:评论时事政治类的文章,统称时评。**杂感**:写零星感想的一种文体。
④ **朱自清**(1898—1948):原名自毕,字佩弦,号秋实,江苏东海人。中国现代散文家、诗人。主要作品有诗歌散文集《踪迹》,散文集《背影》、《欧游杂记》等。
⑤ **踪迹**:行动所留的痕迹。
⑥ **周作人**(1885—1967):浙江绍兴人,鲁迅的弟弟。现当代散文家、诗人、文学翻译家。主要作品有《人的文学》、《平民文学》、《思想革命》等重要理论文章,散文集《自己的园地》、《雨天的书》、《泽泻集》、《谈龙集》、《谈虎集》等。
⑦ **小品**:即小品文。原指佛经的节本,后来运用到文学领域,指短篇杂记一类文章。题材的广泛和体裁的自由,是小品文的主要特点。文中所说的小品文,指的是篇幅短小、文辞简约、富有情趣和韵味的散文作品。
⑧ **恬**(tián)**静**:恬适安静。
⑨ **烘**(hōng)**托**:陪衬,使明显突出。

作品

作品提示

作品提示:《背影》写于1925年秋天。当时作者还只是一个27岁的青年,但他对人生的体验已经相当深刻了。"我与父亲不相见已二年余了,我最不能忘记的是他的背影。"作品全篇就用这个事过两年仍使自己难忘的背影作为陈述事实、抒发感情的中心,表现了自己对父亲的深情。作品主要描写父亲,却是通过儿子的眼睛来表现父亲的言行举止⑩的。文章语句朴素,但平淡中见真情,将一位经受着生活的折磨,却仍然无私地爱着自己儿子的父亲形象刻画得栩栩如生⑪。

背 影

朱自清

我与父亲不相见已二年余⑫了,我最不能忘记的是他的背影。那年冬天,祖母死了,父亲的差使也交卸了⑬,正是祸不单行⑭的日子,我从北京到徐州,打算跟着父亲奔丧⑮回家。到徐州见着父亲,看见满院狼藉⑯的东西,又想起祖母,不禁簌簌⑰地流下眼泪。父亲说,"事已如此,不必⑱难过,好在天无绝人之路⑲!"

回家变卖典质⑳,父亲还了亏空㉑;又借钱办了丧事。这些日子,家中光景很是惨淡㉒,一半为了丧事,一半为了父亲赋闲㉓。丧事完毕,父亲要到南京谋事㉔,我也要回北京念书,我们便同行。

到南京时,有朋友约去游逛,勾留㉕了一日;第二日上午便须渡江到浦口,下午上车北去。父亲因为事忙,本已说定不送我,叫旅馆里一个熟识的茶房陪我同去。他再三嘱咐㉖茶房,甚㉗是仔细。但他终于不放心,怕茶房不妥帖㉘;颇踌躇㉙了一会。其实我那年已二十岁,北京已来往过两三次,是没有甚么㉚要紧的了。他踌躇了一会,终于决定还是自己送我去。我两三回劝他不必去;他只说,"不要紧,他们去不好!"

我们过了江,进了车站。我买票,他忙着照看行李。行李太多了,得向脚夫行些小费㉛,才可过去。他便又忙着和他们讲价钱㉜。我那时真是聪明过分,总觉他说话不大漂亮,非自己插嘴㉝不可。但他终于讲定了价钱;就送我上车。他给我拣定了靠车门的一张椅子;我将他给我做的紫毛大衣铺好坐位。他嘱我路上小心,夜里警醒㉞些,不要受凉。又嘱托茶房好好照应我㉟。我心里暗笑他的迂㊱;他们只认得钱,托他们只是白托!而且我这样大年纪的人,难道还不能料理自己么?唉,我现在想想,那时真是太聪明了!

我说道,"爸爸,你走吧。"他望车外看了看,说,"我买几个橘子去。你就在此地,不要走动。"我看那边月台的栅栏外有几个卖东西的等着顾客㊲。走到那边月台,须穿过铁道,须跳下去又爬上去。父亲是一个胖子,走过去自然要费事些。我本来要去的,他不肯,只好让他去。我看见他戴着黑布小帽,穿着黑布大马褂㊳,深青布棉袍,蹒跚㊴地走到铁道边,慢慢探身㊵下去,尚㊶不大难。可是他穿过铁道,要爬上那边月台,就不容易了。他用两手攀着上面,两脚再向上缩;他肥胖的身子向左微倾,显出努力的样子。这时我看见他的背影,我的泪很快地流下来了。我赶紧拭㊷干了泪,怕他看见,也怕别人看见。我再向外看时,他已抱了朱红的橘子望回走了。过铁道时,他先将橘子散放在地上,自己慢慢爬下,再抱起橘子走。到这边时,我赶紧去搀㊸他。他和我走到车上,将橘子一股脑儿㊹放在我的皮大衣上。于是扑扑㊺衣上的泥土,心里很轻松似的,过一会说,"我走了,到那边来信!"我望着他走出去。他走了几步,回过头看见我,说,"进去吧,里边没人。"等他的背影混入来来往往的人里,再找不着了,我便进来坐下,我的眼泪又来了。

近几年来,父亲和我都是东奔西走㊻,家中光景是一日不如一日。他少年出外谋生㊼,独力支持,做了许多大事。那知老境却如此颓唐㊽!他触目伤怀㊾,自然情不能自已㊿。情郁于中㈠,自然要发之于外㈡;家庭琐屑便往往触他之怒㈢。他待我渐渐不同往日㈣。但最近两年的不见,他终于忘却㈤我的不好,只是惦记着我,惦记着我的儿子。我北来后,他写了一信给我,信中说道,"我身体平安,惟膀子疼痛利害㈥,举箸㈦提笔,诸多不便㈧,大约大去㈨之期不远矣。"我读到此处,在晶莹的泪光中,又看见那肥胖的,青布棉袍,黑布马褂的背影。唉!我不知何时再能与他相见!

注　释

⑩ **言行举止**:一个人的言语、行动、姿态、风度。
⑪ **无私**:不自私,不顾自己的利益,只想着别人。**栩栩(xǔxǔ)如生**:好像活的一样,形容生动、逼真。
⑫ **余**:表示整数后不定的零数,相当于"多"。
⑬ **差使**:指官职或职务。**交卸(xiè)**:交接卸任。
⑭ **祸不单行**:指不幸的事往往接连不断地到来。
⑮ **奔丧**:从外地急忙赶回去办理长辈亲属的丧事。
⑯ **狼藉(lángjí)**:乱七八糟的样子。
⑰ **簌簌(sùsù)**:纷纷落下的样子。
⑱ **不必**:没有必要。
⑲ **天无绝人之路**:上天不会让人无路可走,即一个人面临绝望的处境时,上天总会给以出路。
⑳ **典质**:(把财产、衣物)典当、抵押出去。
㉑ **亏空**:所欠的财物。
㉒ **光景**:景况,经济情况。**惨淡**:凄惨,暗淡,不景气。
㉓ **赋闲**:失业在家。
㉔ **谋事**:找职业。

㉕ **勾留**:短时间停留。
㉖ **嘱咐**(zhǔ·fù):吩咐,叮嘱。
㉗ **甚**:非常,异常。
㉘ **妥帖**:令人满意。
㉙ **颇**:很,甚。**踌躇**(chóuchú):犹豫不决。
㉚ **甚么**:什么。
㉛ **脚夫**:专门为别人搬运物品的人。**行**:给。
㉜ **讲价钱**:讨价还价。
㉝ **插嘴**:不等别人把话说完就发表自己的意见。
㉞ **警醒**:睡觉时警觉,易醒。
㉟ **茶房**:旧称茶馆、旅店、火车、剧场等处的供应茶水及做杂务的工人。**照应**:照顾,照料。
㊱ **迂**(yū):言行守旧,不适应新时代新情况。
㊲ **月台**:站台。**栅栏**(zhàlán):用竹、木、铁条等做成的栏杆。
㊳ **马褂**(guà):旧时男子穿在长袍外面的短褂。
㊴ **蹒跚**(pánshān):腿脚不灵便,走起路来摇摇摆摆。
㊵ **探身**:向前、向侧前或向外伸出身子。
㊶ **尚**:还。
㊷ **拭**(shì):擦。
㊸ **搀**(chān):扶。
㊹ **一股脑儿**:完全地,全部地,整个地。
㊺ **扑扑**:拍拍。
㊻ **东奔西走**:为生活所迫或为某一目的四处奔走活动。
㊼ **谋生**:想办法找工作赚钱,以便能生活下去。
㊽ **老境**:老年时的境况。**颓**(tuí)**唐**:衰颓败落。
㊾ **触目伤怀**:看到(家庭败落的情况),心里感到悲伤。
㊿ **自已**:自己控制。
㉑ **情郁于中**:感情积聚在心里。
㉒ **发之于外**:把情绪发泄出来。
㉓ **琐屑**(suǒxiè):细小而繁多的事情。**触他之怒**:触动他使他发怒。
㉔ **往日**:过去的日子,从前。
㉕ **忘却**:忘记。
㉖ **惟**:只是;**膀子**:肩膀。
㉗ **箸**(zhù):筷子。
㉘ **诸多不便**:许多的不方便。
㉙ **大去**:长时间地离开(这个世界),这是对"死"的一种委婉说法。

（一）填空。

1. 现代散文最早出现的品种是_____式的杂文，它是五四思想革命和文学革命的产物。在当时的杂文作者中，最有名的是以_____为代表的一批常在_____（杂志）上发表作品的作家。

2. _____是五四时期写实主义的散文的代表作家，他最早的散文名篇，是作于1923年的_____和1924年初的_____。1927年之前，他创作的散文名篇还有_____和_____等。

3. _____在《晨报》副刊发表名为_____的短评，提倡大胆创作现代散文，并以自己的创作实践积极推进它的繁荣与发展，从1923年起，先后出版了_____部专集。其最有影响的、最有代表性的散文集有_____（1923）、_____（1926）等。

（二）根据课文回答问题。

1. 五四"随感式"杂文的主要特点是什么？
2. 五四时期写实主义的散文的主要特点是什么？
3. 周作人散文的主要特点是什么？

（三）请缩写作品《背影》。

要求：1. 在100字以内。
2. 尽量用自己的语言。

第九课

丁 玲

课 文

  丁玲①是成名②于20世纪二三十年代的中国现代著名女作家,早期代表作有《梦珂》和《莎菲女士的日记》,中期代表作是《水》,后期代表作是长篇小说《太阳照在桑干河上》。

  《梦珂》发表于1927年12月《小说月报》18卷2号。女主人公梦珂出身于破落③的封建家庭,因为做了裸体模特,在学校受到歧视④,愤而退学。以后她寄住在姑妈家,爱上了从法国回来的表哥,表哥却迷恋上一个妖冶⑤的女人,使她的爱情破灭了。她想自己养活自己,就到"圆月剧社"当了电影演员。这里的人对她的态度开始冷淡,后来奉承⑥,把她的美貌当作挣钱的工具,但她还是忍受屈辱⑦,做着这种出卖身体和灵魂的工作,最后在别人的一片"天香国色⑧"、"闭月羞花⑨"的赞美声中悲惨死去。梦珂的悲剧,是半封建半殖民地社会⑩的一个个性主义⑪者的必然悲剧。

  由《梦珂》到《莎菲女士的日记》,作家由社会环境描写转到人物矛盾的深层描写,写成了一篇描写人物灵魂裂变⑫的富有才气的心理小说⑬。《莎菲女士的日记》发表于1928年《小说月报》⑭19卷2号,被公认⑮为丁玲早期最好的小说。其主人公莎菲是一个走出家门,在外地漂泊的知识女性。她已经彻底摆脱了和封建家庭的关系,按照个性主义的理想独来独往⑯,但她还是不能逃离封建社会,求爱却失爱,寻路却失路,个性主义只给她带

丁玲

来了"孤僻⑰"、"骄傲"的评价。莎菲的心灵带着时代的创伤,她敏感⑱、多疑、疲惫⑲、烦闷,百无聊赖却又心境不宁,"心象许多小老鼠啃⑳着一样,又象一盆火在心中燃烧。"因此她喜怒无常㉑:"我真不知道应怎样才能分析出我自己来。有时为一朵被风吹散了的白云,会感到一种渺茫㉒的不可琢磨㉓的难过,但看到一个二十岁的男子把眼泪一颗一颗地掉在我手背时,却象野人㉔一样得意地笑了。"因为对人生已经绝望㉕,即使在养病时,她也常常失眠、酗酒㉖,用自我毁灭㉗的方式来表达自己对当时社会的反抗。

30年代前期丁玲完成了长篇小说《韦护》、《母亲》,中篇小说《一九三〇年春在上海》,以及短篇集《水》等,这些作品重点探讨了个人与社会革命的关系,体现了她的创作题材从个人生活到现实生活的转变。特别是1931年发表的《水》,以震动全国的大水灾为背景,表现了在生存绝境㉘中的人民对革命的向往。

长篇小说《太阳照在桑干河上》(1948)是丁玲后期的代表作品。这部作品描写了解放区㉙农民在中国共产党的领导下开展土地改革㉚的故事。以张裕民、程仁为代表的贫苦农民与以钱文贵为代表的地主之间,为争夺土地展开了复杂而激烈的斗争。这部作品的一个基本特点,就是非常有立体感,将暖水屯这个桑干河边上的偏僻㉛山村中农民和地主的矛盾刻画得十分生动。这部作品同时还十分严肃地表现了中国农民的文化心理,展示了中国农村错综复杂的宗法血缘关系㉜和宗族亲缘关系㉝。

注　释

① 丁玲(1904—1986):原名蒋伟,字冰之,湖南临澧人。现当代著名的女作家。著有中短篇小说《梦珂》、《莎菲女士的日记》、《水》、《我在霞村的时候》,长篇小说《母亲》、《太阳照在桑干河上》等。
② 成名:因为某种成就而变得有名。
③ 破落:破败衰落。
④ 歧(qí)视:不平等地看待。

⑤ **妖冶**(yāoyě)：妖媚而不庄重。
⑥ **奉承**：为讨好别人而赞扬。
⑦ **屈辱**：委屈和耻辱。
⑧ **天香国色**：原是赞美牡丹，后来称美女。
⑨ **闭月羞花**：使月亮藏到云里、花儿感到害羞，形容女子相貌俏丽无比。
⑩ **半封建半殖民地社会**：近代中国社会既不同于鸦片战争前的封建社会，也不同于一般的资本主义社会，它是半殖民地半封建的社会。"半殖民地"，指形式上是有自己政府的独立国家，但实际上政治、经济等都受到外国殖民者的控制和奴役。"半封建"，指形式上仍是封建统治和自然经济占主导，但实际上社会已经逐渐近代化，资本主义经济、政治、思想文化等因素在不断发展壮大。
⑪ **个性主义**：此处特指五四时期追求个人自由、个性解放的文化思潮。
⑫ **裂变**：分裂变化。
⑬ **心理小说**：指以表现人物心理为主，多心理刻画和心理描写的小说，是五四文学革命后引进的一种西方小说形式。
⑭ **《小说月报》**：文学研究会的主要刊物。
⑮ **公认**：公众所承认，大家一致承认。
⑯ **独来独往**：独自一个人来来去去；指个性独立，行为不受环境的影响。
⑰ **孤僻**(pì)：性情孤独怪异，难与常人相处。
⑱ **敏感**：感觉敏锐。
⑲ **疲惫**：极度疲劳。
⑳ **啃**：咬。
㉑ **喜怒无常**：一会儿高兴，一会儿生气，情绪变化无定。
㉒ **渺茫**：模糊不清。
㉓ **琢**(zhuó)**磨**：思考，研究。
㉔ **野人**：未开化的人。
㉕ **绝望**：毫无希望。
㉖ **酗**(xù)**酒**：无节制地喝大量的酒。
㉗ **毁灭**：彻底破坏，消灭。
㉘ **绝境**：没有出路的境地。
㉙ **解放区**：指在抗日时中国共产党建立了政权的地区，主要集中在陕西甘肃一带。
㉚ **土地改革**：指由中国共产党领导的，将地主的土地收归农民所有的政治运动。
㉛ **偏僻**：远离人口集中居住的地区或远离交通要道。
㉜ **宗法血缘关系**：传统中国社会中人与人、人与社会组织以及社会组织之间，都以血缘关系为联结纽带，在此基础上建立一系列道德行为准则。这种血缘关系称为宗法血缘关系，如讲究孝道就是宗法血缘关系的体现。
㉝ **宗法亲缘关系**：传统中国社会的统治秩序是以家庭为基础形成的，这种家庭关系称为宗法亲缘关系。如世袭制，就是以亲缘关系的远近决定皇位、官位的承袭。

作 品

作品提示

《莎菲女士的日记》主要以莎菲对爱情的追求与失望为描写线索，展开对其内心世界的描写。莎菲想追求心心相印㉞的爱情，但却只追求到心与心的隔膜，虚伪和欺骗。她一直在两个男人之间周旋㉟，迷失了自我。苇弟对她的爱是真挚的，但他的软弱性格却又是莎菲不能接受的，她讨厌这种跪着的爱。她从苇弟的泪水中寻找到了快乐，却又常暗暗忏悔㊱自己的残酷。凌吉士对她的爱是虚伪的，但她还是迷恋着他的"中世纪骑士风度"的堂堂仪表㊲。当她发现这个南洋华侨子弟的人生哲学是"赚钱和花钱"以后，又十分鄙视㊳这种以金钱买笑，整天做着发财梦的市侩㊴品格。莎菲的恋爱观是追求个性的，她不愿意为了传统的中庸㊵之爱投身小家庭中，也不愿为了洋化的市侩之爱成为金钱的奴隶。在当时的社会，莎菲的反抗是孤独的、病态㊶的，她对爱情的追求也是不能成功的。

莎菲女士的日记（节选）

三月二十八晨三时

莎菲生活在世上，要人们了解她体会她的心太热太恳切㊷了，所以长远的沉溺㊸在失望的苦恼中，但除了自己，谁能够知道她所流出的眼泪的分量？

在这本日记里，与其说是莎菲生活的一段记录，不如直接算为莎菲眼泪的每一个点滴，是在莎菲心上，才觉得更切实。然而这本日记现在要收束了，因为莎菲已无需乎此——用眼泪来泄愤和安慰㊹，这原因是对于一切都觉得无意识，流泪更是这无意识的极深的表白。可是在这最后一页的日记上，莎菲应该用快乐的心情来庆祝，她从最大的失望中，蓦然㊺得到了满足，这满足似乎要使人快乐得死才对。但是我，我只从那满足中感到胜利，从这胜利中得到凄凉，而更深的认识我自己的可怜处，可笑处，因此把我这几月来所萦萦于梦想的一点"美"反缥缈了㊻，——这个美便是那高个儿（编者注：凌吉士）的丰仪㊼！

我应该怎样来解释呢？一个完全癫狂㊽于男人仪表上的女人的心理！自然我不会爱他，这不会爱，很容易说明，就是在他丰仪的里面是躲着一个何等卑丑㊾的灵魂！可是我又倾慕㊿他，思念他，甚至于没有他，我就失掉一切生活意义了；并且我常常想，假使有那末(51)一日，我和他的嘴唇合拢来，密密的，那我的身体就从这心的狂笑中瓦解(52)去，也愿意。其实，单单能获得骑士般的那人儿的温柔的一抚摩，随便他的手尖触到我身上的任何部分，因此就牺牲一切，我也肯。

我应当发癫㉝,因为这些幻想中的异迹,梦似的,终于毫无困难的都给我得到了。但是从这中间,我所感到的是我所想象的那些会醉我灵魂的幸福吗? 不啊!

当他——凌吉士——晚间十点钟来的时候,开始向我嗫嚅㊄地表白,说他是如何的在想我……还使我心动过好几次;但不久我看到他那被情欲㊺燃烧的眼睛,我就害怕了。于是从他那卑劣的思想中发出的更丑的誓语,又振起我的自尊心!假使他把这串浅薄肉麻的情话去对别个女人说,一定是很动听的,可以得一个所谓的爱的心吧。但他却向我,就由这些话语的力,把我推得隔他更远了。唉,可怜的男子!神既然赋与你这样的一副美形,却又暗暗的捉弄你,把那样一个毫不相称的灵魂放到你人生的顶上!你以为我所希望的是"家庭"吗?我所欢喜㊻的是"金钱"吗?我所骄傲的是"地位"吗?

"你,在我面前,是显得多么可怜的一个男子啊!"我真要为他不幸而痛哭,然而他依样把眼光镇住我脸上㊼,是被情欲之火燃烧得如何的怕人!倘若他只限于肉感的满足,那末他倒可以用他的色来摧残我的心;但他却哭声地向我说:"莎菲,你信我,我是不会负㊽你的!"啊,可怜的人,他还不知道在他面前的这女人,是用如何的轻蔑去可怜他的这些做作㊾,这些话!我竟忍不住笑出声来,说他也知道爱,会爱我,这只是近于开玩笑!那情欲之火的巢穴——那两只灼闪的眼睛㊿,不正宣布他除了可鄙的浅薄的需要,别的一切都不知道吗?

"喂,聪明一点,走开吧,韩家潭㉑那个地方才是你寻乐的场所!"我既然认清他,我就应该这样说,教㉒这个人类中最劣种的人儿滚出去。然而,虽说我暗暗的在嘲笑他,但当他大胆的贸然㉓伸开手臂来拥我时,我竟又忘了一切,我临时失掉了我所有的一些自尊和骄傲,我完全被那仅有的一副好丰仪迷住了,在我心中,我只想,"紧些!多抱我一会儿吧,明早我便走了。"假使我那时还有一点自制力㉔,我该会想到他的美形以外的那东西,而把他象一块石头般,丢到房外去。

唉!我能用什么言语或心情来痛悔?他,凌吉士,这样一个可鄙的人,吻了我!我静静默默地承受着!但那时,在一个温润的软热的东西放到我脸上,我心中得到的是些什么呢?我不能像别的女人一样晕倒在她那爱人的臂膀里!我张大着眼睛望他,我想:"我胜利了!

我胜利了!"因为他所使我迷恋的那东西,在吻我时,我已知道是如何的滋味——我同时鄙夷我自己了!于是我忽然伤心起来,我把他用力推开,我哭了。

他也许忽略㉕了我的眼泪,以为他的嘴唇给我如何的温软,如何的嫩腻,把我的心融醉到发迷的状态里吧,所以他又挨我坐着,继续说了许多所谓爱情表白的肉麻话。

"何必把你那令人惋惜处暴露得无余呢㉖?"我真这样的又可怜起他来。

我说:"不要乱想吧,说不定明天我便死去了!"

他听着,谁知道他对于这话是得到怎样的感触?他又吻我,但我躲开了,于是那嘴唇便落到我手上……

我决心了,因为这时我有的是充足的清晰的脑力,我要他走,他带点抱怨颜色,缠着我。我想"为什么你也是这样傻劲呢?"他直挨到夜十二点半钟才走。

他走后,我想起适间⑥⑦的事情。我用所有的力量,来痛击我的心!为什么呢,给一个如此我看不起的男人接吻?既不爱他,还嘲笑他,又让他来拥抱?真的,单凭了一种骑士般的风度,就能使我堕落到如此地步吗⑥⑧?

总之,我是给我自己糟踏⑥⑨了,凡一个人的仇敌就是自己,我的天,这有什么法子去报复而偿还一切的损失?

好在在这宇宙间,我的生命只是我自己的玩品⑦⑩,我已浪费得尽够了,那末因这一番经历而使我更陷到极深的悲境里去,似乎也不成一个重大的事件。

但是我不愿留在北京,西山更不愿去了,我决计搭车南下,在无人认识的地方,浪费我生命的余剩⑦①;因此我的心从伤痛中又兴奋起来,我狂笑⑦②的怜惜自己:"悄悄的活下来,悄悄的死去,啊!我可怜你,莎菲!"

注　释

㉞ **心心相印**:彼此心意一致。
㉟ **周旋**(xuán):交际应酬,打交道。
㊱ **忏**(chàn)**悔**:为认识了错误或罪过而感到痛心,决心悔改。
㊲ **中世纪骑士风度**:西欧封建社会的一种产物。骑士是欧洲封建时代为国王或其他长官服务的武士,其主要任务是"忠君、护教、行侠"。骑士都应该"文雅知礼",不仅要忠实地为主人服务,还要效忠和保护女主人。骑士在当时是正义和力量的化身,荣耀和浪漫的象征。
堂堂仪表:形容人相貌端正,仪容庄严大方。
㊳ **鄙视**:轻视,看不起。
㊴ **市侩**(kuài):贪图私利的人。
㊵ **中庸**:儒家的道德标准,对待人或事物应采取不偏不倚、调和折中的态度。
㊶ **病态**:指人的某种不正常表现。
㊷ **恳切**:形容态度诚恳、心情急切的样子。
㊸ **沉溺**(chénnì):陷入不良的境地,不能自拔。
㊹ **无需乎此**:不需要这样做。**泄愤**:发泄心中的愤恨。
㊺ **蓦**(mò)**然**:忽然,猛然。
㊻ **萦萦**(yíngyíng):挂念。**缥缈**(piāomiǎo):隐隐约约,好像有,好像又没有。
㊼ **丰仪**:美好的容貌仪表。
㊽ **癫**(diān)**狂**:痴迷到一种病态。
㊾ **何等**:多么。**卑丑**:卑鄙丑陋。
㊿ **倾慕**:倾心爱慕。
㊽ **那末**:那么。
㊾ **瓦解**:比喻崩溃或分裂。
㊿ **发癫**:发疯。
㊾ **嗫嚅**(nièrú):想说而又吞吞吐吐不敢说出来。

(55) **情欲**:对异性的欲望。
(56) **欢喜**:喜欢,喜爱。
(57) **依样**:仍然,像原来一样。**镇**:(目光)停留,定在。
(58) **负**:辜负,背弃。
(59) **轻蔑**(miè):轻视,不放在眼里。**做作**:装腔作势,故意做出某种表情、动作、姿态等。
(60) **巢穴**(cháoxué):栖身之处,这里指眼睛。**灼**(zhuó)**闪**:光亮晃动不定、忽明忽暗。
(61) **韩家潭**:当时北京一个妓院集中的地区。
(62) **教**:叫,令,让。
(63) **贸然**:轻率地,不加考虑地。
(64) **自制力**:自己控制自己的能力。
(65) **忽略**:忽视,没注意到。
(66) **惋惜**:对人的不幸或事物的意外变化表示同情、可惜。**无余**:没有剩下的。
(67) **适间**:方才,刚才。
(68) **堕落**:道德方面下落到可耻或可鄙的程度。**地步**:事物发展所达到的程度。
(69) **糟踏**:损害,浪费。
(70) **玩品**:被当作玩具的人。
(71) **余剩**:剩下来的部分。
(72) **狂笑**:纵情大笑。

练习

(一) 填空。

1. 丁玲是成名于20世纪二三十年代的中国现代著名女作家,早期代表作有________和________,中期代表作是________,后期代表作是长篇小说________。
2. ________发表于________年________(杂志)19卷2号,被公认为丁玲早期最好的小说。其主人公__________是一个走出家门,在外地漂泊的知识女性。
3. 30年代前期丁玲完成了长篇小说______、______,中篇小说________,以及短篇集________等,这些作品重点探讨了个人与社会革命的关系,体现了她的创作从________到__________的转变。

(二) 根据课文回答问题。

1.《梦珂》的主要内容是什么?
2. 莎菲的形象有什么样的社会意义?
3.《太阳照在桑干河上》主要描写了怎样的故事?

（三）讨论。

小说《莎菲女士的日记》中的主人公莎菲一直在爱自己和自己爱的两个男人之间周旋,最后迷失了自我。结合作品,谈谈你认为被别人爱和爱别人,这两者哪一个更使人感到幸福。

第十课

京派文学

课 文

京派文学是出现于中国30年代的一个风格独特的小说流派,因其作家主要集中于北京而被称为京派。其作品主要描写乡土中国纯朴的人情美,奇特的风俗美和安静的自然美,表现出对中国古老乡风民俗的认同①。他们往往以"乡下人"自居②,如同其代表作家沈从文自己所说的那样:"在都市住上十年,我还是个乡下人,第一件事,我就是永远不习惯城里人所习惯的道德的愉快,伦理③的愉快。"值得注意的是,"京派"虽然带一个"派"字,但组织上是比较松散的,追求艺术上的"人各有志④"。

京派小说在理论上的代表人物是周作人和朱光潜⑤。周作人侧重于从历史的角度为京派文学寻找渊源凭证⑥。他在1932年9月出版的《中国新文学的源流》一书中,系统地建立了反对载道主义⑦的文学史流变⑧模式,指出文学"从宗教脱出之后",有"言志"、"载道"两派,"这两种潮流的起伏,便造成了中国的文学史。"他尤为⑨推崇⑩明末的言志文学⑪,认为"五四"以后的新文学方向"和明末的文学运动完全相同"。而朱光潜侧重于从审美心理上为京派文学铺垫理论基石。他认为"艺术的理想是距离适当,不太远,所以观者能以切身的经验印证作品;不太近,所以观者不以应付实际人生的态度应付它,只把它当作一幅图画摆在眼前去欣赏……以纯粹美感的态度去应付它。"(《孟实文抄·从"距离说"辩护中国艺术》,上海良友图书印刷公司1936年版)这种理论,是与京派的"梦"与"真"交融的诗化小说互相呼应的。

京派小说的代表作家是沈从文⑫。这是一个始终以"对政治无信仰对生命极关心的乡下人"(《水云集·水云》)自居的作家,他将自己的创作背景定位于湘西⑬故乡,描写那里纯朴的乡风和纯净的人情世态⑭。代表性的作品有《边城》、《丈夫》、《萧萧》、《长河》等。

沈从文在作品中充分保留了湘西世界原始而神秘的民间风情,描绘其中没有被金钱世界文明所腐蚀⑮的自然人性,讴歌⑯具有朴素道德美的人性,表现出清新空灵的艺术特色,而最能代表其上述创作风格的就是他的长篇小说《边城》。虽然小说简述的是一个爱情悲剧,但并不让人有过分的悲哀,因为在那个老船夫和孙女翠翠生活的处在青山绿水之间的小小边城里,一切都是那么纯朴自然,包括人们对待命运的态度,自然安排了人的命运,人毫无怨言地顺应自然、融入自然,淡淡的怅惘⑰,淡淡的希望,组成一首色调淡雅的人性抒情诗。《边城》以其对"爱"和生命独特的解释,展现了人性中"优美"的一面。

沈从文追求小说艺术形式的散文化和诗化,在现代小说史上开拓出了一个独特的分支。他的小说结构变化多端⑱,灵活自由,或叙事带出抒情,或心理分析披露生活哲理,这也许是为什么有人称他为"小说的魔术师"的缘故吧。

沈从文

注　释

① **认同**:认可赞同。
② **自居**:自以为具有某种身份。
③ **伦理**:人与人相处的各种道德准则。
④ **人各有志**:各人都有各自不同的志向。
⑤ **朱光潜**(1897—1986):笔名孟实,安徽省桐城县人。现当代美学家和文艺理论家。著有《悲剧心理学》、《文艺心理学》、《诗论》和《西方美学史》、《谈文学》等。

⑥ **渊源**(yuānyuán):源流,本原。**凭证**:各种用作证明的东西。
⑦ **载道主义**:即文以载道。用文章来说明道。道,旧时多指儒家思想,后来引申为写文章要为政治服务。
⑧ **流变**:随着时间的发展而变化。
⑨ **尤为**:特别,尤其。
⑩ **推崇**:推重崇敬。
⑪ **言志文学**:诗言志,文学要抒发个人情感和抱负。
⑫ **沈从文**(1902—1988):原名沈岳焕,笔名小兵、懋琳、休芸芸等,湖南凤凰人。现当代作家、历史文物研究家。代表作有短篇小说集《蜜柑》《阿黑小史》《月下小景》《八骏图》,中篇小说《一个母亲》《边城》,长篇小说《旧梦》《长河》,散文集《湘行散记》《湘西》等。
⑬ **湘西**:湘,湖南省的简称。历史上的湘西并不是指现在的湖南省西部,而主要指湖南省西部的土家族、苗族自治州等地区。
⑭ **人情世态**:人情,社会上的礼节应酬等习俗。世态,指社会上人对人的态度。
⑮ **腐蚀**(fǔshí):使人在坏的思想、坏行为等因素影响下堕落。
⑯ **讴**(ōu)**歌**:歌颂,用歌唱、言辞等赞美。
⑰ **怅惘**(chàngwǎng):惆怅迷惘,感到不痛快和迷惑。
⑱ **多端**:多,多样。

作品提示

　　在川湘交界⑲的茶峒附近,居住着一户人家,家里的成员是祖父、少女翠翠和一只大黄狗。祖父是一个撑渡船的船夫,翠翠纯洁美丽,他们怡然自得⑳地生活着。端午节翠翠去看龙舟㉑,认识了英俊善歌的青年滩送,相互产生了朦胧的爱情,可是滩送的哥哥天保也爱上了翠翠。祖父尊重翠翠的意思,让兄弟俩到溪边唱歌,由翠翠在其中选择。天保自知唱不过弟弟,坐船远行去做生意,不幸葬身㉒河中。弟弟千里寻尸却没能找到哥哥的尸体,又因为父亲不愿把间接害死哥哥的翠翠娶回家中,也坐船远去。祖父在暴风雨之夜死去,而翠翠继续摆渡㉓为生,等待着恋人的归来——"那个人也许永不回来了,也许'明天'回来!"

边 城(节选)

沈从文

由四川过湖南去,靠东有一条官路㉔。这官路将近湘西边境到了一个地方名为"茶峒"的小山城时,有一小溪,溪边有座白色小塔,塔下住了一户单独的人家。

这人家只一个老人,一个女孩子,一只黄狗。小溪流下去,绕山岨㉕流,约三里便汇入茶峒的大河。人若过溪越小山走去,则只一里路就到了茶峒城边。溪流如弓背,山路如弓弦,故远近有了小小差异。小溪宽约二十丈㉖,河床为大片石头作成。静静的水即或深到一篙不能落底,却依然清澈透明,河中游鱼来去皆可以计数。小溪既为川湘来往孔道㉗,水常有涨落,限于财力不能搭桥,就安排了一只方头渡船。这渡船一次连人带马,约可以载二十位搭客过河,人数多时则反复来去。渡船头竖了一枝小小竹竿,挂着一个可以活动的铁环,溪岸两端水槽㉘牵了一段废缆,有人过渡时,把铁环挂在废缆上,船上人就引手攀缘那条缆索,慢慢的牵船过对岸去。船将拢㉙岸了,管理这渡船的,一面口中嚷着"慢点慢点",自己霍的跃上了岸,拉着铁环,于是人货牛马全上了岸,翻过小山不见了。渡头为公家所有,故过渡人不必出钱。有人心中不安,抓了一把钱掷到船板上时,管渡船的必为一一拾起,依然塞到那人手心里去,俨然吵嘴时的认真神气:"我有了口粮㉚,三斗米,七百钱,够了。谁要这个!"但不成,凡事求个心安理得㉛,出气力不受酬谁好意思,不管如何还是有人把㉜钱的。管船人却情不过㉝,也为了心安起见,便把这些钱托人到茶峒去买茶叶和草烟,将茶峒出产的上等草烟㉞,一扎一扎挂在自己腰带边,过渡的谁需要这东西必慷慨㉟奉赠。有时从神气上估计那远路人对于身边草烟引起了相当的注意时,便把一小束草烟扎到那人包袱上去,一面说,"不吸这个吗,这好的,这妙的,味道蛮好,送人也合式㊱!"茶叶则在六月里放进大缸里去,用开水泡好,给过路人解渴。

管理这渡船的,就是住在塔下的那个老人。活了七十年,从二十岁起便守在这小溪边,五十年来不知把船来去渡了若干㊲人。年纪虽那么老了。本来应当休息了,但天不许他休息,他仿佛便不能够同这一分㊳生活离开。他从不思索自己的职务对于本人的意义,只是静静的很忠实的在那里活下去。代替了天,使他在日头升起时,感到生活的力量,当日头落下时,又不至于思量㊴与日头同时死去的,是那个伴在他身旁的女孩子。他唯一的朋友为一只渡船与一只黄狗,唯一的亲人便只那个女孩子。

女孩子的母亲,老船夫的独生女,十五年前同一个茶峒军人,很秘密的背着那忠厚爸爸发生了暧昧关系。有了小孩子后,这屯戍㊵军士便想约了她一同向下游逃去。但从逃走的行为上看来,一个违悖㊶了军人的责任,一个却必得离开孤独的父亲。经过一番考虑后,军人见她无远走勇气自己也不便毁去作军人的名誉,就心想:一同去生既无法聚首㊷,一同去死当无人可以阻拦,首先服了毒。女的却关心腹中的一块肉,不忍心,拿不出主张。事情业已㊸为作渡船夫的父亲知道,父亲却不加上一个有分量的字眼儿,只作为并不听到过这事情一样,仍然把日子很平静的过下去。女儿一面怀了羞惭一面却怀了怜悯，仍守在父亲身边，待到腹中小孩生下后，却到溪边吃了许多冷水死去了。在一种近于奇迹中，这遗孤㊹居然已长大成人，一转眼间便十三岁了。为了住处两山多篁竹㊺，翠色逼人而来，老船夫随便为这可怜的孤雏㊻拾取了一个近身的名字，叫作"翠翠"。

翠翠在风日里长养㊼着，把皮肤变得黑黑的，触目㊽为青山绿水，一对眸子㊾清明如水晶。自然既长养她且教育她，为人天真活泼，处处俨然如一只小兽物㊿。人又那么乖，如山头黄麂(51)一样，从不想到残忍事情，从不发愁，从不动气(52)。平时在渡船上遇陌生人对她有所注意时，便把光光的眼睛瞅着那陌生人(53)，作成随时皆可举步逃入深山的神气，但明白了人无机心(54)后，就又从从容容(55)的在水边玩耍了。

老船夫不论晴雨，必守在船头。有人过渡时，便略弯着腰，两手缘引了竹缆，把船横渡过小溪。有时疲倦了，躺在临溪大石上睡着了，人在隔岸招手喊过渡，翠翠不让祖父起身，就跳下船去，很敏捷的替祖父把路人渡过溪，一切皆溜刷在行(56)，从不误事。有时又和祖父黄狗一同在船上，过渡时和祖父一同动手，船将近岸边，祖父正向客人招呼："慢点，慢点"时，那只黄狗便口衔(57)绳子，最先一跃(58)而上，且俨然懂得如何方为尽职似的，把船绳紧衔着拖船拢岸。

风日清和(59)的天气，无人过渡，镇日长闲，祖父同翠翠便坐在门前大岩石上晒太阳。或把一段木头从高处向水中抛去，嗾使(60)身边黄狗自岩石高处跃下，把木头衔回来。或翠翠与黄狗皆张着耳朵，听祖父说些城中多年以前的战争故事。或祖父同翠翠两人，各把小竹作成的竖笛，逗在嘴边吹着迎亲送女的曲子。过渡人来了，老船夫放下了竹管，独自跟到船边去，横溪渡人，在岩上的一个，见船开动时，于是锐声(61)喊着："爷爷，爷爷，你听我吹，你唱！"

爷爷到溪中央便很快乐的唱起来，哑哑的声音同竹管声振荡在寂静空气里，溪中仿佛也热闹了一些。（实则歌声的来复，反而使一切更寂静一些了。）

有时过渡的是从川东过茶峒的小牛，是羊群，是新娘子的花轿，翠翠必争着作渡船夫，站在船头，懒懒的攀引缆索，让船缓缓的过去。牛羊花轿上岸后，翠翠必跟着走，站到小山头，目送这些东西走去很远了，方回转船上，把船牵靠近家的岸边。且独自低低的学小羊叫着，学母牛叫着，或采一把野花缚在头上，独自装扮新娘子。

茶峒山城只隔渡头一里路，买油买盐时，逢年过节祖父得喝一杯酒时，祖父不上城，黄狗就伴同翠翠入城里去备办东西。到了卖杂货的铺子里，有大把的粉条，大缸的白糖，有炮仗，有红蜡烛，莫不(62)给翠翠很深的印象，回到祖父身边，总把这些东西说个半天。那里河边还有许多上行船，百十船夫忙着起卸百货。这种船只比起渡船来全大得多，有趣味得多，翠翠也不容易忘记。

注释

⑲ **交界**：相连的地区，有共同的边界。

⑳ **怡(yí)然自得**：喜悦的、安适自在的样子。

㉑ **龙舟**:龙船。
㉒ **葬身**:埋葬尸体。
㉓ **摆渡**:用船运载过河。
㉔ **官路**:官府修建的大道,后泛指大道。
㉕ **岨(zǔ)**:互相抵触。
㉖ **丈**:长度单位,十尺,约 3.3 米。
㉗ **孔道**:通往某处必经的关口。
㉘ **水槽(cáo)**:有水流过的人工渠道。
㉙ **拢**:靠近。
㉚ **口量**:公家发的粮食和工钱。
㉛ **心安理得**:自信做的事情有理;心里坦然。
㉜ **把**:给。
㉝ **却情不过**:拒绝不了别人的极度热情;却,拒绝。
㉞ **草烟**:烟草。
㉟ **慷慨(kāngkǎi)**:大方,不小气。
㊱ **合式**:合适。
㊲ **若干**:多少。
㊳ **分**:份。
㊴ **思量**:思索。
㊵ **屯戍**:屯守。
㊶ **违悖(bèi)**:违背。
㊷ **聚首**:聚在一起;首,头。
㊸ **业已**:已经。
㊹ **遗孤**:父母死去后留下的孩子。
㊺ **为了**:因为。**篁(huáng)竹**:竹名。
㊻ **孤雏(gūchú)**:孤独的幼儿。
㊼ **长养**:生长,养育。
㊽ **触目**:目光接触到。
㊾ **眸子(móuzi)**:眼睛。
㊿ **俨(yǎn)然**:特别像。**小兽物**:小野兽。
(51) **麂(jǐ)**:一种动物,有点像鹿。
(52) **动气**:生气。
(53) **光光**:明亮的,没有遮拦的。**瞅(chǒu)**:看,望。
(54) **机心**:狡诈的用心。
(55) **从从容容**:悠闲舒缓,不紧张。
(56) **溜刷在行**:行动快,动作熟练到位。
(57) **衔(xián)**:口含。
(58) **跃**:跳起。
(59) **风日清和**:形容天气晴朗温和。

⑩ 嗾(sǒu)使:发出声音来指使狗。
⑪ 锐声:明亮锐利的声音。
⑫ 莫不:没有一个不,无不。

练习

(一) 填空。

1. 京派小说在理论上的代表人物是_____和_____。_____侧重于从历史的角度为京派文学寻找渊源凭证。他在_____年9月出版的_____一书中,系统地建立了反对载道主义的文学史流变模式。而_____侧重于从审美心理上为京派文学铺垫理论基石。

2. 京派小说的代表作家是_____,将自己的创作背景定位于_____,代表性的作品有_____、_____、_____等,而最能代表其上述创作风格的就是他的长篇小说_____。

(二) 根据课文回答问题。

1. 京派小说主要描写哪些内容?
2. 沈从文小说主要的艺术特色是什么?
3. 为什么有人称沈从文为"小说的魔术师"?

(三) 讨论。

请结合作品《边城》,谈谈你对其中老船夫和翠翠那种"简单的生活"的看法。

第十一课

上海现代派

课 文

　　30年代的中国文坛，和京派小说同样引人注目的是以上海为中心的一些现代派作家的创作。这一派作家的代表性作品，大多以现代意识和手法，描写灯红酒绿①的洋场②文化中现代人心灵的迷茫和骚动，因为这一派作家很推崇以横光利一③为代表的日本新感觉派④的创作理念，后来有人也称其为"新感觉派"。

　　上海现代派的出现，使得现代主义小说在中国现代文学中成为了独立的小说流派。其作品大多以上海这个中国最富有现代商业气息的大都市为背景，展示现代都市人的心理危机，展示西方文明与中国古老传统文化的碰撞，表现出了这一流派对"现代生活"、"现代情绪"的独特感受。其在艺术形式上也有所创新，很多作品大量使用"意识流"⑤的写作手法，注重心理描写和心理分析，显示了其对现代艺术形式别具一格的追求。

　　上海现代派的代表作家有施蛰存⑥、刘呐鸥⑦、穆时英⑧等。

　　施蛰存的代表作品有《梅雨之夕》、《春阳》等。《梅雨之夕》描写"我"在商店屋檐下避雨时，偶遇一个没有带雨伞的美丽少女，由此引发了一系列的联想，由初恋情人而想到现在的妻子，时而感到兴奋，时而又感到内疚⑨。小说写了一个都市人美丽而充满失落的"白日梦"⑩，传递了都市人压抑的心理境况。《春阳》也是施蛰存心理分析小说的佳作，作品细致地描写了中产阶级妇女隐秘的内心活动，揭示了封建文

施蛰存

74

化对妇女情欲的压抑和这种情欲在现代都市文明中的朦胧觉醒,心理描写极为细腻。

刘呐鸥的代表作是小说集《都市风景线》,其作品风格与施蛰存很不相同,他几乎不写中国传统文化在上海人心中的遗留,而注重描写自己对上海的感受,自己看到的所谓"新现实"——都市文化的时尚特征。他的作品多写时髦热闹的场所:影戏院、赛马场、舞会等。都市表面的繁华使得现代人成为物的奴隶,不知昨天和明天,只知道今天的享乐,但心灵却感觉不到安宁。《两个时间的不感症⑪者》写一个年轻人在赛马场上赢了一千块钱,他邀请身边根本不认识的时髦女子一起吃饭,几杯冷饮之后,两人成了关系亲密的情侣。他们同去舞场之后,女子却与事先约好的另一个男子翩翩⑫起舞。跳完舞,女子又匆匆换衣,去和别的男人约会,因为她还没有跟哪一个男人"一块儿过过三个钟头以上"。在这种招之即来,挥之即去⑬的闪电爱情游戏中,感情是淡漠的,人情全部商品化了。

穆时英的小说风格与刘呐鸥接近,不过因为他对社会底层较为了解,作品更多表现了畸形⑭的都市文化和痛苦的下层社会的反差,其代表作品《上海的狐步舞》集中描写了有钱人道德的堕落和穷人生活的无奈⑮。值得一提的是,穆时英的小说运用了电影蒙太奇⑯的艺术手法,结构非常新颖别致。

注　释

① **灯红酒绿**:形容寻欢作乐的腐化生活,也形容都市和娱乐场所夜晚的繁华景象。
② **洋场**:指旧时洋人(即外国人)较多的都市,多指上海。
③ **横光利一**(1898—1947):日本新感觉派的代表小说家。代表作有小说《太阳》、《蝇》、《头与腹》等。
④ **日本新感觉派**:日本20世纪20年代初出现的一个文学流派,1925至1926年发展到高峰。代表作家有横光利一、川端康成和片冈铁兵等。主张以视觉、听觉来认识和表现世界,即以感性认识论作为出发点,依靠直观来把握事物的表现。
⑤ **意识流**:兴起于19世纪末20世纪初的西方文学创作形式,主张小说家应当深入人物的内心世界,刻画人物内在世界的意识流动,特别是潜意识活动,认为作家应该"退出小说",让

⑥ **施蛰存**(1905—2003):原名施青萍,笔名安华、李万鹤等。原籍浙江杭州,后迁居江苏松江(现属上海市)。中国现代心理分析小说的代表作家、文学翻译家。作品有短篇小说集《上元灯》《将军的头》《李师师》《梅雨之夕》等,散文集有《灯下集》《待旦录》,还有一些学术著作和大量译作。

⑦ **刘呐鸥**(1900—1939):台湾省台南人。中国现代新感觉派的代表作家。代表作有短篇小说集《都市风景线》,另有集外的《赤道下》等作品。

⑧ **穆时英**(1912—1940):浙江省慈溪人。中国现代新感觉派的代表。

⑨ **内疚**(jiù):心里感到惭愧而不安。

⑩ **白日梦**:白日做梦,比喻不切实际的、不可能实现的幻想。

⑪ **症**(zhèng):病。

⑫ **翩翩**(piānpiān)**起舞**:轻快地跳着舞。

⑬ **招之即来,挥之即去**:手向他/她/它一招,就来了,手向他/她/它一摆,就走了;招,招手;挥,摆手。

⑭ **畸**(jī)**形**:原指生物体某部分发育不正常,这里指事物发展不平衡、不正常的状态。

⑮ **无奈**:没有别的办法。

⑯ **蒙太奇**:法文 montage 的音译,原为建筑学术语,意为构成、装配。电影创作的主要叙述手段和表现手段之一。电影将一系列在不同地点,从不同距离和角度,以不同方法拍摄的镜头排列组合起来,叙述情节、刻画人物,但当不同的镜头组接在一起时,往往又会产生各个镜头单独存在时所不具有的含义。后来,文学作品的表现也借鉴了这一电影手法。

作　品

作品提示

十二三年前,婵阿姨与病死的未婚夫的牌位⑰成亲,继承了大笔财产。因为孤苦一人生活,她时刻担心财产被未婚夫的族中人抢走,逐渐丧失了挣脱旧生活的勇气。去上海的某日,明媚的春阳诱发了她潜意识中的爱欲,她渴望得到男女的幸福,然而她钟意⑱的年轻行员却称她为"太太"。她愤怒地离开了上海,重新到保存产业中寻求精神寄托,沿着为资产殉葬⑲的道路走完自己的人生旅途。作品景物描写与人物心理协调一致,明媚的阳光映衬着婵阿姨渴望爱情与幸福的热切,而阴沉沉将雨的天色则是她灰暗、冷却了的心态的写照。

第十一课

春 阳(节选)

施蛰存

她于是看见一只文雅的手握着一束报纸。她抬起头来,看见一个人站在她桌子边。他好象找不到座位。想在她对面那空位上坐。但他迟疑着。终于,他没有坐,走了过去。

她目送着他走到里间去,不知道心里该怎么想。如果他终于坐下在她对面,和她同桌子吃饭呢?那也没有什么不可以。在上海,这是普通的事。就使他坐下,向她微笑着,点点头,似曾相识地攀谈⑳起来,也未尝不是坦白㉑的事。可是,假如他真的坐下来,假如他真的攀谈起来,会有怎样的结局啊,今天?

这里,她又沉思着,为什么他对她看了一眼之后,才果决㉒地不坐下来了呢?他是不是本想坐下来,因为对于她有什么不满意而翻然变计了吗㉓?但愿他是简单地因为她是一个女客,觉得不大方便,所以不坐下来的。但愿他是一个腼腆㉔的人!

婵阿姨找一面镜子,但没有如愿㉕。她从盆子里捡起一块蒸气洗过的手巾,揩㉖着脸,却又后悔早晨没有擦粉。到上海来,擦一点粉是需要的,倘若今天不回昆山去,就得在到惠中旅馆之前,先去买一盒粉,横竖家里的粉也快完了。

在旅馆里梳洗之后,出来,到那里去呢?也许,也许他——她稍微侧转身去,远远地看见那有一双文雅的手的中年男子已经独坐在一只圆玻璃桌边,他正在看报。他为什么独自个呢?也许他会得高兴说:

——小姐,他舍得这样称呼吗?我奉陪你去看影戏㉗,好不好?

可是、不知道今天有什么好看的戏,停会儿还得买一份报。他现在看什么?影戏广告?我可以去借过来看一看吗?假如他坐在这里,假如他坐在这里看……

——先生,借一张登载影戏广告的报纸,可以吗?

——哦,可以的,可以的,小姐预备去看影戏吗?……

——小姐贵姓?

——哦,敝㉘姓张,我是在上海银行做事的。……

这样,一切都会很好地进行了。在上海。这样好的天气。没有遇到一个熟人。婵阿姨冥想㉙有一位新交的男朋友陪着她在马路上走,手挽着手。和暖的太阳照在他们相并的肩上,让她觉得通身的轻快。

可是,为什么他在上海银行做事?婵阿姨再溜眼看他一下,不,他的确不是那个管理保管库的行员。那行员是还要年轻,面相还要和气,风度也比较的洒落㉚得多。他不是那人。

一想起那年轻的行员,婵阿姨就特别清晰地看见了他站在保管库门边凝看她的神情。那是一道好象要说出话来的眼光,一个跃跃欲动的嘴唇,一副充满着热情的脸。他老是在门边看着,这使她有点烦乱,她曾经觉得不好意思摸摸索索地多费时间,所以匆匆地锁了抽屉就出来了。她记得上一次来开保管箱的时候,那个年老的行员并不这样仔细地看着她的。

当她走出那狭窄的库门的时候,她记得她曾回过头去看一眼。但这并不单为了不放心那保管箱,好象这里边还有点避免他那注意的凝视的作用。他的确觉得,当她在他身边挨过的时候,他底下颔㉛曾经碰着她底头发。非但如此,她还疑心她底肩膀也曾经碰着他底胸脯的。

但为什么当时没有勇气抬头看他一眼呢?

婵阿姨底自己约束不住的遐想㉜,使她憧憬于那上海银行底保管库了。为什么不多勾留一会呢?为什么那样匆急地锁了抽屉呢?那样地手忙脚乱㉝,不错,究竟有没有把钥匙锁上呀?她不禁伸手到里衣袋去一摸,那小小的钥匙在着。但她恍惚㉞觉得这是开了抽屉就放进袋里去的,没有再用它来锁上过。没有,绝对的没有锁上,不然,为什么她记忆中没有这动作啊?没有把保管箱锁上?真的?这是何等重要的事!

她立刻付了账。走出冠生园,在路角上,她招呼一辆黄包车:

——江西路,上海银行。

在管理保管库事情的行员办公的那柜台外,她招呼着:

喂,我要开开保管箱。

那年轻的行员,他正在抽着纸烟和别一个行员说话,回转头来问:

——几号?

他立刻呈现了一种诧异㉟的神气,这好像说:又是你,上午来开了一次,下午又要开了,多忙?可是这诧异的神气并不在他脸上停留得很长久,行长陈光甫常常告诫㊱他底职员:对待主顾要客气,办事不怕麻烦。所以,当婵阿姨取出她底钥匙来,告诉了他三百零五号之后,他就检取了同号码的副钥匙,殷勤㊲地伺候她到保管库里去。

三百零五号保管箱,她审察了一下,好好地锁着。她沉吟着,既然好好地锁着,似乎不必再开吧?

——怎么,要开吗?那行员拈弄着钥匙问。

——不用开了。我因为忘记了刚才有没有锁上,所以来看看。她觉得有点歉疚㊳地回答。

于是他笑了。一个和气的,年轻的银行职员对她微笑着,并且对她看着。他是多么可亲啊!假如在冠生园的话,他一定会坐下在她对面的。但现在,在银行底保管库里,他会怎样呢?

她被他看着。她期待着。她有点窘㊴,但是欢喜。他会怎样呢?他亲切地说:

——放心罢,即使不锁,也不要紧的,太太。

什么?太太?太太!他称她为太太!愤怒和被侮辱了的感情奔涌在她眼睛里,她要哭了。她装着苦笑。当然,他是不会发觉的,他也许以为她是羞赧㊵。她一扭身,走了。

在库门外,她看见一个艳服的女人。

——啊,密司陈,开保管箱吗?钥匙拿了没有?

她听见他在背后问,更亲切地。

她正走在这女人身旁。她看了她一眼。密司陈,密司!

于是她走出了上海银行大门。一阵冷。眼前阴沉沉地,天色又变坏了。西北风。好

象还要下雨。她迟疑了一下,终于披上了围巾:

——黄包车,北站!

注　释

⑰ **牌位**:指神主、灵位或其他写着名字作为祭祀对象的木牌。
⑱ **钟意**:合乎心意,满意。
⑲ **殉葬**(xùnzàng):用人或器物陪葬。
⑳ **攀谈**:拉扯闲谈。
㉑ **坦白**:心地纯洁,语言直率。
㉒ **果决**:果断,决然。
㉓ **翻然**:形容改变得很快而彻底。**变计**:改变主意。
㉔ **腼腆**(miǎntiǎn):因怕生或害羞而神情不自然。
㉕ **如愿**:符合心意。
㉖ **揩**(kāi):擦。
㉗ **影戏**:电影。
㉘ **敝**:对自己或自己一方的谦称。
㉙ **冥**(míng)**想**:深沉的思索和想象。
㉚ **洒落**:洒脱。
㉛ **下颔**(hàn):下巴。
㉜ **遐**(xiá)**想**:悠远的思索或想象。
㉝ **手忙脚乱**:指做事忙乱,没有条理。
㉞ **恍惚**(huǎnghū):不真切,不清楚。
㉟ **诧**(chà)**异**:惊讶,觉得奇怪。
㊱ **告诫**(jiè):教导劝戒。
㊲ **殷勤**:热情周到。
㊳ **歉疚**(jiù):遗憾,抱歉。
㊴ **窘**(jiǒng):尴尬,难为情。
㊵ **羞赧**(xiūnǎn):因害羞而红了脸的样子。

练　习

(一) 填空题。

1. 三十年代以上海为中心的一些现代派作家的代表性作品,大多以＿＿＿＿＿,描写＿＿＿＿＿,因为这一派作家很推崇以＿＿＿＿＿为代表的日本＿＿＿＿＿的创作理念,后来有人也称其为＿＿＿＿＿。

2. 上海现代派的代表作家有_____、_____和_____，其代表作品分别为_____、_____和_____。

（二）根据课文回答问题。

1. 上海现代派小说主要描写什么？
2. 上海现代派小说在艺术形式上有哪些创新？
3. 刘呐鸥和施蛰存的小说风格有什么不同？

（三）请根据所给作品，描述一下婵阿姨是个什么样的人。

要求：

　　1. 100 字左右。

　　2. 可用自己的话。

第十二课

茅 盾

课 文

30年代中国左翼文学①成熟，茅盾②的创作在其中起到了不可忽视的作用。

茅盾最重要的作品是小说，他的小说大多以当时处于剧烈变革中的社会为背景，描写青年对自身前途的思考，描写民族工业的萌芽与悲剧命运，描写外来经济侵略对中国古老农业社会的打击等等。通过形象生动的小说，茅盾对当时中国的政治发展趋向作了深刻的思索。

茅盾的主要作品包括他的《蚀》三部曲:《幻灭》、《动摇》、《追求》，农村三部曲:《春蚕》、《秋收》、《残冬》，短篇小说《林家铺子》以及长篇小说《子夜》。

《蚀》三部曲主要描写在大革命③的社会背景下，面对急剧变化的革命形式，一批"可爱"、"可同情"的青年如何痛苦地思索，茫然地或前进或后退的心灵故事。无论是《幻灭》中的静女士,《动摇》中爽快开放的孙舞阳，还是《追求》中怀着美好理想却无法实现的张曼青和一心追求热烈的痛快却只好颓废④的章秋柳，他们面对理想的无奈和现实生活的苦闷成为整个作品的主体。也正是通过对他们这种欲罢不能⑤、欲行无路⑥的生活实况的描写，茅

茅盾

盾对当时青年知识分子的弱点做了细致的剖析。

农村三部曲则是茅盾以自己的江南故乡作为背景,对当时日渐凋零的农村经济的全面展示。其中最有名的《春蚕》描写了蚕农老通宝一家,辛辛苦苦劳动了一个多月,蚕茧大丰收了,却因为进口丝的冲击,最后反而赔钱的故事。故事的主人公老通宝思想保守迷信,信奉中国传统的"做事要安分守己⑦"、"只要努力干就会有好报"的人生信条,却在现实生活中屡屡⑧碰壁⑨。

《林家铺子》描写了小市镇的一个小商人在破产⑩前夕⑪的痛苦。林老板从父亲手中继承了一个小小的商店,尽管他精明能干,辛苦经营,可是在当时社会中,旧的靠关系买卖的经营方式已经失效,加上人们普遍生活困窘⑫,当地政府对商人的压榨,战争的影响,林家铺子的消失是必然的。

长篇小说《子夜》是茅盾最著名的作品。这部作品主要描写了三十年代中国民族工业的发展及所面临的困境。其中的悲剧主人公吴荪甫是中国资本主义发展过程中的末路⑬英雄,他果敢干练,却生不逢时⑭,虽然开办的工厂一度⑮十分兴盛,最终却不得不承受失败的结局。吴荪甫的失败,充分展示了在当时半殖民地半封建的中国,中国民族工业发展因为缺乏必要的国内和国外环境而导致的必然失败。

注　释

① **中国左翼文学**:1930年,在中国共产党领导下成立了倡导革命文学的中国左翼作家联盟,主要成员有鲁迅、茅盾等,简称"左联"。以"左联"为思想指导,创作的大量文学作品称为中国左翼文学。
② **茅盾**(1896—1981):原名沈德鸿,字雁冰。生于浙江桐乡县乌镇。著名小说家、批评家。1949年至1965年任文化部长。
③ **大革命**:指国民大革命。从1924年1月开始到1927年7月失败,是辛亥革命后中国近代第二次反帝反封建的资产阶级民主革命。
④ **颓废**(tuífèi):意志消沉,精神萎靡。
⑤ **欲罢不能**:想罢手也不行,因为已形成某种局面,无法改变;罢,停。

⑥ **欲行无路**:想要前行,却找不到出路,形容陷入困境。
⑦ **安分守己**:老实地安于自己的本分,不做违法乱纪的事情。
⑧ **屡屡**:屡次,常常。
⑨ **碰壁**:比喻受阻碍或遭到拒绝。
⑩ **破产**:丧失全部财产。
⑪ **前夕**:比喻事情即将发生的时刻。
⑫ **困窘**:十分穷困。
⑬ **末路**:路途的终点,比喻衰亡没落的境地。
⑭ **生不逢时**:生下来没有遇到好时候,旧时指命运不好。
⑮ **一度**:曾经,从前。

作品提示

《春蚕》讲述了生活在三十年代江浙一带农村的老通宝一家养蚕丰收,却因为无法卖出,反而赔钱的故事,反映了当时农村经济的真实状况。主人公老通宝是一个勤劳又有些迷信思想的中国传统农民的典型,他坚信只要苦干就会发家,可是在全球经济萧条⑯、外国货物疯狂占领中国市场的大背景下,他的梦想破灭了。

春 蚕(节选)

同样的欢笑声在村里到处都起来了。今年蚕花娘娘保佑这小小的村子。二三十人家都可以采到七八分,老通宝家更是比众不同⑰,估量来总可以采一个十二三分。

小溪边和稻场上现在又充满了女人和孩子们。这些人都比一个月前瘦了许多,眼眶陷进了,嗓子也发沙,然而都很快活兴奋。她们嘈嘈⑱地谈论那一个月内的"奋斗"时,她们的眼前便时时现出一堆堆雪白的洋钱,她们那快乐的心里便时时闪过了这样的盘算:夹衣和夏衣都在当铺里,这可先得赎出来;过端阳节也许可以吃一条黄鱼。

那晚上荷花和阿多的把戏也是她们谈话的资料。六宝见了人就宣传荷花的"不要脸,送上门去!"男人们听了就粗暴地笑着,女人们念一声佛,骂一句,又说老通宝家总算幸气⑲,没有犯克⑳,那是菩萨保佑,祖宗有灵!

接着是家家都"浪山头"了,各家的至亲好友都来"望山头"*。老通宝的亲家张财发带了小儿子阿九特地从镇上来到村里。他们带来的礼物,是软糕,线粉,梅子,枇杷,

---

* "浪山头"在息火后一日举行,那时蚕已成茧,山棚四周的芦帘撒去。"浪"是"亮出来"的意思。"望山头"是来探望"山头",有慰问祝颂的意思。"望山头"的礼物也有定规。——作者原注

也有咸鱼。小宝快活得好像雪天的小狗。

"通宝,你是卖茧子呢,还是自家做丝?"

张老头子拉老通宝到小溪边一棵杨柳树下坐了,这么悄悄地问。这张老头子张财发是出名"会寻快活"的人,他从镇上城隍庙前露天的"说书场"听来了一肚子的疙瘩东西㉑;尤其烂熟的,是"十八路反王,七十二处烟尘",程咬金卖柴扒,贩私盐出身,瓦岗寨做反王的《隋唐演义》㉒。他向来说话"没正经㉓",老通宝是知道的;所以现在听得问是卖茧子或者自家做丝,老通宝并没把这话看重,只随口回答道:

"自然卖茧子。"

张老头子却拍着大腿叹一口气。忽然他站了起来,用手指着村外那一片秃头桑林后面耸露出来的茧厂的风火墙㉔说道:

"通宝,茧子是采了,那些茧厂的大门还关得紧洞洞呢!今年茧厂不开秤!——十八路反王早已下凡㉕,李世民还没出世㉖;世界不太平!今年茧厂关门,不做生意!"

老通宝忍不住笑了,他不肯相信。他怎么能够相信呢?难道那"五步一岗"似的比露天毛坑还要多的茧厂会一齐都关了门不做生意?况且听说和东洋人也已"讲拢㉗",不打仗了,茧厂里驻的兵早已开走。

张老头子也换了话,东拉西扯㉘讲镇里的"新闻",夹着许多"说书场"上听来的什么秦叔宝,程咬金。最后,他代他的东家催那三十块钱的债,为的他是"中人㉙"。

然而老通宝到底有点不放心。他赶快跑出村去,看看"塘路"上最近的两个茧厂,果然大门紧闭,不见半个人;照往年说,此时应该早已摆开了柜台,挂起了一排乌亮亮的大秤。

老通宝心里也着慌了,但是回家去看见了那些雪白发光很厚实硬古古的茧子,他又忍不住嘻㉚开了嘴。上好的茧子!会没有人要,他不相信。并且他还要忙着采茧,还要谢"蚕花利市"*,他渐渐不把茧厂的事放在心上了。

可是村里的空气一天一天不同了。才得笑了几声的人们现在又都是满脸的愁云㉛。各处茧厂都没开门的消息陆续从镇上传来,从"塘路"上传来。往年这时候,"收茧人"像走马灯㉜似的在村里巡回,今年没见半个"收茧人",却换替着来了债主和催粮的差役㉝。请债主们就收了茧子罢,债主们板起面孔不理。

全村子都是嚷骂,诅咒,和失望的叹息!人们做梦也不会想到今年"蚕花"好了,他们的日子却比往年更加困难。这在他们是一个青天的霹雳㉞!并且愈是像老通宝他们家似的,蚕愈养得多,愈好,就愈加困难,——"真正世界变了!"老通宝捶胸踩脚㉟地没有办法。然而茧子是不能搁久了的,总得赶快想法:不是卖出去,就是自家做丝。村里有几家已经把多年不用的丝车拿出来修理,打算自家把茧做成了丝再说。六宝家也打算这么办。老通宝便也和儿子媳妇商量道:

"不卖茧子了,自家做丝!什么卖茧子,本来是洋鬼子行出来的!"

---

* 老通宝乡里的风俗,"大眠"以后得拜一次"利市",采茧以后,又是一次。经济窘的人家只举行"谢蚕花利市","拜利市"也是方言,意即"谢神"。——作者原注

"我们有四百多斤茧子呢,你打算摆几部丝车呀!"

四大娘首先反对了。她这话是不错的。五百斤的茧子可不算少,自家做丝万万干不了。请帮手么?那又得花钱。阿四是和他老婆一条心㊱。阿多抱怨老头子打错了主意,他说:

"早依㊲了我的话,扣住自己的十五担叶,只看一张洋种,多么好!"

老通宝气得说不出话来。

终于一线希望忽又来了。同村的黄道士㊳不知从哪里得的消息,说是无锡脚下的茧厂还是照常收茧。黄道士也是一样的种田人,并非吃十方的"道士",向来和老通宝最说得来㊴。于是老通宝去找那黄道士详细问过了以后,便又和儿子阿四商量把茧子弄到无锡脚下去卖。老通宝虎起了脸㊵,像吵架似的嚷㊶道:

"水路去有三十多九＊呢!来回得六天!他妈的!简直是充军㊷!可是你有别的办法么?茧子当不得饭吃,蚕前的债又逼紧来!"

阿四也同意了。他们去借了一条赤膊船㊸,买了几张芦席,赶那几天正是好晴,又带了阿多。他们这卖茧子的"远征军"就此出发。

五天以后,他们果然回来了;但不是空船,船里还有一筐茧子没有卖出。原来那三十多九水路远的茧厂挑剔得非常苛刻㊹:洋种茧一担只值三十五元,土种茧一担二十元,薄茧不要。老通宝他们的茧子虽然是上好的货色㊺,却也被茧厂里挑剩了那么一筐,不肯收买。老通宝他们实卖得一百十一块钱,除去路上盘川㊻,就剩了整整的一百元,不够偿还买青叶所借的债!老通宝路上气得生病了,两个儿子扶他到家。

打回来的八九十斤茧子,四大娘只好自家做丝了。她到六宝家借了丝车,又忙了五六天。家里米又吃完了。叫阿四拿那丝上镇里去卖,没有人要;上当铺当铺也不收。说了多少好话,总算把清明前当在那里的一石㊼米换了出来。

就是这么着㊽,因为春蚕熟,老通宝一村的人都增加了债!老通宝家为的养了五张布子的蚕,又采了十多分的好茧子,就此白赔上十五担叶的桑地和三十块钱的债!一个月光景㊾的忍饥熬夜还不算!

注 释

⑯ 萧条:经济衰微。
⑰ 比众不同:跟众人不一样。
⑱ 嘈嘈(cáocáo):很多声音,喧闹杂乱的样子。
⑲ 幸气:幸运,好运气。
⑳ 犯克:迷信说法,认为人与人之间的生辰八字有相互克制的情况,如出现这种情况,就叫犯克。
㉑ 城隍(huáng)庙:道教中为城池的守护神修建的庙宇。说书场:表演评书、评弹、大鼓、弹词

＊ 老通宝乡间计算路程都以"九"计;"一九"就是九里。"十九"是九十里,"三十多九"就是三十多个"九里"。——作者原注

等说唱曲艺的地方。**疙瘩**:小球形或块状的东西,这里"疙瘩东西"是指各种各样的、奇奇怪怪的故事。

㉒ **《隋唐演义》**:共一百回,是一部兼有英雄传奇和历史演义双重性质的小说。作者褚人获,长洲(今江苏苏州)人,生卒年不详。

㉓ **没正经**:不正派,不庄重。

㉔ **风火墙**:防火墙。

㉕ **下凡**:神话中指神仙来到人世间。

㉖ **李世民(598—649)**:唐朝第二个皇帝,庙号太宗,公元626—649年在位。推行均田制、租庸调法和府兵制,发展科举制度,任贤纳谏,使得当时的社会经济得到迅速发展,史称"贞观之治"。

出世:人的出生。

㉗ **讲拢**:谈好,商定好。

㉘ **东拉西扯**:一会儿说东,一会儿说西,指说话条理紊乱,没有中心。

㉙ **中人**:在两方之间调解、做见证或介绍买卖的人。

㉚ **嘻(xī)**:喜笑的样子。

㉛ **愁云**:比喻忧虑郁闷的神情。

㉜ **走马灯**:一种供玩赏的灯,这里指来往人多。

㉝ **差役**:旧称在官府中当差的人。

㉞ **霹雳(pī)**:又急又响的雷。

㉟ **捶胸跺脚**:形容极其哀痛。

㊱ **一条心**:同样的心,指具有同样的想法或打算。

㊲ **依**:顺从,答应。

㊳ **道士**:道教徒。

㊴ **说得来**:双方思想感情和对事物的看法接近,能谈到一块。

㊵ **虎起了脸**:变化脸色露出严厉或凶恶的表情;虎,动词。

㊶ **嚷(rǎng)**:叫喊。

㊷ **充军**:发配流放,旧时把犯罪的人送到边远地区服苦役的刑罚。

㊸ **赤膊船**:指没有船篷、船棚等遮蔽设备的简易船只。

㊹ **挑剔(tiāotī)**:在细节上过分的要求。**苛刻**:(条件、要求等)过于严厉。

㊺ **货色**:商品的品种或质量。

㊻ **盘川**:方言词,路费,盘缠。

㊼ **一石(dàn)**:容量单位,十斗为一石。

㊽ **这么着**:这样。指示代词,代指动作或情况。

㊾ **光景**:对时间或数量的估计。

(一) 填空题。

1. 茅盾的小说大多以＿＿＿＿＿为背景，描写＿＿＿＿＿，描写＿＿＿＿＿，描写＿＿＿＿等等。通过形象生动的小说，茅盾对当时中国的政治发展趋向做了深刻的思索。

2. 茅盾的主要作品包括他的《蚀》三部曲：＿＿＿＿＿、＿＿＿＿＿、＿＿＿＿＿，农村三部曲：＿＿＿＿＿、＿＿＿＿＿、＿＿＿＿＿，短篇小说＿＿＿＿＿以及长篇小说＿＿＿＿＿。

(二) 解释下列画线部分的意思。

1. 小宝快活得好像雪天的小狗
2. 他从镇上城隍庙前露天的"说书场"听来了一肚子的疙瘩东西
3. 往年这时候，"收茧人"像走马灯似的在村里巡回
4. 阿四是和他老婆一条心
5. 老通宝虎起了脸

(三) 请根据课文回答问题。

1. 《蚀》三部曲的主要内容是什么？
2. 《林家铺子》的故事反映了当时怎样的社会现实？
3. 《子夜》主人公吴荪甫的失败表现了当时怎样的社会状况？

第十三课

巴 金

课 文

巴金①也是中国现代文学史上一位杰出的作家,他的创作可以分为前期和后期,创作风格很不一样。

巴金的前期创作主要集中在30年代,代表作品主要有《灭亡》、"爱情三部曲"(《雾》、《雨》、《电》)和"激流三部曲"(《家》、《春》、《秋》)。巴金前期的小说大多描写五四新思潮对青年知识分子的影响,以及他们在追求新生活途中的痛苦迷茫。与茅盾的冷静不同,巴金的作品十分富有激情,很能引起当时青年的共鸣②,带有鲜明的"青春"气息。

《灭亡》是巴金的第一部小说。主人公杜大心是一个患有严重肺结核的进步青年,他带着对当时黑暗社会的憎恶,选择了刺杀这种极端的行为来报复社会,自己也英勇献身。

"爱情三部曲"通过对当时几个青年面对爱情的不同选择,表现了对有些青年性格中的懦弱③的深恶痛绝④,同时鼓励年轻人应该积极参加社会活动,将个人的爱情与整个社会的发展联系起来。

"激流三部曲",特别是其中的《家》是巴金前期最有代表性的作品。《家》以一个人口众多、封建等级制度森严的大家族高家为背景,集中描写了三兄弟觉新、觉民和觉慧不同的人生选择,在热情肯定了五四新青年对个性自由的追求的同时,也痛斥⑤了中国传统封建大家庭的"吃人"本质。

巴金的后期作品大多创作于40年代,主要有《寒夜》、《憩园》等,其风格开始走向沉静,在冷静的描写中揭示人生的哲理。

第十三课

巴金

《寒夜》是巴金后期最有代表性的作品,作品以抗战胜利前一年的重庆作为背景,描写了汪文宣这个年轻时满腹新思想的知识分子步入中年之后,在生活的压力下一步一步走向死亡的故事,表现了作者对当时社会的不满和对中国现代知识分子自身弱点的思考。

注 释

① **巴金**(1904—2005):原名李尧棠,字芾甘,笔名佩竿、余一、王文慧等。四川成都人。现代小说家、散文家。主要作品有中长篇小说"激流三部曲"(《家》、《春》、《秋》)、《海的梦》、《春天里的秋天》、《砂丁》、《萌芽》(《雪》)、《新生》、"爱情三部曲"(《雾》、《雨》、《电》)等,短篇小说集《复仇》、《将军》、《神·鬼·人》等和散文集《海行集记》、《忆》、《短简》、《随想录》等。
② **共鸣**:由别人的某种情绪引起的相同的情绪。
③ **懦(nuò)弱**:软弱无能。
④ **深恶(wù)痛绝**:极端厌恶和痛恨。
⑤ **痛斥**:严厉地批评别人的错误或罪行。

作 品

作品提示

《家》中的大哥觉新性格懦弱,因为不敢违背父母包办的婚姻,间接导致了自己爱着的梅的死去;又因为家中老人的干涉,不得不将快要临产⑥的妻子瑞珏送到乡下,使得她最终难产而死。二哥觉民开始反抗,他不惜以离家出走来抗议包办婚姻⑦,但当他终于可以和心爱的人在一起后就开始满足于现实。三弟觉慧是这个"家"中最坚决的反叛者,他痛斥一切腐朽⑧封建的行为,并最终离开了"家",去上海寻找自己的新生活。

家(节选)

"三弟,你不能走,"觉新用哀求的声音说,"无论如何你不能走。"他把两只手放下来。

觉慧还是不说话,但是他站住不动了,他依旧用苦恼的眼光望着觉新。

"他们不要你走!他们一定不要你走!"觉新用力说,好像在跟谁争辩似的。

"哼,哼,"觉慧冷笑了两声,然后严肃地说:"他们不要我走,我偏偏走给他们看!"

"你又有什么办法走?他们有很多的理由。爷爷的灵柩停放在家里,还没有开奠⑨,还没有安葬,你就要走,未免说不过去。"觉新这个时候好像是在求助于"他们"。

"爷爷的灵柩放在家里跟我有什么相干?下个月不是就要开奠吗?开过奠灵柩就要抬到庙子里去了,难道我还不能走?我不怕,他们不敢像对付嫂嫂那样地对付我!"觉慧一提起灵柩,他的愤怒就给激起来了,他残酷地说了上面的话。

"不要再提起嫂嫂,请你千万不要再提起嫂嫂!……她不会活转来了,"觉新痛苦地说,一面带着哀求的表情向觉慧摇手。

"你何必这样伤心?等到爷爷的丧服⑩满了,你可以另外接一个的,至迟不过三年!"觉慧冷笑道。

"我不会续弦⑪了,这一辈子我不会续弦了。所以我让太亲母⑫把新生的云儿带到嘉定去养,就是这个意思,"觉新摇摇头,有气无力⑬地解释道,他的声音好像是从老年人的口里出来的。

"那么你为什么让她把海儿也带去呢?"

"海儿住两三个月就会回来的。你想我们这儿的空气对他这个无母的孩子有什么好处?他天天闹着要'妈妈'。这儿又没有人照料他。等到爷爷安葬了,我要把他接回来。我专心教养⑭他。他就是我的希望。我不能够再失掉他。我不能够把他随便交给另一个女子。"

"现在是这个意思,过了一些时候,你又会改变主张的。你们都是这样,我已经见过很多的了。爹就是一个好榜样。妈刚死,他多伤心,可是还不到两年他就续弦了。你说不要续弦,他们会叫你续弦。他们会告诉你,你年纪还轻,海儿又需要人照应,你就会答应的。如果你不答应,他们也会强迫你答应,"依旧是觉慧的带着冷笑的声音。

"别的事情他们可以强迫我做,这件事我无论如何不答应,"觉新苦恼地分辩道。"而且正是为了海儿的缘故我更不能答应。"

"那么我就用你自己的话回答你好了:我一定要走!"觉慧忍不住噗嗤笑了。

觉新半晌⑮不说话,然后气恼地说:"我不管你,我看你怎样走!"

90

"管不管由你！不过我告诉你：等到你睁开眼睛,我已经走了！"觉慧坚决地说。

"然而你没有钱。"

"钱！钱不成问题,家里不给我钱,我会向别人借。我一定要走。我有好多朋友,他们会帮助我！"

"你果然不能够等吗？"觉新失望地问道。

"等多久呢？"

"等两年好不好？那时你已经在'外专'毕业了,"觉新以为事情有了转机⑯,便温和地劝道。"你就可以到外面去谋事⑰。你要继续读书也可以。总之,比现在去好多了。"

"两年？这样久！我现在一刻也不能够忍耐。我恨不得马上就离开省城！"觉慧现在更兴奋了。

"等两年也不算久。你的性子总是这样急。你也该把事情仔细想一想。凡事总得忍耐。晏两年对你又有什么害处？你已经忍了十八年。难道再忍两年就不行？"

"以前我的眼睛还没有完全睁开,以前我还没有胆量,而且以前我们家里还有几个我所爱的人！现在就只剩下敌人了。"

觉新沉默了半晌,突然悲声问道："难道我也是你的敌人？"

觉慧怜悯地看着哥哥,他觉得自己的心渐渐地软化了。他用温和的声音对觉新说："大哥,我当然爱你。以前有个时期,我们快要互相了解了,然而如今我们却隔得很远。你自然比我更爱嫂嫂,更爱梅表姐。然而我却不明白你为什么要让别人去摆布⑱她们。尤其是嫂嫂的事情。那个时候,你如果勇敢一点,也还可以救活嫂嫂。然而如今太晏⑲了。你还要对我说什么服从,你还希望我学你的榜样。我希望你以后不要再拿这种话劝我,免得我会恨你,免得你会变成我的敌人。"觉慧说完就转身往外面走,却被觉新唤⑳住了。觉慧的眼里流下泪水,他想这是最后一次对哥哥流的眼泪了。

"不,你不要走,"觉新迸㉑出了哭声说。"我们以后会了解的。我也有我的苦衷㉒,不过我现在也不谈这些了。……总之,我一定帮忙。我去跟他们说。他们若是不答应,我们再商量别的办法。我一定要帮忙你成功。"

这时电灯突然亮起来。他们望着彼此的泪眼,从眼光里交换了一些谅解的话。他们依然是友爱的兄弟。他们分别了,自以为彼此很了解了,而实际上却不是。觉慧别了哥哥,心里异常高兴,因为他快要离开这个家庭了。觉新别了弟弟,却躲在房里悲哭,他明白又有一个亲爱的人要离开他了。他会留在家里过着更凄凉、更孤寂的生活。

注　释

⑥ **临产**：产妇将要生产。
⑦ **包办婚姻**：父母、长辈包办子女、卑幼的婚事,是古代宗法家族制度下的人身依附关系在婚姻问题上的具体表现。中国古代礼制讲究结婚必须遵从"父母之命"、"媒妁之言",使得许多青年男女被迫接受无爱的婚姻。
⑧ **腐朽**：比喻思想陈腐、生活堕落或制度败坏。

⑨ **开奠**(diàn):死者下葬的前一天要举行的仪式,亲友吊唁(diàoyàn)死者,家人向死者告别。
⑩ **丧服**:为哀悼死者而穿的服装,这里指为悼念死者的服丧期。
⑪ **续弦**:指妻子死后再娶妻,古代常以琴瑟比喻夫妇,所以称丧妻为"断弦",再娶为"续弦"。
⑫ **太亲母**:兄长的岳母。
⑬ **有气无力**:形容说话做事打不起精神来。
⑭ **教养**:教导,养育。
⑮ **半晌**(shǎng):好大一会儿,好久。
⑯ **转机**:情况有好转。
⑰ **谋事**:找工作。
⑱ **摆布**:操纵,支配。
⑲ **晏**(yàn):迟,晚。
⑳ **唤**:叫。
㉑ **迸**:涌出,喷射。
㉒ **苦衷**(zhōng):不方便说出的痛苦或为难的心情。

练 习

(一) 填空题。

1. 巴金的前期创作主要集中在_____,第一部作品是小说_____。他的"爱情三部曲"包括_____、_____、_____三部作品,"激流三部曲"包括_____、_____、_____三部作品,其中_____是巴金早期最有代表性的作品,其主人公为三兄弟_____、_____和_____。

2. 巴金的后期作品大多创作于_____,代表作品是_____。其中对男主人公_____悲剧命运的描写,表现了作者对_____的不满和对_____的思考。

(二) 根据课文回答问题。

1. 巴金前期小说的主要特点是什么?
2. 巴金后期与前期的小说风格有什么不同?
3. 《家》有什么样的社会作用?

(三) 根据所给作品《家》(节选),分别描述一下大哥觉新和三弟觉慧的性格特征。

第十四课

老 舍

课 文

老舍

老舍①是中国现代文学史上又一位风格独特的作家。他的作品主要描写北京这个古都的市民生活，其语言非常富有北京味，用词平白②易懂，幽默风趣，自然而机智。内容上则通过对市井③百态的形象描写，表现对中国传统文化和国民性的深刻思考。

老舍的代表作有长篇小说《离婚》、《骆驼祥子》、《四世同堂》，中篇小说《月芽儿》等。

《离婚》出版于1933年，作品以幽默的文笔展示了市民社会的平庸④空气和"好人"性格，批评了令人随遇而安⑤、消沉疲顿⑥的市民"日常生活哲学"。主人公张大哥是北京市民社会中好脾气，人缘⑦好的"大哥"，他的人生哲学就是到处和稀泥⑧。同事老李不满旧式婚姻，想和乡下的妻子离婚，张大哥却凭一大套规矩常识，鼓动并亲自帮忙，使得老李不得不将家眷⑨接到北京来，最终老李只能放弃离婚的念头。

1939年出版的《骆驼祥子》则把北京下层文化的描写和对下层劳动者的命运的同情巧妙地结合了起来，老舍称这部作品是自己的"重头戏⑩"。祥子是一个人力车夫⑪，他来自于农村，勤劳朴实，也非常能干。他的梦想就是拥有一辆属于自己的人力车。可是这个简单的愿望在那个兵荒马乱⑫的社会却难以实现，他经历了新车被抢,钱被洗劫⑬,妻子虎妞难产⑭等一系列灾难,中间又目睹⑮了许多和自己一样贫穷的人们的悲惨生活,最终走向了堕落。

《四世同堂》创作于四十年代中后期,这部八十多万字的长篇巨著共分为《惶惑⑯》、《偷生⑰》、《饥荒》三个部分,气势宏大,有对民族苦难的控诉,有对中国古老文化的反思⑱,也有对北平风俗的描绘,笔墨⑲舒展而结构严谨。

中篇小说《月芽儿》是一部自述体抒情小说,"我"是一位孤苦无依的弱女子,父亲早死,母亲靠出卖肉体养活女儿。当母亲感觉自己开始衰老的时候,要女儿也以同样的方式挣钱,女儿不肯,想清白地做人,可是爱情被骗,又找不到合适的工作,在饥饿的驱使下也最终走上了母亲的老路。小说以诗意的语言,控诉了残酷的社会对一个纯洁的女子的人生价值和道德价值的毁灭。

注 释

① **老舍**(1899—1966):原名舒庆春,笔名"舍予"、"老舍",满族人。生于北京。中国现代小说家、剧作家。主要作品有长篇小说《老张的哲学》、《骆驼祥子》、《四世同堂》,话剧《龙须沟》、《茶馆》等。
② **平白**:简单通俗。
③ **市井**:街市,市场。
④ **平庸**:平常而不突出。
⑤ **随遇而安**:处在任何环境都能适应并感到满足。
⑥ **消沉疲顿**:情绪低落,精神疲惫。
⑦ **人缘**:跟人相处的关系,有时指良好的关系。
⑧ **和稀泥**(huòxīní):指无原则地调和折中。
⑨ **家眷**(juàn):指妻子儿女等,有时专指妻子。
⑩ **重头戏**:重要的戏,这里比喻重要的作品。
⑫ **人力车夫**:以推、拉人力车为职业的人。
⑬ **兵荒马乱**:形容战时社会动荡不安的景象。
⑬ **洗劫**:把财物全部抢光。
⑭ **难产**:生小孩时胎儿不易产出。
⑮ **目睹**:亲眼看见。

⑯ **惶惑**(huánghuò):惶恐疑惑。
⑰ **偷生**:只顾眼前能生活下去就行,不管以后如何。
⑱ **反思**:回头、反过来思考。
⑲ **笔墨**:指文章。

作品提示

作品描写了从1937年"七七事变"到1945年抗战胜利八年间,北平城小羊圈胡同以祁家为中心的几十户人家、一百多人的心理和遭遇。小说主要刻画了三类比较典型的人物:第一类是代表着北京老派市民的祁老太爷、祁家的大孙子瑞宣等;第二类是肤浅一心追求"洋味",最终堕落的二孙子瑞丰、大赤包等;第三类是坚强面对困难的家庭主妇天佑太太、韵梅等。作品除了有对人物细致的心理描写,还有对故乡北平风土人情的深情描绘。

四世同堂(节选)

中秋前后是北平最美丽的时候。天气正好不冷不热,昼夜的长短也划分得平匀⑳。没有冬季从蒙古吹来的黄风,也没有伏天㉑里挟着冰雹的暴雨。天是那么高,那么蓝,那么亮,好象是含着笑告诉北平的人们:在这些天里,大自然是不会给你们什么威胁与损害的。西山北山的蓝色都加深了一些,每天傍晚还披上各色的霞帔㉒。

在太平年月,街上的高摊与地摊和果店里,都陈列出只有北平人才能一一叫出名字来的水果。各种各样的葡萄,各种各样的梨,各种各样的苹果,已经叫人够看够闻够吃的了,偏偏又加上那些又好看好闻好吃的北平特有的葫芦形的大枣,清香甜脆的小白梨,象花红那样大的白海棠,还有只供闻香儿的海棠木瓜,与通体有金星的香槟子,再配上为拜月用的,贴着金纸条的枕形西瓜,与黄的红的鸡冠花,可就使人顾不得只去享口福,而是已经辨不清哪一种香味更好闻,哪一种颜色更好看,微微的有些醉意了!

那些水果,无论是在店里或摊子上,又都摆列的那么好看,果皮上的白霜一点也没蹭掉,而都被摆成放着香气的立体的图案画,使人感到那些果贩都是些艺术家,他们会使美的东西更美一些。况且,他们还会唱呢!他们精心的把摊子摆好,而后用清脆的嗓音唱出有腔调的"果赞":"咳——一毛钱儿来耶,你就挑一堆我的小白梨儿,皮儿又嫩,水儿又甜,没有一个虫眼儿,我的小嫩白梨耶!"歌声在香气中颤动,给苹果葡萄的静丽配上音乐,使人们的脚步放慢,听着看看嗅着北平之秋的美丽。

同时,良乡的肥大的栗子,裹着细沙与糖蜜在路旁唰啦唰啦的炒着,连锅下的柴烟也是香的。"大酒缸"门外,雪白的葱白正拌炒着肥嫩的羊肉;一碗酒,四两肉,有两三毛钱就可以混个醉饱。高粱红的河蟹,用席篓装着,沿街叫卖,而会享受的人们会到正阳楼去用小小的木锤,轻轻敲裂那毛茸茸的蟹脚。

  同时,在街上的"香艳的"果摊中间,还有多少个兔儿爷[23]摊子,一层层的摆起粉面彩身,身后插着旗伞的兔儿爷——有大有小,都一样的漂亮工细,有的骑着老虎,有的坐着莲花,有的肩着剃头挑儿[24],有的背着鲜红的小木柜;这雕塑的小品给千千万万的儿童心中种下美的种子。

  同时,以花为粮的丰台开始一挑一挑的往城里运送叶齐苞大的秋菊,而公园中的花匠,与爱美的艺菊家也准备给他们费了半年多的苦心与劳力所养成的奇葩[25]异种开"菊展"。北平的菊种之多,式样之奇,足以甲天下[26]。

  同时,象春花一般骄傲与俊美的青年学生,从清华园,从出产莲花白酒的海甸,从东南西北城,到北海去划船;荷花久已残败,可是荷叶还给小船上的男女身上染上一些清香。

  同时,那文化过熟的北平人,从一入八月就准备给亲友们送节礼了。街上的铺店用各式的酒瓶,各种馅子的月饼,把自己打扮得象鲜艳的新娘子;就是那不卖礼品的铺户也要凑个热闹,挂起秋节大减价的绸条,迎接北平之秋。

  北平之秋就是人间的天堂,也许比天堂更繁荣一点呢!

  祁老太爷的生日是八月十三。口中不说,老人的心里却盼望着这一天将与往年的这一天同样的热闹。每年,过了生日便紧跟着过节,即使他正有点小小的不舒服,他也必定挣扎着表示出欢喜与兴奋。在六十岁以后,生日与秋节的联合祝贺几乎成为他的宗教仪式——在这天,他须穿出最心爱的衣服;他须在事前预备好许多小红纸包,包好最近铸出的银角子,分给向他祝寿的小儿;他须极和善的询问亲友们的生活近况,而后按照着他的生活经验逐一的给予鼓励或规劝;他须留神观察,教每一位客人都吃饱,并且检出他所不大喜欢的瓜果或点心给儿童们拿了走。他是老寿星,所以必须作到老寿星所应有的一切慈善,客气,宽大,好免得教客人们因有所不满而暗中抱怨,以致损了他的寿数。生日一过,他感到疲乏;虽然还表示出他很关心大家怎样过中秋节,而心中却只把它作为生日的尾声[27],过不过并不太紧要,因为生日是他自己的,过节是大家的事;这一家子,连人口带产业,都是他创造出来的,他理应有点自私。

注　释

[20] **平匀**:平稳均匀。
[21] **伏天**:一年中最热的时候。
[22] **霞帔**(xiápèi):中国古代妇女礼服的一部分,类似披肩。
[23] **兔儿爷**:旧时北京的一种民间工艺品,中秋节时常见的儿童玩具。人们根据月亮里有嫦娥、玉兔的说法,把玉兔进一步艺术化、人格化、甚至神化,用泥巴塑造成各种不同形式的兔面人身的兔儿爷。
[24] **剃头挑儿**:装放着剃头用的工具的担子。

㉕ 奇葩(pā):奇特而美丽的花朵。
㉖ 甲天下:居天下第一。
㉗ 尾声:泛指结束阶段。

(一) **填空题**。

1. 老舍的作品主要描写_____这个城市的_____生活,其语言_____,用词_____。内容上则通过_____,表现对_____。
2. 老舍的代表作有长篇小说_____、_____、_____,中篇小说_____等。_____是老舍的代表作,其主人公是_____。

(二) **根据课文回答问题**。

1. 老舍在《离婚》中表现了对哪种生活方式的不满?
2. 为什么老舍称《骆驼祥子》为自己的"重头戏"?
3. 《月芽儿》主要描写了一个怎样的故事?

(三) **讨论**。

作品《四世同堂》(节选)形象地描绘了"中秋前后"这个故乡"北平最美丽的时候",请你模仿课文,也谈谈自己故乡最美丽的时候。

第十五课

曹 禺

课 文

曹禺①是中国现代文学史上最有名的话剧作家,他创作的话剧充分借鉴了西方戏剧的创作手法,加上富有中国特色的情节结构,标志着中国现代话剧艺术的成熟。

曹禺的代表作主要有《雷雨》、《日出》、《原野》和《北京人》,以及根据巴金作品改编的同名话剧《家》。

曹禺

1933年,曹禺23岁的时候完成了自己的第一部话剧《雷雨》,这也是他最有代表性的一部作品。曹禺在谈到这部作品的时候,曾说:"也许写到末了②,隐隐仿佛有一种情感的汹涌的流来推动我,我在发泄着被抑压③着的愤懑④,毁谤着中国的家庭和社会。"作品正是通过对一个家庭悲剧的剖析,显示了对封建的家长制度⑤和"不公平"的社会的控诉,展现了对生命中偶然性的困惑和对人性奥秘的探索。

《日出》是曹禺的第二部作品,完成于1935年。以交际花陈白露为串线人物,一方面描写了当时所谓上流社会的腐朽没落,一方面描写了社会最底层,如下等妓院里人们的悲惨生活。作品以"日出"来比喻黑夜即将过去,光明即将来临。

写于1936年的话剧《原野》是曹禺比较有争议性的作品。主人公仇虎因全家被焦阎王所害,从监狱中逃出后,怀着复仇的心理来到焦家复仇。可是焦阎王已死,仇虎因而杀死了焦阎王无辜⑥的儿子焦大星,并设计让瞎眼的焦母杀死了自己还是婴儿的小孙子,还说服原来的恋人,现在是大星妻子的金子和自己私奔⑦。虽然复仇计划已经实现,可仇虎却在逃走的路上陷入迷惑和恍惚之中。

　　抗战之后,曹禺又完成了《北京人》这部作品。作品以一个没落⑧的大家庭曾家作为背景,描写了其中形形色色⑨人物的生活。愫芳默默地爱着自己的表哥文清,宁愿不结婚,帮助表哥伺候年老的父亲,支撑着这个风雨飘摇的家。可是文清实际上是一个懦弱而毫无生存能力的旧式知识分子,他安于平庸的生活,一方面心安理得地接受着表妹的爱,一方面又离不开凶悍的妻子。愫芳最终明白了在这个家里,生命只是无所谓的虚度,奉献也是没有意义的。她最后离开了曾家,去寻找自己的新生活。

注　释

① **曹禺**(1910—1996):原名万家宝,字小石。祖籍湖北潜江,生于天津。中国现当代剧作家。
② **末了**(mòliǎo):最后。
③ **抑压**:压抑。
④ **愤懑**(fènmèn):气愤。
⑤ **封建的家长制度**:中华民族几千年的封建制度之一。主要内容是"父为子纲",即孩子从小到大都必须无条件地遵从父母亲等家族长辈的教导和命令,家长不让做的事不能做,家长不爱听的话不能说。
⑥ **无辜**(gū):清白无罪的。
⑦ **私奔**:指女子私自投奔所爱的人或与他一块逃跑。
⑧ **没**(mò)**落**:衰败,破落。
⑨ **形形色色**:指各式各样,种类很多。

作 品

> **作品提示**
>
> 有钱的周家男主人周朴园是个十分专制的人,他对自己的妻子繁漪和儿子周萍、周冲态度强硬,处处使用命令的口气。他表面上是一个正人君子⑩,好像时时在怀念自己的前妻(周萍母亲侍萍),可三十多年前他却为了娶有钱人家的小姐将侍萍赶出了门。繁漪非常孤独,和周萍相恋,周萍厌恶这种不正常的关系,转而与青春可爱的女仆四凤热恋。侍萍来寻找女儿四凤,无意中来到周家,在雷雨之夜最终真相大白⑪。已怀有身孕的四凤在花园中触电而死,周冲为了救四凤,也触电死去。周萍自杀,繁漪和侍萍疯了,只剩下周朴园在痛苦中追悔。

雷 雨(节选)

四凤端茶,放朴面前。

朴:四凤,——(向冲)你先等一等。(向四凤)叫你跟太太煎的药呢?

四:煎好了。

朴:为什么不拿来?

四:(看繁漪,不说话。)

繁:(觉出四周的征兆⑫有些恶相)她刚才跟我倒来了,我没有喝。

朴:为什么?(停,向四凤)药呢?

繁:(快说)倒了。我叫四凤倒了。

朴:(慢)倒了?哦?(更慢)倒了!——(向四凤)药还有么?

四:药罐里还有一点。

朴:(低而缓地)倒了来。

繁:(反抗地)我不愿意喝这种苦东西。

朴:(向四凤,高声)倒了来。

四凤走到左面倒药。

冲:爸,妈不愿意,你何必这样强迫呢?

朴:你同你妈都不知道自己的病在那儿。(向繁漪低声)你喝了,就会完全好的。(见四凤犹豫,指药)送到太太那里去。

繁:(顺忍⑬地)好,先放在这儿。

朴:(不高兴地)不。你最好现在喝了它吧。

繁:(忽然)四凤,你把它拿走。

朴:(忽然严厉地)喝了药,不要任性,当着这么大的孩子。

繁:(声颤)我不想喝。

朴:冲儿,你把药端到母亲面前去。

冲:(反抗地)爸!

朴:(怒视)去!

冲只好把药端到繁漪面前。

朴:说,请母亲喝。

冲:(拿着药碗,手发颤,回头,高声)爸,您不要这样。

朴:(高声地)我要你说。

萍:(低头,至冲前,低声)听父亲的话吧,父亲的脾气你是知道的。

冲:(无法,含着泪,向着母亲)您喝吧,为我喝一点吧,要不然,父亲的气是不会消的。

繁:(恳求地)哦,留着我晚上喝不成么?

朴:(冷峻地)繁漪,当了母亲的人,处处应当替子女着想,就是自己不保重身体,也应当替孩子做个服从的榜样。

繁:(四面看一看,望望朴园又望望萍。拿起药,落下眼泪,忽而又放下)哦!不!我喝不下!

朴:萍儿,劝你母亲喝下去。

萍:爸!我——

朴:去,走到母亲面前!跪下,劝你的母亲。

萍走至繁漪面前。

萍:(求恕地)哦,爸爸!

朴:(高声)跪下!(萍望着繁漪和冲;繁漪泪痕满面,冲全身发抖)叫你跪下!(萍正向下跪)

繁:(望着萍,不等萍跪下,急促地)我喝,我现在喝!(拿碗,喝了两口,气得眼泪又涌出来,她望一望朴园的峻厉⑭的眼和苦恼着的萍,咽下愤恨,一气喝下!)哦……(哭着,由右边饭厅跑下。)

半晌。

朴:(看表)还有三分钟。(向冲)你刚才说的事呢?

冲:(抬头,慢慢地)什么?

朴:你说把你的学费分出一部分?——嗯,是怎么样?

冲:(低声)我现在没有什么事情啦。

朴:真没有什么新鲜的问题啦么?

冲:(哭声)没有什么,没有什么,——妈的话是对的。(跑向饭厅)

朴:冲儿,上那儿去?

冲:到楼上去看看妈。

朴:就这么跑么?

冲:(抑制着自己,走回去)是,爸,我要走了,您有事吩咐么?

朴:去吧。(冲向饭厅走了两步)回来。

冲:爸爸。

朴:你告诉你的母亲,说我已经请德国的克大夫来,跟她看病。

冲:妈不是已经吃了您的药了么?

朴:我看你的母亲,精神有点失常,病像是不轻。(回头向萍)我看,你也是一样。

萍:爸,我想下去,歇一回。

朴:不,你不要走。我有话跟你说。(向冲)你告诉她,说克大夫是个有名的脑病专家,我在德国认识的。来了,叫她一定看一看,听见了没有?

冲:听见了。(走上两步)爸,没有事啦?

朴:上去吧。

冲由饭厅下。

朴:(回头向四凤)四凤,我记得我告诉过你,这个房子你们没有事就得走的。

四:是,老爷。(也由饭厅下)

鲁贵由书房上。

贵:(见着老爷,便不自主地好像说不出话来)老,老,老爷。客,客来了。

朴:哦,先请到大客厅里去。

贵:是,老爷。(鲁贵下)。

朴:怎么这窗户谁开开了。

萍:弟弟跟我开的。

朴:关上,(擦眼镜)这屋子不要底下人随便进来,回头我预备一个人在这里休息的。

萍:是。

朴:(擦着眼镜,看四周的家具)这屋子的家具多半是你生母顶喜欢的东西。我从南边移到北边,搬了多少次家,总是不肯丢下的。(戴上眼镜,咳嗽一声)这屋子排的样子,我愿意总是三十年前的老样子,这叫我的眼看着舒服一点。(踱到桌前,看桌上的相片)你的生母永远喜欢夏天把窗户关上的。

萍:(强笑⑮着)不过,爸爸,纪念母亲也不必——

朴:(突然抬起头来)我听人说你现在做了一件很对不起自己的事情。

萍:(惊)什——什么?

朴:(低声走到萍的面前)你知道你现在做的事是对不起你的父亲么?并且——(停)——对不起你的母亲么?

萍:(失措⑯)爸爸。

朴:(仁慈地,拿着萍的手)你是我的长子,我不愿意当着人谈这件事。(停,喘一口气严厉地)我听说我在外边的时候,你这两年来在家里很不规矩⑰。

萍:(更惊恐)爸,没有的事,没有,没有。

朴:一个人敢做一件事就要当一件事。

萍:(失色)爸!

朴:公司的人说你总是在跳舞窝里鬼混⑱,尤其是这三个月,喝酒,赌钱,整夜地不回家。

萍:哦,(喘出一口气)您说的是——
朴:这些事是真的么?(半晌)说实话!
萍:真的,爸爸。(红了脸)
朴:将近三十的人应当懂得"自爱"!——你还记得你的名为什么叫萍吗?
萍:记得。
朴:你自己说一遍。
萍:那是因为母亲叫侍萍,母亲临死,自己替我起的名字。
朴:那我请你为你的生母,你把现在的行为完全改过来。
萍:是,爸爸,那是我一时的荒唐⑲。

注　释

⑩ **正人君子**:品行端正而无私的人。
⑪ **真相大白**:事情的真相弄清楚了。
⑫ **征兆**:事先显露出来的迹象。
⑬ **顺忍**:顺从、忍受。
⑭ **峻厉**(jùnlì):严酷,严厉。
⑮ **强笑**:强装笑脸。
⑯ **失措**:举止失常,不知如何办才好。
⑰ **规矩**:行为端正老实,合乎标准或常理。
⑱ **鬼混**:过不正当的生活。
⑲ **荒唐**:行为放荡。

练　习

(一) 填空题。
1. 曹禺创作的话剧充分借鉴了_____,加上_____,标志着中国现代话剧艺术的成熟。
2. 曹禺的代表作主要有_____(其主人公是_____)、_____(其主人公是_____)、_____(其主人公是_____),以及根据巴金作品改编的同名话剧_____。

(二) 分角色表演作品。

(三) 请任选内容,分组排练一个可表演十分钟左右的小话剧。

第十六课

萧 红

课 文

萧红

萧红①是三四十年代中国现代文坛上一位风格独特的女作家。她的作品描写细腻，富有诗意，为现代小说的诗化与散文化②作出了积极的贡献。

萧红的小说创作可以分为前后两期。前期的小说创作主要集中在 30 年代中期，代表作是《生死场》(1934)。

中篇小说《生死场》，按其内容可分为两大部分，第一节到第九节描述了 20 年代东北哈尔滨附近农村封闭朴实的社会风气和悲苦的农民生活。第十节到第十七节描写了 30 年代东北被侵占后这些农民的苦难和抗争。萧红以独特细致的眼光，将一片被侵占的土地称为"生死场"，以忧郁的情绪思考着这片土地上平凡百姓的生与死，使得这部作品一发表就引起了人们的极大注意。

萧红 40 年代的后期小说创作在艺术上显得更加成熟，大多展示了自己对童年和故乡生活的回忆，带着一丝淡淡的寂寞，并在寂寞中思考着人间的生老病死，富有哲学意味。其代表作是中篇小说《呼兰河传》和短篇小说《小城三月》。

《呼兰河传》通篇采用"儿童视角"，用一个孩子的眼睛表现故乡小城简单沉闷的生活，写作手法颇具特色。

《小城三月》(1941)是萧红最好的短篇小说之一，小说记载了一个凄婉的爱情悲剧。翠姨是"我"后妈的异母妹妹，她多才多艺，性格贤淑③,沉静而不追求时髦④。已经跟一位乡下土财主的粗俗少爷订婚的翠姨,爱上了"我"在哈尔滨上大学的堂哥,却不敢直接表白,最后忧郁而死。小说揭露了封建礼教对人间青春与美的吞噬⑤,笔调幽婉优美。

注　释

① 萧红(1911—1942):原名张乃莹,另有笔名悄吟。黑龙江呼兰人。现代作家。著有长篇小说《生死场》《呼兰河传》,散文《孤独的生活》,长篇组诗《砂粒》,中篇小说《马伯乐》等,另有与萧军的合集《跋涉》。
② 小说的诗化:指小说借助诗歌的表现手法以获得诗的意韵,或者以诗的语言写小说,或者以诗入小说,或者以诗意入小说。小说的散文化:在小说中加入散文的表现手法,主要特点是淡化情节,以抒情为主。
③ 贤淑:贤能善良。
④ 时髦(máo):合潮流,入时。
⑤ 吞噬(tūnshì):吞食;噬,吃。

作　品

作品提示

　　《呼兰河传》全书共七章,以作者的故乡呼兰县城为背景,从一个孩子的眼睛里描绘出那里卑琐困苦的物质生活,愚昧落后的民风,各种人的生老病死,希望的破灭和挣扎的顽强。随着光阴的流逝,美好的东西慢慢消失,故乡与童年渐渐成为异乡的回忆,作品弥漫着一种忧郁而酸楚的气氛,在看似散淡的描述中有对生命深刻的思考。

呼兰河传(节选)

　　呼兰河这小城里边住着我的祖父。

我生的时候,祖父已经六十多岁了,我长到四五岁,祖父就快七十了。

我家有一个大花园,这花园里蜂子、蝴蝶、蜻蜓、蚂蚱,样样都有。蝴蝶有白蝴蝶、黄蝴蝶。这种蝴蝶极小,不太好看。好看的是大红蝴蝶,满身带着金粉。

蜻蜓是金的,蚂蚱是绿的,蜂子则嗡嗡地飞着,满身绒毛,落到一朵花上,胖圆圆地就和一个小毛球似的不动了。

花园里边明晃晃的,红的红,绿的绿,新鲜漂亮。

据说这花园,从前是一个果园。祖母喜欢吃果子就种了果园。祖母又喜欢养羊,羊就把果树给啃了。果树于是都死了。到我有记忆的时候,园子里就只有一棵樱桃树,一棵李子树,为因樱桃和李子都不大结果子,所以觉得他们是并不存在的。小的时候,只觉得园子里边就有一棵大榆树。

这榆树在园子的西北角上,来了风,这榆树先啸,来了雨,大榆树先就冒烟了。太阳一出来,大榆树的叶子就发光了,它们闪烁得和沙滩上的蚌壳一样了。

祖父一天都在后园里边,我也跟着祖父在后园里边。祖父带一个大草帽,我戴一个小草帽,祖父栽花,我就栽花;祖父拔草,我就拔草。当祖父下种,种小白菜的时候,我就跟在后边,把那下了种的土窝,用脚一个一个地溜平,哪里会溜得准,东一脚的,西一脚的瞎闹。有的把菜种不单没被土盖上,反而把菜子踢飞了。

小白菜长得非常之快,没有几天就冒了芽了,一转眼就可以拔下来吃了。

祖父铲地,我也铲地;因为我太小,拿不动那锄头杆,祖父就把锄头杆拔下来,让我单拿着那个锄头的"头"来铲。其实哪里是铲,也不过爬在地上,用锄头乱勾一阵就是了。也认不得哪个是苗,哪个是草。往往把韭菜当做野草一起地割掉,把狗尾草当做谷穗留着。

等祖父发现我铲的那块满留着狗尾草的一片,他就问我:

"这是什么?"

我说:

"谷子。"

祖父大笑起来,笑得够了,把草摘下来问我:

"你每天吃的就是这个吗?"

我说:

"是的。"

我看着祖父还在笑,我就说:

"你不信,我到屋里拿来你看。"

我跑到屋里拿了鸟笼上的一头谷穗,远远地就抛给祖父了。说:

"这不是一样的吗?"

祖父慢慢地把我叫过去,讲给我听,说谷子是有芒针的。

狗尾草则没有,只是毛嘟嘟的真像狗尾巴。

祖父虽然教我,我看了也并不细看,也不过马马虎虎承认下来就是了。一抬头看见了一个黄瓜长大了,跑过去摘下来,我又去吃黄瓜去了。

第十六课

黄瓜也许没有吃完,又看见了一个大蜻蜓从旁飞过,于是丢了黄瓜又去追蜻蜓去了。蜻蜓飞得多么快,哪里会追得上。好在一开初也没有存心一定追上,所以站起来,跟了蜻蜓跑了几步就又去做别的去了。

采一个倭瓜⑥花心,捉一个大绿豆青蚂蚱,把蚂蚱腿用线绑上,绑了一会,也许把蚂蚱腿就绑掉,线头上只拴了一只腿,而不见蚂蚱了。

玩腻⑦了,又跑到祖父那里去乱闹一阵,祖父浇菜,我也抢过来浇,奇怪的就是并不往菜上浇,而是拿着水瓢,拼尽了力气,把水往天空里一扬,大喊着:

"下雨了,下雨了。"

太阳在园子里是特大的,天空是特别高的,太阳的光芒四射,亮得使人睁不开眼睛,亮得蚯蚓不敢钻出地面来,蝙蝠不敢从什么黑暗的地方飞出来。是凡在太阳下的,都是健康的、漂亮的,拍一拍连大树都会发响的,叫一叫就是站在对面的土墙都会回答似的。

花开了,就像花睡醒了似的。鸟飞了,就像鸟上天了似的。虫子叫了,就像虫子在说话似的。一切都活了。都有无限的本领,要做什么,就做什么。要怎么样,就怎么样。都是自由的。倭瓜愿意爬上架就爬上架,愿意爬上房就爬上房。

黄瓜愿意开一个谎花,就开一个谎花,愿意结一个黄瓜,就结一个黄瓜。若都不愿意,就是一个黄瓜也不结,一朵花也不开,也没有人问它。玉米愿意长多高就长多高,他若愿意长上天去,也没有人管。蝴蝶随意的飞,一会从墙头上飞来一对黄蝴蝶,一会又从墙头上飞走了一个白蝴蝶。它们是从谁家来的,又飞到谁家去?太阳也不知道这个。

只是天空蓝悠悠的,又高又远。

可是白云一来了的时候,那大团的白云,好像洒了花的白银似的,从祖父的头上经过,好像要压到了祖父的草帽那么低。

我玩累了,就在房子底下找个阴凉的地方睡着了。不用枕头,不用席子,就把草帽遮在脸上就睡了。

注 释

⑥ 倭(wō)瓜:南瓜。
⑦ 腻(nì):因过多而厌烦。

练 习

(一)填空题。

1. 萧红的作品_____,为_____作出了积极的贡献。她的小说创作可以分为前后两期。前期的小说创作主要集中在_____,代表作是_____,描述了二十年代东北_____附近农村_____和_____。

2. 萧红四十年代的代表作是中篇小说_____和短篇小说_____,后者记载了一个凄婉的爱情悲剧,女主人公是_____。

(二) 根据课文回答问题。

1. 中篇小说《生死场》一共有多少节?主要内容是什么?
2. 《呼兰河传》的艺术特色是什么?
3. 翠姨悲剧形成的原因是什么?

(三) 请找出作品《呼兰河传》(节选)中的比喻句,并由此谈谈作品是如何使用"儿童视角"的。

第十七课

幽默闲适小品

课 文

30年代前期,文坛上曾流行过幽默小品与闲适小品,活跃了散文创作,拓宽了散文文体探索的路子,是现代散文发展史上引人注目的现象。推动这一风气的是后来被称为"幽默大师"的林语堂①。

1932年9月,林语堂创办了《论语》半月刊,1934年和1935年,又先后创办了《人世间》和《宇宙风》两刊,都以发表小品文为主,提倡幽默、闲适和独抒性灵的创作。几种刊物都很畅销②,并一度吸引过众多作家写稿。

林语堂创办《论语》等刊物,大力提倡幽默,除了作为一种美学追求之外,更是作为一种写作立场、一种人生姿态。林语堂也讲要面对现实,不过不是直接干涉和描绘现实,而是站在比较超远③的立场上,将现实生活中的滑稽可笑之处写出来,是对现实冷静的旁观。

林语堂主张小品文应该"以自我为中心,以闲适为格调","宇宙之大,苍蝇之微,皆可取材"。他指出此类小品文"认读者为'亲爱的'故交④,作文时略如亲朋话旧⑤,私房娓语⑥。此种笔调,笔墨上极轻松,真情易于吐露,或者谈得畅快忘形,出辞⑦乖戾⑧……"林语堂认为:能够表达自己的真实想法,潇洒自由地写出富有灵性的文字,是幽默闲适小品的最高境界。

林语堂

林语堂不仅是幽默闲适小品理论的倡导者,也是其创作上的代表,他于30年代创作了大量的散文,题材非常广泛,几乎是无所不谈。他的小品文常常是从一件具体的事物谈开,引发对传统文化和外来文明比较冲突的许多联想,特别是其中对中国国民性和传统文化转型的思考,十分精辟。

林语堂的幽默闲适散文收在《大荒集》、《我的话》二集等散文集中,这些散文充满了智慧的幽默,行文轻松自如,自然而精炼,融合了对中西文化的思考,在中国现代散文史上有着十分独特的艺术个性。

注　释

① **林语堂**(1895—1976):原名和乐,后改玉堂,又改语堂,福建龙溪人。1932年主编《论语》半月刊。1934年创办《人间世》,1935年创办《宇宙风》,提倡"以自我为中心,以闲适为格调"的小品文。1935年后,在美国用英文写《吾国与吾民》、《京华烟云》、《风声鹤唳》等文化著作和长篇小说。
② **畅销**:货物卖得快。
③ **超远**:超脱,远离。
④ **故交**:老朋友。
⑤ **话旧**:跟久别重逢的朋友谈往事,叙旧。
⑥ **娓**(wěi)**语**:滔滔不绝的谈话。
⑦ **辞**:吐辞,说话。
⑧ **乖戾**(guāilì):(性情、言语、行为)别扭,不合情理。

作品提示

作品《女人》以幽默风趣的语言,阐述了女性的性格特点和对社会的作用。其中不乏智慧的感悟,如谈到自己为什么喜欢女人时,指出原因在于"在她们重情感轻理智的表面之下,她们能攫住现实,而且比男人更接近人生"等。

第十七课

女　人(节选)

　　我最喜欢同女子讲话,她们真有意思,常使我想起拜伦⑨的名句:
"男人是奇怪的东西,而更奇怪的是女人。"
"What a strange thing is man! And what stranger is woman!"
　　请不要误会我是女性憎恶者,如尼采与叔本华⑩。我也不同意莎士比亚⑪绅士式的对于女人的至高的概念说:"脆弱,你的名字就是女人。"
　　我喜欢女人,就如她们平常的模样,用不着神魂颠倒⑫,也用不着满腹辛酸。她们能看一切的矛盾、浅薄、浮华,我很信赖她们的直觉和生存的本能——她们的所谓"第六感"(The Sixth Sense),在她们重情感轻理智的表面之下,她们能攫住⑬现实,而且比男人更接近人生,我很尊重这个,她们懂得人生,而男人却只知理论。她们了解男人,而男人却永不了解女人。男人一生抽烟、田猎、发明、编曲,女子却能养育儿女,这不是一种可以轻蔑的事。我不相信假定世上单有父亲,也可以看管他的儿女,假定世上没有母亲,一切的婴孩必于三岁以下一齐发疹⑭死尽,即使不死,也必未满十岁而成为扒手⑮。小学生上学也必迟到,大人们办公也未必会照时候。手帕必积几月而不洗,洋伞必时时遗失,公共汽车也不能按时开行。没有婚丧喜庆。尤其一定没有理发店。是的,人生之大事,生老病死,处处都是靠女人去应付安排,而不是男人。种族之延绵,风俗之造成,民族之团结,都是端赖⑯女人。没有女子的世界,必定没有礼俗、宗教,以及诸如此类⑰的东西。世上没有天性守礼的男子,也没有天性不守礼的女子。假定没有女人,男人不会居住在漂亮的千篇一律的公寓、弄堂⑱,而必住于三角门窗而有独出心裁⑲的设计之房屋。会在卧室吃饭,在饭厅安眠的,而且最好的外交官也不会知道区别白领带与黑领带之重要。
　　以上一大篇话,无非用以证明女子之直觉远胜于男人之理论。这一点既明,我们可以进而讨论女子谈话之所以有意思。其实女子之理论谈话,就是她们之一部。在所谓闲谈里,找不到淡然无味的抽象名词,而是真实的人物,都是会爬会蠕动会娶嫁的东西。比方女子在社会中介绍某大学的有机化学教授,必不介绍他为有机化学教授,而为利哈生上校的舅爷。而且上校死时,她正在纽约病院割盲肠炎,从这一点出发,她可向日本外交家的所谓应注意的"现实"方面发挥——或者哈利生上校曾经常跟她一起在根辛顿花园散步,或是由盲肠炎而使她记起"亲爱的老勃朗医师,跟他的漂亮的长胡子"。无论谈到什么题目,女子是攫住现实的。他知道何者为充满人生意味的事实,何者为无用的空谈。所以任何一个真的女子会喜欢《碧眼儿日记》(Gentlemen Prefer Blondes)中的女子,当她游巴黎,走到 Place Vendome 的历史上有名的古碑时,俾⑳要背着那块古碑,而仰观历史有名的名字,如 Coty 与 Castier(香水店的老招牌),凭她的直觉,以 Vendome 与 Coty 相比,自会明白 Coty 是充满人生的意义的,而 Ven-dome 却不然。同样的,盲肠炎是真的,而有机化学则不是。人生是由生、死、盲肠炎、疹子、香水、生日茶会而结合的。并非由有机化学与无机化学而造成的。自然,世上也有 Madame Curie Emma Goldmans 与 Beatrice Webbs 之一类学者,但是我是讲普通的一般女人。让我来举个例:

"某是大诗人",我有一回在火车上与一个女客对谈。"他很能欣赏音乐,他的文字极其优美自然。"我说。

"你是不是说W?他的太太是抽鸦片烟的。"

"是的,他自己也不时抽抽。但是我是在讲他的文字。"

"她带他抽上的。我想她害了他一生。"

"假使你的厨子有了外遇㉑,你便觉得他的点心失了味道吗?"

"呵,那个不同。"

"不是正一样吗?"

"我觉得不同。"

"感觉"是女人的最高法院,当女人将是非㉒诉于她的"感觉"之前时,明理人就当见机而退㉓。

一位美国女人曾出了一个"美妙的主意",认为男人把世界统治得一塌糊涂㉔,所以此后应把统治世界之权交与女人。

现在,以一个男人的资格来讲,我是完全赞成这个意见的,我懒于再去统治世界,如果还有人盲目㉕的乐于去做这件事情,我是甚㉖愿退让,我要去休假。我是完全失败了,我不要再去统治世界了。我想所有脑筋清楚的男人,一定都有同感。如果塔斯马尼亚岛(在澳洲之南)的土人喜欢来统治世界,我是甘愿把这件事情让给他们,不过我想他们是不喜欢的。

我觉得头带王冠的人,都是寝不安席㉗的。我认为男人们都有这种感觉。据说我们男人是自己命运的主宰㉘,也是世界命运的主宰,还有我们是自己灵魂的执掌者,也是世界灵魂的执掌㉙者,比如政治家、政客、市长、审判官、戏院经理、糖果店主人,以及其他的职位,全为男人所据有。实则我们没有一个人喜欢去作这种事。情形比这还要简单,如哥伦比亚大学心理学教授言,男女之间真正的分工合作,是男人只去赚钱,女人只去用钱。我很赞成把这种情形一变。我真愿看见女人勤劳工作于船厂,公事房中,会议席上,同时我们男人却穿着下午的轻俏㉚绿衣,出去作纸牌之戏,等着我们的亲爱的公毕㉛回家,带我们去看电影。这就是我所谓的"美妙的主意"。

但是除去这种自私的理由之外,我们实在应当自以为耻㉜。要是女人统治世界,结果也不会比男人弄得更糟。所以如果女人说,"也应当让我们女人去试一试"的时候,我们为什么不出之以诚㉝,承认自己的失败,让她们来统治世界呢?

女人一向是在养育子女,我们男人却去掀动战事,使最优秀的青年们去送死。这真是骇人听闻㉞的事。但是这是无法挽救的。我们男人生来就是如此。我们总要打仗,而女人则只是互相撕扯一番,最厉害的也不过是皮破流血而已。如果不流血中毒,这算不了什么伤害。女人只用转动的针即感满足,而我们则要用机关枪。有人说只要男人喜欢去听鼓乐队奏乐,我们便不能停止作战。我们是不能抵拒鼓乐队的,假如我们能在家静坐少出,感到下午茶会的乐趣,你想我们还去打仗吗?如果女人统治世界,我们可以向她们说:"你们在统治着世界,如果你们要想打仗,请你们自己出去打吧。"那时世界上就不会有机关枪,天下最后也变得太平了。

注 释

⑨ **拜伦**(1788—1824):英国浪漫主义著名诗人。作品有长篇叙事诗《恰尔德·哈罗尔德游记》、《唐璜》、《异教徒》、《海盗》,诗剧《曼弗雷德》、《该隐》等。

⑩ **尼采**(1844—1900):西方现代哲学大师,对20世纪哲学发展的影响非常巨大。著有哲学著作《悲剧的诞生》、《查拉斯图拉如是说》、《瞧!这个人》、《上帝之死》等。
叔本华(1788—1860):德国"悲观主义哲学家"。黑格尔绝对唯心主义的反对者,新的"生命"哲学的先驱,主要从事哲学家柏拉图和康德著作的研究。代表作有《意志和表象的世界》、《论自然界中的意志》等。

⑪ **莎士比亚**(1564—1616):欧洲文艺复兴时期人文主义文学的集大成者,英国著名的戏剧家和诗人。共写有37部戏剧、154首14行诗、两首长诗和其他诗歌。代表作有历史剧《理查三世》、《亨利三世》等,喜剧《仲夏夜之梦》、《第十二夜》、《皆大欢喜》等,悲剧《罗密欧与朱丽叶》、《哈姆雷特》、《奥赛罗》、《李尔王》等。

⑫ **神魂颠倒**:指心意迷乱、神情恍惚、失去常态。

⑬ **攫**(jué)**住**:抓住。

⑭ **发疹**(zhěn):生麻疹。

⑮ **扒手**:小偷。

⑯ **端赖**:确实依靠。

⑰ **诸如此类**:与此相似的种种事物。

⑱ **千篇一律**:机械地重复或无变化。**弄堂**:小巷,胡同。

⑲ **独出心裁**:独创一格,与众不同。

⑳ **俾**(bǐ):使。

㉑ **外遇**:丈夫或妻子在外面的不正当的男女关系。

㉒ **是非**:对与错,正确和谬误。

㉓ **见机而退**:看好机会离开。

㉔ **一塌糊涂**:乱到不可收拾。

㉕ **盲目**:比喻无见识、无目的。

㉖ **甚**:很、极。

㉗ **寝不安席**:睡觉不安稳;寝,睡觉。

㉘ **主宰**:主管,支配。

㉙ **执掌**:掌握,管理。

㉚ **轻俏**(qiào):轻灵而优美。

㉛ **公毕**:工作完毕;毕,完。

㉜ **自以为耻**:为自己感到耻辱。

㉝ **出之以诚**:真诚地对待。

㉞ **骇**(hài)**人听闻**:听起来令人害怕。

（一）填空题。

1. 1932 年 9 月，林语堂创办了_____半月刊，1934 年和 1935 年，又先后创办了_____和_____两刊，都以发表_____为主，提倡_____的创作。
2. 林语堂的幽默闲适散文收在_____、_____等散文集中，这些散文充满_____，融合了_____，在中国现代散文史上有着十分独特的艺术个性。

（二）根据课文回答问题。

1. 文中"宇宙之大，苍蝇之微，皆可取材"这句话是什么意思？
2. 林语堂认为最好的小品文是什么样的？
3. 林语堂小品文的主要特点是什么？

（三）讨论。

结合作品，谈谈你理想中的女性应该是怎样的。

第十八课

赵 树 理

课 文

提到40年代解放区的小说创作,就不得不提到赵树理①。他的小说在深入借鉴了中国传统民间文化的基础上,以通俗的笔触描写了解放区农村在面临巨大的政治变迁时"新"与"旧"的冲突,细腻幽默,展示了40年代作家对"文艺大众化"的实践。

赵树理

作为40年代抗日民主根据地②和解放区土生土长③的第一代作家,赵树理在进行文学创作的时候将当时农村的日常生活和自然不雕琢④的语言艺术地展现了出来,形成了一个独特的审美世界。他的作品能忠实反映农民的思想、情绪、意识、愿望和审美要求,并真正为普通的农民所接受。赵树理是在对五四以来新文学"欧化"⑤倾向进行反省的基础上,建立他那种格外偏重大众化、通俗化的文学主张的。他从民间文学中汲取⑥艺术营养,这在解放区作家中也有代表性。

赵树理的代表作有《小二黑结婚》、《李有才板话》、《李家庄的变迁》等。其中《小二黑结婚》是他最著名的代表作品,主要讲述了解放区一对青年男女自由恋爱的故事,揭示了农村中旧习俗和封建残余势力对人们道德观念的束缚,以及新老两代的意识冲突与变迁。

赵树理小说的创新主要有以下几点:一、作品直接与农民对话,展示劳动者在逐步打破枷锁⑦的过程中所焕发的历史主动精神

115

和新的道德风貌。二、在现代文学史上,赵树理是继鲁迅之后最了解农民的作家,他深深懂得农民摆脱旧的文化束缚的艰巨性,他们在精神上的被奴役。赵树理主要表现中国农民在政治、经济翻身中所实现的精神翻身,并在表现这个过程中,显示农民改造的艰巨性。三、塑造了一批独特的人物形象。赵树理在小说中主要塑造了以下几类农民典型的形象:1. 深受封建思想毒害还没有觉醒,背负着沉重的历史文化创痛的老一代农民,如《小二黑结婚》中的二诸葛、三仙姑等。2. 青年一代农民,农村新人形象,如小二黑、小芹、李有才等,他们反抗封建势力,有清醒的头脑和法律意识。

中国现代小说体式是外来的。现代小说的民族化、本土化一直是一个重要的问题,赵树理在这方面作出了积极的贡献。他对中国以说唱文学为基础的传统小说的结构方式、叙述手法、表现手段进行了扬弃⑧和改造,创造了一种评书⑨体的现代小说形式。赵树理扬弃了传统章回小说⑩的程式化框架,讲究情节的连贯和完整。例如《小二黑结婚》。在描写和叙事上,其小说吸取传统评书式小说的手法,把描写情景溶化在叙述故事中,把人物放在情节发展矛盾冲突中,通过自身的行动和言语来展现其性格,很少有静止的景物和心理描写。

注　释

① 赵树理(1906—1970):山西省沁水人。1943年发表成名作《小二黑结婚》,闻名于解放区文坛,建国后出版短篇小说集《下乡集》、《赵树理小说选》及长篇小说《三里湾》、长篇评书《灵泉洞》(上)等。在他的影响下,马烽等山西籍作家形成了一个被称为"山药蛋派"的作家群体。
② 抗日民主根据地:抗日战争期间,中国共产党领导的人民军队深入敌后,通过人民战争、游击战争不断收复国土,建立抗日民主政权,开辟了大块根据地,称为抗日民主根据地。
③ 土生土长:当地出生,当地长大。
④ 雕琢(diāozhuó):过分地修饰文章的词句。
⑤ 欧化:模仿欧洲的风俗习惯、语言文化。
⑥ 汲(jí)取:吸取,吸收。

⑦ **枷锁**(jiāsuǒ)：比喻所受的压迫和束缚。
⑧ **扬弃**：发扬原事物的积极因素,抛弃消极因素。
⑨ **评书**：曲艺的一种,流行于北方地区,故又称"北方评书"。清初已形成,只说不唱。传统书目都为长篇,演员运用各种说讲、表演技巧,以"扣子"造成悬念,取得艺术效果。书目以历史故事为主。
⑩ **章回小说**：中国古典长篇小说的传统形式之一,盛行于明、清两代。其特点是用"章"和"回"来标明目录,注重故事情节的完整性、情节连贯、首尾呼应。明、清时代章回小说的代表作有《三国演义》、《水浒传》、《西游记》、《红楼梦》等。

作品提示

作品讲述了40年代解放区一对青年男女小二黑和小芹自由恋爱,遇到自己的父母以及代表着旧势力的部分村干部的阻挠,但他们勇敢与之斗争,并最终依靠区政府的帮助取得胜利的故事。作品人物生动,富有乡土气息,除了刻画了小二黑和小芹等新一代的青年农民形象以外,还栩栩如生地塑造了三仙姑(小芹的妈妈)、二诸葛(小二黑的爸爸)等一些思想观念保守落后的"旧农民"形象。

小二黑结婚(节选)

十一 看看仙姑

三仙姑去寻二诸葛,一来为的是逞逞⑪斗气的本领,二来为的是遮遮外人的耳目。其实让小芹吃一吃亏她很高兴,所以跟二诸葛老婆闹了一阵之后,回去就睡了。第二天早上,她起得很迟,于福虽比她着急,可是自己既没有主意,又不敢叫醒她,只好自己先去做饭,饭快成的时候,三仙姑慢慢起来梳妆,于福问她道："不去打听打听小芹？"她说："打听她做甚啦？她的本领多大啦？"于福也再没有敢说什么,把饭菜做成了放在炉边等,直等到她梳妆罢了才开饭⑫。

饭还没有吃罢,区上的交通员来传她。她好像很得意,嗓子拉得长长的说："闺女大了咱管不了,就去请区长替咱管教管教！"她吃完了饭,换上新衣服、新手帕、绣花鞋、镶边裤,又擦了一次粉,加了几件首饰,

然后叫于福给她备上驴,她骑上,于福给她赶上,往区上去。

到了区上。交通员把她引到区长房子里,她爬下就磕头,连声叫道:"区长老爷,你可要给我作主!"区长正伏在桌上写字,见她低着头跪在地下,头上戴了满头银首饰,还以为是前两天跟婆婆生了气的那个年青媳妇,便说道:"你婆婆不是有保人⑬吗?为什么不找保人?"三仙姑莫明其妙⑭,抬头看了看区长的脸。区长见是个擦着粉的老太婆,才知道是认错了人。交通员道:"认错人了!这就是于小芹的娘!"区长打量了她一眼道:"你就是小芹的娘呀?起来!不要装神做鬼⑮!我什么都清楚!起来!"

三仙姑站起来了。区长问:"你今年多大岁数?"三仙姑说:"四十五。"

区长说:"你自己看看你打扮得像个人不像?"门边站着老乡一个十来岁的小闺女嘻嘻嘻笑了。交通员说:"到外边耍!"小闺女跑了。区长问:"你会下神是不是?"三仙姑不敢答话。区长问:"你给你闺女找了个婆家?"三仙姑答:"找下了!"问:"使了多少钱?"答:"三千五!"

问:"还有些什么?"答:"有些首饰布匹!"问:"跟你闺女商量过没有?"答:"没有!"问:"你闺女愿意不愿意?"答:"不知道!"

区长道:"我给你叫来你亲自问问她!"

又向交通员道:"去叫于小芹!"

刚才跑出去那个小闺女,跑到外边一宣传,说有个打官司的老婆⑯,四十五了,擦着粉,穿着花鞋。邻近的女人们都跑来看,挤了半院,唧唧哝哝说:"看看!四十五了!"看那裤腿!"看那花鞋!"三仙姑半辈没有脸红过,偏这会撑不住气了,一道道热汗在脸上流。交通员领着小芹来了,故意说:"看什么?人家也是个人吧,没有见过?闪开路!"一伙女人们哈哈大笑。

把小芹叫来,区长说:"你问问你闺女愿意不愿意!"三仙姑只听见院里人说"四十五""穿花鞋",羞得只顾擦汗,再也开不得口。院里的人们忽然又转了话头,都说"那是人家的闺女","闺女不如娘会打扮",也有人说"听说还会下神⑰",偏又有个知道底细⑱的断断续续讲"米烂了"的故事,这时三仙姑恨不得一头碰死。

区长说:"你不问我替你问!于小芹,你娘给你找的婆家你愿意跟人家结婚不愿意?"小芹说:"不愿意!我知道人家是谁?"区长向三仙姑道:"你听见了吧?"又给她讲了一会婚姻自主⑲的法令,说小芹跟小二黑订婚完全合法,还吩咐她把吴家送来的钱和东西原封⑳退了,让小芹跟小二黑结婚。她羞愧之下㉑,一一㉒答应了下来。

注 释

⑪ 逞(chěng):炫耀、卖弄(自己的才能、威风等)。
⑫ 罢:完,毕。开饭:开始吃饭。
⑬ 保人:保证人,担保人。
⑭ 莫明其妙:表示事情很奇怪,让人不明白。
⑮ 装神做鬼:比喻故意运用使人迷惑的欺骗手段。

⑯ 老婆:老太婆。
⑰ 下神:巫婆等假称神仙或者鬼魂附在自己身上而装神弄鬼。
⑱ 底细:(人或事情的)根源,内情。
⑲ 婚姻自主:婚姻自己作主,不受别人支配。
⑳ 原封:没有开封的,泛指保持原来的样子,一点不加变动的。
㉑ 羞愧之下:羞愧的情况下。
㉒ 一一:一条一条。

(一) 填空题。

1. 赵树理的小说在深入借鉴了_____的基础上,以_____描写了_____,展示了40年代作家_____对_____的实践。

2. 赵树理的代表作有_____、_____、_____等,其中_____是他最著名的代表作品。

(二) 根据课文回答问题。

1. 赵树理小说的主要特点是什么?
2. 赵树理小说的创新主要体现在哪里?
3. 赵树理小说对小说的民族化、本土化作出了怎样的贡献?

(三) 作品《小二黑结婚》对人物的描写十分精彩,请你模仿作品,谈谈你见过最有趣的人是什么样的。

第十九课

张爱玲

课文

　　张爱玲①是40年代中国现代文坛最有名的女作家。言情、描写两性关系和婚姻关系,是张爱玲发掘人性的基本审美视角。她的作品从古老的典故和小说、戏曲名词中点化出现代性的新意,而又浑然天成②,给人一种古今交接、雅俗共赏③的审美趣味。张爱玲小说的主要价值之一,就在于它启示人们如何出入于现代和传统之间,以经过点化和自我超越的东方风采,同世界文学进行富有才华的对话。

　　张爱玲的作品以小说为主,她的第一部小说是《沉香屑第一炉香》(1943)。成名作为《倾城之恋》,代表作为《金锁记》。她的作品大多收入《传奇》这本小说集中。除了小说,张爱玲的散文也十分有特色,她常以出乎意料的比喻,洞悉人生的秘密。

　　代表作《金锁记》中的女主人公七巧本是一个充满青春气息的女子,她出身低贱④,父母把她嫁给有钱的姜公馆⑤的二少爷,丈夫身体有残疾,智力也只相当于小孩,她用自己的青春,用受尽大家族中其他人的欺辱,换来了一副黄金的枷锁:金钱压制了情爱,其结果是七巧与小叔季泽的畸形爱欲被泯灭⑥后,她成了一个性格变态的女人,别人破坏了她的一生,她又荒诞地毁灭了儿女追求幸福的权利。作品描写一个卑微凄楚⑦的女人,如何在金钱的束缚下异化⑧为一个丧失人性的怪物,发人深思。

　　张爱玲的作品主要有以下特点:

张爱玲

第十九课

一、关注现代女性的命运,有相当的文化深度。作品以上海这个十里洋场为背景,描画着其中形形色色的女性在繁华与孤独之间徘徊的苍凉,对人性的弱点和黯淡有着深入的理解。

二、张爱玲的作品"雅俗共赏",既有传统的语汇和手法,也有西方文学技巧的应用。例如在《金锁记》中,作者写到:"风从窗子里进来,对面挂着的回文雕漆长镜⑨被吹得摇摇晃晃,磕托磕托敲着墙。七巧双手按住了镜子。镜子里反映着的翠竹帘子和一幅金绿山水屏条⑩依旧在风中来回荡漾着,望久了,便有一种晕船的感觉。再定睛看时,翠竹帘子已经褪了色,金绿山水换了一张她丈夫的遗像,镜子里的人也老了十岁。"这种跳跃性的结构艺术,显然受到西方电影剪辑方式的影响:以简洁的时空转换方式,直趋主人公凋零变态的生命形式。

三、语言十分独特,文辞华美,想象奇特。她说"生命是一袭华美的袍,上面爬满了虱子"。以这样的方式来比喻人生,恐怕也是绝无仅有的。

注 释

① **张爱玲**(1920—1995):原名张煐,笔名梁京,祖籍河北丰润,生于上海。现代女作家。代表作有散文集《流言》、小说集《传奇》、长篇小说《十八春》等。
② **浑然天成**:形容完整,不可分割。
③ **雅俗共赏**:文化高的人和文化低的人都能欣赏。
④ **出身**:由家庭经济状况所决定的身份。**低贱**:地位低下。
⑤ **公馆**:旧时官员、富人的住宅。
⑥ **泯**(mǐn)**灭**:消灭,消失。
⑦ **卑微**:地位低下而渺小。**凄楚**:凄凉悲哀。
⑧ **异化**:同类事物演变成不同类的。
⑨ **回文雕漆长镜**:一种较长的穿衣镜,边框涂漆,雕刻有回文形状的图案。
⑩ **屏条**:成组的条幅,一般是四幅合成一组。

作品提示

流苏顶着全部人的反对和丈夫离婚,寄住在娘家,处处受排挤⑪。一次偶然的机会,她结识了华侨富商范柳原,用尽心机想嫁给他,范柳原却不愿结婚,只想做她的情人。后来,因为战争的爆发,两人在患难中感受到个人的渺小和平凡幸福的美好,最终结成了一对普通的夫妻。

倾城之恋(节选)

在劫后的香港住下去究竟不是长久之计。白天这么忙忙碌碌也就混了过去。一到了晚上,在那死的城市里,没有灯,没有人声,只有那荞荞的寒风,三个不同的音阶,"喔……呵……呜……"无穷无尽地叫唤着,这个歇了,那个又渐渐响了,三条并行的灰色的龙,一直线地往前飞,龙身无限制地延长下去,看不见尾。"喔……呵……呜……"……叫唤到后来,索性连苍龙也没有了,只是三条虚无的气,真空的桥梁,通入黑暗,通入虚空的虚空。这里是什么都完了。剩下点断墙颓垣⑫,失去记忆力的文明人在黄昏中跌跌绊绊摸来摸去,像是找着点什么,其实是什么都完了。

流苏拥被坐着,听着那悲凉的风。她确实知道浅水湾附近,灰砖砌的那一面墙,一定还屹然站在那里。风停了下来,像三条灰色的龙,蟠⑬在墙头,月光中闪着银鳞。她仿佛做梦似的,又来到墙根下,迎面来了柳原。她终于遇见了柳原。……在这动荡的世界里,钱财,地产,天长地久的一切,全不可靠了。靠得住的只有她腔子里的这口气,还有睡在她身边的这个人。她突然爬到柳原身边,隔着他的棉被,拥抱着他。他从被窝里伸出手来握住她的手。他们把彼此看得透明透亮,仅仅是一刹那的彻底的谅解,然而这一刹那够他们在一起和谐地活个十年八年。

他不过是一个自私的男子,她不过是一个自私的女人。在这兵荒马乱的时代,个人主义者是无处容身的,可是总有地方容得下一对平凡的夫妻。

有一天,他们在街上买菜,碰着萨黑夷妮公主。萨黑夷妮黄着脸,把蓬松的辫子胡乱编

了个麻花髻⑭,身上不知从哪里借来一件青布棉袍穿着,脚下却依旧趿着印度式七宝嵌花纹皮拖鞋。她同他们热烈地握手,问他们现在住在哪里,急欲看看他们的新屋子。又注意到流苏的篮子里有去了壳的小蚝⑮,愿意跟流苏学习烧制清蒸蚝汤。柳原顺口邀了她来吃便饭,她很高兴地跟了他们一同回去。她的英国人进了集中营,她现在住在一个熟识的,常常为她当点小差的印度巡捕⑯家里。她有许久没有吃饱过。她唤流苏"白小姐"。柳原笑道:"这是我太太。你该向我道喜⑰呢!"萨黑夷妮道:"真的么?你们几时结的婚?"柳原耸耸肩道:"就在中国报上登了个启事。你知道,战争期间的婚姻,总是潦草⑱的……"流苏没听懂他们的话。萨黑夷妮吻了他又吻了她。然而他们的饭菜毕竟是很寒苦,而且柳原声明他们也难得吃一次蚝汤。萨黑夷妮没有再上门过。

当天他们送她出去,流苏站在门槛上,柳原立在她身后,把手掌合在她的手掌上,笑道:"我说,我们几时结婚呢?"流苏听了,一句话也没有,只低下了头,落下泪来。柳原拉住她的手道:"来来,我们今天就到报馆里去登启事。不过你也许愿意候些时,等我们回到上海,大张旗鼓的排场一下⑲,请请亲戚们。"流苏道:"呸!他们也配!"说着,嗤的笑了出来,往后顺势一倒,靠在他身上。柳原伸手到前面去羞她的脸道:"又是哭,又是笑!"

两人一同走进城去,走到一个峰回路转的地方,马路突然下泻,眼见只是一片空灵——淡墨色的,潮湿的天。小铁门口挑出一块洋瓷招牌,写的是:"赵祥庆牙医。"风吹得招牌上的铁钩子吱吱响,招牌背后只是那空灵的天。

柳原歇下脚来望了半晌,感到那平淡中的恐怖,突然打起寒战⑳来,向流苏道:"现在你可该相信了:'死生契阔㉑',我们自己哪儿做得了主?轰炸的时候,一个不巧——"流苏嗔㉒道:"到了这个时候,你还说做不了主的话!"柳原笑道:"我并不是打退堂鼓㉓。我的意思是——"他看了看她的脸色,笑道:"不说了。不说了。"他们继续走路。柳原又道:"鬼使神差㉔地,我们倒真的恋爱起来了!"流苏道:"你早就说过你爱我。"柳原笑道:"那不算。我们那时候太忙着谈恋爱了,哪里还有工夫恋爱?"

结婚启事在报上刊出了,徐先生徐太太赶了来道喜。流苏因为他们在围城中自顾自搬到安全地带去,不管她的死活,心中有三分不快,然而也只得笑脸相迎。柳原办了酒席,补请了一次客。不久,港沪之间恢复了交通,他们便回上海来了。

白公馆里流苏只回去过一次,只怕人多嘴多,惹出是非来。然而麻烦是免不了的。四奶奶决定和四爷进行离婚,众人背后都派流苏的不是。流苏离了婚再嫁,竟有这样惊人的成就,难怪旁人要学她的榜样。流苏蹲在灯影里点蚊烟香。想到四奶奶,她微笑了。

柳原现在从来不跟她闹着玩了。他把他的俏皮话省下来说给旁的女人听。那是值得庆幸的好现象,表示他完全把她当自家人看待——名正言顺㉕的妻。然而流苏还是有点怅惘。

香港的陷落成全了她。但是在这不可理喻㉖的世界里,谁知道什么是因,什么是果?谁知道呢,也许就因为要成全她,一个大都市倾覆了。成千上万的人死去,成千上万的人痛苦着,跟着是惊天动地的大改革……流苏并不觉得她在历史上的地位有什么微妙之点。她只是笑盈盈地站起身来,将蚊烟香盘踢到桌子底下去。

传奇里的倾城倾国的人大抵如此㉗。到处都是传奇,可不见得有这么圆满的收场㉘。胡琴咿咿呀呀拉着,在万盏灯火的夜晚,拉过来又拉过去,说不尽的苍凉的故事——不问也罢!

注　释

⑪ **排挤**:利用势力或手段使不利于自己的人失去地位或利益。
⑫ **断墙颓垣**(yuán):倒塌、破败的墙;垣,墙。
⑬ **蟠**(pán):环绕,盘伏。
⑭ **髻**(jì):盘在头顶或脑后的发结。
⑮ **蚝**(háo):牡蛎(mǔlì)的别名,海洋软体动物,肉可食用。
⑯ **巡捕**:旧时租界中的警察。
⑰ **道喜**:向有喜庆事的人表示祝贺。
⑱ **潦草**:草率,不精细。
⑲ **大张旗鼓**:比喻声势和规模很大。**排场**:奢侈、铺张的场面,这里作动词用。
⑳ **寒战**:因受凉或受惊而身体颤动。
㉑ **死生契阔**(qìkuò):生死离合,契为合,阔为离。
㉒ **嗔**(chēn):恼怒,生气。
㉓ **打退堂鼓**:古时官吏退堂时要击鼓,比喻做事时害怕困难而退缩。
㉔ **鬼使神差**:形容不由自主地做出意想不到的事情。
㉕ **名正言顺**:名义正当,道理也说得通。
㉖ **不可理喻**:没法去理解、明白。
㉗ **倾城倾国**:形容女子容貌极美。**大抵**:大概,大致。
㉘ **收场**:终止,结束。

(一) 填空题。

1. _____,是张爱玲小说发掘人性的基本审美视角。她的作品从_____中点化出_____,给人一种_____的审美趣味。

2. 张爱玲的作品以小说为主,她的第一部小说是_____,成名作为_____,代表作为_____。她的作品大多收入_____这本小说集。

(二) 根据课文回答问题。

1. 张爱玲小说的主要文学价值是什么?
2. 七巧的悲剧为什么会发生?

3. 张爱玲小说的主要特点是什么?

(三) **讨论**。

作品《倾城之恋》讲述了一对本不可能结婚的男女在乱世中,因感受到个人的渺小,为了相互取暖而最终结为夫妻的故事。请你结合作品,谈谈你觉得爱情和婚姻的关系应该是怎样的。

第二十课

钱锺书

课 文

作为一个中外文史学养渊博①的著名学者，钱锺书②在人生边上做随感的超脱的写作态度，给他的作品带上了一丝灵气。钱锺书的小说创作数量不多，但他的小说具有丰富而充满智慧的想象力，因而在中国现代小说史上占有重要地位。

钱锺书

长篇小说《围城》是钱锺书的代表作，初版于1947年5月。它一经发表，就以其光芒四射的智慧和舒展自如③的才情震惊了当时的读书界和著作界。小说描写了以主人公方鸿渐为代表的归国留学生、教授、社会名人等一群形形色色的知识分子，在洋场和乡镇、家庭和学校等一座座"围城"之间来回奔波的情景。主人公方鸿渐自从游学归来之后，就陷入了家庭、婚姻和职业的围城中。他在西方游学四年，全无收获，只好买了一张假文凭来安慰自己。在回国的船上，他便受到情欲和道德的纠缠，先是沉浸于鲍小姐的肉体诱惑，之后又去接近同船的留法博士苏文纨。苏文纨爱上了方鸿渐，方鸿渐却爱上了她纯洁的表妹唐小姐。这段恋爱最终失败，方鸿渐痛苦地离开上海，准备去湖南的三闾大学当老师。在路上和到三闾大学之后，他结识了形形色色的人物，也领教④了知识分子之间的派系争斗。和方鸿渐结伴去三闾大学的孙小姐想尽办法嫁给了方鸿渐，婚后却又因为两人的性格差异，使得家庭矛盾逐渐升级，最终不可收拾。作者以高超的心理描写,显示出人们在面对生命中种种不可避免的选择时的精神困惑,剖析了人性的根本,展示了人生的真谛。作为全书的中心意蕴的"围城",其实就是一个"城外的人想冲进去,城里的人想逃出来"的"城堡",它象征着一个充满期待与懊悔、寻找与失落的人生连环结。

《围城》最显著的艺术特色就是它的讽刺风格。作者凭借他渊博的知识和卓越⑤的联想能力,对中外风俗、典故、名人轶事⑥等运用自如,品评人物,谈论时事,风趣而不粗俗,机敏而不做作。

① **渊博**:精深而广博。
② **钱锺书**(1910—1998):字默存,号槐聚。江苏无锡人。现代学者、作家。著有长篇小说《围城》、短篇小说集《人·兽·鬼》、散文集《写在人生边上》、学术著作《谈艺录》及《管锥编》等。
③ **舒展自如**:自由地伸展。
④ **领教**:体验,经受。
⑤ **卓(zhuó)越**:高超出众。
⑥ **轶(yì)事**:世人不知道的史事。

作品提示

赵辛楣因为嫉妒苏文纨对方鸿渐的感情,向一所内地大学——三闾大学推荐了方鸿渐。作品节选的部分描写了恋爱失败后的方鸿渐与赵辛楣、年轻却富有心机的孙小姐、庸俗⑦自私的李梅亭、顾尔谦等人一起去三闾大学的途中的一段经历。

围 城(节选)

　　早晨不到五点钟,轿夫们淘米煮饭。鸿渐和孙小姐两人下半夜都没有睡,也跟着起来,到屋外呼吸新鲜空气。才发现这屋背后全是坟,看来这屋就是铲平坟墓造的。火铺屋后不远矗立⑧一个破门框子,屋身烧掉了,只剩这个进出口,两扇门也给人搬走了。鸿渐指着那些土馒头问:"孙小姐,你相信不相信有鬼?"孙小姐自从梦魇⑨以后,跟鸿渐熟多了,笑说:"这话很难回答。有时候,我相信有鬼;有时候,我决不相信有鬼。譬如⑩昨天晚上,我觉得鬼真可怕。可是这时候虽然四周围全是坟墓,我又觉得鬼绝对没有这东西了。"鸿渐道:"这意思很新鲜。鬼的存在的确有时间性的,好像春天有的花,到夏天就没有。"孙小姐道:"你说你听见的声音像小孩子的,我梦里的手也像是小孩子的,这太怪了。"鸿渐道:"也许我们睡的地方本来是小孩子的坟,你看这些坟都很小,不像是大人的。"孙小姐天真地问:"为什么鬼不长大的?小孩子死了几十年还是小孩子?"鸿渐道:"这就是生离死别比百年团聚好的地方,它能使人不老。不但鬼不会长大,不见了好久的朋友,在我们的心目里,还是当年的丰采,尽管我们自己已经老了——喂,辛楣。"辛楣呵呵大笑道:"你们两人一清早到这鬼窝里来谈些什么?"两人把昨天晚的事告诉他,他冷笑道:"你们两人真是魂梦相通,了不得!我一点没感觉什么;当然我是粗人,鬼不屑⑪拜访的——轿夫说今天下午可以到学校了。"

　　方鸿渐在轿子里想,今天到学校了,不知是什么样子。反正自己不存奢望⑫。适才⑬火铺屋后那个破门倒是好象征。好像个进口,背后藏着深宫大厦,引得人进去了,原来什么没有,一无可进的进口、一无可去的去处。"撇下一切希望罢,你们这些进来的人!"虽然这么说,按捺不下的好奇心和希冀像火炉上烧滚的水⑭,勃勃地掀动壶盖。只嫌轿子走得不爽气⑮,宁可下了轿自己走。辛楣也给这理鼓动得在轿子里坐不定,下轿走着,说:"鸿渐,这次走路真添了不少经验。总算功德圆满⑯,取经到了西天⑰,至少以后跟李梅亭、顾尔谦胁肩谄笑⑱的丑态,也真叫人吃不消⑲。"

　　鸿渐道:"我发现拍马屁跟恋爱一样,不容许有第三者冷眼旁观⑳。咱们以后恭维㉑人起来,得小心旁边没有其他的人。"

　　辛楣道:"像咱们这种旅行,最试验得出一个人的品性。旅行是最劳顿,最麻烦,叫人本相毕现㉒的时候。经过长期苦旅行而彼此不讨厌的人,才可以结交作朋友——且慢,你听我说——结婚以后的蜜月旅行是次序颠倒的,应该先同旅行一个月,一个月舟车仆仆㉓以后,双方还没有彼此看破,彼此厌恶,还没有吵嘴翻脸,还要维持原来的婚约,这种夫妇保证不会离婚。"

　　"你这话为什么不跟曹元朗夫妇去讲?"

"我这句话是专为你讲的,sorry。孙小姐经过这次旅行并不使你讨厌罢?"辛楣说着,回头望望孙小姐的轿子,转过脸来,呵呵大笑。

"别胡闹。我问你,你经过这次旅行,对我的感想怎么样?觉得我讨厌不讨厌?"

"你不讨厌,可是全无用处。"

鸿渐想不到辛楣会这样干脆㉔的回答,气得只好苦笑。兴致扫尽,静默地走了几步,向辛楣一挥手说:"我坐轿子去了。"上了轿子,闷闷不乐㉕,不懂为什么说话坦白㉖算是美德。

注 释

⑦ 庸(yōng)俗:平庸鄙俗,不高尚。
⑧ 矗(chù)立:高耸直立。
⑨ 梦魇(yǎn):恶梦。
⑩ 譬(pì)如:例如。
⑪ 不屑:认为不值得(做)。
⑫ 奢(shē)望:因要求过高而难以实现的希望。
⑬ 适才:刚才。
⑭ 按捺(nà)不下:控制不了,压抑不了。希冀:希望。
⑮ 爽气:舒服痛快,方言词。
⑯ 功德圆满:形容事情的圆满结果。
⑰ 取经:原指佛教僧侣到印度求取佛经原本,现也比喻向先进的地区、单位或人物吸取经验。
   西天:神话小说《西游记》描写唐僧到西天取经,这个"西天"指今天的印度(古称"天竺")。此外,"西天"还可以指《阿弥陀经》等佛经中所说的"西方极乐世界",净土宗佛教信徒都以念佛求升西天为修行的目的。课文中"西天"引申指目的地。
⑱ 胁(xié)肩:耸起肩膀。谄(chǎn)笑:谄媚地装出笑容。
⑲ 吃不消:受不了。
⑳ 冷眼旁观:局外人的静观。
㉑ 恭维:为讨好而赞扬。
㉒ 本相毕现:本来的面目都表现出来了;毕,都。
㉓ 舟车仆仆(púpú):形容旅途劳累。
㉔ 干脆:爽快,直截了当。
㉕ 闷闷不乐:因为有不如意的事情心里不高兴。
㉖ 坦白:语言直率。

（一）填空题。

1. 作为一个著名学者,钱锺书_____的写作态度使得他的作品十分独特,他的小说创作数量比较少,但因_____,在中国现代小说史上占有重要地位。

2. 长篇小说_____是钱锺书的代表作,初版于_____年_____月,主要描写了_____的生活,主人公是_____。

（二）根据课文回答问题。

1. "围城"这个词有什么样的文化含义？
2. 《围城》的创作目的是什么？
3. 《围城》主要的艺术特色是什么？

（三）讨论。

作品《围城》探讨了一种人在得到和失去之间来回徘徊、充满矛盾的"围城现象",请结合实例,谈谈这种现象在现代社会中的表现。

第二十一课

"十七年"时期的小说创作

课 文

从1949年中华人民共和国建立到1966年"文化大革命①"开始之前的这段时期,在中国当代文学史上被称为"十七年"。从战争年代进入到和平时期,人们用欢欣鼓舞②的语言表达内心的感受。面对新的社会现实和乐观向上的生活气象,作家们关注③重大的现实社会题材,用充满激情④的创作表现社会革命历史和新的时代、新的人物。一大批表现社会深刻变革和揭示社会生活新现象的作品问世。

这一时期的小说富有革命激情和鲜明的社会政治性,"革命性"和"政治性"是"十七年"文学的显著特点。这一时期的小说也有一些质量较高的作品,但总体而言,由于文学要为政治服务,文学创作的政治性很强。

这一时期的小说题材主要是农村题材和战争、革命历史题材。农村题材创作的代表作家有赵树理⑤、孙犁⑥、周立波⑦、李准⑧等,主要文学流派有"山药蛋派"和"荷花淀派"。"山药蛋派"也被称为"山西作家群"、"山西派"等。流派的主要作家是赵树理,还有马烽⑨、西戎⑩、孙谦⑪等人。他们长期生活、工作在山西,作品多取材于山西乡村的民情风俗,作品重视"社会功能",写小说是为了"劝人",能"产生指导现实的意义"。"山药蛋派"的作品重视故事叙述的完整和语言的通俗,以便能让当时文化水平普遍不高的农民接受。"荷花淀派"又被称为"白洋淀派",以作家孙犁为核心⑫。孙犁的小说数量不多,但韵味⑬独特。他善于从平淡无奇⑭的日常生活中发现意蕴⑮深

131

厚的主题，表现新时代农村各阶层的精神状态、思想情感以及人际关系。他的作品自然无饰，具有清新⑯朴实的乡土气息。孙犁影响了当代文坛上的一批作家，特别是京、津⑰、冀⑱地区的作家，如刘绍棠⑲、从维熙⑳等。他们积极学习孙犁的创作风格，并且得到了孙犁的指导和帮助，从而形成了一个作家群。

战争、革命历史题材的代表作品有《红旗谱》、《林海雪原》、《红日》、《青春之歌》、《创业史》等。《红旗谱》的背景是20世纪20、30年代，以农民朱老忠、严志和两家三代人和地主冯老兰父子的斗争为主线，有很强的故事性，强调用对话、行动等因素刻画人物，对人物心理也有细腻㉑的描写。《林海雪原》讲述的是解放军的一支小分队，深入东北地区林海雪原，歼灭匪徒的故事。小说题材奇特新颖㉒，情节曲折离奇、惊心动魄㉓，浓烈㉔的传奇色彩有很强的吸引力。故事发生在冰天雪地、人迹罕至㉕的林海雪原中，神秘、恐怖㉖，极大地增强了小说的神秘色彩。

以上作品的作者大多是革命的参加者，对革命战争有深刻的体验，对革命胜利有着由衷㉗的自豪。作品所描写的大都是作者亲身经历或熟悉的事，作家们借小说叙述难忘的革命斗争经历，对读者进行革命传统教育。

注　释

① **文化大革命**：1966年到1976年期间，一场给中国带来严重灾难的政治、经济、文化内乱的运动。
② **欢欣鼓舞**：形容非常高兴而振奋。
③ **关注**：关心重视。
④ **激情**：强烈激动的情感。
⑤ **赵树理**(1906—1970)：小说家。短篇小说《小二黑结婚》为成名作。他擅长农村题材小说创作，是"山药蛋派"的首创者。
⑥ **孙犁**(1913—　)：作家。短篇小说《荷花淀》为成名作。他的作品大多以冀中平原的农村为背景，反映人民群众丰富多彩的斗争生活。
⑦ **周立波**(1908—1979)：作家。代表作《暴风骤雨》是一部最早反映中国农村土地改革运动的长篇小说。

⑧ **李准**(1928—):小说家。短篇小说《不能走那条路》为成名作,代表作为小说《李双双小传》。

⑨ **马烽**(1922—):小说家。1942年发表处女作《第一次侦察》。他善于通过农村日常生活的描绘,揭示农村中复杂的现实矛盾,文章具有浓郁的乡土气息。

⑩ **西戎**(1922—):小说家。与马烽合著著名长篇小说《吕梁英雄传》。他的小说故事性强,语言朴实,富于幽默感。

⑪ **孙谦**(1920—):小说家。1942年发表处女作短篇小说《我们是怎样回到队伍里来的》。

⑫ **核心**(héxīn):中心。

⑬ **韵味**(yùnwèi):情趣;趣味。

⑭ **平淡无奇**(píngdànwúqí):(事物、文章等)平常;没有曲折。

⑮ **意蕴**(yìyùn):内在的意义。

⑯ **清新**:新颖不俗气。

⑰ **津**(jīn):天津的简称。

⑱ **冀**(jì):河北的别称。

⑲ **刘绍棠**(1936—):小说家。师承孙犁,擅长农村题材,倡导乡土文学,追求中国的民族风格。作品中写实略带浪漫色彩。

⑳ **从维熙**(1933—):小说家。中篇小说《大墙下的红玉兰》为代表作。他的作品主要书写中国曲折的历史进程,探索历史教训。

㉑ **细腻**(xìnì):(描写、表演等)细致入微。

㉒ **新颖**(xīnyǐng):新奇,跟平常不同。

㉓ **惊心动魄**(jīngxīndòngpò):形容使人感受很深、震动很大。

㉔ **浓烈**:浓重强烈。

㉕ **人迹罕至**(rénjìhǎnzhì):人很少到达的地方。罕:少。

㉖ **恐怖**(kǒngbù):由于生命受到威胁而引起的恐惧。

㉗ **由衷**(yóuzhōng):出于本心。

作品提示

作品主人公林道静是中国20世纪30年代革命知识分子的典型形象。作品以作者杨沫㉘的亲身经历为依据,"以小人物写大时代",以林道静的成长过程再现30年代的"社会史"和"革命史"。林道静出身于一个封建家庭,为了躲避包办婚姻㉙,她离家出走。流亡㉚期间,她广泛接触到中国社会的各个阶层㉛,对社会、人生有了深刻的认识,从一个只关注个人命运的小知识分子成长为一个革命青年。

作品真实地展现了动荡年代知识分子复杂的生存状态和人生选择,表现了中国知识分子自觉承担救亡㉜使命的传统文化精神。

青春之歌(节选)

杨沫

清晨,一列从北平向东开行的平沈㉝通车,正驰行在广阔、碧绿的原野上。茂密的庄稼,明亮的小河、黄色的泥屋、矗立㉞的电杆……全闪电似的在凭倚车窗的乘客眼前闪了过去。

乘客们吸足了新鲜空气,看车外看得腻烦了,一个个都慢慢回过头来,有的打着呵欠,有的搜寻㉟着车上的新奇事物。不久人们的视线都集中到一个小小的行李卷上,那上面插着用漂亮的白绸子包起来的南胡、箫㊱、笛,旁边还放着整洁的琵琶、月琴、竹笙㊲,……这是贩卖乐器的吗?旅客们注意起这行李的主人来。不是商人,却是一个十七八岁的女学生,寂寞地守着这些幽雅的玩艺儿。这女学生穿着白洋布短旗袍、白线袜、白运动鞋,手里捏着一条素白的手绢,——浑身上下全是白色。她没有同伴,只一个人坐在车厢一角的硬木位子上,动也不动地凝望着车厢外边。她的脸略显苍白,两只大眼睛又黑又亮。这个朴素、孤单的美丽少女,立刻引起了车上旅客们的注意,尤其男子们开始了交头接耳㊳的议论。可是女学生却像什么人也没看见,什么也不觉得,她长久地沉入在一种麻木状态的冥想㊴中。

她这异常的神态,异常的俊美㊵,以及守着一堆乐器的那种异常的行止,更加引起同车人的惊讶。慢慢的,她就成了人们闲谈的资料。

"这小密斯失恋啦?"一个西服革履的洋学生对他的同伴悄悄地说。

"这堆吹吹拉拉的玩艺至少也得值个十块二十块洋钱。"

一个胖商人凑近了那个洋学生,挤眉弄眼㊶地瞟着乐器和女学生,"这小妞带点子这个干么呢?卖唱的?……"

洋学生瞧不起商人,看了他一眼,没有答理他;偷偷瞧瞧缟素㊷的女学生又对同伴议论什么去了。

车到北戴河,女学生一个人提着她那堆乐器——实在的,她的行李,除了乐器,便没有什么了——下了火车。留在车上的旅客们,还用着惊异的惋惜的眼色目送她走出站台。

小小的北戴河车站是寂寥㊸的。火车到站后那一霎间的骚闹,随着喷腾的火车头上的白烟消失后,又复是寂寞和空旷㊹了。

这女学生提着她的行李,在站台外东张西望了一会,看不见有接她的人,就找了一个脚夫㊺

134

背着行李,向她要去的杨庄走去。

走路的时候,她还是那么沉闷。她跟在脚夫后面低头走着,不言也不语。后来转了一个弯,走到个小岗上,当蔚蓝⁴⁶的天空和碧绿的原野之间突然出现了一望无际的大海时,这女学生迟滞的脚步停下来了。她望着海,那么惊奇,明亮的眼睛露出了欢喜的激动,"呵!呵!"她连着呵呵了两声,脚步像粘在地上似的不动弹了。"第一次看见——多么美呀!"

她贪婪⁴⁷地望着微起涟波的平静的大海,忘记了走路。

"先生,快走哇!怎么不走啦?"脚夫没有理会女学生那一套情感的变化,径直走到了山脚下,当他看不见雇主的踪影⁴⁸时,这才仰头向山上的女学生吆喊着。

女学生仍然痴痴⁴⁹地望着崖底下的海水,望着海上的白色孤帆,好像什么也没有听见。

"喂!我说那位姑娘啊,您是怎么回事呵?"脚夫急了,又向山上大声吆喝着,这才惊醒了女学生,她揉揉眼睛茫然地笑了一下,快步跑下了山岗。

他们又一起走起来了。

脚夫是个多嘴的中年人,他不由向这举止有点儿特别的女学生盘问起来:"您站在山上看什么哪?"

"看海。多好看!"女学生歪着头,"你住在这儿多好,这地方多美呵!"

"好什么?打不上鱼来吃不上饭。我们可没觉出来美不美……"脚夫笑笑又问道,"我说,您这是干么来啦?怎么一个人?避暑的?"

女学生温厚地向脚夫笑笑,半晌才说:"哪配避暑。是找我表哥来的。"

脚夫瞪大了眼睛:"您表哥是谁?警察局的吗?"

女学生摇摇头:"不是,我表哥是教书的——杨庄的小学教员。"

"嘿!"脚夫急喊了一声,"我们邻村的先生啊,我都认识。不知是哪一位?"

"张文清。"女学生的神色稍稍活跃一些,她天真地问,"你认识他吗?他在村里吗?怎么没有上车站来接我……"

脚夫的嘴巴突然像封条封住了。他不做声了。女学生凝望着他黝黑⁵⁰多皱的脸,等待着他的回答。但是他不出声,又走了好几步远,这脚夫却转了话题:"我说,您贵姓啊?是从京里下来的吗?"

女学生还带着孩子气,她认真地告诉脚夫:"我姓林,叫林道静,是从北平来的。你不认识我表哥吗?"

脚夫又不出声了。半天,他呵呵了两声,不知说的什么,于是女学生也不再出声。这样他们一直走到了杨庄小学校的门前。脚夫拿了脚钱走了,林道静也微微踌躇地走上了学校门外的石台阶。

学校是在村旁一座很大的关帝⁵¹庙里。林道静把行李放在庙门口,就走进庙里去找人。她走上东殿、西殿、正殿、偏殿各个课堂里全看了一遍,一个人影也没有。"莫非他们到海边散步去啦?"她心里猜想着,只好站在庙门外的台阶上等待起来。

这时天色将晚 村子里家家的屋顶,全冒起袅袅的炊烟⁵²。

庙外就是一片树林,树林里的蝉,在知了知了地拼命聒噪㊳,林道静忍耐地听了一阵蝉声,焦灼㊴地东张西望了半天,还是一个人影也没有。看着行李,她又不敢挪动。直到天黑了,这才有一个跛脚老头从大路上蹒跚㊵地走来。这老头看见有人站在台阶上,远远地先喊了一声:

"找谁的呀?"

道静好容易盼着来了个人,欢喜得急忙跑下台阶和老头招呼:"张文清先生是在这儿教书吗?"

"哦,找张先生的?……"老头喝得迷迷糊糊的,红涨着脸,卷着大舌头,"他,他不在这儿啦。"

道静吃了一惊:"他哪儿去啦?——他写信告诉我暑假不离开学校的呀。还有,我表嫂呢?她也在这儿教书……""不,……不知道!不知道!……"老头越发醉得厉害了,东倒西歪地跌进学校的大门,砰的一声把两扇庙门关得紧紧的。

这下子可把林道静难坏了!表哥他上哪儿去啦?她已经写信给他,告诉他要来找他,可是,他却不在这儿啦。现在怎么办?以后又怎么办呢?……她愣愣地站在庙门外的冷清的阶石上,望着面前阴郁的树林,聒耳的蝉声还在无尽休地嘶叫,海水虽然望不见,然而在静寂中,海涛拍打着岩石,却不停地发着单调的声响。林道静用力打了几下门,可是打不开,老头一定早入梦乡了。她心里像火烧,眼里含着泪,一个人在庙门外站着、站着,站了好久。明月升起来了,月光轻纱似的透过树隙,照着这孤单少女美丽的脸庞,她突然伏在庙门前的石碑上低低地哭了。

人在痛苦的时候,是最易回忆往事的。林道静一边哭着,一边陷入到回忆中——她怎么会一个人来到这举目无亲的地方?她为什么会在这寂寥无人的夜里,独自在海边的树林徜徉㊶?她为什么离开了父母、家乡,流浪在这陌生的地方?她为什么,为什么这么悲伤地痛哭呵?……

注　释

㉘ 杨沫(1914—1995):小说家,1958年出版代表作长篇小说《青春之歌》,这是当代文学史上一部较早描写革命知识分子斗争生活的作品。

㉙ 包办婚姻:指男女双方不能自愿而由父母或其他人做主的婚姻。

㉚ 流亡:因灾害或政治原因而被迫离开家乡或祖国。

㉛ 阶层:指由不同阶级出身,因某种相同的特征而形成的社会集团。

㉜ 救亡:拯救祖国的危亡。

㉝ 平沈:平,北平,北京的旧称;沈,沈阳。

㉞ 矗立(chùlì):高而直地立着。

㉟ 搜寻(sōuxún):到处寻找。

㊱ 箫(xiāo):管乐器,一般用一根竹管做成。

㊲ 琵琶(pípá):弦乐器,用木料做成,有四根弦,下部为瓜子形的盘,上部为长柄,柄端弯曲。月

琴：中国拨弦乐器。共鸣箱木制，圆形两面蒙以铜木板，琴颈较短。

竹笙（zhúshēng）：管乐器，用若干根装有簧的竹管和一根吹气管装在一个锅形的座子上制成的。

㊳ **交头接耳**：相互在耳朵边小声说话。

㊴ **冥想**（míngxiǎng）：深沉的思索和想象。

㊵ **俊美**（jùnměi）：清秀美丽。

㊶ **挤眉弄眼**（jǐméinòngyǎn）：用眉眼示意，含贬义。**瞟**（piǎo）：斜着眼睛看。

㊷ **缟素**（gǎosù）：白衣服。

㊸ **寂寥**（jìliáo）：安静，没有声音。

㊹ **空旷**（kōngkuàng）：地方广阔，没有树木、建筑物等。

㊺ **脚夫**：搬运工人。

㊻ **蔚蓝**（wèilán）：像晴朗的天空那样的颜色。

㊼ **贪婪**（tānlán）：不知满足。

㊽ **踪影**（zōngyǐng）：踪迹。

㊾ **痴痴**（chīchī）："痴"的重叠形式。痴：极度迷恋某人或某种事物。这里指"女学生非常迷恋崖底下的海水"。

㊿ **黝黑**（yǒuhēi）：黑。

51 **关帝**：指关羽，三国蜀汉大将。字云长，河东解县（今山西临猗西南）人。"关帝"是后人对他的尊称。

52 **袅袅**（niǎoniǎo）：形容烟气旋转上升的样子。**炊烟**（chuīyān）：烧火做饭时冒出的烟。

53 **聒噪**（guōzào）：声音吵闹。

54 **焦灼**（jiāozhuó）：非常着急。

55 **蹒跚**（pánshān）：腿脚不方便，走路缓慢、摇摆的样子。

56 **徜徉**（chángyáng）：安闲自在地步行。

练习

（一）填空题。

1. "山药蛋派"的主要作家是____________。
2. ____________题材的代表作品有《红旗谱》、《林海雪原》、《红日》、《青春之歌》、《创业史》等。

（二）问答题。

1. 中国当代文学史上的"十七年"是指哪段时期？
2. "十七年"文学的显著特点是什么？

(三) **简述题**。

请简述"山药蛋派"创作的主要特点。

(四) **复述题**。

请复述本课作品(《青春之歌》节选)的内容梗概。

第二十二课

"十七年"时期的诗歌创作

课 文

"十七年"时期的诗歌创作以颂歌为主。郭沫若的《新华颂》、何其芳的《我们最伟大的节日》和胡风的《时间开始了》等作品标志着一个颂歌时代的开始。

"十七年"时期的诗人们急于用诗歌反映时代的变化,记录重大的政治历史事件,这使得这一时期的诗歌创作注重写实,出现了一大批叙事诗。20世纪五六十年代,叙事诗非常兴盛。据粗略①的统计,这一时期发表的长篇叙事诗有近百部,如田间②的《长诗三首》、《英雄赞歌》,李季③的《生活之歌》,郭小川④的《白雪的赞歌》、《深深的山谷》,闻捷⑤的《复仇的火焰》等。这些叙事诗侧重诗的"社会功能"⑥,强调对"客观生活"⑦的真实反映,用诗的形式去承担小说、戏剧的任务,艺术成就高低不齐,最明显的不足是抑制⑧了诗人对自我情感和思想的表达。"写实"性的叙事诗,在五四时期就受到重视和提倡,是20世纪40年代解放区诗歌重要的潮流。"十七年"时期的叙事诗创作是解放区叙事诗创作的自然延续⑨。

这一时期的抒情诗分为"政治抒情诗"和"生活抒情诗"两大类。"政治抒情诗"在50年代初主要以新中国的成立这一历史事件为题材,表达诗人对这一重大历史时刻的经验和感受。郭小川和贺敬之⑩是这一时期"政治抒情诗"最有代表性的也是成就最高的诗人。

郭小川

闻捷

50年代中期兴起了"生活抒情诗"的创作潮流⑪。由于大规模的社会经济建设和社会生活所发生的巨大变化,许多诗人深入到经济建设和社会生活的各个领域,创作了一批以经济建设和社会生活为题材的抒情诗作。其中有代表性的有李季以玉门油田为基地的诗歌创作,田间、闻捷反映边疆⑫生活的诗作,李瑛⑬、公刘⑭、白桦⑮等反映军旅⑯生活的诗作。闻捷、李瑛是本期"生活抒情诗"的优秀代表。闻捷的"生活抒情诗"记载⑰了新疆各族人民的生活变迁⑱和劳动的欢乐,具有浓厚的地域⑲特色。诗歌清新明快,充满劳动和生活的情趣。李瑛的诗歌善于从普通的生活细节和自然景物中提炼⑳出诗情哲理,创造出气氛浓烈、色彩感极强的艺术画面。

注　释

① 粗略:大略;不精确。
② 田间(1916—1985):诗人,1935年出版第一部诗集《未明集》,代表作为抒情长诗《给战斗者》。
③ 李季(1922—1980):诗人,1946年以陕北民歌"信天游"体写成长篇叙事诗《王贵与李香香》。
④ 郭小川(1919—1976):诗人,他的诗歌融合了"楼梯式"诗体和中国古典诗歌、民歌的形式与韵律,用像古典辞赋一样铺张恣肆的现代辞赋体创作"政治抒情诗"。代表作为《致青年公民》、《甘蔗林—青纱帐》等。
⑤ 闻捷(1923—1971):诗人,短诗集《天山牧歌》为成名作,代表作为长篇叙事诗《复仇的火焰》。
⑥ 侧重:着重某一方面;偏重。**社会功能**:指诗歌应该反映新生活、新人物,并对社会产生作用。
⑦ 客观生活:现实生活中的人或事。
⑧ 抑制(yìzhì):控制。
⑨ 延续:照原来样子继续下去。
⑩ 贺敬之(1924—　):诗人。作品基本分为两类:一类是表现某种具体感受的抒情短诗,如《回延安》;另一类是描绘中国社会政治生活中重大事件或重要人物的长篇政治叙事诗,如

《放声歌唱》。他的诗高亢豪迈、激情奔放。
⑪ **潮流**：发展的趋势。
⑫ **边疆**(biānjiāng)：靠近国界的领土。
⑬ **李瑛**(1926—　)：诗人。他的诗主要描写解放军战士的生活，大多是抒情短诗，代表作有《一月的哀思》《为一个永远活着的共产党人而歌》等。
⑭ **公刘**(1927—2003)：诗人。他的诗直率地对生活作出评价，具有深沉而强烈的思辨色彩。代表作有诗集《仙人掌》、诗歌《沉思》等。
⑮ **白桦**(1930—　)：诗人。他的诗歌主要表达了强烈的社会使命感和对人民的责任感，反思历史，关注现实，代表作有诗作《春潮在望》等。
⑯ **军旅**：军队。
⑰ **记载**(jìzǎi)：把事情写下来。
⑱ **变迁**：情况或阶段的变化。
⑲ **地域**(dìyù)：地方。
⑳ **提炼**：用化学方法或物理方法从化合物或混合物中提取(所要的东西)。

作　品

作品提示

　　闻捷的《苹果树下》描绘了具有浓厚生活情趣的恋爱画面：火热的劳动场景，青春的男女一边劳动一边歌唱。苹果的成熟和爱情的发展相互映衬㉒，以季节的轮换㉒暗示爱情的成熟，既有景的绚丽㉓，又有情的优美，巧妙传神地表现了恋人间的朦胧情愫和复杂细腻的情感波动㉔。诗歌运用简洁㉕的口语，读来轻快活泼、情趣盎然㉖。

　　何其芳的《回答》在诗人一贯清新流畅㉗的风格的基础上，又增添了几分豪放㉘的气势。诗歌背景开阔，感情丰沛㉙，主题鲜明，表现了一个中国诗人对新中国的美好愿望，以及对新生活的无限激情。

苹果树下

闻　捷

苹果树下那个小伙子，
你不要，不要再唱歌；
姑娘沿着水渠走来了，
年轻的心在胸中跳着。
她的心为什么跳呵？

为什么跳得失去节拍㉚?……

春天,姑娘在果园劳作,
歌声轻轻地从她耳边飘过,
枝头的花苞㉛还没有开放,
小伙子就盼望它早结果。
奇怪的念头姑娘不懂得,
她说:别用歌声打扰我。

小伙子夏天在果园度过,
一边劳动一边把姑娘盯着,
果子才结得葡萄那么大,
小伙子就唱着赶快去采摘。
满腔的心思姑娘猜不着,
她说:别像影子一样缠着我。

淡红的果子压弯了绿枝,
秋天是一个成熟季节,
姑娘整夜整夜睡不着,
是不是挂念那树好苹果?
这些事小伙子应该明白,
她说:有句话你怎么不说?

……苹果树下那个小伙子,
你不要,不要再唱歌;
姑娘踏着草坪过来了,
她的笑容里藏着什么?……
说出那句真心的话吧!
种下的爱情㉜已该收获。

回 答(节选)

何其芳

一

从什么地方吹来的奇异的风,
吹得我的船帆不停地颤动㉝:

我的心就是这样被鼓动着,
它感到甜蜜,又有一些惊恐㉞。
轻一点吹呵,让我在我的河流里
勇敢的航行,借着你的帮助,
不要猛烈得把我的桅杆㉟吹断,
吹得我在波涛中迷失了道路。

二

有一个字火一样灼热,
我让它在我的唇边变为沉默。
有一种感情海水一样深,
但它又那样狭窄㊱,那样苛刻㊲。
如果我的杯子里不是满满地
盛着纯粹的酒,我怎么能够
用它的名字来献给你呵,
我怎么能够把一滴说为一斗?

三

不,不要期待着酒一样的沉醉!
我的感情只能是另一种类。
它像天空一样广阔,柔和,
没有忌妒㊳,也没有痛苦的眼泪。
唯有共同的美梦,共同的劳动
才能够把人们亲密地联合在一起,
创造出的幸福不只是属于个人,
而是属于巨大的劳动者全体。

四

一个人劳动的时间并没有多少,
鬓间的白发警告着我四十岁的来到。
我身边落下了树叶一样多的日子,
为什么我结出的果实这样稀少?
难道我是一棵不结果实的树?
难道生长在祖国的肥沃㊴的土地上,
我不也是除了风霜㊵的吹打,
还接受过许多雨露,许多阳光?

五

你愿我永远留在人间,不要让

灰暗的老年和死神降临到我的身上。
你说你痴心㊶地倾听着我的歌声，
彻夜失眠，又从它得到力量。
人怎样能够超出自然的限制？
我又用什么来回答你的爱好，
你的鼓励？呵，人是平凡的，
但人又可以升得很高很高！

六

我伟大的祖国，伟大的时代，
多少英雄花一样在春天盛开；
应该有不朽的诗篇来讴歌他们㊷，
让他们的名字流传到千年万载。
我们现在的歌声却那么微茫！
哪里有古代传说中的歌者，
唱完以后，她的歌声的余音
还在梁间缭绕㊸，三日不绝？

七

呵，在我祖国的北方原野上，
我爱那些藏在树林里的小村庄，
收获季节的手车的轮子的传动声，
农民家里的风箱的低声歌唱！
我也爱和树林一样密的工厂，
红色的钢铁像水一样疾奔，
从那震耳欲聋的马达的轰鸣里㊹
我听见了我的祖国的前进㊺！

八

我祖国的疆域㊻是多么广大：
北京飞着雪，广州还开着红花。
我愿意走遍全国，不管我的头
将要枕着哪一块土地睡下。
"那么你为什么这样沉默？
难道为了我们年轻的共和国㊼，
你不应该像鸟一样飞翔，歌唱，
一直到完全唱出你胸脯里的血？"

注　释

㉑ **映衬**(yìngchèn)：衬托。
㉒ **轮换**：轮流替换。
㉓ **绚丽**(xuànlì)：灿烂美丽。
㉔ **传神**：(优美的文学、艺术作品)描绘人或物,给人生动逼真的印象。**情愫**(qíngsù)：感情。
㉕ **简洁**：(说话等)没有多余的内容。
㉖ **情趣**：情调趣味。**盎然**(àngrán)：形容气氛、趣味等充分流露的样子。
㉗ **流畅**：文字通畅。
㉘ **豪放**：气魄大而无所拘束。
㉙ **丰沛**(fēngpèi)：丰富。
㉚ **节拍**：本指音乐中每隔一定时间重复出现的有一定强弱分别的一系列拍子,是衡量节奏的单位,如 2/4、4/4、6/8 等。这里指心跳的节奏和规律。
㉛ **花苞**：花没开时包着花骨朵的小叶片。
㉜ **种下的爱情**：诗中将爱情比作一颗种子,形容姑娘和小伙子之间的感情。
㉝ **颤动**(chàndòng)：短促而频繁地振动。
㉞ **惊恐**：惊慌恐惧。
㉟ **桅杆**(wéigān)：船上挂帆的杆子。
㊱ **狭窄**(xiázhǎi)：不宏大宽广。
㊲ **苛刻**(kēkè)：(条件、要求等)过高。
㊳ **忌妒**(jìdu)：对才能、名誉、地位或境遇等比自己好的人心怀怨恨。
㊴ **肥沃**：土地含有较多的养分、水分。
㊵ **风霜**：比喻生活中所经历的艰难困苦。
㊶ **痴心**：形容沉迷于某人。
㊷ **不朽**(bùxiǔ)：经过很长时期也永远不消失(多用于抽象事物)。**讴歌**(ōugē)：<书>用言语文字等赞美。
㊸ **缭绕**(liáorào)：回环旋转。如:歌声～,白云～。
㊹ **震耳欲聋**：成语,形容声音很大。**马达**：英 motor,电动机的通称。
㊺ **我听见了我的祖国的前进**：比喻新中国正在向前不断发展。
㊻ **疆域**：国家领土。
㊼ **共和国**：指的是中华人民共和国。因为当时中国刚成立,所以是"年轻的共和国"。

（一）填空题。

1. "十七年"时期的诗歌创作注重写实，出现了一大批_____诗。
2. _____和_____是"十七年"政治抒情诗最有代表性的也是成就最高的诗人。
3. 李季的诗歌以_____为基地，田间、闻捷的诗歌反映了_____生活。

（二）问答题。

1. 什么是"政治抒情诗"？
2. 什么是"生活抒情诗"？

（三）朗读诗歌《苹果树下》、《回答》（节选）。

（四）讨论题。

你比较喜欢"作品"中的哪一首诗歌，为什么？

第二十三课

"十七年"时期的散文创作

课 文

中国散文有着悠久①的历史传统。"十七年"的散文是新的历史时期一个新的发展阶段。

"散文"的概念,有"广义②"和"狭义③"之分。"狭义"的散文,指的是"抒情性散文";"广义"的散文,除"抒情性散文"之外,还包括"纪实性"的、具有文学意味的通讯④、报告文学⑤等,有的时候也包括文学性的回忆录⑥、人物传记⑦等。在这里我们说的是广义的"散文"。

杨 朔

从20世纪50年代初期到50年代中期前后,是纪实性散文⑧兴盛⑨的时期。此时期社会生活中出现了许多重大事件和新生事物,吸引了散文创作者的高度注意。不少已有成就的散文作家开始注意新时代的重大事件,反映新人新事的萌芽⑩和成长。大批新作家涌现,他们的创作来自生活最前沿⑪,强调耳闻目睹⑫、亲身经历,增强了纪实性散文的亲历性和反映生活的广度。除纪实性散文外,游记和杂文的创作也比较活跃,前者记述作家在国内外游历访问的见闻感受,后者议论新旧转变时代的各种问题。

50年代中后期,历史题材的散文创作兴盛,报告文学也取得了较高的艺术成就。

从50年代中后期到60年代初期,文艺性散文创作繁荣。文艺性散文兼有记人、叙事、抒情、议论⑬等多种艺术因素,此阶段的文艺性散文中抒情性因素所占比重最大。杨朔⑭、刘白羽⑮、秦牧⑯等,是此阶段文艺性散文在艺术上的突出代表。杨朔把散文"当诗一样写",在散文中"寻求诗的意境⑰"。刘白羽的散文有宏阔的规模和气势⑱,注重情感的哲理化。秦牧的散文取材十分广泛,以知识性、趣味性和哲理性的结合为特征。

注 释

① **悠久**:年代久远。
② **广义**:范围较宽的定义。
③ **狭义**:范围比较狭窄的定义。
④ **通讯**:一种文章的体裁,详细、真实而生动地报道客观事物或典型人物的文章。
⑤ **报告文学**:一种文章的体裁。
⑥ **回忆录**:一种文章的体裁,记叙个人所经历的生活或所熟悉的历史事件。
⑦ **人物传记**:一种文章的体裁,记录人物生平事迹的文学形式。
⑧ **纪实性散文**:是散文的一类,记录客观生活的真实情况,着力在一人一事上精雕细刻,力求所写的一人一事具有某些典型性。
⑨ **兴盛**:蓬勃发展。
⑩ **萌芽**(méngyá):植物生芽,比喻事物刚发生。也比喻新生的未长成的事物。
⑪ **前沿**:指前端、前部。这里指"新作家的创作来自于客观的现实生活"。沿:边沿。
⑫ **耳闻目睹**:亲眼看见,亲耳听说。
⑬ **议论**:对某一事件或问题发表见解,表明观点和态度,并以充分的材料证明自己观点的正确性。
⑭ **杨朔**(1913—1968):散文家。他的散文题材广泛,内容丰富,善于从平凡的生活和劳动者身上发掘诗意美。
⑮ **刘白羽**(1916—2005):散文家。他的散文主要歌颂光明,歌颂英雄人民,出版了《刘白羽散文选》、《刘白羽小说选》等。
⑯ **秦牧**(1919—1992):作家。他以写散文为主,也写小说、儿童文学和文学评论。他的散文题材广泛,知识丰富,涉古论今,善于从平凡的事物中挖掘深刻的哲理。代表作有《土地》、《艺海拾贝》等。
⑰ **意境**:文学艺术作品通过形象描写表现出来的境界和情调。
⑱ **气势**:表现出的某种力量和形势。

作品

作品提示

杨朔的散文,擅长[19]从平凡的事物中写出诗意,从平凡事物中发现生活的至真、至善和至美,如本篇中的小蜜蜂。作品中的蜜蜂不仅仅是蜜蜂,而且是劳动人民的象征。杨朔说过:"凡是生活中美的事物都是劳动创造的。"杨朔通过歌颂小蜜蜂,歌颂普通劳动者,歌颂他们在默默无闻的劳动中创造新生活的伟大贡献。

荔枝蜜

杨 朔

花鸟草虫,凡是上得画的,那原物往往也叫人喜爱。蜜蜂是画家的爱物,我却总不大喜欢。说起来可笑。孩子时候,有一回上树掐[20]海棠花,不想叫蜜蜂蜇[21]了一下,痛得我差点儿跌下来。大人告诉我,蜜蜂轻易不蜇人,准是误以为你要伤害它,才蜇。一蜇,它自己耗尽生命,也活不久了。我听了,觉得那蜜蜂可怜,原谅它了。可是从此以后,每逢再看见蜜蜂,感情上疙疙瘩瘩[22]的,总不怎么舒服。

今年四月,我到广东从化温泉小住了几天。四围是山,怀里抱着一潭[23]春水,那又浓又翠的景色,简直是一幅青绿山水画。刚去的当晚,是个阴天,偶尔倚[24]着楼窗一望:奇怪啊,怎么楼前凭空涌起那么多黑黝黝[25]的小山,一重一重的,起伏[26]不断。记得楼前是一片比较平坦的园林,不是山。这到底是什么幻景[27]呢?赶到天明一看,忍不住笑了。原来是满野的荔枝树,一棵连一棵,每棵的叶子都密得不透缝,黑夜看去,可不就像小山似的。

荔枝也许是世上最鲜最美的水果。苏东坡[28]写过这样的诗句:"日啖荔枝三百颗,不辞长作岭南人[29]",可见荔枝的妙处[30]。偏偏我来的不是时候,满树刚开着浅黄色的小花,并不出众。新发的嫩叶,颜色淡红,比花倒还中看[31]些。从开花到果子成熟,大约得三个月,看来我是等不及在从化温泉吃鲜荔枝了。

吃鲜荔枝蜜,倒是时候。有人也许没听说这稀罕物[32]儿吧?从化的荔枝树多得像汪洋大海,开花时节,满野嘤嘤嗡嗡[33],忙得那蜜蜂忘记早晚,有时趁[34]着月色还采花酿蜜。荔枝蜜的特点是成色纯,养分大。住在温泉的人多半喜欢吃这种蜜,滋养[35]精神。热心肠的同志为我也弄到两瓶。一开瓶子塞儿,就是那么一股甜香;调上半杯一喝,甜香里带着股清气,很有点鲜荔枝味儿。喝着这样的好蜜,你会觉得生活都是甜的呢[36]。

我不觉动了情,想去看看自己一向不大喜欢的蜜蜂。

荔枝林深处,隐隐露出一角白屋,那是温泉公社的养蜂场,却起了个有趣的名儿,叫"养蜂大厦"。一走近"大厦",只见成群结队的蜜蜂出出进进,飞去飞来,那沸沸扬扬㉜的情景会使你想,说不定蜜蜂也在赶着建设什么新生活呢。

养蜂员老梁领我走进大厦。叫他老梁,其实是个青年,举动挺稳重㉝。大概是老梁想叫我深入一下蜜蜂的生活,他小心地揭开一个木头蜂箱,箱里隔着一排板,板上满是蜜蜂,蠕蠕㉞地爬动。蜂王是黑褐色的,身量特别长,每只工蜂都愿意用自己分泌的王浆来供养它㊵。老梁赞叹似的轻轻说:"你瞧这群小东西,多听话!"

我就问道:"像这样一窝蜂,一年能割多少蜜?"老梁说:"能割几十斤。蜜蜂这东西,最爱劳动。广东天气好,花又多,蜜蜂一年四季都不闲着。酿的蜜多,自己吃的可有限。每回割蜜,留下一点点,够它们吃的就行了。它们从来不争,也不计较㊶什么,还是继续劳动,继续酿蜜,整日整月不辞辛苦……"

我又问道:"这样好蜜,不怕什么东西来糟蹋㊷么?"

老梁说:"怎么不怕?你得提防㊸虫子爬进来,还得提防大黄蜂。大黄蜂这贼最恶,常常落在蜜蜂窝洞口,专干坏事。"

我不觉笑道:"噢!自然界也有侵略者。该怎么对付大黄蜂呢?"

老梁说:"赶!赶不走就打死它。要让它呆在那儿,会咬死蜜蜂的。"

我想起一个问题,就问:"一只蜜蜂能活多久?"

老梁说:"蜂王可以活三年,工蜂最多活六个月。"我的心不禁一颤:多可爱的小生灵啊,对人无所求,给人的却是极好的东西,蜜蜂是在酿蜜,又是在酿造㊹生活;不是为自己,而是在为人类酿造最甜的生活。蜜蜂是渺小㊺的;蜜蜂却又多么高尚啊!

透过荔枝树林,我沉吟㊻地望着远远的田野,那儿正有农民立在水田里,辛辛勤勤地分秧插秧。他们正用劳力建设自己的生活,实际也是在酿蜜——为自己,为别人,也为后世子孙酿造着生活的蜜。

这黑夜,我做了个奇怪的梦,梦见自己变成一只小蜜蜂。

注　释

⑲ **擅长**(shàncháng):在某方面有特长。
⑳ **掐**(qiā):用拇指和另一个指头使劲捏或截断。
㉑ **蜇**(zhē):蜜蜂等用毒刺刺人或动物。
㉒ **疙疙瘩瘩**(gēgedādā)本义指不平滑。这里指"作者每逢再看见蜜蜂,心里不舒服"。
㉓ **潭**(tán):深的水池。
㉔ **倚**(yǐ):靠着。
㉕ **黑黝黝**(hēiyǒuyǒu):形容黑得发亮。
㉖ **起伏**:一起一落。
㉗ **幻景**:虚幻的景象;幻想中的景物。
㉘ **苏东坡**(1037—1101):苏轼字子瞻,号东坡居士。北宋文学家、书画家。他是唐宋八大家之一,与父苏洵、弟苏辙合称"三苏"。

㉙ **日啖(dàn)荔枝三百颗,不辞长作岭南人**:是苏轼《惠州一绝》中的两句。**日**:每天。**啖**:吃。**辞**:推辞。**不辞**:这里表示情愿的意思。**岭南**:五岭以南,这里指广东省一带。意思是每天在这可以吃到很多的荔枝,所以愿意成为这里的人。

㉚ **妙处**:美妙的地方。妙:美好;美妙。

㉛ **中看**(zhōngkàn):看起来很好。

㉜ **稀罕物**(xīhanwù):稀奇的事物。

㉝ **嘤嘤嗡嗡**(yīngyingwēngweng):形容蜜蜂的叫声。

㉞ **趁**:利用。

㉟ **滋养**(zīyǎng):供给养分。

㊱ **你会觉得生活都是甜的呢**:形容幸福的生活。

㊲ **沸沸扬扬**:像沸腾的水一样喧闹。

㊳ **稳重**:沉着而有分寸。

㊴ **蠕蠕**(rúrú):形容慢慢移动的样子。

㊵ **分泌**(fēnmì):从生物体的某些细胞、组织或器官里产生出某种物质。**王浆**:蜜蜂喂养幼蜂王的乳状液体,有很高的营养价值。

㊶ **计较**:计算比较。

㊷ **糟蹋**(zāotà):损坏。

㊸ **提防**(dīfang):小心防备。

㊹ **酿造**(niàngzào):利用发酵的作用制造酒等。

㊺ **渺小**(miǎoxiǎo):微小。

㊻ **沉吟**(chényín):小声自言自语。

(一) 填空题。

1. "狭义"的散文,指的是_____;_____的散文,除"抒情性散文"之外,还包括"纪实性"的、具有文学意味的通讯、报告文学等,在有的时候,也包括文学性的回忆录、人物传记等。

2. 从50年代初期到50年代中期前后,是_____的散文兴盛的时期。

3. 50年代中后期,_____题材的散文创作兴盛,_____也取得了较高的艺术成就。

4. 秦牧的散文取材十分广泛,以_____、_____和哲理性的结合为特征。

(二) 熟读《荔枝蜜》。

（三）简答题。

1.《荔枝蜜》的作者以前喜欢蜜蜂吗？

2.《荔枝蜜》的作者后来为什么说蜜蜂是可爱的小生灵？

3. 你喜欢什么动物？请说明原因。

第二十四课

"归来者"的诗

课　文

　　"归来者"是一个特殊的诗人群体。1980年,沉默了20年的诗人艾青①把复出②后的第一本诗集起名为《归来的歌》。同时,流沙河③写了诗歌《归来》,"归来者"因此成为这一群诗人的共名。

　　在新中国成立后相当长的时间内,文学具有很强的政治性。尤其是"文化大革命"期间,"文学为政治服务"更是到了登峰造极④的地步。就诗歌而言,"文化大革命"不仅彻底否定了五四以来的新诗历史,而且也彻底否定了中国古代诗歌的优秀传统,外国诗歌更是受到了猛烈批判。

　　"文化大革命"结束后,随着政治环境和诗歌环境的改善,一批因政治问题蒙受⑤灾难而终止了创作的诗人复出,为当代诗歌带来了最初的繁荣。"归来者"有在中国新诗史上享有盛誉⑥的艾青,有20世纪40年代登上诗坛的绿原⑦、牛汉⑧、曾卓⑨、郑敏⑩等"七月"⑪和"九叶"⑫诗人,也有在50年代崭露头角⑬后又消失的公刘、流沙河等。

　　"归来者"们是不同类型的创作群体,他们的创作有不同的特点,但他们都追求真实性,让诗歌抒真情、说真话、表达真实的思想感情,重新发扬了在"文革"中被毁灭⑭的现实主义传统。他们的诗歌,记录了"文革"结束初期这一历史转折时期中知识分子的心路历程,记载了整个中国从混乱走向复苏的历史。

　　"归来者"的诗歌还有一个共同点,即都带有一种回归传统的趋势。"文革"破坏了文学与传统的关系,使文学处于断裂的处境。

"回归者"通过回归新诗传统,为当代中国诗歌的发展寻找发展的资源,在历史和现实之间建立联系。

"归来者"中最知名的诗人是艾青。他的《在浪尖上》、《光的赞歌》、《古罗马的大斗技场》和《鱼化石》等都引起了强烈反响。他的诗歌重在表现追求真理至死不渝⑮的情怀⑯,或表现对人生、社会或历史的剖析⑰和思考,是艺术激情和哲理沉思的结合。

艾青

注　释

① 艾青(1910—1996):诗人。他前期的诗歌创作以现实主义为基调,融合了象征主义等表现手段。20世纪80年代复出后,他的诗歌创作表现出饱经忧患而洞察人生的姿态,语言趋于简洁凝练。成名作为《大堰河—我的保姆》,代表作有《鱼化石》、《在浪尖上》、《光的赞歌》、《古罗马的大斗技场》等。

② 复出:不再担任职务或停止社会活动的人又出来担任职务或参加社会活动(多指名人)。

③ 流沙河(1931—　):诗人。1956年出版第一部诗集《农村夜曲》,1957年1月参与创办诗刊《星星》,并发表散文诗《草木篇》。七十年代末回归文坛,诗集有《流沙河诗集》、《故园别》、《游踪》等。

④ 登峰造极(dēngfēngzàojí):攀登高峰,达到最高点。比喻达到最高境地。造:到达。极:顶点。

⑤ 蒙受:受到;遭到。

⑥ 盛誉:很大的荣誉。

⑦ 绿原(1922—　):诗人。他的诗富有哲理,代表作有《人的诗》、《酸葡萄集》等。

⑧ 牛汉(1923—　):诗人。代表作有《温泉》、《悼念一棵枫树》等。

⑨ 曾卓(1922—2002):诗人。他的诗情感真挚,格调清新,语言朴素、自然,富有哲理。代表作为《悬崖边的树》等。

⑩ 郑敏(1920—　):诗人。出版的诗集有《诗集1942—1947》、《寻觅集》、《心象》、《早晨,我在雨里采花》等。

⑪ 七月诗人:20世纪40年代在艾青的影响下,以胡风及其主编的《七月》和《希望》为主要阵地集合起来的诗人群体。

⑫ **九叶诗人**:20世纪40年代存在于诗坛上的一个诗人群体,代表诗人有唐湜、辛笛、穆旦等。
⑬ **崭露头角**(zhǎnlùtóujiǎo):比喻突出地显露出才能和本领(多指青少年)。
⑭ **毁灭**(huǐmiè):用强大的力量破坏、消灭。
⑮ **至死不渝**(yú):直到死也不改变。渝:改变。
⑯ **情怀**:含有某种感情的心境。
⑰ **剖析**(pōuxī):分析。

作品提示

艾青《光的赞歌》以恢弘⑱的气度、深邃的思考,概括了人类在文明进化过程中追求光明的历史,以及光给人类带来的文明、幸福和进步。在讴歌光明的同时,诗人也谴责了企图禁锢和消灭光明的黑暗势力⑲,表达了诗人同黑暗势力斗争的决心和信念。

《鱼化石》具有深沉的人生感悟⑳,将"鱼化石"的象征性意象和"活着就要斗争"的人生哲理结合在了一起。作品表面写的是"鱼化石"的形成过程,实际上是对诗人自己人生道路的回顾,诗歌以平易、质朴的方式,透露出对坎坷㉑人生经历的感悟。作品句式简洁凝练㉒,情感丰富而深沉。

光的赞歌(节选)

艾 青

一

每个人的一生
不论聪明还是愚蠢
不论幸福还是不幸
只要他一离开母体
就睁着眼睛追求光明
世界要是没有光
也就没有扬花飞絮的春天
也就没有百花争艳的夏天
也就没有金果满园的秋天
也就没有大雪纷飞的冬天

世界要是没有光
看不见奔腾不息㉓的江河
看不见连绵㉔千里的森林
看不见容易激动的大海
看不见象老人似的雪山

要是我们什么也看不见
我们对世界还有什么留恋

二

只是因为有了光
我们的大千世界
才显得绚丽多彩
人间也显得可爱

光给我们以智慧㉕
光给我们以想象
光给我们以热情
光帮助我们创造出不朽的形象
那些殿堂㉖多么雄伟
里面更是金碧辉煌㉗
那些感人肺腑㉘的诗篇
谁读了能不热泪盈眶㉙

那些最高明的雕刻家
使冰冷的大理石有了体温
那些最出色的画家
描出了色授神与的眼睛

比风更轻的舞蹈
珍珠般圆润㉚的歌声
火的热情、水晶的坚贞㉛
艺术离开光就没有生命

山野的篝火㉜是美的
港湾的灯塔是美的
夏夜的繁星是美的

庆祝胜利的焰火㉝是美的
一切的美都和光在一起

鱼化石

艾　青

动作多么活泼，
精力多么旺盛㉞，
在浪花里跳跃，
在大海里浮沉；

不幸遇到火山爆发
也可能是地震，
你失去了自由，
被埋进了灰尘；

过了多少亿年，
地质勘探队员㉟，
在岩层里发现你，
依然栩栩如生㊱。

但你是沉默的，
连叹息也没有，
鳞和鳍都完整㊲，
却不能动弹；

你绝对的静止，
对外界毫无反应，
看不见天和水，
听不见浪花的声音。
凝视㊳着一片化石，
傻瓜也得到教训：
离开了运动，
就没有生命。

活着就要斗争，
在斗争中前进，

当死亡没有来临，
把能量发挥干净。

注 释

⑱ **恢弘**(huīhóng)：宽阔；广大。
⑲ **谴责**(qiǎnzé)：用严厉的言语指出别人的错误或罪行。**企图**(qǐtú)：暗中谋划。**禁锢**(jìngù)：使受到约束限制。
⑳ **感悟**：有所感触而领悟。
㉑ **坎坷**(kǎnkě)：比喻不得志。
㉒ **凝练**(níngliàn)：作文时没有多余的词句。
㉓ **奔腾不息**：不停地奔跑，多形容骏马或江河；息，停止。
㉔ **连绵**：(山脉、河流、雨雪等)接连不断。
㉕ **智慧**：对事物能认识、辨析、判断处理和发明创造的能力。
㉖ **殿堂**(diàntáng)：指宫殿等高大建筑物。
㉗ **金碧辉煌**：形容建筑物等华丽、光彩夺目。
㉘ **感人肺腑**(gǎnrénfèifǔ)：使人内心深受感动。
㉙ **热泪盈眶**：因非常高兴、感激或悲伤而流眼泪。
㉚ **圆润**：饱满而滋润。
㉛ **坚贞**(jiānzhēn)：指人平时好的行为、品德坚定不变。
㉜ **篝火**(gōuhuǒ)：指在空旷处或野外架木材、树枝燃烧的火堆。
㉝ **焰火**：燃放时能发出各种颜色的火花而供人欣赏的东西。
㉞ **旺盛**：情绪高涨。
㉟ **地质**：地壳的成分和结构。**勘探**(kāntàn)：查明矿藏分布情况，测定矿体的位置、形状、大小、地质构造等情况。
㊱ **栩栩如生**(xǔxǔrúshēng)：形容艺术形象生动逼真，好像活的一样。栩栩：生动的样子。
㊲ **鳞**(lín)：鱼类、爬行动物和少数哺乳动物身体表面具有保护作用的薄片状组织。
鳍(qí)：鱼类的运动器官，由刺状的硬骨或软骨支撑薄膜构成。
㊳ **凝视**：集中注意力地看。

（一）填空题。

1. 1980年，沉默了20年的诗人艾青把复出后的第一本诗集起名为_____。
2. "归来者"们是不同类型的创作群体，他们的创作有不同的特点，但他们都追求_____。
3. "文革"破坏了文学与_____的关系，使文学处于断裂的处境。

4. "归来者"中最知名的诗人是_____。

（二）**熟读艾青的《光的赞歌》（节选）、《鱼化石》。**

（三）**问答题。**

"归来者"的诗有哪些特点？

第二十五课

"朦胧诗"的崛起①

课　文

"朦胧诗"有时也被称为"新诗潮"。"朦胧诗"发端②于"文革"时期。从60年代末到70年代中期，在河北、福建、四川等地的知识青年中，形成了一些地下诗歌群体。面对严酷③的政治环境，作者通过诗歌表达了对现实的怀疑、对真理的寻求，以及对理想的憧憬。

1978年，北岛和芒克创办④了《今天》。在《致读者》中他们写道："历史终于给了我们机会，使我们这代人能够把埋在心中的歌放声唱出来，而不致⑤再遭到雷霆⑥的处罚⑦。我们不再等待了……"在《今天》上发表诗作的，有"朦胧诗"最有影响力的几位诗人：北岛⑧、舒婷⑨、顾城⑩、江河⑪、杨炼⑫、芒克⑬等。

1980年，"朦胧⑭诗"在中国产生了强大的冲击波⑮，许多刊物争相⑯刊登⑰"朦胧诗"。"朦胧诗"是探索性的诗歌创作，诗人们向传统挑战，注重"自我表现"，"我"不再是集体中的"螺丝钉⑱"，而是有独立人格尊严的人。在艺术上，"朦胧诗"打破了新诗诗艺的传统规范，吸收了西方现代主义的表现方法，诗意较含蓄⑲、隐晦⑳。

"朦胧诗"在当时的诗歌界引发了激烈的争论。1980年，一篇名为《令人气闷的朦胧》的文章对"朦胧诗"的美学原则感到困惑㉑、不解，甚至抵触㉒。批评者们认为"朦胧诗"古怪㉓，让人看不懂。支持者则认为"朦胧诗"意味着"新的美学原则在崛起"，诗人们"不屑于表现自我感情世界以外的丰功伟绩㉔"，是文学回到文学自身的新开始，恢复

北岛

了文学中的人道主义㉕情怀。

　　在七八十年代之交，北岛的诗歌表达了强烈的怀疑和否定的精神，具有英雄式的悲壮情感。舒婷的诗从整体上表现了对个人价值的尊重，语言清新，有女性的细腻和温情。顾城被舒婷称为"童话诗人"，他早期的诗歌用孩子纯真的心灵和眼睛，建造起一个未被污染㉖的理想空间，对抗他所厌恶的世俗㉗世界。

注　释

① 崛起(juéqǐ)：兴起。
② 发端：开始。
③ 严酷：残酷；冷酷。
④ 创办：开始办。
⑤ 不致：不会引起某种后果。
⑥ 雷霆(léitíng)：云和地面之间发生的一种强烈雷电现象。文中指困难。
⑦ 处罚(chǔfá)：对犯错误或犯罪的人加以惩治。
⑧ 北岛(1949—　)：诗人。他的诗歌创作率先追求现代主义的表现方法，作品绝大部分表现对"文革"恶梦般的感受。代表作有《回答》、《一切》、《峭壁上的窗户》、《古寺》等。
⑨ 舒婷(1952—　)：诗人。她的诗早期追求人与人之间的理解、信任、关怀和尊重，具有浓郁的浪漫主义色彩。她后来的创作尝试运用逻辑的方式进行意象组合，进行艺术上的创新。代表作有《致橡树》、《神女峰》、《祖国啊，我亲爱的祖国》等。
⑩ 顾城(1956—1993)：诗人。20世纪70年代开始写诗，早期重在表现超现实的梦境，追求"纯粹"、朴素的境界，后来的诗歌创作主要采取现代主义的抒情手法，写出了一些篇幅短小的抒情小品。代表作有《一代人》、《远和近》、《弧线》等。
⑪ 江河(1949—　)：诗人。他的诗语句沉稳，感情激越，风格凝重，讴歌祖国和人民是其诗歌的主题，带有强烈的历史感和民族感。代表作有《祖国啊，祖国》、《纪念碑》、《遗嘱》等。
⑫ 杨炼(1955—　)：诗人。代表作有《大雁塔》、《乌篷船》、《土地》等。出版的诗集有《礼魂》、《荒魂》、《黄》、《大海停止之处》等。
⑬ 芒克(1950—　)：诗人。出版的诗集有《阳光中的向日葵》、《芒克诗选》等。
⑭ 朦胧(ménglóng)：快要睡着或刚醒时，两眼半开半闭，看东西模糊的样子。
⑮ 冲击波：比喻使某种事物受到影响的强大力量。
⑯ 争相：互相争抢着。
⑰ 刊登：在报纸刊物上登载。

⑱ **螺丝钉**：文中是指不起眼，不受重视的个人。
⑲ **含蓄**：(言语、诗文)意思含而不露，耐人寻味。
⑳ **隐晦(yǐnhuì)**：(意思)不明显。
㉑ **困惑**：不知道该怎么办。
㉒ **抵触**：跟另一方有矛盾。
㉓ **古怪**：跟一般情况很不相同，使人觉得奇异。
㉔ **不屑于表现自我感情世界以外的丰功伟绩**：这是朦胧诗的创作原则之一。朦胧诗与传统诗歌的分歧就在于对人的价值标准的看法不同，它主张个人在社会中应有一种更高的地位，当社会、阶级、时代逐渐不再成为个人统治力量的时候，在诗歌中所谓个人的情感、个人的悲欢、个人的心灵世界便自然会提高其存在的价值。
㉕ **人道主义**：指尊重人、理解人、关怀人和以人为中心的理论主张。
㉖ **污染**：混入有害的东西。
㉗ **世俗**：指当时社会的风俗习惯等。

作品提示

北岛的《回答》以"我——不——相——信"的态度，反映了诗人对"文革"的怀疑情绪和绝不妥协的姿态㉙。作品以警句式的诗句高度概括了"文革"扭曲、颠倒、异化的时代特点㉚。诗人代表从迷茫到觉醒的一代人，对历史和生活作出充满英雄主义的"回答"。诗歌语言紧凑㉛简洁，充满力量。

舒婷的《致橡树》以并肩站立的橡树和木棉作比喻㉛，表达了一种以独立人格为基础的爱情观念。《致橡树》是一首女性爱情宣言，同时也是对女性自我独立人格的确认。《致橡树》诗风细腻而沉静㉜，富于浪漫主义气息㉝。

顾城的《一代人》只有短短的两行，"黑夜"隐喻㉞"文革"，"寻找"隐喻在精神追寻中战胜苦难的信心。作品简约、自然，但表达出了诗人强烈的内心意愿和感受。

回 答

北 岛

卑鄙㉟是卑鄙者的通行证，
高尚是高尚者的墓志铭㊱，
看吧，在那镀金的天空中，
飘满了死者弯曲的倒影。

冰川纪过去了，
为什么到处都是冰凌[37]？
好望角[38]发现了，
为什么死海里千帆相竞？
我来到这个世界上，
只带着纸、绳索和身影，
为了在审判前，
宣读那些被判决[39]的声音。
告诉你吧，世界
我——不——相——信！
纵使你脚下有一千名挑战者，
那就把我算作第一千零一名。
我不相信天是蓝的，
我不相信雷的回声，
我不相信梦是假的，
我不相信死无报应[40]。
如果海洋注定要决堤[41]，
就让所有的苦水都注入我心中，
如果陆地注定要上升，
就让人类重新选择生存的峰顶。
新的转机和闪闪星斗，
正在缀满[42]没有遮拦的天空。
那是五千年的象形文字，
那是未来人们凝视的眼睛。

致橡树

舒　婷

我如果爱你——
绝不像攀援的凌霄花[43]
借你的高枝炫耀自己；
我如果爱你——
绝不学痴情[44]的鸟儿
为绿荫重复单调的歌曲；
也不止像泉源

长年送来清凉的慰藉⑤;
也不止像高峰
增加你的高度,衬托⑯你的威仪,
甚至日光,
甚至春雨。
不,这些都还不够!
我必须是你近旁的一株木棉,
作为树的形象和你站在一起。
根,紧握在地下
叶,相触在云里。
每一阵风过我们都互相致意⑰,
但没有人听得懂我们的言语。
你有你的铜枝铁干
像刀、像剑,也像戟⑱;
我有我的红硕花朵
像沉重的叹息⑲,
又像英勇的火炬⑳。
我们分担寒潮、风雷、霹雳㉑,
我们共享雾霭、云霞、虹霓㉒。
仿佛永远分离,
却又终身相依。
这才是伟大的爱情,
坚贞就在这里:
不仅爱你伟岸㉓的身躯,
也爱你坚持的位置,
脚下的土地!

一代人

顾 城

黑夜给了我黑色的眼睛,
我却用它寻找光明。

顾城

注　释

㉘ **妥协**:用让步的方法避免冲突或争执。**姿态**:态度。
㉙ **警句**:简练而涵义深刻的语句。**扭曲**:比喻歪曲。**异化**:相似或相同的事情逐渐变得不相似或不相同。
㉚ **紧凑**:本指密切连接,中间没有多余的东西或空隙。这里指没有多余的语句。
㉛ **橡树**:也叫栎(lì)。落叶乔木,叶子长椭圆形,花黄褐色,雄花是柔荑花序,坚果球形。叶子可饲柞蚕,木材可以做枕木、制家具,树皮含有鞣酸,可以做染料。
木棉:落叶乔木,叶子掌状分裂,花红色,结蒴果,卵圆形。种子的皮长有白色纤维,质柔软,可用来装枕头、垫褥等。也叫红棉、攀枝花。
㉜ **沉静**:安静、平静。
㉝ **浪漫主义**:文学艺术上的一种创作方法,运用丰富的想象和夸张的手法,塑造人物形象,反映现实生活,抒发对理想世界的热烈追求。
气息:气味。比喻情感或意趣、风格。如"乡土～;富有生活～"。
㉞ **隐喻**:是一种修辞手法,用一种事物来比喻另一种事物。
㉟ **卑鄙**(bēibǐ):(语言、行为)恶劣;不道德。
㊱ **墓志铭**(mùzhìmíng):放在墓里刻有死者生平事迹的石刻。
㊲ **冰凌**(bīnglíng):冰。
㊳ **好望角**(Cape of Good Hope):非洲大陆最西南角。
㊴ **判决**:法院对审理结束的案件做出决定。
㊵ **报应**:佛教用语,指种恶因得恶果。
㊶ **决堤**:(河堤)被水冲出缺口。
㊷ **缀满**(zhuìmǎn):装饰。
㊸ **攀援**(pānyuán):比喻投靠有钱有势的人往上爬。
凌霄花:落叶藤本植物,攀援茎,羽状复叶,小叶卵形,边缘有锯齿,花鲜红色花冠漏斗形,结蒴果,花、茎、叶都可入药。
㊹ **痴情**(chīqíng):多情达到痴心的程度。
㊺ **慰藉**(wèijiè):安慰。
㊻ **衬托**(chèntuō):为了使事物的特色突出,用另一些事物放在一起来陪衬或对照。
㊼ **致意**:表示问候。
㊽ **戟**(jǐ):古代兵器,在长柄的一端装有青铜或铁制成的枪尖,旁边附有月牙形锋刃。
㊾ **叹息**(tànxī):大声叹气;深深地叹气。
㊿ **火炬**:用于夜间照明的东西,有的用竹篾等编成长条,有的在棍棒的一端扎上棉花,蘸上油。
51 **霹雳**(pīlì):云和地面之间发生的一种强烈雷电现象。文中指困难。
52 **雾霭**(wù'ǎi):雾。文中比喻美好、快乐的事情。**虹霓**(hóngní):彩虹,一种光的现象。
53 **伟岸**:身体强壮高大。

(一) 熟读作品。

(二) 填空题。

1. "朦胧诗"有时也被称为"_____"。
2. "朦胧诗"最有影响力的几位诗人是北岛、舒婷、顾城、江河、杨炼、_____等。
3. _____的诗从整体上表现了对个人价值的尊重,语言清新,有女性的细腻和温情。
4、顾城被舒婷称为"_____"。

(三) 问答题。

1. "朦胧诗"在什么样的时代背景中产生?
2. "朦胧诗"为什么引起了很大的争议?
3. "朦胧诗"有什么特点?

第二十六课

人道主义思想的兴盛

课 文

在20世纪的中国,人道主义是文学创作的一个核心主题。人道主义,指尊重人、理解人、关怀人和以人为中心的理论主张。中国文学历来富有人道主义传统,特别是五四新文学运动之后,人道主义更是成为文学创作的主流。

但从20世纪50年代开始,人道主义在复杂的政治运动中屡①遭打击和批判,特别是在"文革"期间,人道主义完全失去了生存的空间。

"文革"结束之后,饱受磨难②的人们更加认识到人的尊严和价值的珍贵。从70年代末到80年代初,人道主义思潮在中国重新兴盛,这一思潮涉及③政治、哲学、历史、文学等许多方面。

作家戴厚英④在她的长篇小说《人啊,人》的《后记》中说:"一个大写的文字迅速推到我的眼前:'人!'一支久已被抛弃、被遗忘的歌曲冲出了我的喉咙:人性、人情、人道主义!"《人啊,人》从人道主义的立场,反思了黑暗政治对人性的扭曲和摧残⑤。

被压抑⑥的爱情主题,在此时格外受到关注。张弦⑦的《被爱情遗忘的角落》讲述了"文革"时期一对农村青年因为情爱而投水、入狱的悲惨故事,催人泪下⑧。张洁⑨的《爱,是不能忘记的》表达了"只有以爱情为基础的婚姻才是道德的"这一主题。

爱情之外,作家们的创作还反映了人性、人情的丰富性,表现出对"人"多方位的关怀。张贤亮的《邢老汉和狗的故事》揭示了严酷政治环境中小人物精神生活的惨痛,歌颂苦命小人物之间的相互相同情和宽容⑩。铁凝⑪的《哦,香雪》以抒情的笔调叙述了每天只停一分钟的火车给宁静的小山村带来的波澜⑫,描写了少女香雪纯洁美丽的情感和梦想。香雪纯朴的美,令人不由自主⑬地发出赞美。

铁凝

注 释

① 屡(lǚ):多次。
② 磨难:在困苦的环境中遭受的折磨。
③ 涉及(shèjí):关联到。
④ 戴厚英(1938—1996):作家、教授。代表作有《人啊,人!》、《诗人之死》等,出版散文集《戴厚英随笔》、《结庐在人境》,自传《性格·命运——我的故事》等。
⑤ 摧残(cuīcán):使(政治、经济、文化、身体、精神等)蒙受重大损失。
⑥ 压抑:对感情加以限制,使不能充分流露。
⑦ 张弦(1934—   ):小说家。主要创作爱情题材小说。代表作有小说《记忆》、《被爱情遗忘的角落》等。
⑧ 催人泪下:形容感动得让人流下了眼泪。
⑨ 张洁(1937—   ):著名作家。代表作有小说《爱,是不能忘记的》、《方舟》、《祖母绿》、《沉重的翅膀》等。长篇小说《沉重的翅膀》获第2届茅盾文学奖,被翻译成德、英、法等多种文字出版。她的小说作品早期充满对人生价值的思考和对和谐人际关系的向往,着重表现人的精神世界和感情生活。后来的创作转向深层次的人性批判和社会批判,笔锋犀利。她的散文感情真挚,富有生活哲理,如《拣麦穗》等。
⑩ 宽容:宽大有气量,不计较或追究。
⑪ 铁凝(1957—   ):作家。早期代表性小说《哦,香雪》、《没有钮扣的红衬衫》等通过描写生活中普通的人和事,反映人们的理想和追求。20世纪80年代后期发表《麦秸垛》和《棉花垛》,开始反省古老文化,关注女性生存。1988年写成长篇小说《玫瑰门》,通过几代女人生存竞争的较量厮杀,揭开生活丑陋的一面。
⑫ 波澜(bōlán):波涛,多用于比喻。
⑬ 不由自主:自己控制不住自己。

作 品

> **作品提示**
>
> 火车扰乱了闭塞小村庄的宁静⑭,少女们对火车来去的世界充满了好奇。火车代表了山外的世界和现代文明,少女们每天以极其激动的心情迎接火车的到来,在她们好奇的目光中,充满了对外面世界的期盼⑮。当现代文明逐渐进入昔日⑯封闭的世界,淳朴迷人的美还能继续保持吗?《哦,香雪》中质朴的香雪,让人们感受到了质朴的民间情感长久的生命力。

哦,香雪(节选)

铁凝

1.(火车开进小村)

如果不是有人发明了火车,如果不是有人把铁轨铺进深山,你怎么也不会发现台儿沟这个小村。它和它的十几户乡亲,一心一意⑰掩藏在大山那深深的皱褶里,从春到夏,从秋到冬,默默地接受着大山任意给予的温存和粗暴⑱。

然而,两根纤细⑲、闪亮的铁轨延伸过来了。它勇敢地盘旋⑳在山腰,又悄悄地试探着前进,弯弯曲曲,曲曲弯弯,终于绕到台儿沟脚下,然后钻进幽暗的隧道㉑,冲向又一道山梁,朝着神秘的远方奔去。

不久,这条线正式营运,人们挤在村口,看见那绿色的长龙㉒一路呼啸,挟带㉓着来自山外的陌生、新鲜的清风,擦着台儿沟贫弱的脊背匆匆而过。它走得那样急忙,连车轮辗轧㉔钢轨时发出的声音好象都在说:不停不停,不停不停!是啊,它有什么理由在台儿沟站脚呢,台儿沟有人要出远门吗?山外有人来台儿沟探亲访友吗?还是这里有石油储存,有金矿埋藏?台儿沟,无论从哪方面讲,都不具备挽留在它身边留步的力量。

可是,记不清从什么时候起,列车时刻表上,还是多了"台儿沟"这一站。也许乘车的旅客提出过要求,他们中有哪位说话算数的人和台儿沟沾亲;也许是那个快乐的男乘务员发现台儿沟有一群十七、八岁的漂亮姑娘,每逢列车疾驶而过,她们就成帮搭伙㉕地站在村口,翘起下巴,贪婪、专注㉖地仰望着火车。有人朝车厢指点,不时能听见她们由于互相捶打而发出的一、两声娇嗔㉗的尖叫。也许什么都不为,就因为台儿沟太小了,小得叫人心疼,就是钢筋铁骨㉘的巨龙在它面前也不能昂首阔步,也不能不停下来。总之,台儿沟上了列车时刻表,每晚七点钟,由首都方向开往山西的这列火车在这里停留一分钟。

这短暂的一分钟,搅乱了台儿沟以往的宁静。从前,台儿沟人历来是吃过晚饭就钻被窝,他们仿佛是在同一时刻听到了大山无声的命令。于是,台儿沟那一小片石头房子在同一时刻忽然完全静止了,静得那样深沉、真切,好象在默默地向大山诉说自己的虔诚㉙。如今,台儿沟的姑娘们刚把晚饭端上桌就慌了神,她们心不在焉㉚地胡乱吃几口,扔下碗就开始梳妆打扮㉛。她们洗净蒙受了一天的黄土、风尘,露出粗糙、红润的面色,把头发梳得乌亮,然后就比赛着穿出最好的衣裳。有人换上过年时才穿的新鞋,有人还悄悄往脸上涂点胭脂㉜。尽管火车到站时已经天黑,她们还是按照自己的心思,刻意斟酌㉝着服饰和容貌。然后,她们就朝村口,朝火车经过的地方跑去。香雪总是第一个出门,隔壁的凤娇第二个就跟了出来。

2.（香雪做生意）

香雪平时话不多,胆子又小,但作起买卖却是姑娘中最顺利的一个,旅客们爱买她的货,因为她是那么信任地瞧着你,那洁如水晶的眼睛告诉你,站在车窗下的这个女孩子还不知道什么叫受骗。她还不知道怎么讲价钱,只说:"你看着给吧。"你望着她那洁静得仿佛一分钟前才诞生的面孔,望着她那柔软得宛若红缎子似的嘴唇㉞,心中会升起一种美好的感情。你不忍心跟这样的小姑娘耍滑头㉟,在她面前,再爱计较的人也会变得慷慨大度㊱。

有时她也抓空儿向他们打听外面的事,打听北京的大学要不要台儿沟人,打听什么叫"配乐诗朗诵"（那是她偶然在同桌的一本书上看到的）。有一回她向一位戴眼镜的中年妇女打听能自动开关的铅笔盒,还问到它的价钱。谁知没等人家回话,车已经开动了。她追着它跑了好远,当秋风和车轮的呼啸㊲一同在她耳边鸣响时,她才停下脚步意识到,自己的行为是多么可笑啊。

注　释

⑭ **扰乱**:搅扰,使混乱或不安。**闭塞**(bìsè):交通不便;偏僻。
⑮ **期盼**:泛指等待或盼望。
⑯ **昔日**(xīrì):从前。
⑰ **一心一意**:心思、意念专一。
⑱ **温存**:温柔体贴。**粗暴**:暴躁。
⑲ **纤细**(xiānxì):非常细。
⑳ **盘旋**:环绕着。
㉑ **隧道**(suìdào):在山中或地下凿成的通路。
㉒ **绿色的长龙**:用的是比喻的手法。因为火车是绿色的,而且很长,所以将火车比喻成绿色的长龙。
㉓ **挟带**(jiādài):夹杂;搀杂。
㉔ **辗轧**(niǎnyà):滚动并发出声音。
㉕ **成帮搭伙**:聚集成群。

㉖ **专注**:专心注意。
㉗ **娇嗔**:撒娇责怪的样子。
㉘ **钢筋铁骨**:形容很坚固。
㉙ **虔诚**(qiánchéng):恭敬而有诚意。
㉚ **心不在焉**(xīnbùzàiyān):心思没有用在这里,指思想不集中。焉:古汉语助词,含有"在这里"的意思。
㉛ **梳妆打扮**:梳头洗脸,使容貌好看。
㉜ **胭脂**(yānzhi):一种红色的化妆品,涂在两颊。
㉝ **刻意**:用尽心思。**斟酌**(zhēnzhuó):考虑事情、文字等是否可行或是否恰当。
㉞ **宛若**(wǎnruò):好像;仿佛。**缎子**(duàn·zi):质地较厚,一面平滑有光彩的丝织品。
㉟ **耍滑头**(shuǎhuátóu):通过不诚实的言行来得到好处。
㊱ **慷慨**(kāngkǎi):不过分爱惜,舍得拿出(自己的东西)。**大度**:气量宽宏能容人。
㊲ **呼啸**(hūxiào):发出高而长的声音。

(一) 填空题。

1. 在20世纪的中国,_____是文学创作的一个核心主题。
2. 中国文学历来富有人道主义传统。特别是_____之后,人道主义更是成为文学创作的主流。
3. 张洁的《_____》表达了"只有以爱情为基础的婚姻才是道德的"这一主题。

(二) 问答题。

什么是"人道主义"?

(三) 论述题。

1. 请介绍20世纪70年代末到80年代初中国当代文学创作中几部重要的反映人道主义的作品。
2. 请描述你心目中的"香雪"形象。
3. 请介绍一本人道主义作品。

第二十七课

"伤痕文学"和"反思文学"

课　文

　　1977年,刘心武在《人民文学》上发表了小说《班主任》。作品从一个中学老师的视角①,描写了"文革"的愚民政策给年轻人造成的精神扭曲和"内伤"。《班主任》是"伤痕文学"兴起的最初标志。1978年,《文汇报》发表了卢新华②的短篇小说《伤痕》,描写了"文革"的反动血统论怎样在人们的内心深处造成创伤③。

　　70年代末,形成了一股"伤痕文学"的创作潮流,涌现出了一大批优秀的作品,如:张洁的《从森林里来的孩子》,宗璞④的《弦上的梦》,从维熙的《大墙下的红玉兰》,莫应丰⑤的《将军吟》,周克芹⑥的《许茂和他的女儿们》,叶辛⑦的《蹉跎岁月》等等。

　　"伤痕文学"恢复了"人"在文学中的地位,写人的情感、人的命运,"文学是人学"在"伤痕文学"中得到了深刻的阐释⑧。"伤痕文学"也恢复了因"文革"而中断的文学创作中的现实主义传统,"敢于正视淋漓⑨的鲜血,敢于直面惨淡⑩的人生"。

　　"伤痕文学"出现后不久,又出现了"反思文学"。"反思文学"以文学方式来"反思性"地叙述"文革"。"反思文学"专注于对"文革"成因⑪的深入思考,从思想动机、行动方式、心理基础等方面寻找"文革"的社会历史根源。1979年2月,茹志鹃在《人民文学》上发表《剪辑错了的故事》,率先引起了人们的关注。王蒙⑫的《蝴蝶》、张贤亮⑬的《绿化树》、古华⑭的《芙蓉镇》等作品,都是读者耳熟能详的优秀作品。

　　在"伤痕文学"的基础上,反思文学"拓展⑮了视野,深化了思想"。在创作方式上,不仅深化了现实主义,而且开始借鉴⑯西方现代主义的小说技巧,使小说艺术有了更新和发展。

注　释

① **视角**:观察问题的角度。
② **卢新华**(1964—):1978年发表小说《伤痕》,被称为"伤痕文学"思潮的标志之一。
③ **创伤**:比喻物质或精神遭受的破坏或伤害。
④ **宗璞**(1928—):作家。主要进行小说创作,也创作诗歌、散文、童话。成名作为短篇小说《红豆》、《弦上的梦》、《三生石》等,曾出版长篇小说《南渡记》、《野葫芦引》等,童话代表作为《总鳍鱼的故事》。
⑤ **莫应丰**(1938—):小说家。他的小说主要描述"文化大革命"的风云变幻,通过分析生活中的美丑善恶,探讨时代的是非曲直。代表作长篇小说《将军吟》获首届"茅盾文学奖"。
⑥ **周克芹**(1936—):小说家。擅长农村题材小说创作。成名作长篇小说《许茂和他的女儿们》获首届"茅盾文学奖"。
⑦ **叶辛**(1921—):小说家。代表作品多以青年时代"知青"生活为题材,代表作有长篇小说《风凛冽》、《蹉跎岁月》、《孽债》等。
⑧ **阐释**(chǎnshì):论述并解释。
⑨ **淋漓**(línlí):形容湿淋淋地往下滴。
⑩ **惨淡**:凄凉。
⑪ **成因**:事物形成的原因。
⑫ **王蒙**(1934—):是中国当代文坛上一位成就很高的作家。他的作品有深厚的历史感和强烈的现实性,在艺术上敢于变化、善于变化。代表作有《蝴蝶》、《春之声》、《布礼》、《活动变人形》等。
⑬ **张贤亮**(1936—):代表作有《灵与肉》、《绿化树》、《男人的一半是女人》等。
⑭ **古华**(1942—):小说家。长篇小说《芙蓉镇》获首届"茅盾文学奖"。
⑮ **拓展**:使变宽。
⑯ **借鉴**:跟别的人或事物对照,以便取长补短或吸取教训。鉴:镜子(古代用铜制成)。

作品提示

《伤痕》讲述了"文革"中一个少女离去与归来、忏悔⑰与觉醒的故事。主人公王晓华的母亲在"文革"中被打成"叛徒"⑱,王晓华和母亲断绝⑲了母女关系,她奔赴农村,决心通过改造成为"新人"。但王晓华发现,不管她怎样努力,都改变不了"叛徒"女儿的身份和人们对她歧视的眼光。王晓华最终醒悟,回到了母亲身边,但母亲已经在孤苦伶仃⑳中去世了,王晓华心中充满了悔恨。《伤痕》表现了"文革"给年轻人造成的精神扭曲和人生悲剧。

伤 痕(节选)

卢新华

(母亲病危,晓华坐火车回家时回忆)

除夕的夜里,车窗外什么也看不见,只有远的近的,红的白的,五彩缤纷㉑的灯火,在窗外时隐时现。这已经是一九七八年的春天了。

晓华将目光从窗前收回,低头看了看表,时针正指着零点一分。她理了理额前的散发,将长长的黑辫顺到耳后,然后揉了揉有些发红的微布着血丝的双眼,转身从挂在窗口的旧挎包里,掏出了一个小方镜。她掉过头来,让面庞罩在车厢里淡白的灯光下,映在方方的小镜里。

这是一张方正,白嫩,丰腴㉒的面庞:端正的鼻梁,小巧的嘴唇,各自嵌㉓在自己适中的部位上;下巴颏微微向前突起;淡黑的眉毛下,是一对深潭般的幽静的眸子㉔,那间或的一滚,便泛起道道微波的闪光。

她从来没有这样细致地审视过自己青春美丽的容貌。可是,看着看着,她却发现镜子里自己黑黑的眼珠上滚过了点点泪光。她神经质地一下子将小镜抱贴在自己胸口,慌张地环顾身旁,见人们都在这雾气腾腾的车厢里酣睡㉕着,并没有人注意到自己刚才的举动,这才轻轻地舒出一口气,将小镜重新回挎包中。

她有些倦意了,但仍旧睡不着。她伏在窗口的茶几上还不到三分钟,便又抬起头来。

在她的对面,是一对回沪探亲的未婚青年男女。一路上,他俩极兴奋地谈着学习和工作,谈着抓纲治国㉖一年来的形势,可现在也疲倦地互相依靠着睡了。车厢的另一侧,一个三十多岁的城市妇女伏几打着盹,在她的身旁甜卧着一个四五岁的小女孩儿。忽然小女孩蹬了几下腿,在梦中喊着:"妈妈!"她的妈妈便一下子惊醒过来,低下头来亲着小女孩的脸问:"囡囡㉗,怎么啦?"小女孩没有吱声,舞了舞小手,翻翻身复又睡了。

一切重新归为安静。依旧只有列车在"铿嚓铿嚓㉘"地有节奏地响着,摇晃着。

——那响声仿佛是母亲嘴里哼着的催眠曲㉙,而列车则是母亲手下的摇篮,全车的旅客便在这摇篮的晃动中,安然,舒适地踱入恍惚迷离的梦乡。

她仍旧没有睡意。看着身旁的那对青年,瞧着那个小女孩和她的妈妈,一股孤独,凄凉㉚的感觉又向她压迫过来,特别是小女孩梦中"妈妈"的叫声,仿佛是一把尖利的小刀,又刺痛了她的心。"妈妈"这两个字,对于她已是何等㉛的陌生;而"妈妈"这两个字,却又唤起她对生活多少热切的期望!她想象着妈妈已经花白的头发和满是皱纹的脸,她多么想立刻扑到她的怀里,请求她的宽恕㉜。可是,……她痛苦地摇摇头,晶莹的泪珠又在她略向里凹的眼窝里滚动,然而她终于没有让它流出来,只是深深地呼出一口气,两只胳膊肘㉝支在茶几上,双手捧起腮㉞,托着微微向前突起的下巴,又重新将视线移向窗外。

……

九年了——她痛苦地回忆着。

那时,她是强抑着对自己"叛徒妈妈"的愤恨,怀着极度矛盾的心理,没有毕业就报名上山下乡的。她怎么也想象不到,革命多年的妈妈,竟会是一个从敌人的狗洞里爬出来的戴愉式的人物。而戴愉,她看过《青春之歌》,——那是一副多么丑恶的嘴脸啊!

她希望这也许是假的,听爸爸生前说,妈妈曾经在战场上冒着生命危险在枪炮下抢救过伤员,怎么可能在敌人的监狱里叛变自首呢㉟?

自从妈妈定为叛徒以后,她开始失去了最要好的同学和朋友;家也搬进了一间黑暗的小屋;同时,因为妈妈,她的红卫兵也被撤㊱了,而且受到了从未有过的歧视㊲和冷遇。所以,她心里更恨她,恨她历史上的软弱和可耻㊳。虽然,她也想到妈妈对她的深情。从她记事的时候起,妈妈和爸爸像爱掌上的明珠一样溺爱㊴着她这个独生女。可是现在,这却像是一条难看的癞疮疤㊵依附在她洁白的脸上,使她蒙受了莫大的耻辱。她必须按照心内心外的声音,批判自己小资产阶级的思想感情,彻底和她划清阶级界线。她需要立即离开她,越远越快越好。

在离开上海的火车上,那时她还是一个十六岁的小姑娘,——瓜子型的脸,扎着两根短短的小辫。在所有上山下乡的同学中,她那带着浓烈的童年的稚气㊶的脸蛋,与她那瘦小的杨柳般的身腰装配在一起,显得格外地年幼和脆弱。

她独自坐在车厢的一角,目不转睛地望着窗外。没有一个同学跟她攀谈,她也没有跟一个同学讲话。直到列车钻进山洞时,她才扭头朝上望了一下行李架上自己的两件行李:帆布旅行袋,一捆铺盖卷,——这是她瞒着妈妈一点点收拾的。直到她和同学们上了火车,妈妈还蒙在鼓里呢。她想象着,妈妈现在大概已经回到了家里,也一定发现了那留在桌上的纸条:

> 我和你,也和这个家庭彻底决裂了,你不用再找我。
> 　　　　　　　　　　晓　华
> 　　　　　　一九六九年六月六日

注　释

⑰ **忏悔**(chànhuǐ):认识到过去的错误或罪过而感觉痛心;向神佛表示悔过,请求宽恕。

⑱ **叛徒**:有背叛行为的人。

⑲ **断绝**:原来有联系的失去联系;原来连贯的不再连贯。

⑳ **孤苦伶仃**(gūkǔlíngdīng):形容孤独困苦,无依无靠。

㉑ **五彩缤纷**:成语,指多种颜色,美丽好看。

㉒ **丰腴**(fēngyú):(身体或身体的一部分)胖得匀称好看。

㉓ **嵌**(qiàn):把较小的东西卡进较大东西上面的凹处。

㉔ **幽静**:幽雅寂静。**眸子**(móuzǐ):眼睛。

㉕ **酣睡**(hānshuì):熟睡。

㉖ **抓纲治国**:这是华国锋提出的政治纲领,他提出"以阶级斗争为纲",一方面进行阶级斗争,一方面抓生产。

㉗ **囡囡**(nānnān):<方>对小孩的亲热称呼。

㉘ **铿嚓铿嚓**(kēngcākēngcā):火车接触铁轨发出的响亮的声音。

㉙ **催眠曲**:催婴儿入睡时唱的歌。

㉚ **凄凉**(qīliáng):寂寞冷落。

㉛ **何等**:用感叹的语气表示多么。

㉜ **宽恕**(kuānshù):免予责罚。

㉝ **胳膊肘**(gēbozhǒu):上臂和前臂相接处向外面突起的部分。

㉞ **腮**(sāi):两颊的下半部。

㉟ **叛变**:背叛自己的一方,采取敌对行动或投向敌对的一方。**自首**:(犯法的人)自己向司法机关或有关部门交代自己的罪行。

㊱ **撤**(chè):取消。

㊲ **歧视**(qíshì):不平等地看待。**冷遇**:冷淡的待遇。

㊳ **可耻**:应当认为羞耻。

㊴ **溺爱**(nìài):过分宠爱自己的孩子。

㊵ **癞疮疤**(làichuāngbā):疮好了以后留下的疤。**依附**:附着。

㊶ **稚气**(zhìqì):孩子气。

（一）填空题。

1. _____是"伤痕文学"兴起的最初标志。
2. 1978年，《文汇报》发表了_____的短篇小说《伤痕》，描写了"文革"的反动血统论怎样在人们的内心深处造成创伤。
3. "伤痕文学"出现后不久，又出现了_____的概念。
4. 王蒙的《蝴蝶》、_____的《绿化树》、古华的《芙蓉镇》等作品，都是读者耳熟能详的优秀之作。

（二）问答题。

1. 看了《伤痕》（节选）后，你有什么感受？
2. "伤痕文学"有什么特点？
3. "反思文学"有什么特点？

第二十八课

王蒙的反思小说

课 文

王蒙是新时期文学中成就很高的一位作家。早在 20 世纪 50 年代,王蒙就开始在文坛上崭露头角,但在随后的政治运动中经历了巨大磨难。70 年代末,王蒙复出,继续凭借真诚①的政治责任感和深刻的哲学思考进行创作。

王蒙的作品有深厚的历史感和强烈的现实性,现实和历史相交错②。他的小说大多有巨大的时间跨度③,往往从 20 世纪 40 年代末发展到 70 年代末 80 年代初。小说在历史变迁中,展示人物复杂的情感变化。

王蒙的艺术创造力十分旺盛,他在艺术上敢于变化、善于变化,是同代人中最富有艺术探索精神的作家之一。在艺术表现手法上,王蒙借用了西方现代主义和中国传统艺术的戏谑④手法,突破了单一的现实主义,构筑了一个新异的艺术世界。

王蒙小说《蝴蝶》中的张思远,身份和地位发生多次变化:先是参加革命的农村少年,然后是解放后的市委书记。在"文革"中,又被打成"大叛徒"、"大特务",被抛进社会的最底层。出狱以后,成了村子里的"老张头"。"文革"结束后,张思远重新当上市委书记,并升至张部长。小说使用了意识流⑤的表现手法,以张思远的心理活动为主要线索,对历史和自身进行反思,探寻历史与政治、历史与人民、历史与个人

王蒙

之间的关系。《布礼》中的钟亦诚、《相见时难》中的翁式含、《海的梦》中的缪可言、《春之声》中的岳之峰,也是和张思远相似的人物。青年时代,他们充满革命激情和浪漫精神,后来的政治运动使他们迷惘⑥过、痛苦过,但残酷的经历使他们学会用更成熟和深刻的眼光看待社会、历史和自我。

80年代中期,王蒙创作了长篇小说《活动变人形》。文中主人公倪吾诚出身于封建地主家庭,后出国留学,向往西方文化和欧洲文明。倪吾诚不能摆脱封建传统的束缚,对西方现代文明又是一知半解,封建传统和西方现代文明在他身上表现得极端⑦不和谐⑧,使他成为一个可笑、可厌甚至令人恐惧的人。

① **真诚**:真实诚恳,没有一点虚假。
② **交错**:两种以上的东西夹杂在一起。
③ **跨度**:泛指距离。
④ **戏谑**(xìxuè):用有趣的令人发笑的话开玩笑。
⑤ **意识流**:是美国心理学家威廉·詹姆士提倡的一种写作方法,指注重人的意识的流动,采用内心独白、自由联想、不拘时空顺序等手段,来显示人物意识思想的变化情况。
⑥ **迷惘**(míwǎng):辨不清是非,不知道怎么办。
⑦ **极端**:程度上不能再超过的界限。
⑧ **和谐**:配合得适当和匀称。

作品提示

《春之声》通过出国考察归来的工程物理学家岳之峰春节期间乘坐火车回乡探亲一路上的见闻和联想,反映了中国在新旧交替时期的社会生活剪影①和人民心中涌动着的创造激情。《春之声》在艺术表现手法上借用了意识流的手法,以人物的心理活动为主要线索,穿插组合人物经历,现实和历史的时空交错,具有很大的生活容量和艺术表现的自由度。

春之声（节选）

王 蒙

　　咣地一声，黑夜就到来了。一个昏黄的、方方的大月亮出现在对面墙上。岳之峰的心紧缩了一下，又舒张开了。车身在轻轻地颤抖。人们在轻轻地摇摆，多么甜蜜的童年的摇篮⑩啊！夏天的时候，把衣服放在大柳树下，脱光了屁股的小伙伴们一跃跳进故乡的清凉的小河里，一个猛子⑪扎出十几米，谁知道谁在哪里露出头来呢？谁知道被他慌乱中吞下的一口水里，包含着多少条蛤蟆蝌蚪⑫呢？闭上眼睛，熟睡在闪耀着阳光和树影的涟漪⑬之上，不也是这样轻轻地、轻轻地摇晃着的吗？失却了的和没有失去的童年和故乡，责备我么？欢迎我么？母亲的坟墓⑭和正在走向坟墓的父亲！

　　方方的月亮在移动，消失，又重新诞生。唯一的小方窗里透进了光束，是落日的余辉还是站台的灯？为什么连另外三个方窗也遮严了呢？黑咕隆冬，好像紧接着下午便是深夜。门咣地一关，就和外界隔开了。那愈来愈响的声音是下起了冰雹吗？是铁锤砸在铁砧上？在黄土高原的乡下，到处还靠人打铁，我们祖国的胳膊有多么发达的肌肉！呵，当然，那只是车轮撞击铁轨的噪音⑮，来自这一节铁轨与那一节铁轨之间的缝隙。目前不是正在流行一支轻柔的歌曲吗，叫作什么来着——《泉水叮咚响》。如果火车也叮咚叮咚地响起来呢？广州人可真会生活，不像这西北高原上，人的脸上和房屋的窗玻璃上到处都蒙着一层厚厚的黄土。广东人的凉棚⑯下面，垂挂着许许多多三角形的瓷板，它们伴随着清风，发出叮叮咚咚的清音，愉悦⑰着心灵。美国的抽象派音乐却叫人发狂，真不知道基辛格听到我们的杨子荣咏叹调时有什么样的感受⑱。京剧锣鼓里有噪音，所有的噪音都是令人不快的吗？反正火车开动以后的铁轮声给人以鼓舞和希望。下一站，或者许多许多的下一站以后的下一站，你所寻找的生活就在那里，母亲或者妻子，温热的澡盆或者丰盛的饮食正在那里等待着你。都是回家过年的。过春节，我们古老的民族最美好的节日。谢天谢地，现在全国人民都可以快快乐乐地过年了。再不会用"革命化"的名义取消春节了。

　　这真有趣。在出国考察三个月回来之后，在北京的高级宾馆里住了一阵——总结啦，汇报啦，接见啦，报告啦……之后，岳之峰接到了八十多岁的刚刚摘掉地主帽子的父亲的信。他决定回一趟阔别⑲二十多年的家乡。这是不是个错误呢？他怎么也没想到要坐两个小时零四十七分钟的闷罐子车⑳呀。三个小时以前，他还坐在从北京飞往X城的三叉戟客机的宽敞、舒适的座位上。两个月以前，他还坐在驶向汉堡的易北河客轮上。现在呢，他和那些风尘仆仆㉑的、在黑暗中看不清面容的旅客们挤在一起，就像沙丁鱼挤在罐头盒子里。甚至于他辨别不出火车到底是在向哪个方向行走。眼前只有那月亮似的光斑在飞速移动，火车的行驶究竟是和光斑方向相同抑或㉒相反呢？他这个工程物理学家竟为这个连小学生都答得上来的、根本算不上是几何光学的问题伤了半天脑筋。

注释

⑨ 剪影:比喻对于事物轮廓的描写。
⑩ 摇篮:供婴儿睡的家具,形状略像篮子,多用竹或藤制成,可左右摇动,使婴儿容易入睡。
⑪ 猛子:下水游泳时头朝下钻入水中的动作。
⑫ 蛤蟆(hámá):青蛙和蟾蜍的统称。**蝌蚪**(kēdǒu):青蛙或蟾蜍的幼体。
⑬ 涟漪(liányī):细小的波纹。
⑭ 坟墓:埋死人的穴和上面的坟头。
⑮ 噪音:指杂乱、刺耳的声音。
⑯ 凉棚:夏天搭起来遮蔽太阳的棚。
⑰ 愉悦:喜悦。
⑱ 基辛格(Henry Alfred Kissinger):1973 年至 1977 年任美国国务卿。**杨子荣**:著名的剿匪英雄。
⑲ 阔别:长时间的分别。
⑳ 闷罐子车(mèngguànzichē):铁路上指带有铁棚的货车,这种车没有窗户不通气。
㉑ 风尘仆仆:形容旅途奔波劳累。风尘:比喻旅途的辛苦。仆仆:劳累的样子。
㉒ 抑或:连词,表示选择关系。

练习

(一)填空题。

1. 早在 20 世纪_____年代,王蒙就开始在文坛上崭露头角,但在随后的政治运动中经历了巨大磨难。
2. 王蒙的小说大多有巨大的_____跨度。
3. 王蒙的创作突破了单一的_____,构筑了一个新异的艺术世界。
4. 80 年代中期,王蒙创作了长篇小说_____。

(二)问答题。

1. 在艺术表现手法上,王蒙的创作有什么特点?
2. 《活动变人形》中的主人公倪吾诚有什么性格特征?

(三)写作题。

模仿《春之声》的意识流手法写一段话。

第二十九课

改革文学

课文

　　1978年,中国共产党的十一届三中全会①召开②,确定了进行社会主义现代化建设的工作重点,这是一场深刻的社会革命。

　　1979年,蒋子龙③的短篇小说《乔厂长上任记》发表,引起轰动④,并引发了改革文学的兴起。走出"伤痕文学"和"反思文学"的沉重,作家们开始以敏锐⑤的眼光关注现实的变革。改革文学反映当时中国的改革进程及其矛盾斗争,反映改革引起的国家政治经济体制、民族价值观、社会心理、生活方式等的变化。

　　蒋子龙是位工人出身的作家,他的《乔厂长上任记》以工厂的整顿⑥工作为题材,揭示了改革所面临的巨大阻力和盘根错节⑦的矛盾冲突,塑造了朝气蓬勃⑧、锐意进取⑨的改革者乔光朴的形象。蒋子龙的代表作还有《赤橙黄绿青蓝紫》和《燕赵悲歌》等。

　　工业改革和体制改革是改革文学的重要题材,如张洁的《沉重的翅膀》、李国文⑩的《花园街五号》、张贤亮的《男人的风格》等。《沉重的翅膀》是新时期反映工业改革题材的第一部长篇,荣获第二届茅盾文学奖⑪。作品通过复杂尖锐⑫的矛盾斗争说明:与保守势力背后的僵化⑬思想、腐朽⑭观念作斗争,是一个持久而复杂的过程。

　　改革在农村也引起了强烈的阵痛。一些作家从不同侧面描写农村变革的历程,表现农民命运的变迁,反映改革在农民心里掀起的波澜。其中,最具代表性的作家是高晓声⑮和何世光⑯。高晓生创作了以短篇《陈奂生上城》为代表的"陈奂生系列"短篇作品,深入揭示了改革给中国农民命运带来的转机和改革中农民心理性格上发生的变化。何世光的《乡场上》通过描写胆小怕事的冯幺爸终于敢于起来争个说法，表现了改革是如何使被贫穷扭曲了的灵魂得到伸展的。赵本夫⑰的《卖驴》、张一弓⑱的《黑娃照相》、邓刚⑲的《阵痛》等也是优秀之作。贾平凹"商州系列"反映了改革对农村传统的生活方式和思想观念的冲击，以及由此引起的社会文化和民情民风的变化。

注　释

① **十一届三中全会**：1978年召开的建国以来中国共产党历史上具有深远意义的重要会议。
② **召开**：举行(会议)。
③ **蒋子龙**(1941—　)：小说家。成名作为《乔厂长上任记》。他的小说多以改革为主题，善于在激烈尖锐的冲突中刻画人物性格。
④ **轰动**(hōngdòng)：同时惊动很多人。
⑤ **敏锐**：灵敏。
⑥ **整顿**：使杂乱的变整齐；使不健全的健全起来(多指组织、纪律、作风等)。
⑦ **盘根错节**：比喻事情复杂，不容易解决。
⑧ **朝气蓬勃**：形容充满活力，积极向上的精神面貌。朝气：早晨清新的空气，比喻精神振作、力求进取的气概。
⑨ **锐意进取**：意志坚决、勇往直前。
⑩ **李国文**(1930—　)：小说家。成名作为《月食》，长篇小说《冬天里的春天》获首届茅盾文学奖。
⑪ **茅盾文学奖**：于1981年设立，每四年评选一次，是当代中国文学界的最高荣誉大奖。
⑫ **尖锐**：(言论、斗争等)激烈。
⑬ **僵化**(jiānghuà)：停止发展。
⑭ **腐朽**(fǔxiǔ)：比喻思想陈腐、生活堕落或制度败坏。
⑮ **高晓声**(1928—1999)：小说家。他的作品善于透过农村的日常生活，反映农民的思想和愿望。代表作有《李顺大造屋》、"陈奂生系列小说"等。
⑯ **何世光**(1942—　)：小说家。成名作为短篇小说《乡场上》。其作品主要揭示残存于山区农村中的封建等级关系和宗族血缘关系，表现新的时代观念对旧关系的冲击，反映山区农村的变化。
⑰ **赵本夫**(1947—　)：小说家。1981年发表的处女作《卖驴》获当年全国优秀短篇小说奖。

⑱ **张一弓**(1935—):小说家。其作品主要描写变化中的农村和农民,语言富有哲理性、幽默感和乡土味。成名作为中篇小说《犯人李铜钟的故事》。

⑲ **邓刚**(1954—):小说家。工厂生活和海上生活是他作品的主要题材。中篇小说《迷人的海》是他的成名作。

作品提示

《陈奂生上城》的主人公陈奂生,是一个勤劳憨厚⑳的农民。他长期被贫困纠缠㉑,20世纪80年代,他的生活终于有了变化。但初步摆脱了经济贫困的陈奂生,思想中仍有不少小农意识的狭隘㉒和局限。小说通过陈奂生在县城"招待所"的表演,反映了上世纪七八十年代之交中国农民身上依然存在的负面精神因素。陈奂生代表了善良与软弱、淳朴㉓与无知、默默付出与自私狭隘共存的双面人格。

陈奂生上城(节选)

高晓声

(老实人陈奂生)

陈奂生真是无忧无虑,他的精神面貌和去年大不相同了。他是过惯苦日子的,现在开始好起来,又相信会越来越好,他还不满意么?他满意透了。他身上有了肉,脸上有了笑;有时候半夜里醒过来,想到囤㉔里有米、橱里有衣,总算像人家人家了,就兴致勃勃睡不着,禁不住要把老婆推醒了陪他聊天讲闲话。

提到讲话,就触到了陈奂生的短处,对着老婆,他还常能说说,对着别人,往往默默无言。他并非不想说,实在是无可说。别人能说东道西,拉三扯四,他非常羡慕。他不知道别人怎么会碰到那么多新鲜事儿,怎么会想得出那么多特别的主意,怎么会具备那么多离奇㉕的经历,怎么会记牢那么多怪异的故事,又怎么会讲得那么动听。他毫无办法,简直犯了死症毛病,他从来不会打听什么,上一趟街,回来只会说"今天街上人多"或"人少"、"猪行里有猪"、"青菜贱得卖不掉"……之类的话。他的经历又和村上大多数人一样,既不特别,又是别人一目了然㉖的,讲起来无非是"小时候娘常打我的屁股,爹倒不凶"、"也算上了四年学,早忘光了"、"三九年大旱,断了河底,大家捉鱼吃"、"四九年改朝换代㉗,共产党打败了国民党"、"成亲以后,养了一个儿子、一个小女"……索然无味㉘,等于不说。他看不懂书;看戏听故事,又记不牢。看了《三打白骨精㉙》,老婆要他讲,他也只会说:"孙行者㉚最凶,都是他打死的。"老婆不满足,又问白骨精是谁,他就说:"是妖怪变的。"还是儿子巧,声明"白骨精不是妖怪变的,是白骨精变成的妖怪。"才算没有错到底。他又想不出新鲜花样来,比如种田,只会讲"种田要用锄头抨碎泥块"、"莳㉛秧一兜莳六棵",……谁也不要听。再如这卖油绳的行当,也根本不是他发明的,好些人已经做过一阵了,怎样用料?怎样加工?怎样包装?什么价钱?多少利润㉜?什么地方、什么时间买客多、销路好?都是向大家学来的经验。如果他再向大家夸耀,岂不成了笑话!甚至刻薄些的人还会吊他的背筋:"嗳!连'漏斗户主'也有油、粮卖油绳了,还当新闻哩!"还是不开口也罢。

(陈奂生住招待所)

陈奂生想罢,心头暖烘烘,眼泪热辣辣,在被口上拭了拭㉝,便睁开来细细打量这住的地方,却又吃了一惊。原来这房里的一切,都新堂堂、亮澄澄,平顶(天花板)白得耀眼㉞,四周的墙,用青漆漆了一人高,再往上就刷刷白,地板暗红闪光,照出人影子来;紫檀色㉟五斗橱,嫩黄色写字台,更有两张出奇的矮凳,比太师椅还大,里外包着皮,也叫不出它的名字来。再看床上,垫的是花床单,盖的是新被子,雪白的被底,崭新的绸面,刮刮叫三层新(被面、被絮都是新的)。陈奂生不由自主地立刻在被窝里缩成一团,他知道自己身上(特别是脚)不大干净,生怕弄脏了被子……随即悄悄起身,悄悄穿好了衣服,不敢弄出一点声音来,好象做了偷儿,被人发现就会抓住似的。他下了床,把鞋子拎在手里,光着脚跑出去;又眷顾那两张大皮椅,走近摸一摸,轻轻捺了捺,知道里边有弹簧,却不敢坐,怕压瘪了弹不饱。然后才真的悄悄开门,走出去了。

到了走廊里,脚底已冻得冰冷,一瞧别人是穿了鞋走路的,知道不碍,也套上了鞋。心想吴书记照顾得太好了,这哪儿是我该住的地方!一向听说招待所的住宿费贵,我又没处报销,这样好的房间,不知要多少钱,闹不好,一夜天把顶帽子钱住掉了,才算不来呢。

他心里不安,赶忙要开清楚。横竖㊱他要走了,去付了钱吧。

他走到门口柜台处,朝里面正在看报的大姑娘说:"同志,算帐。"

"几号房间?"那大姑娘恋着报纸说,并未看他。

"几号不知道,我住在最东那一间。"

那姑娘连忙丢了报纸,朝他看看,甜甜地笑着说:"是吴书记汽车送来的?你身体好了吗?"

"不要紧,我要回去了。"

"何必急,你和吴书记是老战友吗?你现在在哪里工作?……"大姑娘一面软款款㊲地寻话说,一面就把开好的发票交给他。笑得甜极了。陈奂生看看她,真是绝色!

但是,接到发票,低头一看,陈奂生便象给火钳烫着了手。他认识那几个字,却不肯相信。"多少?"他忍不住问,浑身燥热起来。

"五元。"

"一夜天?"他冒汗了。

"是一夜五元。"

陈奂生的心,忐忑忐忑㊳大跳。

"我的天!"他想:"我还怕困掉一顶帽子,谁知竟要两顶!"

"你的病还没有好,还正在出汗呢!"大姑娘惊怪地说。

千不该,万不该,陈奂生竟说了一句这样的外行语:"我是半夜里来的呀!"

大姑娘立刻看出他不是一个人物,她不笑了,话也不甜了,象菜刀剁着砧板㊴似的笃笃响着说:"不管你什么时候来,横竖到今午十二点为止,都收一天钱。"这还是客气的,没有嘲笑他,是看了吴书记的面子。

陈奂生看着手伸进袋里去摸钞票,然后细细数了三遍,数定了五元;交给大姑娘时,那外面一张人民币,已经半湿了,尽是汗。

这时大姑娘已在看报,见递来的钞票太零碎㊵,更皱了眉头。但她还有点涵养㊶,并不曾说什么,收进去了。

陈奂生出了大价钱,不曾讨得大姑娘欢喜,心里也有点忿忿然㊷。本想一走了之,想到旅行包还丢在房间里,就又回过来。

推开房间,看看照出人影的地板,又站住犹豫:"脱不脱鞋?"一转念,忿忿想道:"出了五块钱呢!"再也不怕弄脏,大摇大摆㊸走了进去,往弹簧太师椅㊹上一坐:"管它,坐瘪㊺了不关我事,出了五元钱呢。"

他饿了,摸摸袋里还剩一块僵饼,拿出来啃了一口,看见了热水瓶,便去倒一杯开水和着饼吃。回头看刚才坐的皮凳,竟没有瘪,便故意立直身子,扑嗵坐下去……试了三次,也没有坏,才相信果然是好家伙。便安心坐着啃饼,觉得很舒服。头脑清爽㊻,热度退尽了,分明是刚才出了一身大汗的功劳。他是个看得穿的人,这时就有了兴头,想着:"这等于出晦气㊼钱——譬如买药吃掉!"

注　释

⑳ **憨厚**(hānhòu):待人诚恳、老实。

㉑ **纠缠**(jiūchán):摆脱不了。

㉒ **狭隘**(xiá'ài):(心胸、见识等)局限在一个小范围里;不宽广。

㉓ **淳朴**(chúnpǔ):诚实朴素。

㉔ **囤**:用竹篾、荆条、稻草编成的或用席箔等围成的盛粮食的容器。

㉕ **离奇**:不平常;出人意料。

㉖ **一目了然**:一眼就看得清楚、明白。了然:清楚明白。

㉗ **改朝换代**:旧的朝代被新的朝代替代,泛指政权更替,也指时代发生了巨大的变化。

㉘ **索然无味**(suǒránwúwèi):形容呆板枯燥,没有趣味。索然:没有趣味的样子。

㉙ **白骨精**:《西游记》里的一个人物名。

㉚ **孙行者**:指《西游记》里的孙悟空。

㉛ **莳**(shì):<方>移植(秧苗)。

㉜ **利润**:经营工商业等赚的钱。

㉝ **拭**:用布、手巾等擦使干净。

㉞ **耀眼**:光线强烈,使人眼花。

㉟ **紫檀色**:指像紫檀木一样的颜色。
㊱ **横竖**:副词,表示在任何情况下都是这样的肯定语气。
㊲ **软款款**:温柔殷勤。
㊳ **忐忑**(tǎntè):心神不定。
㊴ **砧板**(zhēnbǎn):切菜用的板子。多用木材做成,也有塑料或竹子做的。
㊵ **零碎**:指钱的面值比较小。
㊶ **涵养**(hányǎng):指养成的正确的待人处事的态度。
㊷ **忿忿然**(fènfènrán):很生气的样子。
㊸ **大摇大摆**:形容走路神气,满不在乎的样子。
㊹ **太师椅**:一种旧式的比较宽大的椅子,有靠背,带扶手。
㊺ **瘪**(biě):物体表面凹下去。
㊻ **清爽**:<方>清楚;明白。
㊼ **晦气**(huìqì):不吉利,倒霉。

(一) 填空题。

1. 1979年,蒋子龙的短篇小说_____发表,引起轰动,并引发了改革文学的兴起。
2. _____和体制改革是改革文学的重要题材。
3. _____是新时期反映工业改革题材的第一部长篇,荣获第二届茅盾文学奖。
4. 高晓声创作了以短篇_____为代表的"陈奂生系列"短篇作品,深入揭示了改革给中国农民命运带来的转机和他们在心理性格上发生的变化。

(二) 问答题。

1. "改革文学"是在什么样的背景下产生的?
2. "改革文学"创作的主要内容是什么?

(三) 分析题。

结合作品,分析陈奂生的性格特点。

第三十课

乡土小说与市井小说

课 文

在20世纪80年代中期前后,小说创作出现了新的潮流。风俗、地域文化受到一些作家的关注,作家们重视特定地域的民情风俗和普通人的日常生活,挖掘①民间风土②中的美感和生命力,寻找存在于民间土地上的民族文化精神。

无论是伤痕文学、反思文学,还是改革文学,都倡导③知识分子的现实战斗精神,重视人与政治、集体、宏大④历史的关系,取材注重社会政治性。乡土小说和市井小说则重视民间文化和凡人小事,展现民族文化和地域文化的悠久及丰厚⑤。小说家们强调对传统生活方式的展现,品味乡土和市井之中的人性之美和人生智慧,审美品味别具一格⑥。

有意识地提倡"乡土小说"的小说家是刘绍棠。他的小说着力表现乡土的人情美和自然美,歌颂中国民间道德的善良和诚信⑦。他的几部代表作,背景都是20世纪30年代运河⑧边上的农村,表现的都是普通人之间的侠骨柔情和重情重义的美德。邓友梅⑨和冯骥才⑩是市井小说的代表性作家。

邓友梅的作品有浓郁⑪的北京风味,他的小说有"京味文化小说"之称。邓友梅的小说着重反映北京古城的历史感和文化风貌,注重描写具有老北京风俗的生活场景和细节,塑造了一系列老北京的社会边缘人物⑫形象。冯骥才的小说因为有"地道的天津味",而有"津味小说"之称。他的许多作品,取材于历史文化遗迹⑬,对旧天津的风俗和普通市民的生活方式、生活趣味、言语、心理和思想等,都有细致传神⑭的刻画。

　　陆文夫⑮的小说,以江苏苏州这座江南古城为背景。苏州的大小桥梁、城河城墙、曲折小巷、园林景观、名菜佳肴⑯等在陆文夫的笔下不断出现。他的《美食家》通过饮食文化的变迁讲述了社会的变迁。林斤澜⑰是浙江温州人,他的"矮凳桥"系列风情小说以家乡人和家乡事为题材,描绘出变化着的温州风俗画。

　　汪曾祺⑱的小说,主要以故乡高邮和青年时代生活的昆明为背景,被一些评论者称为"诗化风情小说"。汪曾祺在新时期文学中具有很高的地位和极强的影响力。

注　释

① 挖掘(wājué):挖。
② 风土:一个地方特有的自然环境和风俗、习惯的总称。
③ 倡导:带头提倡。
④ 宏大:巨大;宏伟。
⑤ 丰厚:丰富;多。
⑥ 别具一格:具有另外一种风格。
⑦ 诚信:诚实守信用。
⑧ 运河:人工挖成的可以通航的河。
⑨ 邓友梅(1931—):小说家。最能代表其创作风格的是用北京口语写北京人和北京风俗的"京味儿"小说。《那五》、《烟壶》等为代表作。
⑩ 冯骥才(1942—):小说家。作品表现天津市井风俗,具有通俗性、传奇性的"津味儿"小说是他创作的主要特色。代表作品有《神鞭》、《三寸金莲》等。
⑪ 浓郁(nóngyù):(色彩、情感、气氛等)重。
⑫ 边缘人物:指在邓友梅的京味小说中塑造的一批具有北京文化性格特征的社会人物,包括从王公贵族到一般平民百姓。
⑬ 遗迹:古代或旧时代的事物遗留下来的痕迹。
⑭ 传神:(优美的文学、艺术作品)描绘人或物,给人生动逼真的印象。
⑮ 陆文夫(1927—):作家。他的作品取材广泛,表现技巧上善于借鉴中国传统戏剧和曲艺的经验。初期代表作有《荣誉》、《小巷深处》等,20 世纪 60 年代的《葛师傅》、《二遇周泰》是他的力作。

⑯ **佳肴**(jiāyáo):精美的菜。
⑰ **林斤澜**(1923—):小说家。代表作有系列短篇集《矮凳桥风情》等。
⑱ **汪曾祺**(1920—1997):现代作家。著有小说集《邂逅集》、散文集《蒲桥集》等。

作品提示

《美食家》中的主人公朱自冶,对"吃"颇⑲有研究。陆文夫笔下朱自冶的吃,不是简单的口腹之欲⑳,朱自冶的"吃经"、"吃史"和变幻起伏的吃客命运,是和中国几十年的政治历史紧密地联系在一起的。《美食家》不仅以精湛的笔法写出了中国饮食文化的博大精深㉑,而且通过饮食折射㉒出人物的命运变迁、风俗人情的变迁,以及社会政治历史的变迁,有丰厚的思想性和审美意蕴。

《溪鳗》是林斤澜"矮凳桥"系列风情小说中最有名的一篇。小说主人公是开"鱼非鱼"餐馆的一个外号叫"溪鳗"的女人。"溪鳗"有"清水出芙蓉"的灵性,又有"鳗"一般的妖性。"溪鳗"的神秘,使小镇充满了浪漫风情,给作品造成了奇异的梦幻氛围。

美食家(节选)

陆文夫

人们鱼贯而出,互相谦让,彬彬有礼㉓,共推我的老领导走在前面。

人们来到东首,突然眼花缭乱,都被那摆好的席面惊呆了。

洁白的抽纱台布上,放着一整套玲珑瓷的餐具,那玲珑瓷玲珑剔透㉔,蓝边淡青中暗藏着半透明的花纹好象是镂空㉕的,又象会漏水,放射出晶莹㉖的光辉。桌子上没有花,十二只冷盆就是十二朵鲜花,红黄蓝白,五彩缤纷。凤尾虾、南腿片、毛豆青菽㉗、白斩鸡,这些菜的本身都是有颜色的。熏青鱼,五香牛肉,虾子鲞鱼㉘等等颜色不太鲜艳,便用各色蔬果镶在周围,有鲜红的山楂㉙,有碧绿的青梅。那虾子鲞鱼照理是不上酒席的,可是这种名贵的苏州特产已经多年不见,摆出来是很稀罕的。那孔碧霞也独具匠心㉚,在虾子鲞鱼的周围配上了雪白的嫩藕片,一方面为了好看,一方面也因为虾子鲞鱼太咸,吃了藕片可以冲淡些。

十二朵鲜花围着一朵大月季,这月季是用勾针㉛编结而成的,很可能是孔碧霞女儿的手艺,等会儿各种热菜便放在花里面。一张大圆桌就象一朵巨大的花,象荷花,象睡莲,也象一盘向日葵。

人们从惊呆中醒过来了,发出惊讶的叹息:

"啊……"

"啧啧。"

第三十课

溪 鳗(节选)

林斤澜

自从矮凳桥兴起了钮扣市场,专卖钮扣的商店和地摊,糙算也有了六百家。早年间,湖广㉜客人走到县城,就是不远千里的稀客㉝了。没有人会到矮凳桥来,翻这个锯齿山做什么?本地土产最贵重的不过春茶冬笋,坐在县城里收购就是了。现在,钮扣——祖公爷决料不着的东西,却把北至东三省蒙古,南面的香港客都招了来了。接着,街上开张了三十多家饮食店,差不多五十步就有一家。这些饮食店门口,讲究点的有个玻璃阁子,差点的就是个摊子,把成腿的肉,成双的鸡鸭,花蚶㉞港蟹,会蹦的虾,吱吱叫的鲜鱼……全摆到街面上来,做实物招牌㉟。摊子里面一点,汤锅蒸锅热气蒸腾,炒锅的油烟弥漫。这三十多家饮食,把这六百家的钮扣,添上了开胃口吊舌头的色、香、味,把成条街都引诱到喝酒吃肉过年过节的景象里。

拿实物做广告,真正的招牌倒不重要了。有的只写上个地名:矮凳桥饭店。有的只取个吉利:隆盛酒楼。取得雅的,也只直白叫做味雅餐馆。唯独㊱东口西边有一家门口,横挂匾额㊲,上书"鱼非鱼小酒家",可算得特别。

这里只交代一下这个店名的由来㊳,不免牵挂到一些旧人旧事,有些人事还扯不清,只好零零碎碎听凭读者自己处理也罢。

店主人是个女人家,有名有姓,街上却只叫她个外号:溪鳗。这里又要交代一下,鳗㊴分三种:海鳗、河鳗、溪鳗。海鳗大的有人长,蓝灰色。河鳗粗的也有手腕粗,肉滚滚一身油,不但味道鲜美,还滋阴补阳。溪鳗不多,身体也细小,是溪里难得的鲜货。这三种鳗在生物学上有没有什么关系,不清楚。只是形状都仿佛蛇形,嘴巴又长又尖,密匝匝㊵锋利的牙齿,看样子不是好玩的东西,却又好吃。这三种鳗在不同的水域里,又都有些兴风作浪㊶的传说。乡镇上,把一个女人家叫做溪鳗,不免把人朝水妖那边靠拢了。

注　释

⑲ **颇**(pō):很;相当地。
⑳ **口腹之欲**:满足饮食的需要和欲望。口腹:饮食。
㉑ **精湛**(jīngzhàn):(学问或理论)精密深奥。**博大精深**:形容思想和学识广博高深。
㉒ **折射**(zhéshè):比喻把事物的表象或实质表现出来。
㉓ **彬彬有礼**(bīnbīnyǒulǐ):形容文雅而有礼貌。彬彬:文雅的样子。
㉔ **玲珑剔透**(línglóngtītòu):多形容器物精巧细致,孔穴明晰,结构奇巧。玲珑:精细灵巧。剔透:透亮,明晰。
㉕ **镂空**(lòukōng):在物体上雕刻出穿透物体的花纹或文字。
㉖ **晶莹**:光亮而透明。
㉗ **菽**(shū):豆类的总称。

㉘ 鲞鱼(xiǎngyú)：剖开晾干的鱼。
㉙ 山楂：落叶乔木，叶子近于卵形，有三至五裂片，花白色。果实球形，比山里红略小，深红色，有小斑点，味酸，可以吃，也可入药。
㉚ 独具匠心(dújùjiàngxīn)：指具有与众不同的巧妙的构思(多指艺术创作)。匠心：灵巧的构思。
㉛ 勾针：编织花边等用的带钩的针。
㉜ 湖广：指湖北、湖南，原是明代省名。元代的湖广包括两广在内，明代把两广划出，但仍用旧名。
㉝ 稀客(xīkè)：不常来的客人。
㉞ 蚶(hān)：软体动物，壳厚而坚硬，外表浅褐色，有瓦垄状的纵线，内壁白色，边缘有锯齿。肉可吃。也叫瓦垄子或瓦楞子。
㉟ 招牌：挂在商店门前写明商店名称或经售的货物的牌子，作为商店的标志。
㊱ 唯独：副词，表示独一无二的意思，只用来限制事物的范围。
㊲ 匾额(biǎn'é)：上面题着作为标记或表示赞扬文字的长方形木牌。
㊳ 由来：事情发生的原因；来源。
㊴ 鳗(mán)：鱼的一种。
㊵ 密匝匝(mìzāzā)：很多的样子。
㊶ 兴风作浪：掀起风浪，比喻挑起事端或进行破坏活动。兴、作：掀起。

(一) 填空题。

1. 刘绍棠的几部代表作的背景都是20世纪＿＿＿年代＿＿＿边上的农村，表现普通人之间的侠骨柔情和＿＿＿＿＿的美德。
2. 邓友梅的作品有浓郁的北京风味，他的小说有＿＿＿＿＿之称。
3. 冯骥才的小说因为有"地道的天津味"，而有＿＿＿＿＿之称。
4. ＿＿＿＿＿的小说，以江苏苏州这座江南古城为背景。
5. 林斤澜是浙江温州人，他的＿＿＿＿＿系列风情小说以家乡人和家乡事为题材，描绘了变化着的温州风俗画。

(二) 问答题。

1. 乡土小说与市井小说有什么特点？
2. 刘绍棠的小说创作有什么特点？
3. 陆文夫的小说创作有什么特点？

(三) 写作题。

写一篇短文描写你家乡的风土人情。

第三十一课

寻根文学

课　文

　　"寻根文学"的创作实践始于20世纪80年代初,于1984年正式提出。1984年12月,李陀①、阿城②、郑万隆③、李杭育④、韩少功⑤等在杭州的一次创作理论会议上,集中谈论了文学"寻根"问题。1985年,韩少功在《作家》杂志上发表《文学的"根"》一文,被很多人认为是"寻根文学"运动的宣言⑥。韩少功在文中说,"文学有根,文学之根应该深植于民族传统文化的土壤里",他认为"中国还是中国,尤其在文学艺术方面,在民族的深厚精神和文学艺术方面,我们有民族的自我,我们的责任是释放⑦现代观念的热能,来重铸⑧和镀亮⑨这种自我"。郑万隆指出,"我的根是东方,东方有东方的文化"。

　　"寻根文学"的出现,有特定的文化背景。20世纪80年代左右,中国文化界掀起⑩了一股学习西方的热潮。中国文学界同样也关注西方文学的发展,模仿其文学观念、文学创作技巧,希望通过借鉴⑪西方现代文学,来解决中国当代文学发展的一些难题。在这一过程中,也有中国作家认识到,从中国文化中寻找有生命力的元素⑫,应是"重建"中国文学的一条可行之路。因此,他们希望以现代观念审视民族历史文化传统,试图通过文学创作,重新发现和重新铸造民族的历史文化。"寻根"是对民族历史文化的一种梳理⑬,是现代人对自身历史的一种反省。"寻根文学"对民族历史文化的探讨,根本目的是为了超越⑭,为了古老民族更有力地向现代化社会迈进。

　　有评论者认为汪曾祺是最早的"寻根"作家。汪曾祺长于短篇小说创作，他的小说大多取材于家乡乡村和市镇⑮的旧日生活，也有写北京、昆明、上海等地的。他的作品注重风俗民情，追求淡泊⑯、宁静的"中国味儿"，表现出重德重义⑰、平和冲淡⑱的民族文化心理。他的《受戒》、《大淖记事》等可谓短篇精品⑲。

"寻根文学"创作的繁荣期在1985年前后。贾平凹创作了《鸡窝洼人家》、《腊月·正月》、《天狗》等"商州文化系列作品"，这些作品集中营造⑳了一片偏远㉑闭塞、原始古朴㉒的商州山地，描写这片山地居民在时代浪潮的冲击下，从思想观念到生活习俗所发生的巨大变化。李杭育创作了《最后一个渔佬儿》、《沙灶遗风》等"葛川江文化系列作品"，这些作品展现了处于新旧交替㉓时代的民间人物及他们的命运发生的喜剧性变化。郑万隆的"异乡异闻系列"通过"异人"、"异事"，展示了特殊生存环境中的特殊文化性格。韩少功创作了《爸爸爸》、《女女女》等"湘楚文化系列作品"。小说故事发生在具有深厚楚文化沉淀的湘西地区，从那些带有原始形态的生活形式和生命形式中，韩少功试图发掘出民族精神的一些心理积淀㉔，一方面寻找创造了灿烂历史文化和维持民族传统的坚韧㉕生命力，一方面批判性地审视民族文化中存在的劣根性㉖，用变形㉗、荒诞㉘的方法表达哲理性的寓意㉙。阿城的《棋王》、《树王》、《孩子王》、《遍地风流》等作品书写了中国传统文化的一种人生境界㉚与人生态度，张扬㉛道德的善和人性的美，从传统文化中寻找理想的精神。《棋王》以"文革"时知识青年王一生对"下棋"的专注㉜，表现在下棋中进入物我两忘㉝的境界对于乱世㉞的抵御㉟力量。王一生超然㊱出世㊲、淡泊宁静的"棋道"，是以中国传统文化中以老庄为代表的道家哲学和佛教禅宗㊳思想为支撑的，崇尚㊴顺其自然㊵，处变不惊㊶，在乱世中游刃㊷人生。王安忆的《小鲍庄》注重从正统的儒家文化中寻找对于现代生活具有积极意义的精神因素。小鲍庄人虽然身处乱世，但却呈现出一种罕见㊸的平和和宁静，群体间的相濡以沫㊹表现出儒家传统的精神伟力。

注　释

① 李陀(1939—)：电影编剧、作家、理论家。代表作有小说《愿你听到这支歌》、电影剧本《李四光》、《沙鸥》等。

② 阿城(1949—)：作家。代表作有小说《棋王》、《树王》、《孩子王》、《遍地风流》等。

③ 郑万隆(1944—)：小说家。主要作品有中、短篇小说集《郑万隆小说选》、《明天行动》、《生命的图腾》、《红叶在山那边》等。

④ 李杭育(1957—)：小说家。代表作有《最后一个渔佬儿》、《沙灶遗风》等。

⑤ 韩少功(1953—)：作家。代表作为《爸爸爸》、《女女女》等小说。

⑥ 宣言：宣告；声明。

⑦ 释放：把所含的物质或能量放出来。

⑧ 重铸：重新铸造。

⑨ 镀亮：明显地表现出来。

⑩ 掀起(xiānqǐ)：使运动等大规模地兴起。

⑪ 借鉴：指跟别的人或事相对照，以便取长补短或吸取教训。鉴：镜子(古代用铜制成)。

⑫ 元素：这里指要素。

⑬ 梳理：本义指用梳子理发。比喻整理、清理。梳：理发的用具，理：整理；清理。

⑭ 超越：超出；越过。

⑮ 市镇：较大的集镇。

⑯ 淡泊：不追求名利。

⑰ 重德重义：注重道德和情义。

⑱ 平和冲淡：(性情或言行)温和。

⑲ 精品：质量好或水平高的作品。

⑳ 营造：有计划地造。

㉑ 偏远：偏僻而遥远。

㉒ 原始古朴：未开发的朴素而有古代的风格。

㉓ 交替：接替。

㉔ 积淀：长时间积累下来的。积：积累。淀：沉淀。

㉕ 坚韧(jiānrèn)：坚固有韧性。

㉖ 劣根性：长期养成的、根深蒂固的不良习性。

㉗ 变形：形状、格式起变化。

㉘ 荒诞：极不真实的；极不近情理。

㉙ 寓意：用假托的故事或自然物的拟人手法来说明某个道理或教训的文学作品，常带有讽刺或劝戒的性质。

㉚ 境界：事物所达到的程度或表现的情况。

㉛ 张扬：宣扬。

㉜ 专注：专心注意。

㉝ 物我两忘：忘记了周围的一切事物，也忘记了自己。

㉞ **乱世**:混乱动荡的年代。
㉟ **抵御**:抵挡;抵抗。
㊱ **超然**:不站在对立各方的任何一方面。是一种自在的状态。
㊲ **出世**:佛教用语。佛教徒以人世为俗世,脱离人世的束缚为出世。
㊳ **禅宗**:我国佛教宗派之一,以静坐默念为修行方法。相传南朝宋末(五世纪)由印度和尚菩提达摩传入我国,唐宋时极盛。
㊴ **崇尚**:尊重;推崇。
㊵ **顺其自然**:顺从它自由发展。顺:顺从。其:代词,它。自然:自由发展。
㊶ **处变不惊**:面对变乱,不惊慌。
㊷ **游刃**:"游刃"是成语"游刃有余"的变化形式。刃:刀子。本义指:厨师把整个的牛分割成块,技术熟练,刀子在牛的骨头缝里自由移动着,没有一点阻碍(见于《庄子·养生主》)。比喻做事熟练。
㊸ **罕见**:很少见到。罕:少。
㊹ **相濡以沫**:指鱼在干涸的地方,用唾沫相互滋润。比喻在困境中互相救助。濡:沾湿。沫:唾沫。

作品提示

汪曾祺《受戒》中的主人公明海是小和尚,但明海的生活并没有受到清规戒律的束缚㊺,他的生活率性㊻自然,充满纯真。明海与小英子朦胧的爱情没有受到任何世俗的污染,纯真浪漫。这种自然淳朴的情感和生活态度正是作家汪曾祺所推崇㊼的。

受 戒(节选)

汪曾祺

明子老往小英子家里跑。

小英子的家像一个小岛,三面都是河,西面有一条小路通到荸荠庵㊽。独门独户,岛上只有这一家。岛上有六棵大桑树,夏天都结大桑椹㊾,三棵结白的,三棵结紫的;一个菜园子,瓜豆蔬菜,四时不缺。院墙下半截是砖砌的,上半截是泥夯㊿的。大门是桐油油过的,贴着一副万年红的春联:

　　向阳门第春常在
　　积善人家庆有余

门里是一个很宽的院子。院子里一边是牛屋、碓棚[51]；一边是猪圈、鸡窠[52]，还有个关鸭子的栅栏。露天地放着一具石磨。正北面是住房，也是砖基土筑，上面盖的一半是瓦，一半是草。房子翻修了才三年，木料还露着白茬[53]。正中是堂屋，家神菩萨[54]的画像上贴的金还没有发黑。两边是卧房。扇窗上各嵌了一块一尺见方的玻璃，明亮亮的，——这在乡下是不多见的。房檐下一边种着一棵石榴[55]树，一边种着一棵栀子花[56]，都齐房檐高了。夏天开了花，一红一白，好看得很。栀子花香得冲[57]鼻子。顺风的时候，在荸荠庵都闻得见。

这家人口不多，他家当然是姓赵。一共四口人：赵大伯、赵大妈，两个女儿，大英子、小英子。老两口没得儿子。因为这些年人不得病，牛不生灾，也没有大旱大水闹蝗虫[58]，日子过得很兴旺[59]。他们家自己有田，本来够吃的了，又租种了庵上的十亩田。自己的田里，一亩种了荸荠，——这一半是小英子的主意，她爱吃荸荠，一亩种了茨菇。家里喂了一大群鸡鸭，单是鸡蛋鸭毛就够一年的油盐了。赵大伯是个能干人。他是一个"全把式[60]"，不但田里场上样样精通，还会罩鱼、洗磨、凿磬、修水车、修船、砌墙、烧砖、箍桶、劈篾、绞麻绳[61]。他不咳嗽，不腰疼，结结实实，像一棵榆树。人很和气，一天不声不响。赵大伯是一棵摇钱树[62]，赵大娘就是个聚宝盆[63]。大娘精神得出奇。五十岁了，两个眼睛还是清亮亮的。不论什么时候，头都是梳得滑溜溜的，身上衣服都是格挣挣的。像老头子一样，她一天不闲着。煮猪食，喂猪，腌[64]咸菜，——她腌的咸萝卜干非常好吃，舂[65]粉子，磨小豆腐，编蓑衣[66]，织芦篚[67]。她还会剪花样子。这里嫁闺女，陪嫁妆[68]，磁坛子、锡罐子，都要用梅红纸剪出吉祥花样，贴在上面，讨个吉利，也才好看："丹凤朝阳"呀、"白头到老"呀、"子孙万代"呀、"福寿绵长"呀。二三十里的人家都来请她："大娘，好日子是十六，你哪天去呀？"——"十五，我一大清早就来！"

"一定呀！"——"一定！一定！"

两个女儿，长得跟她娘像一个模子里托出来的。眼睛长得尤其像，白眼珠鸭蛋青，黑眼珠棋子黑，定神时如清水，闪动时像星星。浑身上下，头是头，脚是脚。头发滑溜溜的，衣服格挣挣的。——这里的风俗，十五六岁的姑娘就都梳上头了。这两个丫头，这一头的好头发！通红的发根，雪白的簪子[69]！娘女三个去赶集，一集的人都朝她们望。

姐妹俩长得很像，性格不同。大姑娘很文静，话很少，像父亲。小英子比她娘还会说，一天咭咭呱呱地不停。大姐说：

"你一天到晚咭咭呱呱像个喜鹊！"

"自己说的！——吵得人心乱！"

"心乱？"

"心乱！"

"你心乱怪我呀！"

二姑娘话里有话。大英子已经有了人家。小人她偷偷地看过，人很敦厚[70]，也不难看，家道也殷实[71]，她满意。已经下过小定，日子还没有定下来。她这二年，很少出房门，整天赶她的嫁妆。大裁大剪，她都会。挑花绣花，不如娘。她可又嫌娘出的样子太老了。她到城里看过新娘子，说人家现在绣的都是活花活草。这可把娘难住了。最后是喜鹊忽然一拍屁股:"我给你保举㉒一个人!"

这人是谁?是明子。明子念"上孟下孟"的时候,不知怎么得了半套《芥子园》㉓,他喜欢得很。到了荸荠庵,他还常翻出来看,有时还把旧帐簿子翻过来,照着描。小英子说:

"他会画!画得跟活的一样!"

小英子把明海请到家里来,给他磨墨铺纸,小和尚画了几张,大英子喜欢得了不得:"就是这样!就是这样!这就可以乱孱!"——所谓"乱孱"是绣花的一种针法:绣了第一层,第二层的针脚插进第一层的针缝,这样颜色就可由深到淡,不露痕迹,不像娘那一代绣的花是平针,深浅之间,界限分明,一道一道的。小英子就像个书童,又像个参谋:

"画一朵石榴花!"

"画一朵栀子花!"

她把花掐来,明海就照着画。

到后来,凤仙花、石竹子、水蓼㉔、淡竹叶,天竺果子、腊梅花,他都能画。

大娘看着也喜欢,搂住明海的和尚头:"你真聪明!你给我当一个干儿子吧!"

小英子捺住他的肩膀,说:"快叫!快叫!"

小明子跪在地下磕了一个头,从此就叫小英子的娘做干娘。

大英子绣的三双鞋,三十里方圆都传遍了。很多姑娘都走路坐船来看。看完了,就说:"啧啧啧,真好看!这哪是绣的,这是一朵鲜花!"她们就拿了纸来央大娘求小和尚来画。有求画帐檐的,有求画门帘飘带的,有求画鞋头花的。每回明子来画花,小英子就给他做点好吃的,煮两个鸡蛋,蒸一碗芋头㉕,煎几个藕团子。

因为照顾姐姐赶嫁妆,田里的零碎生活小英子就全包了。她的帮手,是明子。

这地方的忙活是栽秧、车高田水、薅㉖头遍草、再就是割稻子、打场子。这几茬重活,自己一家是忙不过来的。这地方兴换工。排好了日期,几家顾一家,轮流转。不收工钱,但是吃好的。一天吃六顿,两头见肉,顿顿有酒。干活时,敲着锣鼓,唱着歌,热闹得很。其余的时候,各顾各,不显得紧张。

薅三遍草的时候,秧已经很高了,低下头看不见人。一听见非常脆亮的嗓子在一片浓绿里唱:

栀子哎开花哎六瓣头哎……
姐家哎门前哎一道桥哎……

明海就知道小英子在哪里,三步两步就赶到,赶到就低头薅起草来,傍晚牵牛"打汪",是明子的事。——水牛怕蚊子。这里的习惯,牛卸了轭㉗,饮了水,就牵到一口和好泥水的"汪"里,由它自己打滚扑腾,弄得全身都是泥浆,这样蚊子就咬不透了。低田上水,只要一挂十四轧的水车,两个人车半天就够了。明子和小英子就伏在车杠上,不紧不慢地踩着车轴上的拐子,轻轻地唱着明海向三师父学来的各处山歌。打场的时候，明子能替赵大伯一会，让他回家吃饭。——赵家自己没有场，每年都在荸荠庵外面的场上打谷子。他一扬鞭子，喊起了打场号子⁷⁸：

"格当嘚——"

这打场号子有音无字，可是九转十三弯，比什么山歌号子都好听。赵大娘在家，听见明子的号子，就侧起耳朵：

"这孩子这条嗓子！"

连大英子也停下针线："真好听！"

小英子非常骄傲地说："一十三省数第一！"

晚上，他们一起看场。——荸荠庵收来的租稻也晒在场上。他们并肩坐在一个石磙子上，听青蛙打鼓，听寒蛇唱歌，——这个地方以为蝼蛄叫是蚯蚓叫⁷⁹，而且叫蚯蚓叫"寒蛇"，听纺纱婆子不停地纺纱，"吵——"，看萤火虫飞来飞去，看天上的流星。

"呀！我忘了在裤带上打一个结！"小英子说。

这里的人相信，在流星掉下来的时候在裤带上打一个结，心里想什么好事，就能如愿。……

注释

㊺ **清规戒律**：原指佛教徒所遵守的规则和戒律，现借指繁琐的不切实际的规章制度。**束缚**(shùfù)：使受到约束限制。

㊻ **率性**：顺着本性。

㊼ **推崇**：崇拜；敬重。

㊽ **庵**(ān)：佛寺(多指尼姑住的)

㊾ **桑椹**(sāngshèn)：桑树的果实。

㊿ **泥夯**(níhāng)：夯：名词，砸实地基或墙壁用的工具。这里是动词，用夯砸。指"院墙上半截"是用夯把泥土砸实而成的。

(51) **碓棚**(duìpéng)：在里面舂米的棚子。

(52) **鸡窠**(jīkē)：鸡窝。

(53) **白茬**(báichá)：木制器物未经油漆的。

(54) **菩萨**(pú·sà)：佛教指修行到了一定程度、地位仅次于佛的人。

(55) **石榴**(shíliu)：一种植物，果实是球形。

(56) **栀子花**(zhīzihuā)：是一种白色，有强烈香气的可供观赏的花。

(57) **冲**(chòng)：气味浓烈刺鼻。

(58) **蝗虫**：是一种农业害虫，主要危害禾本科植物。

(59) **兴旺**：兴盛；旺盛。

(60) **全把式**：指擅长做各种农活的人。

(61) **磨**：把食物弄碎的工具，通常是两个圆石盘做成的。**砻**：去掉稻壳的工具，形状略像磨，多用木料制成。**箍**：用竹蔑或金属条捆紧；用带子之类的东西勒住。**篾**：竹子劈成的薄片。**绞**：把两股以上条状物扭在一起。

○62 **摇钱树**:神话中的一种宝树,一摇晃就有许多钱落下来。后来多用来比喻借以获取财物的人或物。
○63 **聚宝盆**:传说中装满金银珠宝而且取之不尽的盆,比喻资源丰富的地方。
○64 **腌**(yān):把鱼、肉、蛋、蔬菜、果品等加上盐、糖、酱、酒等。
○65 **舂**(chōng):把东西放在一个容器里捣去皮壳或捣碎。
○66 **蓑衣**(suōyī):用草或棕制成的、披在身上的防雨用具。
○67 **芦篚**(lúfěi):用芦苇编成的圆形的筐。
○68 **嫁妆**(jiàzhuang):女子出嫁时,从娘家带到丈夫家去的衣被、家具及其他用品。也作嫁装。
○69 **簪子**(zānzi):别在发髻的条状物。
○70 **敦厚**(dūnhòu):忠厚。
○71 **殷实**(yīnshí):富裕。
○72 **保举**:向上级推荐有才或有功的人,使得到提拔任用。
○73 **《芥子园》**:是清初名士李渔的居宅别墅之名。其婿沈心友家中藏有明代山水画家李流芳的课徒稿43幅,遂请嘉兴籍画家王概整理增编90幅,增至133幅,并附临摹古人各式山水画40幅,为初学者作楷范。篇首并编"青在堂画学浅说",因得李渔的资助,于康熙十八年(1680年)套版精刻成书,即以"芥子园"名义出版。
○74 **水蓼**(shuǐliǎo):(英 polygonum hydropiper)亦称"辣蓼"。蓼科,一年生草本。茎多分枝,红褐色,无毛,节膨大。叶披针形,全缘,两面有腺点;托叶鞘筒形,紫褐色,有缘毛和腺点。夏秋开花,花淡绿色或淡红色,成间断的穗状花序。瘦果卵形,侧扁,一面平一面凸起,表面有小点。生田野水边或山谷湿地。全草入药,性温、味辛,功能解毒、利湿,主治痢疾、泄泻;外用治皮肤湿疹、顽癣等症。
○75 **芋头**(yùtou):多年生草本植物,块茎椭圆形或卵形,叶子略呈卵形,有长柄,花穗轴在苞内,雄花黄色,雌花绿色。块茎含淀粉很多,供食用。
○76 **薅**(hāo):用手拔(草等)。
○77 **轭**(è):牛马等拉东西时架在脖子上的器具。
○78 **号子**:集体劳动中一起使劲时,为统一步调、减轻疲劳等所唱的歌。
○79 **蝼蛄**(lóugū):一种昆虫。**蚯蚓**(qiūyǐn):一种软体的爬行动物。

练 习

(一) 填空题。

1. "寻根文学"的创作实践始于20世纪80年代初,于_____年正式提出。
2. 1985年,韩少功在《作家》杂志上发表_____一文,被很多人认为是"寻根文学"运动的宣言。
3. 有评论者认为_____是最早的"寻根"作家。
4. 贾平凹创作了《鸡窝洼人家》、《腊月·正月》、《天狗》等"_____文化系列作品"。

5. 李杭育创作了《最后一个渔佬儿》、《沙灶遗风》等"_____文化系列作品"。
6. 韩少功创作了《爸爸爸》、《女女女》等"_____文化系列作品"。

（二）**问答题**。

1. "寻根文学"出现的文化背景是什么？
2. "寻根文学""寻根"的目的是什么？

（三）**论述题**。

介绍几位"寻根文学"作家的创作特色。

（四）**写作题**。

用自己的话写一篇小短文，叙述明子与小英子之间的爱情故事。

第三十二课

新时期及其后的散文创作

课　文

　　20世纪五六十年代,中国散文的创作大致遵循①"以小见大②"、"托物言志③"的方式,散文的主要功能是表现时代精神和社会思潮④。新时期以后,散文创作侧重于对作者自我经验和情感的表达,着力表现现代人丰富的内心世界。

　　80年代左右,老作家巴金、孙犁、杨绛⑤、陈白尘⑥等,写了一批回忆往事的散文,怀念亲友,沉思历史。从1978年至1986年,巴金完成了四十二万字的《随想录》。《随想录》包括《随想录》、《探索集》、《真话录》、《病中集》和《无影集》五卷,对"文化大革命"做出个人的反省⑦。巴金怀着一个知识分子的责任感,把对历史的反思、对亲友的追忆、对自我的拷问⑧,质朴⑨而直白⑩地讲述出来。《随想录》在20世纪80年代引起了极大的轰动,被称为"说真话的大书"。孙犁称自己"文革"后的写作是"患难⑪余生,痛定思痛⑫",他以平静的口吻诉说人生的悲喜,平淡之中渗透⑬出强烈的历史感和忧患⑭意识。杨绛的《干校六记》记述的是"文革"中在"干校"中的生活经历。书中内容大抵⑮是个人亲历亲闻的"琐事⑯",是大时代中的"小插曲⑰",但通过"琐事"和"小插曲",《干校六记》冷静地展示了特定时代形形色色的灵魂。作者用温婉⑱的嘲讽,揭示了一个时代的荒谬性⑲。

　　80年代散文发展的另一个走向,是重视散文的抒情性,侧重表现写作者的个性,贾平凹、周涛⑳、张洁、王英琦㉑等的创作都有此特色。贾平凹提出"散文是美文"的观点,在思想意蕴、文化趣味、语言表达上,重视吸取中国传统文学因素,营造出简洁古朴的"虚"、"静"之美。贾平凹早期的作品《月迹》、《一棵桃树》等文章表现出充满诗意的纯美,《丑石》在平淡中蕴涵[22]哲理。80年代中期贾平凹的《商州三录》重闲适[23]情调[24]的营造。周涛的散文主要描写中国西部博大广漠的自然景观和充满阳刚[25]之气的人文景观,情感充沛[26],气势恢弘[27]。小说家张洁的散文《挖荠菜》、《拣麦穗》等,从小姑娘"大雁"的视角,写出了童年生活的纯洁温馨,表达了张洁对逝去童年的怀念及感伤[28]。王英琦的散文以个人生活体验和感受为基本素材,善于从细微的日常生活中挖掘出诗意。

20世纪八九十年代,"学者散文"创作活跃。写作者为从事社会科学研究的学者,80年代有金克木[29]、张中行[30]等,90年代的代表人物是余秋雨[31]。他们的散文创作将科学研究的"理"与文学创作的"情"结合起来,既充满思考的智性[32],又不乏[33]文化关怀和个人感受。金克木的散文有很强的知识性,充满智慧,论述强调逻辑的严密性,语言朴素从容,并带有淡淡的诙谐[34]。张中行兴趣广泛,被人称为"杂家",出版有《负暄琐话》、《负暄续话》、《负暄三话》以及《流年碎影》等随笔集。张中行的散文亲切质朴,似与读者谈家常[35],知识、掌故[36]、人性都娓娓道来[37],深入浅出。余秋雨的《文化苦旅》、《文明的碎片》等著作影响极大,曾一度在读者中掀起热潮。他的散文多从某一名胜古迹写起,在介绍与之相关的历史文化知识同时,融入个人对历史文化、人类命运及知识分子使命感[38]等命题的思索。

注 释

① 遵循:遵照。
② 以小见大:从小处可以看到大处。
③ 托物言志:假借某种事物来表达自己的思想。托:假托。言:说明。
④ 思潮:某一时期内在某一阶级或阶层中反映当时社会政治情况而有较大影响的思想潮流。
⑤ 杨绛(1911—):作家、评论家、翻译家。文学创作的代表作有《洗澡》、《干校六记》等。
⑥ 陈白尘(1908—):作家。主要成就在剧作上,代表作有著名讽刺喜剧《升官图》等。

⑦ **反省**:回想自己的思想行动,检查其中的错误。
⑧ **拷问**:严厉地审问。
⑨ **质朴**:朴实。
⑩ **直白**:直接说,不绕弯子。直:直爽;坦率。白:说明;告诉。
⑪ **患难**:困难和危险的处境。患:祸害;灾难。难:不幸的遭遇。
⑫ **痛定思痛**:悲痛的心情平静之后,回想当时的痛苦。有令人深思的意思。定:平定。
⑬ **渗透**:比喻一种事物逐渐进入到其他方面(多用于抽象事物)。
⑭ **忧患**:困苦患难。忧:使人忧愁的事。
⑮ **大抵**:大概;大都。
⑯ **琐事**(suǒshì):细小零碎的事情。
⑰ **插曲**:比喻连续进行的事情中插入的特殊片断。
⑱ **温婉**:温和、不直接,但是又不失本意。
⑲ **荒谬性**:极端错误;非常不合情理。
⑳ **贾平凹**(1958—):原名贾平娃,当代作家。代表作有长篇小说《商州》、《废都》等。
周涛(1946—):诗人。也是一位军人。其诗歌大都以沙漠和荒原等西北景物或事物为背景,被视为新边疆诗和新军旅诗的代表。代表作有诗集《神山》等。
㉑ **王英琦**(1953—):作家。代表作有散文集《热土》、《我遗失了什么?》等。
㉒ **蕴涵**:包含。
㉓ **闲适**:清闲安适。
㉔ **情调**:思想感情所表现出来的格调。
㉕ **阳刚**:指男子在风度、气概、体魄等方面表现出来的刚强气质。
㉖ **充沛**:充足而旺盛。
㉗ **恢弘**:宽阔;广大。
㉘ **感伤**:因感触而悲伤。
㉙ **金克木**(1912—2000):中国梵学研究、印度文化研究大家,通晓多国语言,对东西方文化很多领域有广泛研究,著名的诗文学者。
㉚ **张中行**(1909—2006):学者、散文家。80年代开始散文创作,出版散文集《负暄琐话》《负暄续话》、《负暄三话》、《禅外说禅》等。
㉛ **余秋雨**(1946—):当代艺术理论家、中国文化史学者、散文家。他的散文以强烈的文化意识将人们带入一个文化散文的境界。20世纪80年代中后期,陆续在杂志《收获》中的"文化苦旅"和"山居笔记"两个专栏上发表散文,代表作有散文集《文化苦旅》、《山居笔记》等。
㉜ **智性**:指注重学识,用智慧的眼光看待问题。
㉝ **不乏**:不缺少。
㉞ **诙谐**(huīxié):说话有趣,让人发笑。
㉟ **家常**:家庭日常生活。
㊱ **掌故**:本指旧制、旧例,后多指关于历史上的人物的故事和传说,制度的产生、发展等。
㊲ **娓娓道来**(wěiwěidàolái):形容不知疲倦地谈论。娓娓:谈论不倦或说话动听。
㊳ **使命感**:肩负重大责任的感觉。使命:比喻重大的任务或责任。感:是词缀,指感觉、情感、感想,如"美感;好感;责任感"等。

作 品

作品提示

受人嫌弃、"丑得不能再丑"的丑石,原来是天上落下的"了不起的东西"。从《丑石》这篇小文中,读者不难悟出[39]生活、命运的一些道理。

张洁的《拣麦穗》写的是小女孩和卖灶糖老汉之间的情谊。小女孩的纯真跃然纸上[40],而卖灶糖的老汉对小女孩朴素的疼爱也打动人心。

丑 石

贾平凹

我常常遗憾我家门前的那块丑石呢:它黑黝黝地卧在那里,牛似的模样;谁也不知道是什么时候留在这里的,谁也不去理会它。只是麦收时节,门前摊了麦子,奶奶总是要说:这块丑石,多碍地面哟,多时把它搬走吧。

于是,伯父家盖房,想以它垒[41]山墙,但苦于它极不规则,没棱角儿[42],也没平面儿;用錾[43]破开吧,又懒得花那么大气力,因为河滩并不甚远,随便去掮[44]一块回来,哪一块也比它强。房盖起来,压铺台阶,伯父也没有看上它。有一年,来了一个石匠,为我家洗一台石磨,奶奶又说:用这块丑石吧,省得从远处搬动。石匠看了看,摇着头,嫌它石质太细,也不采用。它不像汉白玉[45]那样的细腻,可以凿下刻字雕花,也不像大青石那样的光滑,可以供来浣[46]纱捶布;它静静地卧在那里,院边的槐荫没有庇覆[47]它,花儿也不再在它身边生长。荒草便繁衍[48]出来,枝蔓上下,慢慢地,竟锈上了绿苔[49]、黑斑。我们这些做孩子的,也讨厌起它来,曾合伙要搬走它,但力气又不足;虽时时咒骂[50]它,嫌弃它,也无可奈何,只好任它留在那里去了。

稍稍能安慰我们的,是在那石上有一个不大不小的坑凹[51]儿,雨天就盛满了水。常常雨过三天了,地上已经干燥,那石凹里水儿还有,鸡儿便去那里渴饮。每每到了十五的夜晚,我们盼着满月出来,就爬到其上,翘望天边;奶奶总是要骂的,害怕我们摔下来。果然那一次就摔了下来,磕破了我的膝盖呢。

人都骂它是丑石,它真是丑得不能再丑的丑石了。

终有一日,村子里来了一个天文学家。他在我家门前路过,突然发现了这块石头,眼光立即就拉直了。他再没有走去,就住了下来;以后又来了好些人,说这是一块陨石,从天上落下来已经有二三百年了,是一件了不起的东西。不久便来了车,小心翼翼[52]地将它运走了。

这使我们都很惊奇!这又怪又丑的石头,原来是天上的呢!它补过天,在天上发过热,闪过光,我们的先祖[53]或许仰望过它,它给了他们光明,向往,憧憬[54];而它落下来了,在污土里,荒草里,一躺就是几百年了?

奶奶说:"真看不出!它那么不一般,却怎么连墙也垒不成,台阶也垒不成呢?"

"它是太丑了。"天文学家说。

"真的,是太丑了。"

"可这正是它的美"天文学家说,"它是以丑为美的。"

"以丑为美?"

"是的,丑到极处,便是美到极处。正因为它不是一般的顽石,当然不能去做墙,做台阶,不能去雕刻,捶布。它不是做这些顽意儿的,所以常常就遭到一般世俗的讥讽㊺。"

奶奶脸红了,我也脸红了。

我感到自己的可耻,也感到了丑石的伟大;我甚至怨恨它这么多年竟会默默地忍受着这一切?而我又立即深深地感到它那种不屈于误解、寂寞的生存的伟大。

拣麦穗

张 洁

当我刚刚能够歪歪咧咧地提着一个篮子跑路的时候,我就跟在大姐姐身后拣麦穗了。那篮子显得太大,总是磕碰着我的腿和地面,闹得我老是跌跤。我也很少有拣满一个篮子的时候,我看不见田里的麦穗,却总是看见蚂蚱㊻和蝴蝶,而当我追赶它们的时候,拣到的麦穗,还会从篮子里重新掉回地里去。

有一天,二姨看着我那盛着稀稀拉拉几个麦穗的篮子说:"看看,我家大雁也会拣麦穗了。"然后,她又戏谑㊼地问我:"大雁,告诉二姨,你拣麦穗做哈?"我大言不惭㊽地说:"我要备嫁妆哩!"

二姨贼眉贼眼㊾地笑了,还向围在我们周围的姑娘、婆姨们眨了眨她那双不大的眼睛:"你要嫁谁嘛!"

是呀,我要嫁谁呢?我忽然想起那个卖灶糖的老汉。我说:"我要嫁那个卖灶糖的老汉!"

她们全都放声大笑,像一群鸭子一样嘎嘎地叫着。笑啥嘛!我生气了。难道做我的男人,他有什么不体面的地方吗?

卖灶糖的老汉有多大年纪了?我不知道。他脸上的皱纹一道挨着一道,顺着眉毛弯向两个太阳穴,又顺着腮帮弯向嘴角。那些皱纹,给他的脸上增添了许多慈祥㊿的笑意。当他挑着担子赶路的时候,他那剃得像半个葫芦样的后脑勺上的长长的白发,便随着颤悠悠㉛的扁担一同忽闪着。

我的话,很快就传进了他的耳朵。

那天,他挑着担子来到我们村,见到我就乐了。说:"娃呀,你要给我做媳妇吗?"

"对呀!"

他张着大嘴笑了,露出了一嘴的黄牙。他那长在半个葫芦㉜样的头上的白发,也随着笑声一齐抖动着。"你为啥要给我做媳妇呢？"

"我要天天吃灶糖哩！"

他把旱烟锅子朝鞋底上磕着："娃呀，你太小哩。"

"你等我长大嘛！"

他摸着我的头顶说："不等你长大，我可该进土啦。"

听了他的话，我着急了。他要是死了，那可咋办呢？我那淡淡的眉毛，在满是金黄色的茸毛的脑门上，拧成了疙瘩㊾。我的脸也皱巴得像个核桃㊿。

他赶紧拿块灶糖塞进了我的手里。看着那块灶糖，我又咧着嘴笑了："你别死啊，等着我长大。"他又乐了。答应着我："我等你长大。"

"你家住哪哒呢？"

"这担子就是我的家，走到哪哒，就歇㊶在哪哒！"

我犯愁了："等我长大，去哪哒寻你呀！"

"你莫愁，等你长大，我来接你！"

这以后，每逢经过我们这个村子，他总是带些小礼物给我。一块灶糖，一个甜瓜，一把红枣……还乐呵呵地对我说："看看我的小媳妇来呀！"

我呢，也学着大姑娘的样子——我偷偷地瞧见过——要我娘找块碎布，给我剪了个烟荷包，还让我娘在布上描了花。我缝呀，绣呀……烟荷包缝好了，我娘笑得个前仰后合㊷，说那不是烟荷包，皱皱巴巴，倒像个猪肚子。我让我娘给我收了起来，我说了，等我出嫁的时候，我要送给我男人。

我渐渐地长大了。到了知道认真地拣麦穗的年龄了。懂得了我说过的那些个话，都是让人害臊㊸的话。卖灶糖的老汉也不再开那玩笑——叫我是他的小媳妇了。不过他还是常带些小礼物给我。我知道，他真疼我呢。

我不明白为什么，我倒真是越来越依恋他，每逢他经过我们村子，我都会送他好远。我站在土坎坎上，看着他的背影，渐渐地消失在山坳坳㊹里。

年复一年，我看得出来，他的背更弯了，步履㊺也更加蹒跚了。这时，我真的担心了，担心他早晚有一天会死去。

有一年，过腊八㊻的前一天，我约摸㊼着卖灶糖的老汉，那一天该会经过我们村。我站在村口上一棵已经落尽叶子的柿子树下，朝沟底下的那条大路上望着，等着。那棵柿子树的顶梢梢上，还挂着一个小火柿子。小火柿子让冬日的太阳一照，更是红得透亮。那个柿子多半是因为长在太高的树梢上，才没有让人摘下来。真怪，可它也没让风刮下来，雨打下来，雪压下。

路上来了一个挑担子的人。走近一看，担子上挑的也是灶糖，人可不是那个卖灶糖的老汉。我向他打听卖灶糖的老汉，他告诉我，卖灶糖的老汉老去㊽了。

我仍旧站在那棵柿子树下，望着树梢上的那个孤零零㊾的小火柿子。它那红得透亮的色泽㊿，依然给人一种喜盈盈㊿的感觉。可是我却哭了，哭得很伤心。哭那陌生的、但却疼爱我的卖灶糖的老汉。

后来，我常想，他为什么疼爱我呢？无非我是一个贪吃的，因为生得极其丑陋㊿而又没人疼爱的小女孩吧?

等我长大以后,我总感到除了母亲以外,再也没有谁能够像他那样朴素地疼爱过我——没有任何希求⑰,没有任何企望⑱的。

注　释

㊴ **悟出**:了解;领会。
㊵ **跃然纸上**:活跃地呈现在纸上。跃然:形容活跃地呈现。
㊶ **垒**:用砖、石、土块等砌或筑。
㊷ **棱角儿**:物体上条状的突起部分。
㊸ **錾(zàn)**:一种用来凿石头的小凿子。
㊹ **掮(qián)**:<方>用肩扛(东西)。
㊺ **汉白玉**:一种白色的大理石,可以做建筑和雕刻的材料。
㊻ **浣(huàn)**:洗。
㊼ **庇覆(bìfù)**:庇:遮蔽;掩护。覆:盖住。遮住。
㊽ **繁衍(fányǎn)**:逐渐增多或增广。
㊾ **绿苔**:一种绿色、生长在潮湿地方的植物。
㊿ **咒骂**:用恶毒的话骂。
㈤ **坑凹**:凹下去的地方。
㈤ **小心翼翼**:形容十分谨慎,一点儿也不敢疏忽。
㈤ **先祖**:祖先。
㈤ **憧憬(chōngjǐng)**:因热爱、羡慕某种事物或境界而希望得到或达到。
㈤ **讥讽**:用尖刻的话指责或嘲笑对方的错误、缺点或某种表现。
㈤ **蚂蚱(mà·zha)**:<方>蝗虫。
㈤ **戏谑(xìxuè)**:用有趣的令人发笑的话开玩笑。
㈤ **大言不惭(dàyánbùcán)**:说大话而不感到难为情。
㈤ **贼眉贼眼(zéiméizéiyǎn)**:形容人的神情偷偷摸摸,怕被人发现。
㈥ **慈祥**:(老人的态度、神色)和蔼安详。
㈥ **颤悠悠**:颤动摇晃。
㈥ **葫芦(húlu)**:一年生草本植物,茎蔓生,叶子互生,心脏形,花白色。果实中间细,像两个球连在一起,表面光滑,可做器皿,也供玩赏。
㈥ **疙瘩(gēda)**:皮肤上突起的或肌肉上结成的硬块。
㈥ **核桃(hétao)**:核桃树的果实。这种果仁可以吃,可以榨油,也可以入药。
㈥ **歇(xiē)**:休息;停止。
㈥ **前仰后合**:形容身体前后晃动(多指大笑时)。
㈥ **害臊(hàisào)**:害羞,难为情。
㈥ **山坳坳(shān'àoào)**:山间的平地。
㈥ **步履(bùlǔ)**:行走。
㈦ **腊八**:中国农历十二月(腊月)初八这一天,民间有喝腊八粥的习惯。腊八粥:在腊八这一天,用米、豆等谷物和枣、栗、莲子等干果煮成的粥。起源于佛教,传说释迦牟尼在这一天成道,因此寺院每逢这一天煮粥供佛,以后民间相沿成俗。

○71 **约摸**:大概估计。
○72 **老去**:指人死,这是一种委婉的说法。
○73 **孤零零**:形容孤单,无依无靠或没有陪衬。
○74 **色泽**:颜色和光泽。
○75 **喜盈盈**(yíngyíng):十分欢喜。盈盈,形容情绪、气氛等充分流露。
○76 **丑陋**(chǒulòu):(相貌或样子)难看。
○77 **希求**:希望要求。
○78 **企望**:希望。

(一) 填空题。

1. 20世纪五六十年代,中国散文的创作大致遵循_____、_____的方式。
2. 新时期以后,散文创作侧重对作者_____ _____的表达,着力表现现代人丰富的内心世界。
3. _____在20世纪80年代引起了极大的轰动,被称为"说真话的大书"。
4. 80年代散文发展的另一个走向,是重视散文的_____,侧重表现写作者的个性。
5. _____提出"散文是美文"的观点。
6. _____的散文主要描写中国西部博大广漠的自然景观和充满阳刚之气的人文景观,情感充沛,气势恢弘。
7. 张中行兴趣广泛,被人称为_____。

(二) 问答题。

1. 20世纪80年代左右,老作家巴金、孙犁、杨绛等的散文创作有什么特色?
2. 贾平凹、周涛、张洁、王英琦等作家的创作是怎样体现出散文的抒情性的?
3. "学者散文"有什么特点?

(三) 分析题。

从《丑石》中,你体会出人生、命运的什么道理?

(四) 写作题

写怀念一个人的一段话。

第三十三课

当代话剧创作

课 文

从20世纪50年代初期到50年代中晚期,中国出现了话剧创作的一个高潮①。这一时期的话剧主要表现中国社会生活发生的翻天覆地②的变化,热情歌颂新生事物的成长,同时也很关注中国革命斗争的历史。工业题材方面,重要的作品有《红旗歌》、《在新事物的面前》、《考验》等;农村题材方面的代表性作品有《春风吹到诺敏河》、《洞箫横吹》、《布谷鸟又叫了》等;《万水千山》是革命历史题材方面有重要影响的作品。

1957年,老舍话剧《茶馆》的发表,是中国当代话剧创作史上具有里程碑③意义的事件,它把中国话剧艺术推上了一个新的高峰。《茶馆》以老北京的一座茶馆为活动舞台,通过三个特定时期(清末的戊戌变法④;民初⑤的军阀混战;40年代抗战⑥结束、内战⑦爆发前夕)的变化,来展现19世纪末之后半个世纪中国的历史变迁。《茶馆》中的人物大都是普通市民和生活中的"小人物",通过普通人和小人物在"裕泰"茶馆这样一个小小空间发生的故事,表现丰富复杂的社会生活和历史内容,通过艺术的"缩微",容大千世界⑧于方寸⑨之间,在中国话剧史上创造了一种对于社会历史的独特的艺术概括方式。

50到60年代的历史剧创作也很繁荣。郭沫若、田汉和曹禺是在历史题材话剧创作方面最具代表性的作家,重要作品有《蔡文姬》、《武则天》(郭沫若),《关汉卿》、《文成公主》(田汉),《胆剑篇》(曹

禺、梅阡、于是之)。

当代话剧创作在"文化大革命"中跌入低谷。"文革"结束后的70年代末期,话剧创作率先⑩突破禁区⑪,在社会上引起了强烈反响。70年代后期到80年代初期,是中国当代话剧恢复现实主义传统的时期。1977年,《枫叶红了的时候》(王景愚、金振家)、《曙光》(白桦),标志着当代话剧全面恢复现实主义传统。以上作品分别从现实与历史的角度拉开了政治批判的序幕⑫。随后,《丹心谱》(苏叔阳)、《于无声处》(宗福先)、《左邻右舍》(苏叔阳)等一大批政治批判剧和社会问题剧发表,及时传达了人民群众的心声,表现出剧作家强烈的政治参与⑬意识。

从80年代初期到80年代中期,中国当代话剧创作在深化现实主义的同时,大规模进行艺术革新和实验。这一时期的话剧真实地再现生活的复杂多样性,向人物的深层心理掘进。《血,总是热的》(宗福先、贺国甫)、《祸起萧墙》(水运宪)、《街上流行红裙子》(马中骏、贾鸿源)、《小井胡同》(李龙云)等作品,在内容上重在揭示人物在社会巨变中的心理与行为的文化内涵,在艺术上都表现出了独创性。这一时期还有一些剧作家进行着更大规模的艺术革新实验和探索,涌现出了以高行健为代表的一批带有实验探索倾向的年轻剧作家和作品,如《绝对信号》(高行健、刘会远),《车站》、《野人》(高行健),《一个死者对生者的访问》(刘树纲)等。这些作品在主题上打破了社会政治主题的单一向度,追求主题的深度模式和多种含义;在艺术表现手法上,打破了单一写实的风格,将中国传统戏剧的一些元素和西方现代派的象征、抽象、荒诞、意识流等手法进行融合;在人物形象塑造上,倾向于深度挖掘人物的内心世界,重视人物的心理活动、主观情感、瞬间⑭思绪乃至幻觉⑮和梦境⑯等。

从80年代中期到80年代后期,话剧创作开始恢复摒弃已久的写实因素,比较重视戏剧结构、戏剧冲突⑰的完整性和人物形象的塑造,同时又在现实主义话剧艺术中融入现代主义的合理因素。这一时期的重要作品有《狗儿爷涅槃》(锦云)、《桑树坪纪事》(陈子度、杨健、朱晓平)等。

80年代中期以后的话剧创作开始面临严峻的挑战,电影、电视等现代传媒的兴起和蓬勃发展,逐渐动摇了话剧在观众心中的地位,话剧创作进入了低谷。

① **高潮**:比喻事物高度发展的阶段。
② **翻天覆地**(fāntiānfùdì):形容变化巨大而且彻底。
③ **里程碑**:比喻在历史发展过程中可以作为标志的大事。
④ **戊戌变法**:又称戊戌维新,是发生在 1898 年(干支纪年为戊戌年)的资产阶级改良主义政治运动。
⑤ **民初**:民国初年。民国,指 1911 年孙中山建立的中华民国。
⑥ **抗战**:指从 1937 年至 1945 年八年之间的抗日战争。
⑦ **内战**:指从 1946 年至 1949 年三年间的中国共产党推动中国国民党反动统治的战争。
⑧ **大千世界**:佛教用语,指千姿万态的社会人生。
⑨ **方寸**:文中指舞台。
⑩ **率先**:带头;首先。
⑪ **禁区**:不许涉及的领域。
⑫ **序幕**:重大事件的开端。
⑬ **参与**:参加(事物的计划、讨论、处理等)。
⑭ **瞬间**:形容极短的时间。
⑮ **幻觉**:一种虚假的感觉。
⑯ **梦境**:梦中经历的事情,多用于比喻美妙的境界。
⑰ **冲突**:文艺作品中情节的构成因素之一。指人物之间由于人生态度、思想感情、生活经历的差异而形成矛盾和对立。

作品提示

待业[18]青年黑子,在车匪的挑唆[19]下,企图在货车上劫货[20]。封闭的车厢里,黑子在善恶之间进行着激烈的思想斗争。《绝对信号》在舞台上营造了很强的真实性和感染力,令人信服地揭示了特定时空下人物的复杂心境。

人物: 黑子——二十一岁,待业青年。
　　　小号——二十一岁,见习车长。
　　　蜜蜂姑娘——二十岁,待业青年。
　　　车长——五十六岁。
　　　车匪——三十七岁。

(剧情梗概)

一个春天的黄昏,一列普通货车的最后一节守车上。待业青年黑子把装羊绒衫和料子的两节车皮位置告诉了车匪,车匪进一步引诱黑子上守车去,到曹家铺时替他们打掩护[21]。见习车长小号是黑子的老同学,心里也爱着蜜蜂,希望黑子能"旁敲侧击[22],火力侦察",他还给黑子凑点钱,叫黑子做些小买卖。黑子不愿意,并对小号说他要到三河坝采石场找个放炮的活儿干,让他上车。车匪也要求上车,他说他的钱包叫小偷摸了,脚崴[23]了。黑子在旁帮忙,也让车匪上了车。车长见他们没有押运证,十分生气,要小号赶他们下车,但火车已起动。车到下一站,蜜蜂姑娘也来搭守车,原来她替放蜂的伙伴买饭时掉了车,想搭这趟车去追。车长不让蜜蜂上车,但小号说她有押运证,让蜜蜂上了车。黑子极不愿意在这个时候遇见蜜蜂,他沉默无语,显得很冷漠。他陷入了对往事的回忆:他与蜜蜂深深相爱,但他没有工作,蜜蜂父亲不同意把女儿嫁给他。黑子不愿委屈蜜蜂,下决心要弄一笔钱像模像样[24]的结婚。黑子还告诉蜜蜂,小号也爱着她,跟着小号会比跟着他更幸福。后来,黑子结识了车匪,车匪用金钱引诱[25]他,说带他去挣钱。车继续行驶,过岔道[26]时,列车剧烈地摇动,车匪利索地倒脚成八字步伐,这引起了老车长的怀疑,车匪意识到露了马脚[27],便就地[28]蹲坐下去。车长赶车匪到里头坐,并开始有意识地观察黑子的神情,并叫黑子坐到铺位上去,同时提醒小号注意这两人。蜜蜂知道黑子没吃饭,叫他吃包子。黑子不吃。蜜蜂越来越觉出黑子对她的冷落,以为他变了心。黑子有口难言,只说一切都是为蜜蜂,并叮嘱蜜蜂不要把他俩的事告诉小号。恰在此时,小号进来,明白了一切,而且对黑子已有了戒心,见黑子坐到

瞭望窗口前,他叫黑子让开。黑子不让,两人险些㉙打起来。争执㉚之中,黑子身上那车匪给的匕首㉛被发现了。蜜蜂很紧张。车长更为警觉了。车长一边不准车匪站起来,一边教育黑子不要铤而走险㉜,"人生在世图㉝什么呀,得图个正派㉞,清清白白地活在世上,老老实实地做人,那歪门邪道㉟的别走,那长不了。"车匪则拐弯抹角㊱地提醒黑子。小号心情不舒畅,很想吹号,但被车长制止了。小号陷入了回忆:在姐姐的婚礼上,小号向蜜蜂表白爱情,但蜜蜂却把话岔开了。这时,已是午夜,蜜蜂劝黑子把刀扔了,但黑子叫蜜蜂放心睡,不必操心。车长自言自语:零点二十七分,列车进入第一号隧道。黑子眼前出现了一系列幻想:车长、小号是冷漠、严酷的,车匪是亲切的,而蜜蜂则飘忽不定㊲,如梦一般。小号不同意为车匪盗车行方便,并指责黑子夺人所爱,黑子辩白㊳,小号大喊:"他是贼!"蜜蜂痛苦地退去。黑子追向蜜蜂,要向蜜蜂解释,但蜜蜂毫无表情,躲避着黑子,消失在黑暗中,小号得意地哈哈大笑。列车出了阳关道,幻想结束。蜜蜂对黑子说:"我们也都会有工作的……你可不要做亏心事㊴,往邪路㊵上走。这困难只是暂时的,我一切都能忍受,一切都会好起来。"蜜蜂还与黑子谈论着他们未来的幸福。黑子问小号车到哪儿了,小号告诉他下一站是曹家铺。黑子紧张起来,又问还有几个隧道。车匪此刻故意发出打呼噜㊶的声音。车长拿灯照他,又照黑子。黑子很不自在地动弹着,小号也望着他。蜜蜂不安地看了看黑子,预感到要出什么事情。列车进入第二隧道,蜜蜂的幻觉:黑子就在她们的身边,都在守车上,但她感觉到黑子离她很远很远。她对黑子说,"我们要堂堂正正㊷地做人,做一个纯洁的人,凭自己的劳动去生活……我不要你做违法的事情,再清贫,再苦,我都能忍受,哪怕住帐篷,我都会同你在一起。"她一手拉着黑子,一手拉着小号,希望他们和好。她突然发现黑子手上戴着手铐。蜜蜂惊叫,叫小号救救黑子。车出隧道,幻想结束。蜜蜂要替黑子保存匕首,并回叙三人友谊,希望黑子与小号和好。车匪问车长车到哪儿啦。车长告诉他,下站是曹家铺。列车进入第三隧道,小号的想象:小号劝黑子停止犯罪活动,"要多走一步,可就毁了"。黑子不服,蜜蜂也怪小号告发了黑子。小号进一步剖白心迹,终于得到了蜜蜂的理解。蜜蜂叫黑子赶快离开守车,小号也叫车长看在蜜蜂的面上,让黑子下车。列车驶向曹家铺(车匪们上车的地方),车长再次暗示黑子,住手还来得及。蜜蜂也帮着劝。车长对黑子说:"我这车要被盗了,我可不管跟你爸爸有多少交情,我照样把你送到铁路警察那儿去。"蜜蜂也希望黑子在车长面前说实话。但黑子仍不肯说实话。车长果断命令小号发绝对信号(红灯),下站检查。车匪惊慌地想跳车逃跑,但被车长和小号拦住了去路。黑子这时才说出车匪们在曹家铺已扒上了车,要抢羊绒衫和料子,并诉说了自己没工作,地位卑微的苦闷和无奈。车匪想跳车不成,于是拿出手枪对准车长。小号欲与车匪拼,被车长止住了。车匪用枪口逼住车长,转身要拉紧急制动阀㊸。车长喊不能拉闸㊹。车匪对车长说,"一分钟内把车停下来,再不停车就开枪啦!"车长无奈,准备去拉闸。车长为了整个列车的安全,要去拉闸。他又对黑子说,"你还年轻,刚刚开始生活,你自己去选择做人的道路吧。"车长缓缓走向制动阀。小号迅速抄起一根铁头的火筷,在车匪背后举起,正要砸,车匪闻声闪开,转身把枪口对着小号。蜜蜂用身体挡住小号,又骂黑子见死不救。小号又叫车长不能拉闸。此时,黑子拔出匕首刺向车匪,车匪倒下。黑子也被车匪开枪击倒,受了重伤。蜜蜂惊叫,扑向黑子。火车缓缓进站,车长允许小号吹号。车长走出左车门,站在车梯上发安全信号。小号吹的号声更加嘹亮[45],震撼[46]着人们的心灵。

注　释

[18] **待业**:暂时没有工作而等待工作。
[19] **挑唆**(tiǎosuō):指使或挑动别人去做坏事。
[20] **劫货**:用武力夺取他人的货物。劫:抢劫。
[21] **打掩护**(dǎyǎnhù):比喻遮盖或包庇(坏人、坏事)。
[22] **旁敲侧击**(pángqiāocèjī):比喻说话或写文章不从正面直接说明,而从侧面曲折表达。
[23] **崴**(wǎi):(脚)扭伤。
[24] **像模像样**:气派、好看而使自己有面子。
[25] **引诱**:引人做坏事。
[26] **岔道**(chàdào):由一条路分出来的几条路。
[27] **露马脚**(lòumǎjiǎo):比喻隐蔽的事实真相泄露出来。
[28] **就地**:就在原处,不到别处。
[29] **险些**:差一点(发生不如意的事)。
[30] **争执**:争论中各持己见,不肯相让。
[31] **匕首**(bǐshǒu):短刀。
[32] **铤而走险**(tǐngérzǒuxiǎn):因无路可走而采取冒险行动。铤:快跑的样子。
[33] **图**:希望得到。
[34] **正派**:(品行、作风)规矩、严肃。
[35] **歪门邪道**(wāiménxiédào):不正当的途径和方法。
[36] **拐弯抹角**(guǎiwānmòjiǎo):本指沿着弯弯曲曲的路走。这里指说话、写文章不直接表达自己的思想和观点。
[37] **飘忽不定**:本指(风、云等)轻快地移动。这里指蜜蜂摇摆、浮动。
[38] **辩白**:说明事实真相,用来消除误会或受到的指责。
[39] **亏心事**(kuīxīnshì):言行违背良心、违背正确道理的事情。
[40] **邪路**(xiélù):不正当的生活道路。
[41] **呼噜**(hūlu):睡着时由于呼吸受阻而发出的粗重的呼吸声。
[42] **堂堂正正**:原指军容盛大整齐,后指光明正大或身材威武、仪表出众。堂堂:威武雄壮。正正:严肃整齐。
[43] **制动阀**:制动:俗称"刹车"。阀:(英 valve)阀门。
[44] **拉闸**:拉下电闸,使不通电。
[45] **嘹亮**:(声音)清晰响亮。
[46] **震撼**:(重大的事情、消息等)使人心不平静。

（一）填空题。

1. 从 20 世纪＿＿＿＿＿到＿＿＿＿＿，中国出现了话剧创作的一个高潮。

2. 1957 年,老舍的话剧＿＿＿＿＿发表,这是中国当代话剧创作具有里程碑意义的事件,把中国话剧艺术推向了一个新的高峰。

3. 50 到 60 年代的历史剧创作也很繁荣。＿＿＿＿＿、＿＿＿＿＿和＿＿＿＿＿是历史题材的话剧创作方面最有代表性的作家。

4. "文革"结束后的＿＿＿＿＿年代末期,话剧创作率先突破禁区,在社会上造成强烈反响。

5. 70 年代后期到 80 年代初期,是中国当代话剧恢复＿＿＿＿＿传统的时期。

6. 从 80 年代初期到 80 年代中期,是中国当代话剧创作在深化现实主义的同时,大规模进行＿＿＿＿＿和＿＿＿＿＿的时期。

（二）论述题。

1. 请介绍老舍话剧《茶馆》的内容梗概。
2. 简述 20 世纪 70 年代后期到 80 年代初期中国话剧创作的基本情况。
3. 简述 20 世纪 80 年代初期到 80 年代中期中国话剧创作的基本情况。

第三十四课

新写实小说

课　文

　　"新写实小说"这一个文学概念的提出是在1989年,但代表作品的出现是在1989年之前。如在1987年,池莉发表的《烦恼人生》和方方发表的《风景》,就呈现出了"新写实小说"的基本特征。

　　1989年,江苏《钟山》杂志从1989年第3期开始设立"新写实小说大联展"栏目①,此后,"新写实小说"这一概念逐渐被人们接受。该栏目的"卷首语"中写道,"新写实小说特别注重现实生活原生态②的还原③,真诚直面现实、直面人生"。"新写实小说",新,是因为它和传统的"写实"观念不同。在"新写实小说"之前,中国当代文学中的对"写实"的基本表达是:文学的"真实"不仅要表达生活现象本身,而且要表达出作家的思想倾向,把某种"真理"传达给读者,特别是要表达出一定的政治倾向性。"新写实小说"不再特别思索生活到底有什么"意义",它的基本特征和任务是还原生活本来的面目④:作家只是尽量客观地描写普通人的普通生活是什么样子的、普通人是怎样生存的,尽量抛弃一切外加的社会文化方面的意义。

　　文学评论家们对"新写实小说"的评价分歧⑤很大。有的评论家充分认同"新写实小说"的突破性意义,认为它摆脱了政治意识形态和文化观念对文学的控制,让文学回到文学本身中去,并且,"新写实小说"对"小人物"的关注、对平凡真实生活的描写也值得肯定。但是,也有评论家认为,"新写实小说"中的生活过于"灰色"、消极,有逃避生活和现实的倾向。

"新写实小说"的代表作家及代表作品有:池莉⑥的"新写实三部曲"(《烦恼人生》、《不谈爱情》、《太阳出世》)和《冷也好热也好活着就好》,方方⑦的《风景》、《祖父在父亲心中》和《行云流水》,刘震云⑧的《新兵连》和"官场系列小说"(《单位》、《一地鸡毛》、《官人》、《官场》等),刘恒⑨的《狗日的粮食》、《黑的雪》,以及叶兆言⑩的《艳歌》,苏童⑪的《离婚指南》等等。另外,王安忆⑫、杨争光⑬、范小青⑭等作家的一些小说也被认为是新写实小说。新写实小说家中,最有影响的是池莉、方方和刘震云。

池莉的《烦恼人生》描写了武汉钢铁公司职工印家厚一天的生活经历。这篇小说让池莉一举成名。从前一天半夜到第二天夜里,印家厚遇到了数不清的烦心事儿,而他的日子就是这样日复一日的"烦恼人生"。《烦恼人生》一发表,武汉钢铁公司的工人都说自己就是印家厚。池莉后来谈到这部小说时说:"什么是悲剧⑮?……为了维持日常生活而必须要做到的事情却偏偏做不到,这就是悲剧。""我的朋友和邻居们虽庸碌却又是十分认真地生活。他们很有耐受力,一点儿也不脆弱。"

方方的小说着重描写底层人物的生存状况,刻画丑陋病态⑯的人生,揭示人性的弱点。她的《风景》,被认为是"拉开'新写实主义'的序幕"。《风景》写的是武汉底层社会一家人几十年的生活。方方用客观冷静的叙述方式,为读者描述了处于社会底层的都市民间的一种生存景象,其真实性和冷酷性让人觉得触目惊心⑰。

"小林家一斤豆腐变馊⑱了。"这是刘震云的小说《一地鸡毛》开头的第一句话。《烦恼人生》写的是工厂工人的生活,《一地鸡毛》写的是政府小公务员的生活。豆腐馊了,是一件小得不能再小的小事,但正是这样的小事组成了小林的生活内容和烦恼:和老婆吵架,老婆上班太远想换工作,要为孩子找个合适的幼儿园,对付心眼⑲多多的保姆,每天的上班下班,吃饭睡觉等等。生活正是多种无聊小事的集合,

刘震云

它们看似小事，却时时刻刻纠缠着你，让你很难摆脱。刘震云谈到这部作品时说："生活是严峻的，那严峻不是要你去上刀山下火海⑳。严峻的是那个日复一日、年复一年的日常生活琐事。"这些琐事，把小林从一个充满理想的大学毕业生变成了一个迷失了自我充满绝望的中年人。

　　大量的"新写实小说"出现在二十世纪80年代末90年代初，产生了强烈的反响，读"新写实小说"，会让人感到沉重，但又会让人感到非常真实。小说中描写的生活，都是从现实生活中来的。正因为如此，武汉钢铁公司的工人都说自己就是"印家厚"。在20世纪80年代末90年代初，恐怕每个普通中国家庭都多多少少经历过以上作品中的事件。事实上，这些也是每个时代、每个国家"小人物"都可能多多少少经历过的事件。有的评论家和读者认为"新写实小说"太沉重了，缺乏生活和理想的亮色㉑，这是"仁者见仁，智者见智㉒"。不过，"新写实小说"对普通人生活和情感的关注是值得肯定的。在以往的文学作品中，"灰色"的"小人物"生活是被忽略甚至轻视的，"小人物"的烦恼和疲惫㉓被认为是没有意义和价值的。"新写实小说"让人们看到"小人物"们的生活和世界，为中国当代文学提供了一种特别的文学经验，打开了关注当代现实生存状况的新的写作空间。

注　释

① **栏目**：报纸、杂志等版面上按内容性质分成的标有名称的部分。
② **原生态**：本来的，最初就有的样子、状态。
③ **还原**：事物恢复原状。
④ **面目**：面貌。
⑤ **分歧**：(思想、意见等)不一致，有差别。
⑥ **池莉**(1957—)：小说家。她的小说很多以武汉的市民生活、地方景观为背景，以关切的态度描述俗世形态的生活。代表作有 "新写实三部曲"(《烦恼人生》、《不谈爱情》、《太阳出世》)、《冷也好热也好活着就好》和《来来往往》等。
⑦ **方方**(1955—)：小说家。她早期的作品富于理想热情，后来转向表现普通人灰色的生活，

叙述视角和叙述语调包含"批判性",擅长冷静、细致的表达方式。代表作有中篇小说《风景》、《祖父在父亲心中》、《写泥湖年谱》等。

⑧ **刘震云**(1958—):小说家。主要致力于"官场系列"和"故乡系列"的创作。其中"官场系列"包括《单位》、《官场》、《官人》、《一地鸡毛》等,"故乡系列"包括长篇小说《故乡天下黄花》等。

⑨ **刘恒**(1954—):小说家。他的创作题材比较开阔,注重表现生存的困窘和压抑、人的生命过程的变态和卑微,有很强的文化心理批判色彩。代表作有《狗日的粮食》、《伏羲伏羲》和《黑的雪》。

⑩ **叶兆言**(1957—):小说家。他的小说具有强烈的故事性和哲理性。代表作有《追月楼》、《艳歌》等。

⑪ **苏童**(1963—):小说家。主要作品有中篇小说《1934年的逃亡》、《妻妾成群》等,长篇小说《米》、《我的帝王生涯》等。其中《妻妾成群》曾被改编成电影《大红灯笼高高挂》。

⑫ **王安忆**(1954—):作家。她的作品试图发掘女性在历史夹缝中的特殊命运,注重历时性的宏伟叙事。代表作为《纪实与虚构》、《伤心太平洋》、《长恨歌》等。

⑬ **杨争光**(1957—):小说家、电影编剧。小说代表作有《黑风景》、《赌徒》,担任编剧的长篇电视连续剧有《水浒传》、《老三届》等。

⑭ **范小青**(1955—):小说家。擅于写小巷间的人情琐事,颇具人情味道。代表作有长篇小说《老岸》等。

⑮ **悲剧**:比喻不幸的遭遇。

⑯ **病态**:心理或生理上不正常的状态。

⑰ **触目惊心**(chùmùjīngxīn):看到某种严重的情况引起内心的震荡。

⑱ **馊**(sōu):饭、菜等因变质而发出酸臭味。

⑲ **心眼**:对人不必要的考虑。

⑳ **上刀山下火海**:形容什么困难也不怕。

㉑ **亮色**:明亮动人的色彩。

㉒ **仁者见仁,智者见智**:指对同一个问题,每个人观察的角度不同,看法也不相同。

㉓ **疲惫**(píbèi):非常疲乏。

作品提示

刘震云的《一地鸡毛》写的是小人物日常工作与生活平凡琐细的状态。作者以平静的口吻叙述小林的种种遭遇,但深刻地表达出严峻生活对人的销蚀力㉔,表达出绝望㉕的情绪。

第三十四课

一地鸡毛(节选)

刘震云

小林的老婆叫小李,没结婚之前,是一个静静的、眉清目秀㉑的姑娘。别看个头㉒小,小显得小巧玲珑㉓,眼小显得聚光,让人见了从心里怜爱。那时她言语不多,打扮不时髦,却很干净,头发长长的。通过同学介绍,小林与她恋爱。她见人有些腼腆㉙。与她在一起,让人感到轻松、安静,甚至还有一点淡淡的诗意。那时连小林都开始注意言语、注意身体卫生了。哪里想到几年之后,这位安静的富有诗意的姑娘,会变成一个爱唠叨、不梳头、还学会夜里滴水偷水的家庭妇女呢?两人都是大学生,谁也不是没有事业心,大家都奋斗过、发愤过,挑灯夜读㉚过,有过一番宏伟的理想,单位的处长局长、社会上的大大小小机关,都不在眼里,哪里会想到几年之后,他们也跟大家一样,很快淹没到黑压压的千篇一律㉛千人一面的人群之中呢?你也无非是买豆腐、上班下班、吃饭睡觉洗衣服,对付保姆弄孩子,到了晚上你一页书也不想翻,什么宏图大志㉜,什么事业理想,狗屁,那是年轻时候的事,大家都这么混,不也活了一辈子?有宏图大志怎么了?有事业理想怎么了?"古今将相在何方,荒冢一堆草没了㉝!"一辈子下来谁不知道谁!有时小林想想又感到心满意足,虽然在单位经过几番折腾,但折腾之后就是成熟,现在不就对各种事情应付自如㉞了?只要有耐心,能等,不急躁,不反常㉟,别人能得到的东西,你最终也能得到。譬如㊱房子,几年下来,通过与人合居,搬到牛街贫民窟㊲;贫民窟要拆迁,搬到周转房;几经折腾,现在不也终于混上了一个一居室的单元?别人家一开始有冰箱彩电,小林家没有,让小林感到惭愧㊳,后来省着攒着,现在不也买了?当然现在还没组合家俱和音响,但物质追求哪里有个完。一切不要着急,耐心就能等到共产主义。倒是使人不耐心的,是些馊豆腐之类的日常生活琐事。过去总说,老婆孩子热炕头㊴,是农民意识,但你不弄老婆孩子弄什么?你把老婆孩子热炕头弄好是容易的?老婆变了样,孩子不懂事,工作量经常持久,谁能保证炕头天天是热的?过去老说单位如何复杂不好弄,老婆孩子炕头就是好弄的?过去你有过宏伟理想,可以原谅,但那是幼稚不成熟,不懂得事物的发展规律。千里之行,始于足下㊵,小林,一切还是从馊豆腐开始吧。第二天早上六点,小林照例爬起来,到公家副食店前排队买豆腐。这时老婆已经睡醒,大睁着两眼在看天花板。老婆入睡快,醒来脑子清醒的也快,不象小林,睡觉起来头半天是木的,得半个小时才能缓过劲儿来,老婆只要五分钟就可以清醒,续上入睡前的思路。这是优点,也是缺点,如果两个人正闹矛盾,老婆早晨醒来,又会迅速续上昨天的事情,继续补课。看今天老婆发呆的样子,又回到了昨天入睡前坐在床沿上想心思的模样,小林心里就有些打鼓,不知老婆又要搞什么名堂。但老婆见他起床,并没有搭

理他。小林就有些放心,赶忙刷牙洗脸,拿上塑料袋悄悄出门。但等小林刚要去拉门,老婆在床上发了言:

"我说你,今天的豆腐就别买了!"

原来老婆并没有放过他,仍要续昨天的豆腐事件。小林心里就"嘟嘟"地冒火㊶,一斤馊豆腐,已经扔了,又过了一夜,还真纠缠个没完了?于是说:

"馊了一斤豆腐,还至于今后不买了?今天买回放到冰箱里不就结了!你还要纠缠多少年!"

老婆向他摆摆手:

"我不是跟你说豆腐,今天我想了一夜,我再也不能在这个单位呆了,我一定得调,你得跟我来商量商量这事!你不能对我的事漠不关心!"

原来并不是豆腐事件,小林有些放心。但老婆说的是调工作,调工作也是个让人窝心㊷烦躁的事,比馊豆腐事件还复杂。本来老婆的工作单位不错,大学毕业坐办公室,每天也就是搞搞文件,写写工作总结,余下的时间是喝茶看报纸。但老婆性格很直,象小林初到单位一样,各方面关系一开始没处理好,留下后遗症㊸。后来觉悟㊹了,改正了,但以前总留下伤疤㊺,免不了有磕磕碰碰㊻的时候。单位不愉快,回来就向小林唠叨,说要换个单位。小林就拿自己现身说教,说只要将幼稚不懂事的毛病改掉,时间长了自然会适应,换什么单位,天下单位都一样。再说换个单位是容易的?我们都无权无势,两眼一抹黑,哪个单位会要你?老婆就说小林没本领,看着老婆在水深火热㊼之中,一点帮不上忙。小林说,外边帮不上忙,内里不也帮了?不也向你解释了?解释不也是帮忙?就把老婆劝下了。老婆唠叨一顿,怨气出了,第二天就不说了,仍照常上班。如果这样下去,老婆慢慢也会适应,没有单位非换不可的烦恼。但小林家搬了几次家,搬来搬去,住的离小林老婆单位越来越远。当初搬家时,因房子越搬越好,老婆很高兴,说咱们终于在北京也有个房子了,把主要精力花在布置房子上,怎么装窗帘,怎么布局,怎么摆冰箱和电视,还差什么东西,苦恼主要在这个方面。等家伙收拾得差不多了,老婆就又不满意了,怪这个地方离她单位太远。因她的单位在这条线上没有班车,她得挤公共汽车上班,往返一趟,得三四个小时。清早六点起床,晚上八点回来,顶着星星出去,戴着月亮回来,天天如此,车又挤,老婆就受不了,觉得是非换单位不可了。小林看着老婆每天下班疲惫不堪㊽的样子,也觉得这和在单位不愉快不同,在单位不愉快可以忍耐、改正,离单位太远无法人为㊾缩短距离,是得换个离家近一点的单位。真要决定换单位,两人才感到面前的困难象山一样,因为换不换单位,并不是小林和小林老婆能决定的。瞎猫撞老鼠㊿,小林和小林老婆找了几个单位,人家都是一口回绝[51],连个商量的余地都不留,弄得小林和小林老婆挺丧气。小林说:

"算了算了,别跑了,再跑也是瞎跑,你凑合[52]着吧,北京还有比你上班更远的呢!别光想路程,想想纺织女工,人家上一天班,站着干一天活,你上班是喝茶看报纸,还不知足吗?"

小林老婆发了火:

"你没有本事,就让我凑合。你当然能凑合了,天天有班车坐,我挤四个小时车的滋味(53)你哪里有体验？我非换单位不可，要不换单位，我明天就不上班，你挣钱养活我们娘俩！”

注　释

㉔ **销蚀力**(xiāoshílì)：消损腐蚀的力量。
㉕ **绝望**：毫无希望。
㉖ **眉清目秀**：形容容貌清秀美丽。
㉗ **个头**：身材或物体的大小。
㉘ **小巧玲珑**：形容器物形体小而精致；也形容人身材不高，体形优美。玲珑：精巧细致。
㉙ **腼腆**(miǎntiǎn)：因怕生或害羞而神情不自然。
㉚ **挑灯夜读**：形容看书、学习到很晚。
㉛ **千篇一律**：成语，指事物只有一种形式，毫无变化。
㉜ **宏图大志**：指远大的理想；宏伟的计划。
㉝ **古今将相在何方，荒冢一堆草没了**(liǎo)：源自《红楼梦》里的“好了歌”。意思是无论生前有什么样的地位、成就，死后都没有任何意义了。这反映了一种消极的人生态度。
㉞ **应付自如**：应付：设法对待或处置。自如：行动不受阻碍。指处理事情不慌不忙，行动不受阻碍。
㉟ **反常**：和正常的情况不一致的。
㊱ **譬如**(pìrú)：比如。
㊲ **贫民窟**(pínmínkū)：指城市中贫穷人聚居的地方。
㊳ **惭愧**(cánkuì)：因为自己有缺点、做错了事或未能尽到责任而感到不安。
㊴ **热炕头**：本指烧火后靠近灶的暖和的一头。这里比喻享受家庭生活的温暖。炕：在中国北方地区的屋内用砖或土坯砌起来的有烟道、能点火取暖的设备。
㊵ **千里之行，始于足下**：一千里的路程是从迈第一步开始的。比喻事情的成功都是由小到大逐渐积累的。
㊶ **冒火**：生气、发怒。
㊷ **窝心**：因受到委屈或侮辱后不能表白或发泄心中苦闷。
㊸ **后遗症**(hòuyízhèng)：本指某种疾病痊愈或主要症状消退之后所遗留下的一些症状。比喻由于做事情或处理问题不当而留下的不良影响。
㊹ **觉悟**：由迷惑而明白。
㊺ **伤疤**(shāngbā)：比喻过去的错误、隐私、耻辱等。
㊻ **磕磕碰碰**(kēkepèngpèng)：比喻冲突、吵架。
㊼ **水深火热**：指像水那样越来越深，像火那样越来越热。比喻处境极端艰难痛苦。
㊽ **疲惫不堪**(píbèibùkān)：形容非常累。疲惫：很累。不堪：不能忍受，表示程度深。
㊾ **人为**：人力所能完成的。
㊿ **瞎猫撞老鼠**：指碰运气。
(51) **回绝**：答复对方，表示拒绝。

(52) 凑合(còu·he):勉强适应不很满意的事物或环境。
(53) 滋味(zīwèi):比喻某种感受。

练习

(一) 填空题。

1. “新写实小说”这一个文学概念的提出是在 1989 年,但代表作品的出现是在____________________。
2. 池莉发表的____________和方方发表的____________,代表了“新写实小说”的基本特征。
3. “小林家一斤豆腐变馊了。”这是____________的小说《一地鸡毛》开头的第一句话。
4. 读“新写实小说”,让人会感到沉重,但又会让人感到非常____________。

(二) 问答题。

1. “新写实小说”的“写实观”与传统的“写实观”有什么不同?
2. 文学评论家对“新写实小说”的评价有什么分歧?

(三) 复述题。

1. 请复述池莉小说《烦恼人生》的内容梗概。
2. 请复述刘震云小说《一地鸡毛》的内容梗概。

(四) 讨论题

你认为《一地鸡毛》中的小林应该怎样对待他的生活?

第三十五课

转型时期的小说创作

课 文

20世纪80年代末到90年代，中国社会发生急剧①的转型②，国家经济体制改革③的步伐④加快，社会文化环境随之发生了很大的改变，市场经济发展带来了一系列人文意识的变化。因为社会"转型"，文学的主题、总体风格、作家在社会中的定位⑤等都开始转变。

这一时期文学的变化首先表现为文学写作的商品性。市场运作方式进入到文学生产领域，文化市场和文化工业结合的趋势加强，追逐⑥商业利润成为文学创作的一大目的，作家创作的艺术观念、写作方式等在一定程度上受到市场的影响，作品的可读性和吸引力受到重视。作品创作与出版运作⑦、广告宣传紧密配合，如王朔⑧的"顽主"系列小说，《北京人在纽约》、《曼哈顿的中国女人》等"移民文学"，张抗抗⑨的《情爱画廊》等"布老虎丛书"，都是在写作和"策划⑩"的密切配合下形成的"畅销⑪"热点。

文学创作的转型还表现在一批"新"小说的涌现上，包括"新历史小说"、"新体验小说"、"新女性小说"、"新市民小说"等等。

"新历史小说"的主要代表作品有余华⑫的《在细雨中呼喊》、《活着》、《许三观卖血记》，苏童的《妻妾成群》、《米》、《我的帝王生涯》，叶兆言的《夜泊秦淮》系列小说和《1937年的爱情》，刘震云的《故乡下黄花》、《故乡相处流传》、《故乡面和花朵》，刘恒

的《苍河白日梦》,方方的《何是我家园》,池莉的《你是一条河》,格非[13]的《敌人》、《边缘》等。"新历史小说"关注的"历史",并不是重大的历史事件,而是历史背景下的家族或个人的命运。作家采用普通人的视角来看待历史上人和事,重视个人对历史的细微体验和感受。以苏童的《妻妾成群》为例,《妻妾成群》描写了一个封建大家庭内部妻妾[14]之间的斗争,作品主人公颂莲是一个接受过新式教育的女性,因为家境败落[15],嫁给有钱人陈佐千作四姨太,从而进入了一个阴森恐怖、勾心斗角[16]的生存环境。小说在颂莲的个性、欲望和生存环境三者之间的摩擦[17]中展开,以非常细腻精微的叙述语言,捕捉颂莲内心的精神世界,并透过生存的表象观察人性,揭示在充满恐怖和罪恶的环境下人性的苍凉、恶毒和乖戾[18]。

1994年初,《北京文学》刊出了"新体验小说专辑",陆续推出了陈建功[19]、刘毅然[20]、毕淑敏[21]、徐小斌[22]等人的作品。"新体验小说"重视"现实性、主观性、亲历性",作家全身心地投入创作,把自己的体验毫不掩饰[23]地告诉读者,将创作焦点对准社会现实。如毕淑敏的《预约死亡》,写的是"我"在一所临终关怀医院采访的经历,作家毕淑敏为此在一家临终关怀医院作了细致、艰辛的采访,写出了与死亡相关的种种故事、各色人等面对"死亡"的各种态度。

"新女性小说"又被称为"私人小说"、"私人写作"或"个人化写作",主要作家有陈染[24]、林白[25]、海男[26]等。这些作家的创作强调作家的性别因素和性别体验,站在女性独立的立场上进行女性个体生存状态的描述。她们的作品重视对女性心理世界的挖掘,充满丰富的情感和想象。陈染的作品擅长表现独居的知识女性的生活经历和情感体验,反映女性在成长过程中经历的创痛[27]。林白的作品以童年经验为主要内容,叙述女性在以男性为中心的社会中的处境。海男的小说有较强的诗意色彩,充满片断性的情境和对意象情绪的描绘。

"新市民小说"包括邱华栋[28]、张欣[29]、何顿[30]、朱文[31]等人的作品,描写当代都市背景下的市民生活,反映经济和社会中的人性和欲望。"新市民小说"的主要代表作有邱华栋的《手上的星光》、

《都市新人类》,张欣的《绝非偶然》、《首席》,何顿的《弟弟你好》、《生活无罪》,朱文的《单眼皮、单眼皮》等。

注 释

① **急剧**:迅速而剧烈。
② **转型**:指结构、体制和思想方面的改革和转变。
③ **经济体制改革**:指中国在经济方面采取的一系列措施、革新活动。
④ **步伐**:比喻事情进行的速度。
⑤ **定位**:把事物放在恰当的地位并作出某种评价。
⑥ **追逐**:追求。
⑦ **运作**:(组织、机构等)进行工作,开展活动。
⑧ **王朔**(1958—):作家。代表作有《空中小姐》、《一半是火焰,一半是海水》、《过把瘾就死》、《看上去很美》等。他在创作中使用的"痞子"式语言,一度引起很大争议,产生了相当大的社会影响。
⑨ **张抗抗**(1950—):小说家。主要作品有《淡淡的晨雾》、《北极光》、《隐形伴侣》、《情爱画廊》等。其早期作品表露出对纯真的执著、对历史的冷静思考,近期的作品对人类情爱世界进行了大胆的描写,探索人类的情爱观念。
⑩ **策划**:想办法;计划。
⑪ **畅销**:卖得快。
⑫ **余华**(1960—):小说家。他的作品早期以一种"局外人"的视点和冷漠的叙述态度书写"暴力"和"死亡",20世纪90年代的几部长篇叙述依旧是冷静朴素的,但加入了许多幽默和温情。主要作品有《鲜血梅花》、《河边的错误》、《在细雨中呼喊》、《活着》等。
⑬ **格非**(1964—):小说家。他的作品具有浓厚的"先锋性",故事情节大多扑朔迷离,结构往往被称为"叙述的怪圈"。主要作品有小说集《迷舟》、《唿哨》等和长篇小说《敌人》、《边缘》等。
⑭ **妾**(qiè):旧社会男子在妻子以外又娶的女子。
⑮ **败落**:由盛而衰;破落;衰落。
⑯ **勾心斗角**:比喻各用心机,互相排挤。
⑰ **摩擦**:冲突。
⑱ **乖戾**(guāilì):(性情、行为、言语)不合情理。
⑲ **陈建功**(1949—):小说家。主要作品有《丹凤眼》、《飘逝的花头巾》等。
⑳ **刘毅然**(1955—):剧作家、小说家。著有小说集《流浪爵士鼓》、《油麻菜籽》、《我的夜晚比

227

你们的白天好》、《刘毅然文集》。担任过影片《摇滚青年》的编剧。
㉑ **毕淑敏**(1952—):医生、作家。代表作是短篇小说《预约死亡》等。
㉒ **徐小斌**:小说家,取材上刻意的神秘化是她创作的特色,代表作是《双鱼星座》、《羽蛇》等。
㉓ **毫不掩饰**:完全不隐瞒真实的情况。
㉔ **陈染**(1962—):小说家。是"个人化写作"的重要代表。她关注女性的生存状态,表现女性的生存之痛。主要作品有《与往事干杯》等。
㉕ **林白**(1958—):小说家。主要作品有《回廊之椅》、《一个人的战争》等。
㉖ **海男**:小说家,死亡、惧父和私奔是她写作的三大主题。主要作品有《蝴蝶》、《私奔者》等。
㉗ **创痛**:因受伤而感到的疼痛;痛苦。
㉘ **邱华栋**(1969—):较有影响的90年代"新生代"代表作家之一。他的作品主要关注现代都市年轻人的生活。主要作品有《手上的星光》、《都市新人类》等。
㉙ **张欣**:小说家,主要创作爱情小说,作品多反应南方沿海城市白领女性的生活。
㉚ **何顿**(1958—):小说家。主要作品有长篇小说《就这么回事》、《我们像葵花》,中篇小说集《生活无罪》、《弟弟你好》等。
㉛ **朱文**(1967—):小说家。代表作有《单眼皮、单眼皮》等。

> **作品提示**
>
> 　　《活着》中主人公福贵的一生充满了苦难,但始终坚韧地活着。作者余华谈论这部作品时说:"《活着》讲述了一个人和他的命运之间的友情,这是最为感人的友情,因为他们之间互相感激,同时也互相仇恨;他们谁也无法抛弃对方,同时谁也没有理由抱怨对方。他们活着时一起走在尘土飞扬的道路上,死去时又一起化作雨水和泥土。"

活　着(节选)

余　华

　　往后的日子我只能一个人过了,我总想着自己日子也不长了,谁知一过又过了这些年。我还是老样子,腰还常常疼,眼睛还是花,我耳朵倒是很灵,村里人说话,我不看也能知道是谁在说。我是有时候想想伤心,有时候想又很踏实,家里人全是我送的葬,全是我亲手埋的,到了有一天我腿一伸,也不用担心谁了。我也想通了,轮到自己死时,安安心心死就是,不用盼着收尸㉜的人,村里肯定会有人来埋我的,要不我人一臭,那气味谁也受不了。我不会让别人白白埋我的,我在枕头底下压了十元钱,这十元钱我饿死也不会去动它的,村里人都知道这十元钱是给替我收尸的那个人,他们也都知

道我死后是要和家珍他们埋在一起的。

这辈子想起来也是很快就过来了,过得平平常常,我爹指望我光耀祖宗③,他算是看错人了,我啊,就是这样的命。年轻时靠着祖上留下的钱风光㉞了一阵子,往后就越过越落魄㉟,这样反倒好,看看我身边的人,龙二和春生,他们也只是风光了一阵子,到头来命都丢了。做人还是平常点好,挣这个挣那个,挣来挣去赔了自己的命。像我这样,说起来是越混越没出息,可寿命长,我认识的人一个挨着一个死去,我还活着。

苦根死后第二年,我买牛的钱凑够了,看看自己还得活几年,我觉得牛还是要买的。牛是半个人,它能替我干活,闲下来时我也有个伴,心里闷了就和它说说话。牵着它去水边吃草,就跟拉着个孩子似的。

买牛那天,我把钱揣㊱在怀里走着去新丰,那里是个很大的牛市场。路过邻近一个村庄时,看到晒场上围着一群人,走过去看看,就看到了这头牛。它趴在地上,歪着脑袋吧嗒吧嗒掉眼泪,旁边一个赤膊㊲男人蹲在地上霍霍地磨着刀,围着的人在说牛刀从什么地方刺进去最好。我看到这头老牛哭得那么伤心,心里怪难受的。想想做牛真是可怜,累死累活替人干了一辈子,老了,力气小了,就要被人宰了吃掉。

我不忍心看它被宰掉,便离开晒场继续往新丰去。走着走着心里总放不下这头牛,它知道自己要死了,脑袋底下都有一滩眼泪了。

我越走心里越是定不下来,后来一想,干脆把它买下来。我赶紧往回走,走到晒场那里,他们已经绑住了牛脚,我挤上去对那个磨刀的男人说:

"行行好,把这头牛卖给我吧。"

赤膊男人用指试着刀锋㊳,看了我好一会才问:

"你说什么?"

我说:"我要买这牛。"

他咧开嘴嘻嘻笑了,旁边的人也哄地笑起来,我知道他们都在笑我,我从怀里抽出钱放到他手里,说:

"你数一数。"

赤膊男人马上傻了,他把我看了又看,还搔搔㊴脖子,问我:

"你当真㊵要买?"

我什么话也不去说,蹲下身子把牛脚上的绳子解了,站起来后拍拍牛的脑袋,这牛还真聪明,知道自己不死了,一下子站起来,也不掉眼泪了。我拉住缰绳㊶对那个男人说:

"你数数钱。"

那人把钱举到眼前像是看看有多厚,看完他说:

"不数了,你拉走吧。"

我便拉着牛走去,他们在后面乱哄哄地笑,我听到那个男人说:

"今天合算,今天合算。"

牛是通人性㊷的,我拉着它往回走时,它知道是我救了它的命,身体老往我身上靠,亲热得很,我对它说:

"你呀,先别这么高兴,我拉你回去是要你干活,不是把你当爹来养着的。"

我拉着牛回到村里,村里人全围上来看热闹,他们都说我老糊涂了,买了这么一头老牛回来,有个人说:

"福贵,我看它年纪比你爹妈还大。"

会看牛的告诉我,说它最多只能活两年三年的,我想两三年足够了,我自己恐怕还活不到这么久。谁知道我们都活到了今天,村里人又惊又奇,就是前两天,还有人说我们是——

"两个老不死㊸。"

牛到了家,也是我家里的成员了,该给它取个名字,想来想去还是觉得叫它福贵好。定下来叫它福贵,我左看右看都觉得它像我,心里美滋滋的,后来村里人也开始说我们两个很像,我嘿嘿笑,心想我早就知道它像我了。

福贵是好样的,有时候嘛,也要偷偷懒,可人也常常偷懒,就不要说是牛了。我知道什么时候该让它干活,什么时候该让它歇一歇。只要我累了,我知道它也累了,就让它歇一会,我歇得来精神了,那它也该干活了。

注　释

㉜ **收尸**:将死人的尸体火化或埋葬。

㉝ **光耀祖宗**(guāngyàozǔzōng):为祖先、宗族增添光彩、荣耀。

㉞ **风光**(fēngguang):热闹;体面。

㉟ **落魄**(luòpò):意志消沉、精神萎靡、不得志。

㊱ **揣**(chuāi):藏在衣服里。

㊲ **赤膊**:光着上身。

㊳ **刀锋**:刀尖。

㊴ **搔搔**(sāosāo):用指甲轻轻地抓。

㊵ **当真**:果真;确实。

㊶ **缰绳**(jiāngshéng):牵牛、马等的绳子。

㊷ **通人性**:指具有人所具有的正常的感情。

㊸ **老不死**:对年纪很大的老年人一种很不尊重的称呼。

练 习

(一) 填空题。

1. 文学创作的转型还表现在一批"新"小说的涌现,包括"＿＿＿＿"、"＿＿＿＿"、"＿＿＿＿＿＿"、"＿＿＿＿＿＿"等等。
2. "＿＿＿＿＿＿"关注的"历史",并不是重大的历史事件,而是历史背景下的家族或个人的命运。
3. 1994年初,《北京文学》刊出了"＿＿＿＿＿＿",陆续推出了陈建功、刘毅然、毕淑敏、徐小斌等人的作品。
4. "＿＿＿＿＿＿＿"又被称为"私人小说"、"私人写作"或"个人化写作"。
5. "＿＿＿＿＿＿＿"包括邱华栋、张欣、何顿、朱文等人的作品,描写当代都市背景下的市民生活,反映经济和社会中的人性和欲望。

(二) 问答题。

1. 20世纪80年代末到90年代,中国当代文学转型的社会背景是什么?
2. 20世纪80年代末到90年代,中国当代文学的转型表现在哪些方面?
3. "新女性小说"有什么创作特点?

(三) 分析题。

请结合作品,分析余华小说《活着》中主人公福贵对命运的态度。

(四) 讨论题。

你认为应该怎样面对人生的苦难?

第三十六课

当代台湾文学（上）

课 文

　　台湾是中国不可分割的一部分，台湾文学也是中国文学不可分割的重要组成部分。当代台湾文学主要经历了如下①几个阶段：

　　一、从抗战胜利的20世纪40年代中期到国民党政权迁往台湾的40年代后期。1895年甲午中日战争后，台湾进入了日本占领时期。抗战胜利后，一批反映日据时期台湾人民苦难的作品得以发表和出版。其中最主要的是小说家吴浊流②的作品，他的长篇小说《亚细亚的孤儿》，用台湾知识分子追求民族解放的艰苦历程来展现台湾经历的苦难，从而开创了以小说表现历史的创作传统。

　　二、50年代是台湾"战斗文艺"时期，也是各种非"战斗"文学潮流的孕育时期。"战斗文艺"指的是在特定的历史环境下，为配合所谓③"反共复国"的"政治主张"而出现的作品。这类作品多数是对"政治主张"的形象图解④，公式化、概念化的倾向十分严重。因为是出于政治的需要，在创作中难免歪曲⑤历史与生活的真实，不可能达到很高的艺术成就、具有长久的艺术生命力。与"战斗文艺"相对的，是各种处于孕育⑥期的非"战斗"文学潮流。其一是"怀乡文学"，50年代的台湾作家主要来自大陆，作家远离故乡，思乡情绪浓重，于是把漂泊⑦情怀寄寓⑧于思乡怀旧的文学中，开启了当代台湾文学的乡愁主题。女作家在这方面的表现尤为突出，如张秀亚⑨、谢冰莹⑩、琦君⑪、林海音⑫等，她们的创作抒写思乡的情怀和记忆中的故乡景物、人事，表现对逝去岁月的深深怀恋。林海音的小说集《城南旧事》以主人公英子童年时代的生活经历为线索，展现了20世纪

张秀亚

20年代老北京的社会风貌和民风民情。林海音通过对童年往事的追忆,表达出对故乡北京深深的眷恋⑬之情。其二是"乡土文学"的复兴。"乡土文学"是台湾文学的一种传统,自17世纪中叶⑭,台湾诗人创作了不少乡土诗歌。20世纪初,台湾作家自觉提倡"乡土文学"。"乡土文学"是台湾民族意识和民族精神的重要表现。在50年代中后期开始复兴的"乡土文学"创作中,除了老作家吴浊流的创作外,还包括这期间成长起来的一批中青年作家的创作,如钟理和⑮、钟肇政⑯等。他们的作品或描写台湾乡土社会现实,或描写日据时代台湾人民的苦难生活。钟理和是这一时期最有代表性的作家。他的作品自然质朴,再现了动荡年代普通人的挣扎和奋斗。他的长篇小说《笠山农场》和短篇小说《贫贱夫妻》等,反映了台湾人民在光复前后的生活境况⑰和人生遭际⑱,包含了一些反对封建主义的因素,也承续了台湾新文学的民主主义传统。其三是纯情文学的兴起。这类创作以孟瑶⑲、郭良蕙⑳等女作家为代表,作家的主要创作材料为婚姻、爱情故事,从人伦情感中寻找精神的慰藉。作品特别擅长表现男女之间的纯情故事,造成强烈的感人效果。她们的作品开创了台湾言情小说的先河。其四是现代主义的萌芽㉑。现代主义的文学潮流与政治相对隔离,在这一时期开始萌芽。

三、从20世纪50年代中后期到60年代中后期,是当代台湾文学的现代主义运动时期。现代主义文学运动在这一时期成为广泛的文学运动,并在20世纪60年代的台湾文学中占据了主导地位。一大批台湾作家,尤其是青年一代学习西方现代主义文学,从中吸收艺术滋养,并将它作为学习和仿效㉒的榜样。纪弦㉓、郑愁予㉔、余光中㉕、洛夫㉖等,在诗歌创作上很有代表性,白先勇㉗、王文兴㉘、於梨华㉙、聂华苓㉚等在小说创作上表现出很强的实力。

四、从20世纪60年代中后期到70年代后期,是"乡土文学"的全面回归时期。在经过一个现代主义时期的影响之后,文学创作又开始回归台湾"乡土文学"的传统,"乡土文学"重新成为这个时期的文学主流。其中,陈映真㉛和黄春明㉜的创作,体现了本期"乡土文学"的主要特色和最高成就。

　　五、从20世纪70年代后期到80年代，台湾文学表现出多元发展的特点。自60、70年代后期到80年代，台湾逐步完成了从传统的农业社会向现代工业社会的转变。到80年代，又面临着从现代工业社会向后工业社会的转型。社会的转变使人们的价值取向和生存感受日趋复杂多元，艺术创作态度更为开放，艺术表现手法和形式技巧更趋多样化，文学创作出现了既具高度个性化又呈高度融合㉝化的活跃局面。"新世代"和"更新世代"作家登上文坛，以黄凡㉞小说为代表的"都市文学"和以李昂㉟、廖辉英㊱、朱秀娟㊲等的作品为代表的"女性文学"都产生了很大的影响。

① **如下**：如同下面叙述或列举的。
② **吴浊流**(1900—1976)：小说家、诗人。主要作品有中短篇小说《泥沼中的金鲤鱼》、《功狗》、《先生妈》，长篇小说《亚细亚的孤儿》等。
③ **所谓**：(某些人)所说的(含不承认的意思)。
④ **图解**：利用图形来分析或解释。
⑤ **歪曲**(wāiqū)：故意改变(事实或内容)。
⑥ **孕育**：比喻在已存在的事物中酝酿着新事物。
⑦ **漂泊**：比喻流浪在外，四处奔走。
⑧ **寄寓**：把理想、希望、感情等放在(某人身上或某种事物上)。
⑨ **张秀亚**(1919—　)：作家。以散文著称于世。代表作有散文集《少女的书》、《三色堇》、《牧羊女》等。
⑩ **谢冰莹**(1906—2000)：作家。代表作有《女兵自传》等。
⑪ **琦君**(1918—　)：作家。她的散文充满了中国传统文化气息。代表作有怀乡忆旧的《下雨天，真好》、《髻》等。
⑫ **林海音**(1918—2001)：作家。她的作品多以妇女的悲剧命运为题材，塑造了从清末民初至现代许多阶层的妇女形象。代表作为《城南旧事》。
⑬ **眷恋**：(对自己喜爱的人或地方)深切地留恋。
⑭ **中叶**：一个世纪的中期。
⑮ **钟理和**(1915—1960)：台湾乡土文学的代表作家。代表作有《笠山农场》、《贫贱夫妻》等。

⑯ **钟肇政**(1925—):作家。代表作为长篇小说《台湾人三部曲》(《沉沦》、《沧溟行》、《插天山之歌》)和《浊流三部曲》(《浊流》、《江山万里》、《流方》)等。

⑰ **境况**:状况(多指经济方面的)。

⑱ **遭际**:遭遇;经历。

⑲ **孟瑶**(1919—):作家。代表作有《美虹》、《心园》、《危严》、《几番风雨》等。

⑳ **郭良蕙**(1926—):作家。代表作有小说集《都市情缘小说系列》、短篇小说集《银梦》等。

㉑ **萌芽**:植物生芽,比喻事物刚发生。

㉒ **仿效**:模仿(别人的)方法、式样等。

㉓ **纪弦**(1913—):作家、诗歌理论家。是台湾诗坛的三位元老之一(另两位为覃子豪与钟鼎文)。他是现代派诗歌的倡导者,已出版的诗集有《摘星的少年》、《饮者诗抄》等;散文集《小园小品》、《终南山下》、《园丁之歌》和诗论集《纪弦诗论》等。

㉔ **郑愁予**(1933—):诗人。他的乡愁诗主要表达了在台湾日益西方化的社会背景下对祖国悠久历史和壮丽河山的怀恋与向往。代表诗作有《错误》、《水手刀》等抒情诗。

㉕ **余光中**(1928—):台湾影响最大的诗人和作家之一,在诗歌、散文、评论和翻译方面都取得了很高的成就。

㉖ **洛夫**(1928—):诗人。出版的诗集有《灵河》、《石室之死亡》、《众荷喧哗》、《因为风的缘故》、《月光房子》等。

㉗ **白先勇**(1937—):作家。他将西洋现代文学的写作技巧融合到中国传统的表现方式之中,描写新旧交替时代人物的故事和生活,富于历史兴衰和人世沧桑感。出版有短篇小说集《寂寞的十七岁》、《台北人》、《纽约客》,散文集《蓦然回首》,长篇小说《孽子》等。

㉘ **王文兴**(1939—):小说家。他的作品大都以儿童或青少年为主人公,以儿童的悲伤和恐惧刻画人生。著有长篇小说《家变》、《背海的人》,短篇小说集《龙天楼》、《玩具手枪》等。

㉙ **於梨华**(1931—):作家。其作品主要以台湾旅美的留学生为描写对象,反映他们生活的艰苦、学业的难成、爱情的烦恼等。代表作为《又见棕榈,又见棕榈》。

㉚ **聂华苓**(1925—):作家。她的作品主要反映在台的大陆人及旅居海外的华人的生存境遇和精神现状,抒发他们的乡愁情怀。代表作有短篇小说集《台湾轶事》等。

㉛ **陈映真**(1937—):作家。代表作品《夜行货车》获第一届"吴浊流文学奖"。

㉜ **黄春明**(1939—):作家。台湾乡土文学的代表。创作以短篇小说为主,兼及散文和其他。代表作有《青番公的故事》、《溺死一只老猫》等。

㉝ **融合**:几种不同的事物合成一体。

㉞ **黄凡**(1950—):代表作有《赖索》等。

㉟ **李昂**(1952—):小说家。其作品中有强烈的西方现代意识,成名作为中篇小说《杀夫》。

㊱ **廖辉英**(1949—):代表作有中篇小说集《卸妆》等。

㊲ **朱秀娟**(1936—):小说家。代表作为《女强人》。

作品提示

张秀亚《生活的图案画》通过生活中的几个实景,表达作者对艺术、心灵、人生的感悟。作品联想丰富,笔触细腻,充满灵动之气。

生活的图案画

张秀亚

一

今天多风,像是故乡的风,带着一些往日的落叶的同尘沙。我坐在飘来拂去的窗帷前整理书籍,也趁此清闲的时刻整理一下心境。那一页页翻卷的书页,多像一颗悸动㉝的心。

一边整理着书,一边目交在书页上漫游着,书中有些小小的蠹鱼,它们因在书页上流连得太久,而变得透明闪亮。而我——书的主人呢?近来大部分的时光,却沉浸在厨下的油盐酱醋茶里,想到这里,不禁悄然的自笑了。

二

院中最近种了一株桂树,开了繁星般的花,像回忆、也像一支古老的歌。有些花在风中撒落到地上,我捡拾起一些,捧在手掌中,洒在新沏的茶里,那股芳馨很像诗,而这诗还是唐人的五言诗。偶尔忆起一个那样的句子:

"诗清只为饮茶多"。茶与诗格的清逸,其相关度果然是成正比吗?我总以为尽管这句子不失为妙句,而茶与诗未必有如此直接的"因果"关系。生活大概可以分作三个阶段,先是无诗,而后是有诗,最后又是无诗的阶段——也就是由绚烂复于平淡,然而,尽管无诗,人生到一"段落",才真可以说已达到诗之境界了。

作品中诗的成分,却是不可缺少的。一篇作品,在形式上可能不是诗,而是一篇小说、一篇散文、一出戏剧,但它的成分中,总要有"诗"在,诗就是作品中那点附着于文字之中,游离文字之外的意趣,那点耐人寻味的理趣。如果一篇作品读来令人觉得如嚼沙、如嚼蜡,那定是因了没有诗意的润泽、调味的关系。西洋有一句话说:"诗是情感的女儿。"这句话不完全对,也不完全错。诗的构成,不完全是情感,而是经过哲理的筛子滤过的情感,清、醇、雅、正,乃其特点。

三

常常想请文友中喜欢写字的人为我写一帧字画,其字句是:

"时时起程,

时时超越。"

悬于壁间,以策励自己。这里超越二字,其意是超越自己,突破自己,跨出自喜、自矜等等心理上的缺点——为自己画地而成的牢笼,跨出"自以为是"那道门槛。倘能如是,则在写作与做人方面,必能是一新面目。我想着当那张小小的卷轴悬于壁上,一阵风来将卷起时,自己的心灵必也款款欲飞,而凌跨过昔日之我了。

四

风镇日未停,并且挟卷来的砂砾也越来越多了。

风砂中却传来一声声的卖花声,形成了听觉中的甘泉。

"卖花呵——"

那单调的卖花声中,有着极浓重的感人的成分。我总觉得卖花、卖菜及叫卖水果的声音,听来是那么的可爱而又感人。大概是那听卖的人也就是那种植这些东西的人,因为他们终日在大地之母的身边工作着,所以声音中就含有美、朴实、单纯与宁静、平和的意味。有一天听到一个叫卖绿豆丸子的人,他因咬字不清,呼唤的声音听来竟是:

"绿豆儿子呵——"这叫卖声就变得更为感人而有趣了。想想也对,一切大地上的产物,都是大地之母的儿女呵。

那卖花声自清晨以来,已在巷中回旋好久了,却未听到谁家打开门靡或推开楼窗喊一声买花。渐渐地,那拖得很长的卖花声,听来竟像是有几分哽噎了。呵,卖花的人以他的响亮的声音告诉人:春天已经近了,但有几个人注意及这件事并为之喜悦且感谢呢?记得有一位英国的作家,曾以卖花的人自喻,他每日叫卖着自心灵一隅撷来的花朵,也许没有人买,也许有人买了而并不欣赏,偶而有人买了,作为案头清供,那即是花儿极大的幸运了。末了,那作者曾以那样的句子作结:

"金色心子的小雏菊,三角钱一束!"

欣赏那朵小蔷薇,而将它移植到自己的心园,歌德可谓是一个爱花的人了,而那朵小花,因了他的诗而不朽,他的诗也因永生的小花而不朽了。

五

一日的光阴,仍然是相当长的,所以古人往往称白天为永昼,——日子长得象可以卷了起来,让我在上面用想象、用思维,再印上一些图案花纹,为光阴的行脚留下一个迹印吧!

注 释

㊳ **悸动**(jìdòng):因害怕或兴奋而心跳得厉害。

（一）填空题。

1. 吴浊流的长篇小说_____，以台湾知识分子追求民族解放的艰苦历程，表现台湾经历的苦难，开创了以小说表现历史的创作传统。

2. 海音的小说集_____以主人公英子童年时代的生活经历为线索，展现了 20 世纪 20 年代老北京的社会风貌和民风民情。

3. "_____"是台湾文学的一种传统，自 17 世纪中叶，台湾诗人创作了不少乡土诗歌。

4. 从 20 世纪 50 年代中后期到_____，是当代台湾文学的现代主义运动时期。

5. 从 20 世纪 70 年代后期到 80 年代，台湾文学表现出_____的特点。

（二）问答题。

什么是"怀乡文学"？

（三）讨论题。

1. 请论述 20 世纪 50 年代初期到 50 年代中后期，台湾"纯情文学"的基本情况。
2. 请论述 20 世纪 50 年代中后期到 60 年代中后期，台湾现代主义文学运动的基本情况。
3. 请论述 20 世纪 70 年代后期到 80 年代台湾文学的特点。

第三十七课

当代台湾文学（下）

课文

当代台湾作家众多，作品丰富，本课从现代主义诗歌创作、现代主义小说创作和"乡土小说"创作三个方面，选取有代表性的作家作品进行分析。

一、现代主义诗歌创作

台湾当代新诗的发展始于20世纪50年代诗界的现代主义运动。这一诗歌运动主要是由"现代派"、"蓝星诗社"和"创世纪"诗社等诗歌团体倡导推动的。1953年，《现代诗》杂志创办，诗人纪弦提出新诗现代化的口号，强调创新与反叛①，追求诗的"知性"和"纯粹性"，提倡诗歌创作冷静、客观和净化②等"六大信条"。纪弦是台湾现代主义诗歌的倡导者。他的创作经历了一个从浪漫主义向现代主义的转换过程，前期创作以抒发对社会人生的感受为主，诗中常常出现特立独行③、我行我素④的自我形象；后期纪弦开始实践他所提出的"现代派"的艺术信条，作品以对现代工业文明的批判、审视⑤为特点，放弃激情，代之以冷静的观点。郑愁予、余光中等也是现代主义诗歌运动的重要代表人物。郑愁予是"现代派"中最富传统色彩的诗人，他的诗歌多表现故土的山川景物、离愁别绪⑥、至爱真情，诗歌吸收了中国古典诗词的艺术表现手法，注重音韵⑦的协调、结构的安排、意境的创造等等。他的乡愁诗和爱情诗尤受读者喜爱。余光中是一位在理论上和创作上都十分成熟的现代诗人，他对台湾当代新诗理论建设作出了重要贡献。他的创作也努力实验和探索,20世纪60年代初期前后,他在现代诗创作中融入中国古典诗词的意象和表现手法,创造古典诗词的意境。60年代中期前后,诗歌创作追求更加成熟的"新古典主义",用传统的文化精神烛照⑧现代人生。近二十年来,余光中的诗风由"灿烂之极"归于"平淡",写下了许多平易自然的诗作,有质朴之美。

二、现代主义小说创作

白先勇是台湾现代主义小说的重要代表作家。他出生于现代中国内忧外患⑨的历史时期,自幼历经离乱。因为出生时代和家庭背景的关系,沧桑⑩感和忧患⑪意识成为白先勇小说创作的情绪基调⑫。白先勇早期的创作大多取材于青少年时期的生活经验,如短篇小说《玉卿嫂》。白先勇于20世纪60年代初期赴美留学,这是他创作新阶段的开始。他重新认识中国民族传统,对历史、文化、人生的认识也更加深刻。这一时期他的小说主要分为两大系列:一是反映留学生生活的《纽约客》系列,二是反映流落台湾的大陆人命运的《台北人》系列。两个系列都充满苍凉之意和悲天悯人⑬的情怀,感人至深。在这两个系列中,白先勇将中国古典诗词戏曲的意象和意境、现实主义的叙事描写、现代派的意识流技巧结合在一起,创作手法日趋⑭融通圆熟⑮。

三、"乡土小说"创作

台湾光复后,钟理和等作家的"乡土小说"创作比较突出。20世纪六七十年代,钟肇政取得的成就比较引人注目,他的两部长篇三部曲——《浊流》三部曲和《台湾人》三部曲,成就突出。

陈映真和黄春明是战后第二代"乡土小说"的代表作家,陈映真具有对社会的敏锐观察力和深刻的批判精神,在他创作的第一阶段,作品有浓厚的基督教精神和感伤情绪,笼罩着一层"死亡"的阴影。陈映真创作的第二阶段,关注急剧变动中的台湾现实生活,以更开阔的视野、更强烈的现实感关注社会。1975年后,陈映真的创作进入第三个阶段,他这一时期的小说主要取材于现代都市生活,有"乡土小说"一以贯之的反帝爱国主题,也有批判性地审视现代工业文明的新主题。

　　黄春明小说关注的中心是现代工业文明在古老的乡村社会所引起的强烈震荡⑯,反映社会急剧转型中台湾农民的生存状况和心理状态。他的小说努力描绘乡土人物的善良与辛酸,表现他们的坚忍⑰和尊严,抒写乡村风情的美好和在现代文明侵蚀⑱下农民的矛盾和困惑。黄春明在创作中非常重视民俗风情和地方特色,被众多评论者称为"标准的乡土作家"。

① **反叛**:背叛。
② **净化**:本指对水和空气的纯净处理。这里指去除不属于诗歌表现形式的语言和内容等。
③ **特立独行**:指处事有独特的见解。特:独特。
④ **我行我素**:不管别人怎么说,我还是照我本来的一套去做。
⑤ **审视**:仔细看。
⑥ **离愁别绪**:离别的愁苦心情。
⑦ **音韵**:诗文的音节韵律。
⑧ **烛照**:照亮。
⑨ **内忧外患**:指内部和外来的双重忧患。
⑩ **沧桑**:("沧海桑田"的略语,"沧海桑田"指大海变成农田,农田变成大海)比喻经历了许多世事变化。
⑪ **忧患**:困苦患难。
⑫ **基调**:本指音乐作品中主要的调,作品通常用基调开始或结束。这里指主要精神、基本观点。
⑬ **悲天悯人**(bēitiān mǐnrén):哀叹时世的艰辛,同情民众的困苦,多表示对社会腐败和人民疾苦的悲愤和不平。天:天命,这里指时世。
⑭ **日趋**:一天一天地走向。
⑮ **圆熟**:熟练;纯熟。
⑯ **震荡**:震动;动荡。
⑰ **坚忍**:(在艰苦困难的情况下)坚持而不动摇。
⑱ **侵蚀**(qīnshí):逐渐侵害使变坏。

作品

作品提示

郑愁予的诗歌《错误》写的是江南小镇上一个美丽而忧伤的故事,一个遗憾的过程。诗歌运用了中国传统古典诗歌的一些意象,讲究诗的节奏和韵味,诗句典雅华美,被誉为"现代抒情诗"的绝唱。

余光中的诗歌《风铃》将恋爱中的心比作风铃,作品感情真挚,又不乏活泼。全诗如同一幅生动的电影画面,有声、有形、有情。

白先勇的短篇小说《玉卿嫂》讲述了年轻寡妇玉卿嫂因爱的绝望而杀死情人继而自杀的故事,反映了一位普通女性被扭曲的人性和悲剧的人生,表现了作者对人性和欲望的艺术思考。

错 误

郑愁予

我打江南走过
那等在季节里的容颜⑲如莲花的开落
东风不来,三月的柳絮⑳不飞
你底㉑心如小小寂寞的城
恰若㉒青石的街道向晚
跫音㉓不响,三月的春帷㉔不揭
你底心是小小的窗扉紧掩㉕

我达达的马蹄是美丽的错误
我不是归人,是个过客……

风 铃

余光中

我的心是七层塔檐上悬挂的风铃
叮咛叮咛咛
此起彼落敲叩着一个人的名字㉖
——你的塔上也感到微震吗?

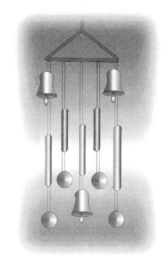

这是寂静的脉搏日夜不停
你听见了吗,叮咛叮咛咛?
这恼人的音调禁不胜禁
除非叫所有的风都改道
铃都摘掉塔都推倒

只因我的心是高高低低的风铃
叮咛叮咛咛
此起彼落
敲叩着一个人的名字

玉卿嫂(节选)

白先勇

我和玉卿嫂真个有缘,难得我第一次看见她,就那么喜欢她。

那时我奶妈刚走,我又哭又闹,吵得我妈没得办法。天天我都逼着她要把我奶妈找回来。有一天逼得她冒火了,打了我一顿屁股骂道:

"你这个娃仔怎么这样会扭?你奶妈的丈夫快断气㉗了,她要回去,我怎么留得住她,这有什么大不了!我已经托矮子舅妈去找人来带你了,今天就到。你还不快点替我背起书包上学去,再要等我来抽你是不是?"我给撑㉘了出来,窝得一肚子闷气。吵是再也不敢去吵了,只好走到窗户底有意叽咕几声给我妈听:

"管你找什么人来,横竖我不要,我就是要我奶妈!"

我妈在里面听得笑着道:

"你们听听,这个小鬼脾气才犟呢,我就不相信她奶妈真有个宝不成?"

"太太,你不知道,容哥儿离了他奶妈连尿都屙不出来了呢!"胖子大娘的嘴巴顶刻薄㉙,仗着她在我们家做了十几年的管家,就倚老卖老㉚了。我妈讲话的时候,她总爱搭几句辞儿凑凑趣,说得我妈她们全打起哈哈来。当着一大堆人,这种话多难听!我气得跑到院子里,把胖子大娘晾在竹竿上的白竹布衣裳一把扯了下来,用力踩得像花脸猫一般,然后才气咻咻的催车夫老曾拉人力车送我上学去。

就是那么一气,在学堂里连书也背不出来了。我和隔壁的唐道懿还有两个女生一起关在教室里留堂。唐道懿给老师留堂是家常便饭,可是我读到四年级来破题儿第一遭㉛。不用说,鼻涕眼泪早涂得一脸了,大概写完大字,手上的墨还没有洗去,一擩一摸,不晓得成了一副什么样子,跑出来时,老曾一看见我就拍着手笑弯了腰,我狠命的踢了这个湖南骡子㉜几下,踢得他直叫要回去告我妈。

回到屋里,我轻脚轻手,一溜烟跑到楼上躲进自己房中去了。我不敢张声,生怕㉝他们晓得我挨老师留堂。哪晓得才过一下子,胖子大娘就扯起喉咙上楼来找我了,我赶快钻到帐子里去装睡觉,胖子大娘摇摇摆摆跑进来把我抓了起来,说是矮子舅妈带了一个叫玉卿嫂的女人来带我,在下面等着呢,我妈要我快点去见见。

矮子舅妈能带什么好人来?我心里想她老得已快缺牙了,可是看上去才和我十岁的人差不多高,我顶讨厌她,我才不要去见她呢,可是我妈的话不得不听啊!我问胖子大娘玉卿嫂到底是个什么样子的人,胖子大娘眯着眼睛笑道:"有两个头,四只眼睛的!你自己去看吧,看了她你就不想你奶妈了。"

我下楼到客厅里时,一看见站在矮子舅妈旁边的玉卿嫂却不由得倒抽了一口气,好爽净,好标致㉞,一身月白色的短衣长裤,脚底一双带绊㉟的黑布鞋,一头乌油油的头发学那广东婆妈松松的挽了一个髻儿㊱,一双杏仁㊲大的白耳坠子却刚刚露在发脚子外面,净扮的鸭蛋脸,水秀的眼睛,看上去竟比我们桂林人喊作"天辣椒"如意珠那个戏子还俏几分。

我也说不出什么道理来,一看见玉卿嫂,就好想跟她亲近的。我妈问我请玉卿嫂来带我好不好时,我忙点了好几下头,连顾不得赌气㊳了。矮子舅妈跑到我跟前跟我比高,说我差点冒过她了,又说我愈长愈体面。我连不爱理她,一径想找玉卿嫂说话,我妈说我的脸像个小叫化㊴,叫小丫头立刻去舀洗脸水来,玉卿嫂忙过来说让她来帮我洗。我拉着她跟她胡诌㊵了半天,我好喜欢她这一身打扮,尤其是她那对耳坠子,白得一闪一闪的,好逗人爱。可是我仔细瞧了她一阵子时,发觉原来她的额头竟有了几条皱纹,笑起来时,连眼角都拖上一抹鱼尾巴了。

"你好大了?"我洗好脸忍不住问她道,我心里一直在猜,我听胖子大娘说过,女人家额头打皱,就准有三十几岁了,她笑了起来答道:

"少爷看呢?"

"我看不出,有没有三十?"我竖起三个指头吞吞吐吐的说。

她连忙摇头道:

"还有那么年轻?早就三十出头喽!"

我有点不信,还想追着问下去,我妈把我的话头打断了,说我是傻仔,她跟玉卿嫂讲道:"难得这个娃仔和你投缘㊶,你明天就搬来吧,省得他扭得我受不了。"

矮子舅妈和玉卿嫂走了以后,我听见我妈和胖子大娘聊天道:

"喏,就是花桥柳家他们的媳妇,丈夫抽鸦片的,死了几年,家道落了,婆婆容不下,才出来的。是个体面人家的少奶奶呢!可怜穷了有什么办法?矮子舅妈讲是我们这种人家她才肯来呢。我看她倒蛮讨人喜欢。"

"只是长得太好了些,只怕——"胖子大娘又在挑唆了,她自己丑就不愿人家长得好,我妈那些丫头,长得好些的,全给她挤走了。

注　释

⑲ **容颜**:容貌;脸色。
⑳ **柳絮**:柳树种子上面白色的绒毛,随风飞散。
㉑ **底**:助词,同"的"。
㉒ **恰若**:正好像。
㉓ **跫音**(qióngyīn):<书>形容脚步声。
㉔ **帷**(wéi):帐子。
㉕ **窗扉**(chuāngfēi):门窗。扉:门扇。**掩**:关;合。
㉖ **此起彼落**:表示连续不断。**叩**(kòu):敲;打。
㉗ **断气**:停止呼吸;死亡。
㉘ **撵**(niǎn):赶走。
㉙ **刻薄**(kèbó):待人、说话冷酷无情,过分的苛求。
㉚ **倚老卖老**(yǐlǎomàilǎo):仗着年纪大,卖弄老资格。倚:凭借。卖:卖弄。
㉛ **遭**:量词,次、回。
㉜ **骡子**(luózi):哺乳动物,驴和马交配所生的杂种,比驴大,毛多为黑褐色。寿命长,体力大,我国北方多用作力畜。
㉝ **生怕**:很怕。
㉞ **标致**:相貌、姿态美丽(多用于女子)。
㉟ **绊**(bàn):鞋子上一条从左边到右边的带子。
㊱ **髻儿**(jìr):在头顶或脑后盘成各种形状的头发。
㊲ **杏仁**:杏核中的仁。
㊳ **赌气**:因为受冤枉或不满意而任性(行动)。
㊴ **叫化**:生活没有着落而专靠向人要饭要钱生活的人。
㊵ **胡诌**(húzhōu):随口瞎编,胡说。
㊶ **投缘**:情意相合。

（一）填空题。

1. 台湾当代新诗的发展始于20世纪50年代诗界的＿＿＿＿＿＿＿＿运动。

2. 1953年,《现代诗》杂志创办,诗人＿＿＿＿＿＿＿＿提出新诗现代化的口号。

3. ＿＿＿＿＿＿＿＿是一位在理论上和创作上都十分成熟的现代诗人,他对台湾当代新诗理论建设,作出了重要贡献。

4. ＿＿＿＿＿＿＿＿是台湾现代主义小说的重要代表作家。

5. _____小说关注的中心是现代工业文明在古老的乡村社会所引起的强烈震荡,反映急剧社会转型中台湾农民的生存状况和心理状态。

(二) 朗读题。

请熟读郑愁予的《错误》和余光中的《风铃》这两首诗。

(三) 问答题。

郑愁予的《错误》这首诗中运用了中国传统诗歌中的哪些意象?

(四) 论述题。

1. 请论述纪弦诗歌创作的发展过程。
2. 请论述余光中诗歌创作的发展过程。
3. 请论述白先勇小说创作的发展过程。

第三十八课

当代香港文学(上)

课　文

　　香港新文学的历史,从20世纪20年代开始。20世纪20年代至40年代末期,香港新文学主要是在中国内地新文学的影响下发展。到20世纪50年代,香港文学开始独立发展,形成了当代香港文学的独立品格。

　　20世纪五六十年代,香港各种体裁和风格的文学作品都得到了长足①的发展,主要的小说类型有难民小说和流浪汉小说。侣伦②的作品多描写战后香港都市的贫困和小人物的挣扎,展现难民生存的艰辛。他的长篇小说《穷巷》书写了几个患难相遇的穷人的生活,他描写了他们与社会邪恶势力的冲突,并揭示了穷人的美好天性。流浪汉小说以某个人物的流浪经历为线索,描述底层的社会生活,反映香港下层市民的生存环境和思想性格,代表作品有黄谷柳③的《虾球传》和舒巷城④的《太阳下山了》。舒巷城被称为"香港的乡土作家",他的《太阳下山了》是当代公认⑤的一部现实主义力作。

　　在现实主义文学行进的同时,香港的现代主义文学也在发展。发轫于50年代中期的现代主义思潮,到六七十年代逐渐流行。这期间的现代主义文学在创作上取得重要成就的首推刘以鬯⑥。刘以鬯的小说创作成就,主要表现在他对小说形式所作的新的实验和探索方面。刘以鬯把自己的小说称为"实验小说",他的小说主要受西方现代派小说的影响,同时也从中国现代小说,特别是带有现代派倾向的小说创作中吸取艺术经验。他的代表作《酒徒》,因较早地成功运用了西方现代派的"意识流"手法,而被誉为"中国的第一部意识流小说"。小说通过一位从内地到香港的作家在醉酒状态的一系列心理活动,表现了主人公在商业社会中追求真正的文学和爱情而不可得的深重苦闷,进而表现人的内心矛盾和冲突。

西西⑦和也斯⑧也是香港现代主义文学的重要作家。香港这一中西交汇之地的城市形态和生存体验,是西西小说的一个重要主题。她的小说《我城》于1975年在报纸上连载⑨。"我城"就是香港,西西以对"我城"的诉说表达她对香港这座城市的热爱。在这篇小说中,香港被实写,也被虚构,西西把写实和魔幻⑩手法、漫画和童话等形式结合起来,用充满童心的叙述方式,塑造了一个亦真亦幻⑪的香港。《飞毡》是西西最近的作品,小说为仿童话体,由几十个一两千字的小故事组成。小说写的是"肥土镇"的故事,从肥土镇的风俗、文化、地方色彩,读者不难看出香港的影子。作品用肥土镇的故事写出了香港百年的历史和传奇。小说构筑⑫了一个充满想象的奇幻世界,并且,幻想情境与现代社会形成了有趣的关联,表达了西西对社会现实问题的思考。也斯的《剪纸》于1977年发表。作品由两个故事构成,故事一的主人公乔是一个西化的女子,她收到单恋她的男子从书上剪下来的中文诗词,这种爱慕⑬让乔深感不安。故事二的主人公瑶是一个喜欢民间文化、艺术的女子,她热爱古老美丽的东西,但在现实生活中缺乏应对⑭的能力。《剪纸》通过这两个故事的平行发展反映出香港中西文化的观念、传统与现代文化因素错综交织的情形。1983年,也斯写成长篇小说《烦恼娃娃的旅程》,后改名为《记忆的城市·虚构的城市》。小说的叙述者带着三盒玩偶娃娃探访散居在法国的朋友。这一旅程是空间的展开,也是记忆和内心世界的展开。小说叙述者叙述寻访旧友、四处游历的过程,即是记叙生命沧桑、探寻自我精神成长的过程。

与现代主义小说形成鲜明对比和反差的是金庸通俗的"新派武侠小说"。金庸和他的作品在香港文坛独树一帜⑮,并在华人世界产生了广泛而深远的影响。金庸一共创作了15部中长篇武侠小说,《雪山飞狐》、《天龙八部》、《射雕英雄传》、《鹿鼎记》等都是流传极广的作品。金庸建造了一个虚幻的江湖社会,表现这个社会中各色人等的矛盾冲突,展现侠客独特的个性特征和丰富的人性内涵。金庸的作品打破了传统武侠小说在武功描写上重技艺的倾向,注重对侠客⑯内心力量的描写,将武功技艺与中国文化结合起来,体现了中华武功深厚的文化品格和哲学意蕴。

注　释

① **长足**:形容进展迅速。

② **侣伦**(1911—1988):作家。擅于描绘香港社会风情,表现人物命运。代表作有小说《黑丽拉》、《无尽的爱》、《永久之歌》等。

③ **黄谷柳**(1908—1977):小说家。代表作有中篇小说《虾球传》。

④ **舒巷城**(1921—1999):作家。主要作品有《太阳下山了》等。

⑤ **公认**:大家一致认为。

⑥ **刘以鬯**(chàng)(1918—　):作家。除了小说创作以外,还从事文艺评论。代表作为《酒徒》。

⑦ **西西**(1938—　):作家。从事小说、散文、诗歌的创作。她在小说艺术上追求题材的多样与技巧的多变,形成了句子简短、节奏明快,具有童稚语气和诗歌意境的独特文体。代表作为《我城》等。

⑧ **也斯**(1947—　):作家。代表作有小说《剪纸》、《烦恼娃娃的旅程》等,散文集《灰鸽早晨的话》和诗集《雷声与蝉鸣》等。

⑨ **连载**:一个篇幅较长的作品在同一报纸或刊物上分若干次连续印出。

⑩ **魔幻**:指虚幻奇异的境界。魔:神秘;奇异。幻:没有现实根据的;不真实的。

⑪ **亦真亦幻**:像真实的也像是不真实的。亦:副词,也。

⑫ **构筑**:建造;修筑。

⑬ **爱慕**:喜爱倾慕。

⑭ **应对**:这里的"应对"是"应付"的意思,指采取措施解决出现的问题。

⑮ **独树一帜**(dúshùyīzhì):单独树立起一面旗帜,比喻自成一家。

⑯ **侠客**(xiákè):指有武艺、讲义气、肯舍己助人的人。

作品提示

看似"不食人间烟火"的朴素女子,从事的竟然是令人"毛骨悚然⑰"的职业:太平间⑱的化妆师。穿梭在阴阳之间,"像我这样的女子"对生死自然有别样的体会。西西的《像我这样的一个女子》以"我"倾诉的方式,探寻生死的奥秘。作品构思奇特巧妙,在哀伤间流露出淡淡超世的情绪。

像我这样的一个女子(节选)

西 西

像我这样的一个女子,其实是不适宜⑲和任何人恋爱的。但我和夏之间的感情发展到今日这样的地步,使我自己也感到吃惊。我想,我所以能陷入目前的不可自拔⑳的处境,完全是由于命运对我作了残酷的摆布㉑,对于命运;我是没有办法反击的。听人家说,当你真的喜欢一个人,只要静静地坐在一个角落,看看他即使是非常随意的一个微笑,你也会忽然地感到魂飞魄散㉒。对于夏,我的感觉正是这样。所以,当夏问我"你喜欢我吗"的时候,我就毫无保留地表达了我的感情。我是一个不懂得保护自己的人,我的举止和言语,都会使我永远成为别人的笑柄㉓。和夏一起坐在咖啡室里的时候,我看来是那么地快乐,但我的心中充满隐忧,我其实是极度地不快乐的,因为我已经预知命运会把我带到什么地方,而那完全是由于我的过错。一开始的时候。我就不应该答应和夏一起到远方去探望一位久别的同学,而后来,我又没有拒绝和他一起经常看电影。对于这些事情,后悔已经太迟了,而事实上,后悔或者不后悔,分别也变得不太重要。此刻我坐在咖啡室的一角等夏,我答应了带他到我工作的地方去参观。而一切又将在那个时刻结束。当我和夏认识的那个时候,我已经从学校里出来很久了,所以当夏问我是在做事了吗?我就说我已经出外工作许多年了。那么,你的工作是什么呢。他问。替人化妆。我说。啊,是化妆。他说。但你的脸却是那么朴素。他说。他说他是一个不喜欢女子化妆的人,他喜欢朴素的脸容。他所以注意到我的脸上没有任何的化妆,我想,并不是由于我对他的询问提出了答案而引起了联想,而是由于我的脸比一般的人都显得苍白、我的手也是这样。我的

双手和我的脸都比一般人要显得苍白。这是我的工作造成的后果。我知道当我把我的职业说出来的时候，夏就像我曾经有过其他的每一个朋友一般直接地误解了我的意思。在他的想象中，我的工作是一种为了美化一般女子的容貌的工作，譬如，在婚礼的节日上，为将出嫁㉔的新娘端丽她们的颜面，所以，当我说我的工作并没有假期，即使是星期天也常常是忙碌的，他就更加信以为真㉕了。星期天或者假日总有那么多的新娘。但我的工作并非为新娘化妆。我的工作是为那些已经没有了生命的人作最后的修饰。使他们在将离人世的最后一刻，显得心平气和与温柔。在过往的日子里，我也曾经把我的职业对我的朋友提及，当他们稍有误会时我立刻加以更正辩析。让他们了解我是怎样的一个人。但我的诚实使我失去了几乎所有的朋友，是我使他们害怕了，仿佛坐在他们对面喝着咖啡的我竟也是他们心目中恐惧的幽灵了。这我是不怪他们的。对于生命中不可知的神秘面我们天生就有原始的胆怯。我没有在对夏的问题提出答案时加以解释，一则是由于我怕他也会因此惊惧，我是不可以再由于自己的奇异职业而使我周遭的朋友感到不安，这样我将更不能原谅我自己；其次，由于我原是一个不懂得表达自己的意思的人，长期以来，我习惯了保持沉默。但你的脸却是那么朴素。他说。当夏这样说的时候，我已经知道这就是我们之间的感情路上不祥的预兆㉖了。但那时候，夏是那么地快乐，因为我是一个不为自己化妆的女子而快乐，但我的心中充满了忧愁。我不知道，在这个世界上，谁将是为我的脸化妆的一个人，会是怡芬姑母吗？我和怡芬姑母一样，我们共同的愿望仍是在我们有生之年，不要为我们自己至爱的亲人化妆。我不知道在不祥的预兆跃升之后，我为什么继续和夏一起常常漫游，也许，我毕竟是一个人，我是没有能力控制自己而终于一步一步走向命运所指引我走的道路上去；其实，对于我的种种行为，我自己也无法作一个合理的解释，因为人难道不是这样子吗？人的行为有许多都是令人莫名其妙的。我可以参观你的工作吗？夏问。应该没有问题。我说。她们会介意吗？他问。恐怕没有一个人会介意的。我说。夏所以说要参观一下我的工作，是因为那个星期日的早上我必须回到我的工作的地方去工作，而他在这个日子里并没有任何的事情可以做。他说他愿意陪我上我工作的地方，既然去了，为什么不留下来看看呢。他说他想看那些新娘和送嫁的女子们热闹的情形，也想看看我怎样把她们打扮得花容月貌，或者化丑为妍㉗。我毫不考虑地答应了。我知道命运已经把我带向起步的白线前面，而这注定是会发生的事情，所以，我在一间小小的咖啡室里等夏来。然后我们一起到我工作的地方去。到了那个地方，一切就会明白了。夏就会知道他一直以为是我为他而洒的香水，其实不过是附在我身体上的防腐剂的气味罢了；他也会知道，我常常穿素白的衣服，并不是因为这是我特意追求纯洁的表征，而是为了方便出入我工作的那个地方。附在我身上的一种奇异的药水气味，已经在我的躯体上蚀骨了，我曾经用过种种的方法把它们洗涤清洁都无法把它们驱除，直到后来，我终于放弃了我的努力，我甚至不再闻得那股特殊的气息，夏却是一无所知的，他曾经对我说：你用的是多么奇特的一种香水。但一切不久就会水落石出。我一直是一名能够修理一个典雅发型的技师，我也是个能束一个美丽出色的领结的巧手,但这些又有什么用呢,看我的双手,它们曾为多少沉默不语的人修剪过发髭,又为多少严肃庄重的颈项整理过他们的领结。这双手,夏能容忍我为他理发吗?能容忍我为他细心打一条领带吗?这样的一双手,本来是温暖的,但在人们的眼中已经变成冰冷,这样的一双手,本来是可以怀抱新生的婴儿的,但在人们的眼中已经成为安抚骷髅㉘的白骨了。

注　释

⑰ **毛骨悚然**(máogǔsǒngrán):形容很害怕的样子。
⑱ **太平间**:医院里停放尸体的房间。
⑲ **适宜**:合适。
⑳ **不可自拔**:自己解脱不了。
㉑ **摆布**:支配(别人行动)。
㉒ **魂飞魄散**:形容非常惊恐。
㉓ **笑柄**:可以拿来取笑的资料。
㉔ **出嫁**:女子结婚。
㉕ **信以为真**:相信某件事,认为某件事是真的。
㉖ **预兆**:预先显露出来的情况。
㉗ **化丑为妍**:将丑的变成美丽的。妍(yán),美丽。
㉘ **骷髅**(kūlóu):干枯无肉的死人头骨或全副骨骼。

(一) 填空题。

1. 20世纪五六十年代,香港各种体裁和风格的文学作品得到了长足的发展,主要的小说类型有_____和_____。

2. _____被称为"香港的乡土作家"。

3. 在现实主义文学行进的同时,香港的现代主义文学也在发展。发轫于_____中期的现代主义思潮,到20世纪六七十年代逐渐流行。

4. 刘以鬯把自己的小说称为"_____",他的小说主要受西方现代派小说的影响,同时也从中国现代小说,特别是带有现代派倾向的小说创作中吸取艺术经验。

5. _____这一中西交汇之地的城市形态和生存体验,是西西小说的一个重要主题。

6. 与现代主义小说形成鲜明对比和反差的是金庸通俗的"_____

(二) **问答题**。

1. 刘以鬯为什么把自己的小说称为"实验小说"？
2. 刘以鬯的《酒徒》为什么被称为"中国的第一部意识流小说"？
3. 西西小说的一个重要主题是什么？

(三) **论述题**。

1. 请论述20世纪五六十年代香港的难民小说和流浪汉小说的基本情况。
2. 简述金庸的"新派武侠小说"的特点。

第三十九课

当代香港文学（下）

课 文

20世纪80年代以来，女性是香港文学创作中很重要的力量，李碧华①、施叔青②、黄碧云③等都取得了不凡的文学成绩。

李碧华的小说充满诡异④的想象，她擅长写怀旧小说，借旧时故事写今人情感。她的作品有《胭脂扣》、《霸王别姬》、《青蛇》等，其中不少被改编成电影。《胭脂扣》的主人公是女鬼如花，她是昔日塘西红妓，当年与十二少坠入⑤情网，两人约定一起殉情⑥。但如花死后，并未在阴间找到十二少，于是如花重返人间，寻觅情人。重返人间的如花无意撞入了一对现代情侣的生活，产生了不同时空下两种爱情观念的对照。《胭脂扣》的想象穿梭⑦于古今生死之间，作者写爱情传奇，也写香港的民俗和历史；写情欲，也写性别和政治。《胭脂扣》是一篇内涵丰富的奇文。

施叔青的"香港三部曲"（《维多利亚俱乐部》、《遍山洋紫荆》、《寂寞云园》）以黄得云的人生经历，写出了香港曾经作为殖民地⑧的历史处境。黄得云的一生，贯穿着香港近现代的重大历史性事件。施叔青用黄得云的私人生活史来铺陈香港的历史，以三部曲的形式描绘了百年来的香港图景。

黄碧云著有散文集《扬眉女子》，小说集《其后》、《温柔与暴烈》、《七种静默》等。她小说里的故事发生在香港、巴黎、纽约等大城市，故事中的爱情与暴力纠缠，凄伤哀痛。

20世纪90年代以来，香港出现了新实验小说，代表作者有董启章、罗贵祥、心猿等。新实验小说表现了香港年轻作者的一种创作趋势，以上提到的三位作者都受过比较文学研究的训练，他们在小说创作中寻求新的表达方式，尝试跨越规则的可能性，呈现出极具个性化的风格。董启章的《纪念册》、《家课册》、《小冬校园》采用童话、寓言的方式，书写成长记忆，叙事生动有趣。他的长篇小说《双身》通过男变女身的故事表达对性别的思考。小说通过互换角色的叙述，构造对性别意义的新的理解和阐释。

对香港这座城市的书写和想象，是香港诗歌创作的一大特色。在诗歌中，诗人们表达在现代城市生活的经验和感觉，认识香港城市的性质，思考人与城市的关系。舒巷城是香港有名的诗人，出版过《我的抒情诗》、《回声集》、《都市诗钞》等诗集。舒巷城的作品早期重浪漫的抒情，后期重冷峻的揭露和批判，暴露商业都市的种种不公和对人性的扭曲。香港的现代主义诗歌也很发达，早期香港现代主义诗歌主要写在大都市中的焦虑和失落，反对人为物役的现实，缅怀⑨旧日时光，如马博良的诗歌《北角之夜》。崑南是20世纪50年代香港的知名⑩诗人，他试图以混杂破碎的语言，表达香港这座殖民地城市和商业城市的文化破碎感。梁秉钧也是香港很有影响力的诗人，他早期出版了《雷声与蝉鸣》、《游诗》，20世纪90年代出版了《诗与摄影》、《游离的诗》等诗集。梁秉钧不再把都市作为与人对立的对象，而是以"对话"的姿态⑪，尝试把握变化的城市，表现城市的独特性和丰富性。

散文是香港兴盛的文体形式，大致说来，可分为"士人散文"和"市人散文"。"士人散文"的作者主要为大学教师，如余光中、梁锡华⑫、思果⑬、黄维樑⑭、潘铭燊⑮等，也包括学者型的报人，如董桥⑯。"士人散文"的作者具有深厚的文化素养，作品极具个人化和情趣化，集学养⑰、趣味为一体。"市人散文"是指受普通市民欢迎的散文，这类散文多见于报纸，篇幅短小，题材广博，贴近大众普通生活，如谈婚论嫁、花草美食、电影舞蹈等，从多个角度反映丰富多彩的都市生活。

注　释

① **李碧华**(1959—　)：影视编剧。代表作有电影文学小说《胭脂扣》、《霸王别姬》、《青蛇》等。
② **施叔青**(1945—　)：小说家。小说的主人公常常带有浓重的文化气息，代表作有"香港三部曲"。
③ **黄碧云**(1961—　)：小说家。她的小说大多数都有一个年轻的女性叙述者。代表作品有小说集《其后》、《温柔与暴烈》等。
④ **诡异**(guǐyì)：奇异、奇特。
⑤ **坠入**：落入。
⑥ **殉情**(xùnqíng)：因恋爱受到阻碍而自杀。
⑦ **穿梭**(chuānsuō)：像织布的梭子来回活动，形容来往次数很多。
⑧ **殖民地**(zhímíndì)：指被资本主义国家剥夺了政治、经济的独立权力，并受它管辖的地区或国家。
⑨ **缅怀**(miǎnhuái)：追想怀念(已往的事迹或人等)。
⑩ **知名**：著名、有名。
⑪ **姿态**：态度。
⑫ **梁锡华**(1933—　)：作家。与黄维樑、潘铭燊同被誉为香港学者散文的"三剑客"。代表作有《漫语慢蜗牛》等。
⑬ **思果**(1918—　)：散文家。主要作品有《沉思录》、《艺术家肖像》等。
⑭ **黄维樑**(1947—　)：作家。其著述以学术研究为主，出版了《中国诗学纵横论》、《怎样读新诗》、《香港文学初探》等。
⑮ **潘铭燊**(1945—　)：(燊，shēn)学者散文家。已出版的学术著作有《红楼梦人物索引》、《石头记年日考》等。
⑯ **董桥**(1942—　)：散文家。散文题材广泛，偏重于知性。主要作品有《情辩》、《让她在牛排上撒盐》等。
⑰ **学养**：学问和修养。

作　品

作品提示

　　《白蛇传》是一个中国流传久远的故事，讲述了白蛇白素贞与书生许仙之间的爱情故事。传统故事《白蛇传》中，青蛇小青是配角，白蛇的玩伴兼侍女。李碧华的《青蛇》对这一故事进行了重写，青蛇成了故事的主角，她天性顽皮，敢爱敢恨，勇于反抗，是一个血肉丰满的形象。

第三十九课

青 蛇(节选)

李碧华

我今年一千三百多岁。

住在西湖一道桥的底下。这桥叫"断桥"。从前它不叫断桥,叫段家桥。

冬天。我吃饱了,十分慵懒,百无聊赖⑱,只好倒头大睡。睡在身畔的是我姊姊。我们盘错纠缠着,不知人间何世。

虽然这桥身已改建,铺了钢筋水泥,可以通行汽车,也有来自各方的游人,踩着残雪,在附庸风雅⑲,发出造作⑳的赞叹感慨,这些都不再那么容易就把我俩吵醒了。

西湖本身也毫无内涵,既不懂思想,又从不汹涌,简直是个白痴。竟然赢得骚人墨客㉑的吟咏,说什么"山外青山楼外楼,西湖歌舞几时休?暖风熏得游人醉,直把杭州作汴州"。真是可笑。

我在西湖的岁月,不曾如此诗意过。如果可以挑拣,但愿一切都没发生。

远处,又传来清悠轻忽的钟声,不知是北山的灵隐寺㉒,抑南山的净慈寺㉓,响起了晚钟。把身子转了一下,继续我的好梦。

我不愿意起来呀。

但春雪初融,春雷乍响,我们便也只好被惊醒。年复一年。

我的喜怒哀乐生老病,都在西湖发生,除了死。我的终身职业是"修炼",谁知道修炼是一种什么样的勾当?修炼下去,又有什么好处?谁知道?我最大的痛苦是不可以死。已经一千三百多岁了,还得一直修炼下去,伏于湖底。这竟是不可挑拣的。

除了职业,不可挑拣的还有很多。譬如命运。为什么在我命运中,出了个小岔子?当然,那时比较年轻,才五百多岁,功力不足,故也做了荒唐事儿。

——我忘了告诉你,我是一条蛇。

我是一条青色的蛇。

并不可以改变自己的颜色,只得喜爱它。一千三百多年来,直到永远。

在年轻的时候,时维南宋孝宗淳熙年间㉔,那时我大抵五百多岁。

元神未定。半昏半醒。

湖边的大树也许还要比我老。它的根,伸延至湖底,贪胜不知足,抓得又深又牢。于此别有洞天,我也就窜进去,据作自己的地盘。天性颇懒,乘机调匀呼吸入梦。分叉的长舌,不自觉地微露。

我躺在一块嶙峋大石的旁边。压根儿不知道它其实不是石头,而是石头鱼。

迷糊中,"它"黑褐的身子在水底略动。混沌而阴森,背上如箭一下窜出,向我迸出毒汁。看不出那蠢笨东西,瞪着黯绿色阴森的小眼睛,竟把我当作猎物!

毒汁射在鳞片上,叫我一惊而醒。

太讨厌了。自己不去修炼,专门觑个空子攻击人家,妈的我把尾巴一摆,企图发力。——痛!

啊，原来这蠢笨之物毒性奇重，一瞬间我清楚地看到它一挑细白但锋利的尖齿。它吃得下我？我不信！

连忙运气，毒汁化雾竟攻入心窍，叫我一阵抽搐。糟了糟了，蛇游浅水遭鱼戏，这是没天理的。但那剧痛，如一束黑色的乱箭，在我体内粗暴地放射，我极力挣扎。它喋喋地笑了。

出师未捷身先死，我浑身酸软地在懊悔，何以我不安安分分做一条狰狞的毒蛇？好与之一决胜负，胜了即时把它吃掉。

我乏力地喘气⋯⋯

——幸好她及时出现了。

不知何处，一物急速流动，如巨兽，却是优雅而沉敛㉕。长长的身子迅雷不及掩耳㉖地将它一卷，石头鱼受此紧抱，即时迸裂。她干掉它，在一个危难的时刻，却从容如用一只手捏碎了一块硬泥巴，它成了粉末。混作一摊黑水。

她在我中毒之处用力嘘一口气，那毒雾被逼迁似的，迫不及待㉗自我口中呼出，消散成泡沫。

我望着七寸处，一身冷汗。

她是一条白色的蛇。不言不笑。

惊魂甫定。我呆视对方的银白冷艳鳞光，打开僵局：

"谢你相助。"

她冷冷地瞅着我，既是同类，何必令我不自在？不过她是救命恩人，在面前，我先自矮了半截。

半晌，她道：

"原来也是冥冥中被挑拣出来的试验品。"

"哦，"我恍然，"难怪我不得好死，只因死不了。但世上有那么多蛇，何以我们会与别不同？试验的是什么？"

"长生不老。"

"这有什么好处？"

"好处是慢慢才领悟到的。你几岁？"

我连忙审视身上的鳞片：

"十、十五、二十、二十五、三十⋯⋯，哦，已五百多岁了！"

她冷傲地浅笑。气定神闲：

"我一千岁。"

我对她很信服。近乎讨好：

"你比我漂亮，法力比我高强，又比我老——"

素贞与我，情同姊妹。

既然我俩是无缘无故地拥有超卓的能力，则也无谓谦逊退让。眼见其他同类，长到差不多肥美了，便被人破皮挤胆，烹肉调羹，一生也就完蛋了。我们袖手旁观㉘，很瞧不起。正是各有前因，怎羡妒得上？

第三十九课

我来的时候,正是中国文化最鼎盛的唐朝,万花如锦的场面都见过了,还有什么遗憾?盛极而衰,否极泰来㉙,宋室南渡苟安㉚,人民苟安,我俩也苟安。杭州变化不大。

素贞见的世面比我广,点子比我多。便决定追随她左右,好歹有个照应。

那天我嗅到阵阵香气,打了个喷嚏。

"姊姊是你身上发出来吗?为什么用花香来掩盖腥气馋液呢?我不习惯花的味道。"

"你不觉得闷吗?"

"不。我日夕思想自己何以与别不同,已经很忙。"

"我比你早思想五百年,到了今天依然参不透。我俩不若找些消遣。"

她在我跟前旋身。

她穿上了最流行的服饰,是丝罗的襦裙,裙幅有细裥,飘带上还佩了一个玉环,一身素白。

原来她用郁金香草研汁,浸染了裙子,所以,在旋身走动之时,便散发出香气来。

于是我也幻了人形,青绸衫子,青绸裙子。自己也很满意。

初成人立,犹带软弱,不时倚着树挨着墙。素贞忙把我扶直扶正,瞧不过眼:

"人有人样,怎可还像软皮蛇?"

"我真不明白,为什么人要直着身子走,太辛苦了,累死人!"

"这有何难?看,挺身而出不就成了?"

"人都爱挺身而出,瞎勇敢。"我嘀嘀咕咕,"唉,这'脚'!还有十只没用的脚趾,脚趾上还有趾甲,真是小事化大,简单化复杂!"

"你不也想得道成人吗?"

"是是是。"

我临水照照影子,扭动一下腰肢。漾起细浪,原来这是"娇媚"之状,我掩不了兴奋,回首一看素贞,她才没我大惊小怪,不当一回事地飘然远去,我自惭形秽㉛,就是没见过世面,扭动夸张。

既是装扮好了,便结伴到西湖漫游去。

注 释

⑱ 百无聊赖(bǎiwúliáolài):指生活空虚,精神上没有依托。聊赖:依靠;寄托。
⑲ 附庸风雅(fùyōng-fēngyǎ):指缺乏文化修养的人依附于文化人,装出自己很有修养的样子。附庸:依附。风雅:本指《诗经》中的《风》和《大雅》《小雅》,后泛指文化。
⑳ 造作(zàozuo):故意做出某种表情、腔调等。
㉑ 骚人墨客(sāorén-mòkè):泛指诗人;文人。屈原作《离骚》,因此称屈原或《楚辞》作者为"骚人"。墨客:指文人。
㉒ 灵隐寺:位于杭州西湖灵隐山麓,西湖西部飞来峰旁,建于东晋(公元326年)。
㉓ 净慈寺:位于南屏山中峰慧日峰下,是西湖周围的第二大名刹,与灵隐寺并称南北寺院之最。

㉔ **孝宗淳熙年间**:孝宗,南宋的一个皇帝,淳熙是年号,从1174年到1187年。
㉕ **沉敛**(chénliǎn):指性格、心情、神色平静。
㉖ **迅雷不及掩耳**:雷声来得非常快,连捂耳朵都来不及。比喻动作或事件来得突然,使人来不及防备。
㉗ **迫不及待**(pòbùjídài):急迫得不能再等待。
㉘ **袖手旁观**(xiùshǒupángguān):比喻置身事外,不过问或不参与。
㉙ **否极泰来**(pǐ-jítàilái):指坏事情发展到了极限,就可以转化为好事。否、泰:《周易》中的两个卦名,否是坏卦,泰是好卦。极:极限。
㉚ **苟安**(gǒu'ān):只顾眼前的安乐,没有长久的打算。
㉛ **自惭形秽**(zìcánxínghuì):指因为自己不如人而惭愧。惭:羞愧。形秽:形貌丑陋。

(一) 填空题。

1. 李碧华的小说充满诡异的想象,她擅长写_____,借旧时故事写今人情感。
2. _____的"香港三部曲"(《维多利亚俱乐部》、《遍山洋紫荆》、《寂寞云园》)以黄得云的人生经历,写出了香港曾经作为殖民地的历史处境。
3. _____,是香港诗歌创作的一大特点。
4. _____是香港有名的诗人,出版过《我的抒情诗》、《回声集》、《都市诗钞》等诗集。
5. _____是20世纪50年代香港的知名诗人,他试图以混杂破碎的语言,表达香港这座殖民地城市和商业城市的文化破碎感。
6. 散文是香港兴盛的文体形式,大致说来,可分为"_____"和"_____"。

(二) 问答题。

1. 李碧华的小说有什么特点?
2. 什么是"新实验小说"?"新实验小说"的代表作家及作品有哪些?

(三) 分析题。

请结合作品,分析《青蛇》中"青蛇"的性格特点。

第四十课

当代澳门文学

课 文

从已知的历史资料看,在 20 世纪 30 年代末,澳门已出现华文新诗。20 世纪 60 年代,澳门的华文文学创作比较活跃,《红豆》等文学刊物创刊,为华文诗歌提供了发表的重要园地。在 20 世纪五六十年代,澳门华文文坛出现了相当成功的小说,如黄崖的《迷蒙的海峡》,余君慧的短篇和极短篇《丝室咖啡室》、《秘密》及长篇小说《静电》等。

进入 20 世纪 80 年代,澳门华文文学创作日渐兴旺。1983 年,澳门东亚大学创办了中文学会,提倡中国文化,对澳门华文文学创作起到了重要的推动作用。也是在 1983 年,《澳门日报》创办了澳门历史上的第一份纯文艺副刊①《镜海》。其后,澳门不少报纸的副刊刊登文学作品的比重也明显上升,极大地繁荣了华文文学创作。进入 20 世纪 90 年代,澳门华文文学创作更加活跃,文学刊物、文学社团不断增加,确立了华文在澳门文学创作中的主流地位。

澳门华文文学创作中,以新诗的成就最为突出。老一代的诗人有华铃,中年诗人有韩牧、淘空了、高戈、云力等,青年一代有苇鸣、懿灵、流星子等。澳门华文诗歌创作大致可分为三大派:新诗派、现代派和后现代派。新诗派的代表诗人有冯刚毅、云力、胡晓风、汪浩瀚等人。在创作手法上,新诗派主要继承中国五四以来的新诗传统,诗风委婉含蓄,注重韵律②。现代派阵容强大,代表作家有高戈、流星子、淘空了、韩牧等,他们的诗歌语言充满个人风格,想象丰富,诗歌形式自由度较大。后现代派诗人有懿灵、苇鸣、凌钝等,他们的诗歌注重"反思"和"求变",在题材和内容上"无定格",敢于突破禁忌③,做各种大胆尝试,具有很强的时代性,如凌钝的《秋夜遇友——戏赠刘君》中写道:"话说十月六夜/某处归家遇友于街巷/旧闻驳杂纠缠不清/风闻甲已秘婚/乙好像有了两个孩子啦/怎么丙在美国尚未博士你不知道……"

进入20世纪80年代,澳门也出现了一批散文作者,陶里的散文风格多变,或重抒情,或善讽喻,或重思辨④,重要作品为散文集《静寂的延续》。叶贵宝、苇鸣、黎绮华三人出版了散文结集《三弦》,叶贵宝的创作充满情感,语言清新活泼,苇鸣的创作重在表现澳门城市独特的地方色彩,黎绮华的作品文风典雅,有深厚的历史感。鲁茂的作品主要写港澳社会的人生百态,有很强的生活气息。女性作者在当代澳门华文散文创作表现出不俗的实力。林蕙的散文偏重抒情,温婉平和。沈尚青的文章多写都市妇女的生活及情感,颇具现实感。林中英的散文风格多样,既有朴实的写实,也有浪漫的抒情和深沉的历史情感。丁璐、萝子、玉文、懿灵在散文创作上也各有特色。

长争、林中英、周桐等人是澳门重要的小说作者。长争的《万木春》是一部长篇写实小说,它以20世纪五六十年代澳门炮竹工人的悲苦生活为题材,记载了当时澳门的社会现实,具有很高的文学及史料价值。

注　释

① **副刊**:报纸上刊登文艺作品、学术论文等的专页或专栏。
② **韵律**:指诗文中的平仄格式和押韵规则。
③ **禁忌**(jìnjì):犯忌讳的话或行动。
④ **思辨**:思考辨析。

作品提示

沈尚青《悟道记》以幽默诙谐的笔法写出婚姻的烦恼和应对之道。文章构思巧妙,颇具趣味。

悟道记

沈尚青

几个女人坐在一起,讨论人生。她们不约而同⑤地都对自己的婚姻感到不满意。闻说城中有一位显道法师⑥,专门为人指点迷津⑦,于是众女带着心中疑难⑧,前往求教。

法师:各位对你们的丈夫有何不满?

甲女:我丈夫与我毫不沟通,他连我喜欢些什么都不知道,更不用说晓得我想些什么了。我们同桌吃饭,但我觉得彼此距离有如隔了一条大河。

法师:那你当初为何嫁他?

甲女:他对我殷勤呀。

乙女:你的丈夫不晓得你心中想些什么,那还罢⑨了。我的丈夫就可恶极了,他明知道我心中想些什么,对他如何期望,可是他就偏和我抬杠⑩。我想他走路,他却坐下。

法师:当初他是怎样打动你的心的?

乙女:当初他以我喜欢的方式来爱我,愿意为我做任何事,但现在他以他自己喜欢的方式来"爱"我,只愿意做他自己喜欢的事。

法师笑:最初他投你所好,是缘于形势。现在是还我本色⑪,真我流露了。

丙女:我的丈夫更加不像样。别人给女人家用⑫,总是付出家用的全部,可是他非常计较,什么都只给一半。哪有男人付出一半家用的呢?况且他赚钱比我多,为何就不大方一点,自己把家用全付了?

法师:你赚多少钱?

丙女:也有七八千元。

法师:当初你们拍拖⑬的时候,出外消费如何付账?

丙女:AA制⑭,各付各的。可是现在我是他的妻子呀,为什么他就不肯为我牺牲呢?况且他付得起呀。

法师对众女说:好吧,我给你们一个锦囊⑮,一个月后,情况一定有所改善。

众女接过锦囊后打开一看,是一张字条,上面写着:"要把丈夫当朋友"。众女面面相觑⑯。

一个月后,众女欢天喜地前往找法师。

甲女：法师的锦囊果然了得⑰。那天我生日，丈夫送我一朵荷花那样大的绢花，那可真搞笑。我是只喜欢鲜花，最讨厌绢花的啊！要是平日我一定很生气。可是，我想起法师说的话。想到朋友记得你的生日，已经很有心，何况还知道你喜欢花。哪管它绢花还是鲜花！我不知有多开心。

乙女：可不是，我自从得了法师的锦囊后，脑筋顿然开窍⑱，我向来哪有要求朋友投我所好的？也从不勉强别人做自己不喜欢做的事。对朋友无求，彼此往来，就轻松得多。求人不如求己，何用生气？

丙女：对了，我向来甚少向朋友借钱，更不要说用朋友的钱了。我自己又不是付不起家用，何用丈夫养我？

法师：你们都有慧根⑲，不愧⑳是城中的聪明女子。

众女悟出三个道理：

一、待人不可持双重标准㉑，待夫亦然㉒；

二、如果想多个朋友，乃㉓可结婚；

三、若要追求理想婚姻，乃可自己同自己结婚。

注　释

⑤ **不约而同**：事先没有商量却同时说出相同的话或做出相同的事。

⑥ **法师**：对和尚或道士的尊称。

⑦ **指点迷津**：意思是指出错误，指明方向，使人明白。指点：指出来使人知道；点明。迷津：使人迷惑的错误方向（"津"原指渡河的地方，后来多指处事的方向）。

⑧ **疑难**：难于判断或处理的疑问。

⑨ **罢**(bà)：表示容忍，有勉强放过暂不追问的意思；算了。

⑩ **抬杠**(táigàng)：指没有价值、没有必要的争辩。

⑪ **还我本色**：恢复本来面貌。

⑫ **家用**：家庭中的生活费用。

⑬ **拍拖**：<方>指男女双方谈恋爱。

⑭ **AA制**：AA，为拉丁语的缩写，是"各"、"各个"的意思。AA制是指聚餐、娱乐等消费后结账时各人均摊或各自付款的做法。

⑮ **锦囊**(jǐnnáng)：用锦做成的袋子。古代多用于藏诗稿或机密文件。

⑯ **面面相觑**(miànmiànxiāngqù)：你看我，我看你，形容因惊惧或无可奈何而互相望着，都不说话。觑：看。

⑰ **了得**：不平常；很突出（多见于早期白话）。

⑱ **开窍**(kāiqiào)：（思想）一下搞通了；明白了。

⑲ **慧根**：佛教指能详尽而深入地领悟佛理的天资，借指人天赋的智慧。

⑳ **不愧**：当得起（某种称号或荣誉）。

㉑ **待人**：跟人相处。**双重**：两层；两方面（多用于抽象的事物）。

㉒ **亦然**：也是这样。亦：副词，也。然：代词，这样。

㉓ **乃**：于是。

练习

（一）填空题。

1. 进入20世纪_____年代，澳门华文文学创作日渐兴旺。
2. 1983年，_____创办了澳门历史上的第一份纯文艺副刊《镜海》。
3. 澳门华文诗歌创作大致可分为三大派：_____、_____和_____。
4. 长争的_____是一部长篇写实小说，它以20世纪五六十年代澳门炮竹工人的悲苦生活为题材，记载了当时澳门的社会现实，具有很强的文学及史料价值。

（二）问答题。

1. 20世纪60年代末澳门华文文学创作的基本状况如何？
2. 20世纪80年代以后，澳门文学诗歌创作中"新诗派"有什么特点？
3. 20世纪80年代以后，澳门文学诗歌创作中"现代派"有什么特点？
4. 20世纪80年代以后，澳门文学诗歌创作中"后现代派"有什么特点？

（三）分析题。

沈尚青的《悟道记》中，三位女性婚姻的烦恼各是什么？解决的办法又是什么？

（四）讨论题。

你认为婚姻的快乐是什么？婚姻的烦恼是什么？是快乐多于烦恼，还是烦恼多于快乐？

现当代文学史生词总表

A

AA制	AA zhì	当代 40
阿姆	āmǔ	现代 5
哀其不幸、怒其不争	āiqíbúxìng, nùqíbùzhēng	现代 2
爱慕	àimù	当代 38
庵	ān	当代 31
安分守己	ānfènshǒujǐ	现代 12
按捺不下	ànnàbúxià	现代 20
盎然	àngrán	当代 22
盎司	àngsī	现代 6
翱翔	áoxiáng	现代 3

B

把	bǎ	现代 10
罢	bà	现代 2
罢	bà	现代 18
罢	bà	当代 40
白茬	báichá	当代 31
白骨精	báigǔjīng	当代 29
白热	báirè	现代 6
白日梦	báirìmèng	现代 11
摆布	bǎibu	现代 13
摆渡	bǎidù	现代 10
摆脱	bǎituō	现代 2
败落	bàiluò	当代 35
拜堂	bàitáng	现代 5
斑斓	bānlán	现代 7
半晌	bànshǎng	现代 13
半弦	bànxián	现代 4
绊	bàn	当代 37
膀子	bǎngzi	现代 8
胞叔	bāoshū	现代 2
保举	bǎojǔ	当代 31
保人	bǎoren	现代 18
报告文学	bàogàowénxué	当代 23
报应	bàoyìng	当代 25
爆发	bàofā	现代 1
卑鄙	bēibǐ	当代 25
卑丑	bēichǒu	现代 9
卑微	bēiwēi	现代 19
悲剧	bēijù	现代 2
悲天悯人	bēitiānmǐnrén	当代 37
背景	bèijǐng	现代 1
被迫	bèipò	现代 4
奔丧	bēnsāng	现代 8
本质	běnzhì	现代 3
本着	běnzhe	现代 6
迸	bèng	现代 13
逼真	bīzhēn	现代 5
匕首	bǐshǒu	当代 33
俾	bǐ	现代 17
笔墨	bǐmò	现代 14
鄙视	bǐshì	现代 9
鄙夷	bǐyí	现代 1
闭塞	bìsè	现代 5
闭月羞花	bìyuèxiūhuā	现代 9
庇覆	bìfù	当代 32
敝	bì	现代 11
壁厢	bìxiāng	现代 4
边疆	biānjiāng	当代 22
匾额	biǎn'é	当代 30
变化多端	biànhuàduōduān	现代 10
变计	biànjì	现代 11

变迁	biànqiān	当代 22	惨淡	cǎndàn	现代 8
变形	biànxíng	当代 31	沧桑	cāngsāng	当代 37
辩白	biànbái	当代 33	嘈嘈	cáocáo	现代 12
辩解	biànjiě	现代 6	草	cǎo	现代 4
标致	biāozhì	当代 37	草草	cǎocǎo	现代 5
表白	biǎobái	现代 3	草烟	cǎoyān	现代 10
别出心裁	biéchūxīncái	现代 2	侧面	cèmiàn	现代 4
瘪	biě	当代 29	侧重	cèzhòng	当代 22
彬彬有礼	bīnbīnyǒulǐ	当代 30	策划	cèhuà	当代 35
冰凌	bīnglíng	当代 25	插曲	chāqǔ	当代 32
兵荒马乱	bīnghuāngmǎluàn	现代 14	插嘴	chāzuǐ	现代 8
病苦	bìngkǔ	现代 2	茶房	cháfáng	现代 8
病态	bìngtài	现代 2	岔道	chàdào	当代 33
波澜	bōlán	当代 26	诧异	chàyì	现代 11
博大精深	bódàjīngshēn	当代 30	差使	chāishi	现代 8
不必	búbì	现代 8	差役	chāiyì	现代 12
不辞	bùcí	当代 23	钗	chāi	现代 5
不乏	bùfá	当代 32	搀	chān	现代 8
不感症	bùgǎnzhèng		禅宗	chánzōng	当代 31
不堪	bùkān	当代 34	谄笑	chǎnxiào	现代 20
不可理喻	bùkělǐyù	现代 19	阐释	chǎnshì	当代 27
不可思议	bùkěsīyì	现代 6	阐述	chǎnshù	现代 7
不可自拔	bùkězìbá	当代 38	忏悔	chànhuǐ	现代 9
不愧	búkuì	当代 40	颤动	chàndòng	当代 22
不屑	búxiè	现代 20	颤悠悠	chànyōuyōu	当代 32
不朽	bùxiǔ	当代 2	长足	chángzú	当代 38
不由自主	bùyóuzìzhǔ	当代 26	徜徉	chángyáng	当代 21
不约而同	bùyuē'értóng	当代 40	怅惘	chàngwǎng	现代 10
不致	búzhì	当代 25	畅销	chàngxiāo	现代 17
步伐	bùfá	当代 35	倡导	chàngdǎo	现代 1
步履	bùlǚ	当代 32	超然	chāorán	当代 31
			超人	chāorén	现代 4
			超远	chāoyuǎn	现代 17
			超越	chāoyuè	当代 31
参与	cānyù	当代 33	巢穴	cháoxué	现代 9
残羹	cángēng	现代 7	潮流	cháoliú	当代 22
残酷	cánkù	现代 2	撤	chè	当代 27
惭愧	cánkuì	当代 34	嗔	chēn	现代 19

沉淀	chéndiàn	现代 7		瞅	chǒu	现代 10
沉静	chénjìng	当代 25		出辞	chūcí	现代 17
沉敛	chénliǎn	当代 39		出嫁	chūjià	当代 38
沉闷	chénmèn	现代 5		出身	chūshēn	现代 19
沉溺	chénnì	现代 9		出世	chūshì	现代 12
沉吟	chényín	当代 23		出世	chūshì	当代 31
陈规陋习	chéngūilòuxí	现代 5		出洋相	chūyángxiàng	现代 1
衬托	chèntuō	当代 25		处变不惊	chǔbiànbùjīng	当代 31
趁	chèn	当代 23		处罚	chǔfá	当代 25
成帮搭伙	chéngbāngdāhuǒ	当代 26		触目	chùmù	现代 10
成名	chéngmíng	现代 8		触目惊心	chùmùjīngxīn	当代 34
成因	chéngyīn	当代 27		触目伤怀	chùmùshānghuái	现代 8
呈露	chénglù	现代 4		矗立	chùlì	现代 20
诚信	chéngxìn	当代 30		揣	chuāi	当代 35
城隍庙	chénghuángmiào	现代 12		川流不息	chuānliúbùxī	现代 2
逞	chěng	现代 18		穿梭	chuānsuō	当代 39
吃不消	chībuxiāo	现代 20		传神	chuánshén	当代 22
吃苦耐劳	chīkǔ-nàiláo	现代 2		创办	chuàngbàn	当代 25
嗤笑	chīxiào	现代 2		创刊	chuàngkān	现代 1
痴	chī	当代 21		创伤	chuāngshāng	当代 27
痴情	chīqíng	当代 25		创痛	chuāngtòng	当代 35
痴心	chīxīn	当代 22		吹手	chuīshǒu	现代 5
赤膊	chìbó	当代 35		炊烟	chuīyān	当代 1
赤膊船	chìbóchuán	现代 12		捶胸跺脚	chuíxiōngduòjiǎo	现代 12
充军	chōngjūn	现代 12		淳朴	chúnpǔ	现代 2
充沛	chōngpèi	当代 32		慈祥	cíxiáng	当代 32
冲	chōng	当代 31		辞	cí	当代 23
冲击波	chōngjībō	当代 25		此起彼落	cǐqǐbǐluò	当代 37
冲突	chōngtū	现代 4		从容	cóngróng	现代 10
舂	chōng	当代 31		凑合	còuhe	当代 34
憧憬	chōngjǐng	现代 5		粗暴	cūbào	当代 26
崇拜	chóngbài	现代 3		粗略	cūlüè	当代 22
崇尚	chóngshàng	当代 31		催促	cuīcù	现代 2
重铸	chóngzhù	当代 31		催眠曲	cuīmiánqǔ	当代 27
筹	chóu	现代 2		催人泪下	cuīrénlèixià	当代 26
踌躇	chóuchú	现代 8		摧残	cuīcán	当代 26
丑陋	chǒulòu	当代 32				

D

打退堂鼓	dǎtuìtánggǔ	现代	19
打掩护	dǎyǎnhù	当代	33
大抵	dàdǐ	现代	19
大度	dàdù	当代	26
大千世界	dàqiān-shìjiè	当代	33
大去	dàqù	现代	8
大言不惭	dàyánbùcán	当代	32
大摇大摆	dàyáodàbǎi	当代	29
大张旗鼓	dàzhāngqígǔ	现代	19
歹意	dǎiyì	现代	6
代表作	dàibiǎozuò	现代	2
待人	dàirén	当代	40
待业	dàiyè	当代	33
啖	dàn	当代	23
石	dàn	现代	12
诞生	dànshēng	现代	5
淡泊	dànbó	当代	31
当铺	dàngpù	现代	6
当真	dàngzhēn	当代	35
荡漾	dàngyàng	现代	4
刀锋	dāofēng	当代	35
道士	dàoshi	现代	12
道喜	dàoxǐ	现代	19
底	de	当代	37
灯红酒绿	dēnghóngjiǔlǜ	现代	11
登峰造极	dēngfēngzàojí	当代	24
提防	dīfáng	当代	23
低贱	dījiàn	现代	19
底细	dǐxì	现代	18
抵触	dǐchù	当代	25
抵御	dǐyù	当代	31
地步	dìbù	现代	9
地域	dìyù	当代	2
地质	dìzhì	当代	24
颠倒	diāndǎo	当代	25
癫狂	diānkuáng	现代	9
典型	diǎnxíng	现代	2
典质	diǎnzhì	现代	8
点督	diǎndū	现代	5
淀	diàn	当代	31
奠定	diàndìng	现代	2
奠基	diànjī	现代	3
殿堂	diàntáng	当代	24
雕刻	diāokè	现代	5
雕琢	diāozhuó	现代	18
定力	dìnglì	现代	4
定位	dìngwèi	当代	35
东奔西走	dōngbēnxīzǒu	现代	8
东拉西扯	dōnglāxīchě	现代	12
东挪西扯	dōngnuóxīchě	现代	5
动气	dòngqì	现代	10
栋梁	dòngliáng	现代	3
毒害	dúhài	现代	2
独出心裁	dúchūxīncái	现代	17
独具匠心	dújùjiàngxīn	当代	30
独树一帜	dúshùyízhì	当代	38
赌气	dǔqì	当代	37
镀亮	dùliàng	当代	31
端赖	duānlài	现代	17
断	duàn	现代	7
断绝	duànjué	当代	27
断气	duànqì	当代	37
缎子	duànzi	当代	26
对仗	duìzhàng	现代	1
碓棚	duìpéng	当代	31
敦厚	dūnhòu	当代	31
多重	duōchóng	现代	5
堕落	duòluò	现代	9

E

轭	è	当代	31
恶霸	èbà	现代	5
恶魔	èmó	现代	6

269

恩德	ēndé	现代 4
耳	ěr	现代 1
耳闻目睹	ěrwénmùdǔ	当代 23

F

发癫	fādiān	现代 9
发端	fāduān	当代 25
发轫	fārèn	当代 36
发疹	fāzhěn	现代 17
阀	fá	当代 33
法师	fǎshī	当代 40
翻然	fānrán	现代 11
翻天覆地	fāntiānfùdì	当代 33
繁衍	fányǎn	当代 32
反差	fǎnchā	现代 7
反常	fǎncháng	当代 34
反叛	fǎnpàn	当代 37
反省	fǎnxǐng	当代 32
反响	fǎnxiǎng	现代 6
方寸	fāngcùn	当代 33
仿效	fǎngxiào	当代 36
放歌	fànggē	现代 7
飞腾	fēiténg	现代 3
非	fēi	现代 1
非凡	fēifán	现代 3
扉	fēi	当代 37
肥沃	féiwò	当代 2
翡翠	fěicuì	现代 7
废除	fèichú	现代 1
沸沸扬扬	fèifèiyángyáng	当代 23
分	fēn	现代 10
分泌	fēnmì	当代 23
分歧	fēnqí	当代 34
坟墓	fénmù	当代 28
忿忿然	fènfènrán	当代 29
愤懑	fènmèn	现代 15
丰厚	fēnghòu	当代 30
丰沛	fēngpèi	当代 22
丰仪	fēngyí	现代 9
丰腴	fēngyú	当代 27
风尘仆仆	fēngchénpúpú	当代 28
风格	fēnggé	现代 4
风光	fēngguāng	当代 35
风火墙	fēnghuǒqiáng	现代 12
风气	fēngqì	现代 4
风日清和	fēngrìqīnghé	现代 10
风霜	fēngshuāng	当代 22
风土	fēngtǔ	当代 30
封建	fēngjiàn	现代 1
讽刺	fěngcì	现代 5
奉承	fèngchéng	现代 9
伏天	fútiān	现代 14
扶老携幼	fúlǎoxiéyòu	现代 5
浮藻	fúzǎo	现代 7
腐蚀	fǔshí	现代 10
腐朽	fǔxiǔ	现代 13
负	fù	现代 9
覆	fù	当代 32
复出	fùchū	当代 24
副刊	fùkān	当代 40
赋闲	fùxián	现代 8
附庸风雅	fùyōngfēngyǎ	当代 39

G

改朝换代	gǎicháohuàndài	当代 29
改良	gǎiliáng	现代 1
概括	gàikuò	现代 2
概念化	gàiniànhuà	现代 4
干涉	gānshè	现代 4
感触	gǎnchù	现代 2
感人肺腑	gǎnrénfèifǔ	当代 24
感伤	gǎnshāng	当代 32

感悟	gǎnwù	当代 24	故交	gùjiāo	现代 17
钢筋铁骨	gāngjīntiěgǔ	当代 26	寡嫂	guǎsǎo	现代 5
高潮	gāocháo	现代 1	乖戾	guāilì	现代 17
篙	gāo	现代 7	拐弯抹角	guǎiwānmòjiǎo	当代 33
缟素	gǎosù	当代 21	关帝	Guāndì	当代 21
稿子	gǎozi	现代 2	关注	guānzhù	现代 2
告诫	gàojiè	现代 11	官吏	guānlì	现代 4
疙瘩	gēda	当代 32	官路	guānlù	现代 10
疙疙瘩瘩	gēgedādā	当代 23	光	guāng	现代 10
胳膊肘	gēbozhǒu	当代 27	光彩夺目	guāngcǎiduómù	现代 5
隔膜	gémó	现代 5	光景	guāngjǐng	现代 12
个头	gètóu	当代 34	光景	guāngjǐng	现代 8
根源	gēnyuán	现代 2	光耀祖宗	guāngyàozǔzōng	当代 35
跟手蹑脚	gēnshǒunièjiǎo	现代 4	广义	guǎngyì	当代 23
更生	gēngshēng	现代 3	规范化	guīfànhuà	现代 2
工钱	gōngqián	现代 6	规矩	guīju	现代 15
公认	gōngrèn	现代 9	诡异	guǐyì	当代 39
功德圆满	gōngdéyuánmǎn	现代 20	鬼混	guǐhùn	现代 15
恭敬	gōngjìng	现代 5	鬼使神差	guǐshǐshénchāi	现代 19
恭维	gōngwéi	现代 20	聒噪	guōzào	当代 21
共鸣	gòngmíng	现代 13	果决	guǒjué	现代 11
勾留	gōuliú	现代 8	果然	guǒrán	现代 13
勾心斗角	gōuxīndòujiǎo	当代 35			
勾针	gōuzhēn	当代 30			
篝火	gōuhuǒ	当代 24	**H**		
苟安	gǒu'ān	当代 39			
构思	gòusī	现代 2	蛤蟆	háma	当代 28
构筑	gòuzhù	当代 38	骇人听闻	hàiréntīngwén	现代 17
箍	gū	当代 31	害臊	hàisào	当代 32
孤雏	gūchú	现代 10	蚶	hān	当代 30
辜负	gūfù	现代 3	酣睡	hānshuì	当代 27
孤苦伶仃	gūkǔlíngdīng	当代 27	憨厚	hānhòu	当代 29
孤零零	gūlínglíng	当代 32	含蓄	hánxù	现代 6
孤僻	gūpì	现代 9	涵养	hányǎng	当代 29
古风	gǔfēng	现代 5	寒战	hánzhàn	现代 19
古怪	gǔguài	当代 25	罕见	hǎnjiàn	当代 31
古朴	gǔpǔ	当代 31	汉白玉	hànbáiyù	当代 32
故而	gù'ér	现代 6	夯	hāng	当代 31
			薅	hāo	当代 31

蚝	háo	现代 19		欢欣鼓舞	huānxīngǔwǔ	当代 21
豪放	háofàng	当代 22		还我本色	huánwǒběnsè	当代 40
豪门	háomén	现代 6		还原	huányuán	当代 34
好望角	Hǎowàngjiǎo	当代 25		幻景	huànjǐng	当代 23
号子	hàozi	当代 31		幻觉	huànjué	当代 33
何	hé	现代 1		唤	huàn	现代 13
和蔼	hé'ǎi	现代 5		浣	huàn	当代 32
何等	héděng	现代 9		患难	huànnàn	当代 32
合式	héshì	现代 10		荒诞	huāngdàn	当代 31
和谐	héxié	现代 3		荒谬	huāngmiù	当代 32
何以	héyǐ	现代 6		荒唐	huāngtáng	现代 15
和谐	héxié	现代 7		惶惑	huánghuò	现代 14
核桃	hétao	当代 32		篁竹	huángzhú	现代 10
核心	héxīn	当代 21		蝗虫	huángchóng	当代 31
黑奴	hēinú	现代 3		恍惚	huǎnghū	现代 11
黑黝黝	hēiyǒuyǒu	当代 23		诙谐	huīxié	当代 32
横竖	héngshù	现代 2		恢弘	huīhóng	当代 24
轰动	hōngdòng	当代 29		辉煌	huīhuáng	现代 2
烘托	hōngtuō	现代 8		辉映	huīyìng	现代 4
宏大	hóngdà	当代 30		回绝	huíjué	当代 34
宏图大志	hóngtúdàzhì	当代 34		回忆录	huíyìlù	当代 23
虹霓	hóngní	当代 25		晦气	huìqì	当代 29
后遗症	hòuyízhèng	当代 34		毁灭	huǐmiè	现代 9
忽而	hū'ér	现代 6		慧根	huìgēn	当代 40
呼噜	hūlu	当代 33		婚筵	hūnyán	现代 3
呼啸	hūxiào	当代 26		浑然天成	húnrántiānchéng	现代 19
呼吁	hūyù	现代 4		魂飞魄散	húnfēipòsàn	当代 38
忽略	hūlüè	现代 9		活埋	huómái	现代 3
湖广	HúGuǎng	当代 30		火炬	huǒjù	当代 25
湖畔	húpàn	现代 4		伙友	huǒyǒu	现代 6
葫芦	húlu	当代 32		祸不单行	huòbùdānxíng	现代 8
胡诌	húzhōu	当代 37		货色	huòsè	现代 12
湖绉	húzhòu	现代 5		和稀泥	huòxīní	现代 14
虎脸	hǔliǎn	现代 12				
花苞	huābāo	当代 22			**J**	
话旧	huàjiù	现代 17				
欢喜	huānxǐ	现代 9		讥讽	jīfěng	当代 32

机心	jīxīn	现代 10		僵化	jiānghuà	当代 29
鸡窠	jīkē	当代 31		缰绳	jiāngshéng	当代 35
积淀	jīdiàn	当代 31		疆域	jiāngyù	当代 22
基调	jīdiào	当代 37		讲价钱	jiǎngjiàqián	现代 8
畸形	jīxíng	现代 11		讲拢	jiǎnglǒng	现代 12
激情	jīqíng	现代 1		讲求	jiǎngqiú	现代 1
吉期	jíqī	现代 5		交错	jiāocuò	当代 28
汲取	jíqǔ	现代 18		交际花	jiāojìhuā	现代 15
极端	jíduān	当代 28		交界	jiāojiè	现代 10
急剧	jíjù	当代 35		交替	jiāotì	现代 6
挤眉弄眼	jǐméinòngyǎn	当代 21		交头接耳	jiāotóujiēěr	当代 21
戟	jǐ	当代 25		交卸	jiāoxiè	现代 8
麂	jǐ	现代 10		娇嗔	jiāochēn	当代 26
冀	jì	当代 21		焦急	jiāojí	现代 4
髻	jì	现代 19		焦灼	jiāozhuó	当代 21
计较	jìjiào	当代 23		脚夫	jiǎofū	现代 8
记载	jìzǎi	当代 22		叫化（花）	jiàohuā	当代 37
忌妒	jìdù	当代 22		酵	jiào	现代 7
继承	jìchéng	现代 7		教	jiào	现代 9
寂寥	jìliáo	当代 21		教养	jiàoyǎng	现代 13
寄寓	jìyù	当代 36		皆	jiē	现代 1
悸动	jìdòng	当代 36		阶层	jiēcéng	当代 21
佳肴	jiāyáo	当代 30		揭露	jiēlù	现代 5
枷锁	jiāsuǒ	现代 18		揭示	jiēshì	现代 2
家常	jiācháng	当代 32		劫	jié	当代 33
家境	jiājìng	现代 6		节拍	jiépāi	当代 22
家眷	jiājuàn	现代 14		竭力	jiélì	现代 4
家用	jiāyòng	当代 40		戒绝	jièjué	现代 6
家族	jiāzú	现代 4		借鉴	jièjiàn	现代 2
颊	jiá	现代 6		津	Jīn	当代 21
甲天下	jiǎtiānxià	现代 14		今朝	jīnzhāo	现代 3
嫁妆	jiàzhuang	现代 5		金碧辉煌	jīnbì-huīhuáng	当代 24
尖锐	jiānruì	当代 29		筋肉	jīnròu	现代 6
坚忍	jiānrěn	当代 37		紧凑	jǐncòu	当代 25
坚韧	jiānrèn	现代 2		锦囊	jǐnnáng	当代 40
坚贞	jiānzhēn	当代 24		尽职	jìnzhí	现代 10
剪影	jiǎnyǐng	当代 28		进取	jìnqǔ	现代 2
简洁	jiǎnjié	当代 22		禁锢	jìngù	当代 24

禁忌	jìnjì	当代 40	峻厉	jùnlì	现代 15
禁区	jìnqū	当代 33			
经商	jīngshāng	现代 5			

K

惊恐	jīngkǒng	当代 22			
惊心动魄	jīngxīndòngpò	当代 21	揩	kāi	现代 11
晶莹	jīngyíng	当代 30	开奠	kāidiàn	现代 13
精品	jīngpǐn	当代 31	开端	kāiduān	现代 1
精髓	jīngsuǐ	现代 7	开辟	kāipì	现代 3
精英	jīngyīng	现代 3	开窍	kāiqiào	当代 40
精湛	jīngzhàn	当代 30	开拓	kāituò	现代 6
警句	jǐngjù	当代 25	刊登	kāndēng	当代 25
警醒	jǐngxǐng	现代 8	勘探	kāntàn	当代 24
净化	jìnghuà	当代 37	坎坷	kǎnkě	当代 24
境界	jìngjiè	当代 31	慷慨	kāngkǎi	现代 10
境况	jìngkuàng	当代 36	炕	kàng	当代 34
静穆	jìngmù	现代 4	拷问	kǎowèn	当代 32
窘	jiǒng	现代 11	磕磕碰碰	kēkepèngpèng	当代 34
窘迫	jiǒngpò	现代 6	苛刻	kēkè	现代 12
纠缠	jiūchán	当代 29	蝌蚪	kēdǒu	当代 28
酒窝	jiǔwō	现代 2	可鄙	kěbǐ	现代 9
救亡	jiùwáng	当代 21	可耻	kěchǐ	当代 27
就地	jiùdì	当代 33	克制	kèzhì	现代 6
局限	júxiàn	现代 3	刻薄	kèbó	当代 37
俱乐部	jùlèbù	现代 7	刻意	kèyì	当代 26
聚宝盆	jùbǎopén	当代 31	啃	kěn	现代 9
聚首	jùshǒu	现代 10	恳切	kěnqiè	现代 9
眷恋	juànliàn	现代 3	坑凹	kēng'āo	当代 32
决堤	juédī	当代 25	铿嚓	kēngcā	当代 27
决计	juéjì	现代 2	空旷	kōngkuàng	当代 21
绝境	juéjìng	现代 9	孔道	kǒngdào	现代 10
绝望	juéwàng	现代 9	恐怖	kǒngbù	当代 21
觉悟	juéwù	当代 34	口腹之欲	kǒufùzhīyù	当代 30
觉醒	juéxǐng	现代 3	口量	kǒuliàng	现代 10
崛起	juéqǐ	当代 25	叩	kòu	当代 37
攫住	juézhù	现代 17	叩上	kòushàng	现代 4
军旅	jūnlǚ	当代 22	骷髅	kūlóu	当代 38
均齐	jūnqí	现代 7	苦衷	kǔzhōng	现代 13
俊美	jùnměi	当代 21			

跨度	kuàdù	当代 28		历乱	lìluàn	现代 4
宽容	kuānróng	当代 26		利润	lìrùn	当代 29
宽恕	kuānshù	当代 27		连绵	liánmián	当代 24
款款	kuǎnkuǎn	当代 29		连载	liánzǎi	当代 38
狂喜	kuángxǐ	现代 2		怜悯	liánmǐn	现代 4
狂笑	kuángxiào	现代 9		涟漪	liányī	当代 28
框架	kuàngjià	现代 6		凉棚	liángpéng	当代 28
亏空	kuīkong	现代 8		两难	liǎngnán	现代 4
亏心事	kuīxīnshì	当代 33		亮色	liàngsè	当代 34
愧色	kuìsè	现代 1		撩	liáo	现代 4
困惑	kùnhuò	现代 4		聊赖	liáolài	现代 2
困境	kùnjìng	现代 2		嘹亮	liáoliàng	当代 33
困窘	kùnjiǒng	现代 12		缭绕	liáorào	当代 22
阔别	kuòbié	当代 28		了得	liǎodé	当代 40
阔绰	kuòchuò	现代 5		了事	liǎoshì	现代 5
				劣根性	liègēnxìng	当代 31
L				裂变	lièbiàn	现代 9
				鳞	lín	当代 24
拉拉衣加	lālāyījiā	现代 6		临产	línchǎn	现代 13
拉闸	lāzhá	当代 33		淋漓	línlí	当代 27
镴器	làqì	现代 5		灵	líng	现代 2
来由	láiyóu	现代 6		灵感	línggǎn	现代 7
癞疮疤	làichuāngbā	当代 27		灵柩	língjiù	现代 5
栏目	lánmù	当代 34		岭南	lǐngnán	当代 23
狼藉	lángjí	现代 8		玲珑	línglóng	当代 30
浪漫主义	làngmànzhǔyì	当代 25		凌霄花	língxiāohuā	当代 25
老不死	lǎobùsǐ	当代 35		零碎	língsuì	当代 29
老婆	lǎopó	现代 18		领教	lǐngjiào	现代 20
老去	lǎoqù	当代 32		溜刷在行	liūshuāzàiháng	现代 10
潦草	liáocǎo	现代 19		流变	liúbiàn	现代 10
雷霆	léitíng	现代 3		流畅	liúchàng	当代 22
垒	lěi	当代 32		流亡	liúwáng	当代 21
棱角儿	léngjiǎor	当代 32		柳絮	liǔxù	当代 37
冷眼旁观	lěngyǎnpángguān	现代 20		龙舟	lóngzhōu	现代 10
冷遇	lěngyù	当代 27		砻	lóng	当代 31
离奇	líqí	当代 29		拢	lǒng	现代 10
礼教	lǐjiào	现代 4		弄堂	lòngtáng	现代 17
里程碑	lǐchéngbēi	当代 33		蝼蛄	lóugū	当代 31

镂空	lòukōng	当代 30	朦胧	ménglóng	现代 6
露马脚	lòumǎjiǎo	当代 33	猛子	měngzi	当代 28
芦篚	lúfěi	当代 31	蒙受	méngshòu	当代 24
卤莽	lǔmǎng	现代 3	蒙太奇	méngtàiqí	现代 11
屡	lǚ	当代 26	梦境	mèngjìng	当代 33
履	lǚ	现代 2	梦魇	mèngyǎn	现代 20
屡屡	lǚlǚ	现代 12	弥漫	mímàn	现代 2
绿苔	lǜtái	当代 32	迷津	míjīn	当代 40
乱世	luànshì	当代 31	迷惘	míwǎng	当代 28
伦理	lúnlǐ	现代 10	密匝匝	mìzāzā	当代 30
沦落	lúnluò	现代 6	缅怀	miǎnhuái	当代 39
轮换	lúnhuàn	当代 22	腼腆	miǎntiǎn	现代 11
罗绮	luóqǐ	现代 7	面面相觑	miànmiànxiāngqù	当代 40
骡子	luózi	当代 37	面目	miànmù	现代 6
螺丝钉	luósīdīng	当代 25	描写	miáoxiě	现代 2
裸体	luǒtǐ	现代 4	渺茫	miǎománg	现代 2
落魄	luòpò	现代 6	渺小	miǎoxiǎo	当代 23
			妙处	miàochù	当代 23

M

			民俗	mínsú	现代 5
			泯灭	mǐnmiè	现代 19
马达	mǎdá	当代 22	敏感	mǐngǎn	现代 9
马褂	mǎguà	现代 8	敏锐	mǐnruì	当代 29
蚂蚱	màzha	当代 32	名正言顺	míngzhèngyánshùn	现代 19
埋没	máimò	现代 2	明	míng	现代 4
卖淫	màiyín	现代 4	冥想	míngxiǎng	现代 11
鳗	mán	当代 30	摹仿	mófǎng	现代 1
盲目	mángmù	现代 17	模特	mótè	现代 4
毛骨悚然	máogǔsǒngrán	当代 38	摩擦	mócā	当代 35
冒火	màohuǒ	当代 34	磨	mó	当代 31
冒罪丛过	màozuìcóngguò		磨难	mónàn	当代 26
贸然	màorán	现代 9	魔幻	móhuàn	当代 38
没落	mòluò	现代 15	末了	mòliǎo	现代 15
霉菌	méijūn	现代 7	末路	mòlù	现代 12
眉清目秀	méiqīngmùxiù	当代 34	莫不	mòbù	现代 10
没正经	méizhèngjing	现代 12	莫非	mòfēi	现代 2
闷罐子车	mènguàn·zichē	当代 28	莫明其妙	mòmíngqímiào	现代 18
萌芽	méngyá	现代 1	蓦然	mòrán	现代 2
			眸子	móuzi	现代 10

谋生	móushēng	现代 8
谋事	móushì	现代 8
木棉	mùmián	当代 25
目睹	mùdǔ	现代 14
目下	mùxià	现代 6
墓志铭	mùzhìmíng	当代 25

N

内涵	nèihán	现代 7
内疚	nèijiù	现代 11
内忧外患	nèiyōuwàihuàn	当代 37
那末	nàmo	现代 9
乃	nǎi	现代 1
乃	nǎi	当代 40
囡囡	nānnān	当代 27
男女授受不亲	nánnǚshòushòubùqīn	现代 6
难产	nánchǎn	现代 14
呐喊	nàhǎn	现代 1
腻	nì	现代 16
溺爱	nì'ài	当代 27
撵	niǎn	当代 37
辗轧	niǎnyà	当代 26
酿造	niàngzào	当代 23
袅袅	niǎoniǎo	当代 21
嗫嚅	nièrú	现代 9
宁贴	níngtiē	现代 2
凝练	níngliàn	当代 24
凝视	níngshì	当代 24
扭曲	niǔqū	当代 25
浓烈	nóngliè	当代 21
浓郁	nóngyù	现代 5
懦弱	nuòruò	现代 13

O

讴歌	ōugē	现代 10
欧化	ōuhuà	现代 18
偶像	ǒuxiàng	现代 3

P

扒手	páshǒu	现代 17
拍拖	pāituō	当代 40
排场	páichǎng	现代 19
排挤	páijǐ	现代 19
牌位	páiwèi	现代 11
攀谈	pāntán	现代 11
攀援	pānyuán	当代 25
盘川	pánchuān	现代 12
盘根错节	pángēncuòjié	当代 29
盘旋	pánxuán	当代 26
蹒跚	pánshān	现代 8
蟠	pán	现代 19
判决	pànjué	当代 25
叛变	pànbiàn	当代 27
叛徒	pàntú	当代 27
彷徨	pánghuáng	现代 1
旁敲侧击	pángqiāocèjī	当代 33
培养	péiyǎng	现代 4
配	pèi	现代 4
碰壁	pèngbì	现代 12
批判	pīpàn	现代 2
霹雳	pīlì	现代 12
疲惫	píbèi	现代 9
琵琶	pípá	当代 21
否极泰来	pǐjítàilái	当代 39
譬如	pìrú	现代 20
片时	piànshí	现代 2
偏僻	piānpì	现代 9
偏远	piānyuǎn	当代 31

翩翩起舞	piānpiānqǐwǔ	现代 11
漂泊	piāobó	现代 9
缥缈	piāomiǎo	现代 9
飘泊	piāobó	现代 6
飘海过洋	piāohǎiguòyáng	现代 5
飘忽不定	piāohūbúdìng	当代 33
瞟	piǎo	当代 21
贫民窟	pínmínkū	现代 6
频繁	pínfán	现代 1
平白	píngbái	现代 14
平淡无奇	píngdànwúqí	当代 21
平和冲淡	pínghéchōngdàn	现代 31
平庸	píngyōng	现代 14
平匀	píngyún	现代 14
凭证	píngzhèng	现代 10
颇	pō	现代 8
婆家	pójia	现代 5
迫不及待	pòbùjídài	当代 39
破产	pòchǎn	现代 12
破落	pòluò	现代 9
破灭	pòmiè	现代 4
剖析	pōuxī	当代 24
铺陈	pūchén	现代 5
菩萨	púsà	当代 31

Q

凄楚	qīchǔ	现代 19
凄凉	qīliáng	当代 27
期盼	qīpàn	当代 26
奇葩	qípā	现代 14
歧视	qíshì	现代 9
旗帜	qízhì	现代 7
鳍	qí	当代 24
企图	qǐtú	当代 24
企望	qǐwàng	当代 32
岂	qǐ	现代 6
启蒙	qǐméng	现代 4

起伏	qǐfú	当代 23
气势	qìshì	当代 23
气息	qìxī	现代 3
汽管	qìguǎn	现代 6
掐	qiā	当代 23
恰若	qiàruò	当代 37
千里之行，始于足下	qiānlǐzhīxíng, shǐyúzúxià	当代 34
千篇一律	qiānpiānyílǜ	现代 17
牵连	qiānlián	现代 4
掮	qián	当代 32
前身	qiánshēn	现代 3
前夕	qiánxī	现代 12
前沿	qiányán	当代 23
前仰后合	qiányǎnghòuhé	当代 32
虔诚	qiánchéng	当代 26
谴责	qiǎnzé	当代 24
嵌	qiàn	当代 27
嵌镶	qiànxiāng	现代 5
歉仄	qiànzè	现代 11
强笑	qiǎngxiào	现代 15
憔悴	qiáocuì	现代 4
巧格力	qiǎogélì	现代 6
切实	qièshí	现代 2
妾	qiè	当代 35
侵蚀	qīnshí	当代 37
勤快	qínkuài	现代 5
寝不安席	qǐnbù'ānxí	现代 17
青荇	qīngxìng	现代 7
轻蔑	qīngmiè	现代 9
轻俏	qīngqiào	现代 17
倾城倾国	qīngchéngqīngguó	现代 19
倾慕	qīngmù	现代 9
倾向	qīngxiàng	现代 4
清规戒律	qīngguījièlǜ	当代 31
清爽	qīngshuǎng	当代 29
清新	qīngxīn	当代 21
情调	qíngdiào	现代 5

情怀	qínghuái	当代 24
情节	qíngjié	现代 2
情趣	qíngqù	当代 22
情思	qíngsī	现代 7
情愫	qíngsù	当代 22
情绪	qíngxù	现代 3
情欲	qíngyù	现代 9
情状	qíngzhuàng	现代 1
跫音	qióngyīn	当代 37
穷状	qióngzhuàng	现代 6
蚯蚓	qiūyǐn	当代 31
屈辱	qūrǔ	现代 9
取而代之	qǔ'érdàizhī	现代 3
去	qù	现代 1
全把式	quánbǎ·shi	当代 31
却情不过	quèqíngbùguò	现代 10

R

嚷	rǎng	现代 12
扰乱	rǎoluàn	当代 26
热	rè	现代 4
热炕头	rèkàngtóu	当代 34
热泪盈眶	rèlèiyíngkuàng	当代 24
人道主义	réndàozhǔyì	当代 25
人各有志	réngèyǒuzhì	现代 10
人迹罕至	rénjìhǎnzhì	当代 21
人情世态	rénqíngshìtài	现代 10
人为	rénwéi	当代 34
人物传记	rénwùzhuànjì	当代 23
人缘	rényuán	现代 14
仁者见仁， 智者见智	rénzhějiànrén, zhìzhějiànzhì	当代 34
认同	rèntóng	现代 10
日	rì	当代 23
日暮	rìmù	现代 3
日趋	rìqū	当代 37
日益	rìyì	现代 6

绒	róng	现代 5
容颜	róngyán	当代 37
融合	rónghé	当代 36
融化	rónghuà	现代 5
柔和	róuhé	现代 6
如下	rúxià	当代 36
如愿	rúyuàn	现代 11
蠕蠕	rúrú	当代 23
入手	rùshǒu	现代 1
锐声	ruìshēng	现代 10
锐意进取	ruìyìjìnqǔ	当代 29
润色	rùnsè	现代 2
若干	ruògān	现代 10
弱腕	ruòwàn	现代 6

S

洒落	sǎluò	现代 11
腮	sāi	当代 27
桑葚	sāngshèn	当代 31
丧服	sāngfú	现代 13
丧父	sàngfù	现代 6
搔	sāo	当代 35
骚人墨客	sāorénmòkè	当代 39
色泽	sèzé	当代 32
山坳坳	shān'ào'ào	当代 32
山楂	shānzhā	当代 30
擅长	shàncháng	当代 23
伤疤	shāngbā	当代 34
上刀山， 下火海	shàngdāoshān, xiàhuǒhǎi	当代 34
尚	shàng	现代 8
奢望	shēwàng	现代 20
涉及	shèjí	现代 4
呻吟	shēnyín	现代 4
深恶痛绝	shēnwùtòngjué	现代 13
神魂颠倒	shénhúndiāndǎo	现代 17
审美	shěnměi	现代 7

审视	shěnshì	当代 37	菽	shū	当代 30
甚	shèn	现代 8	抒发	shūfā	现代 3
甚么	shénme	现代 8	梳理	shūlǐ	当代 31
渗透	shèntòu	当代 32	抒情	shūqíng	现代 3
生不逢时	shēngbùféngshí	现代 12	书斋	shūzhāi	现代 2
生怕	shēngpà	当代 37	梳妆打扮	shūzhuāngdǎ·ban	当代 26
声威	shēngwēi	现代 3	舒展自如	shūzhǎnzìrú	现代 20
牲口	shēngkǒu	现代 2	曙色	shǔsè	现代 2
笙	shēng	现代 7	束缚	shùfù	现代 2
盛誉	shèngyù	当代 24	耍滑头	shuǎhuátóu	当代 26
尸体	shītǐ	现代 6	衰落	shuāiluò	现代 1
失措	shīcuò	现代 15	率先	shuàixiān	当代 33
失意	shīyì	现代 6	率性	shuàixìng	当代 31
诗风	shīfēng	现代 3	双重	shuāngchóng	当代 40
莳	shí	当代 29	爽性	shuǎngxìng	现代 7
石榴	shíliu	当代 31	水槽	shuǐcáo	现代 10
时髦	shímáo	现代 16	水蓼	shuǐliǎo	当代 31
时事	shíshì	现代 2	水深火热	shuǐshēnhuǒrè	当代 34
使命感	shǐmìnggǎn	当代 32	水葬	shuǐzàng	现代 5
事	shì	现代 1	顺其自然	shùnqízìrán	当代 31
拭	shì	现代 8	顺忍	shùnrěn	现代 15
适才	shìcái	现代 20	瞬间	shùnjiān	当代 33
世道	shìdào	现代 5	说得来	shuōdelái	现代 12
释放	shìfàng	当代 31	说书场	shuōshūchǎng	现代 12
是非	shìfēi	现代 17	丝罗缎	sīluóduàn	现代 5
适间	shìjiān	现代 9	私奔	sībēn	现代 15
视角	shìjiǎo	现代 2	思辨	sībiàn	当代 40
市井	shìjǐng	现代 14	思潮	sīcháo	现代 4
市侩	shìkuài	现代 9	思量	sīliàng	现代 3
逝世	shìshì	现代 2	思路	sīlù	现代 7
世俗	shìsú	当代 25	斯	sī	现代 4
适宜	shìyí	当代 38	死生契阔	sǐshēngqìkuò	现代 19
市镇	shìzhèn	当代 31	饲	sì	现代 2
收场	shōuchǎng	现代 19	怂恿	sǒngyǒng	现代 5
收尸	shōushī	当代 35	送嫂	sòngsǎo	现代 5
手法	shǒufǎ	现代 1	搜寻	sōuxún	当代 21
手忙脚乱	shǒumángjiǎoluàn	现代 11	馊	sōu	当代 34
首要	shǒuyào	现代 7	嗾使	sǒushǐ	现代 10

溯	sù	现代 7	之路	zhīlù	
簌簌	sùsù	现代 8	天香国色	tiānxiāngguósè	现代 9
塑造	sùzào	现代 2	田园	tiányuán	现代 5
随遇而安	suíyù'ér'ān	现代 14	恬静	tiánjìng	现代 8
遂	suì	现代 4	挑拨	tiǎobō	现代 5
隧道	suìdào	当代 26	挑唆	tiǎosuō	当代 33
蓑衣	suōyī	当代 31	挑剔	tiāoti	现代 12
所	suǒ	现代 1	铤而走险	tǐng'érzǒuxiǎn	当代 33
所谓	suǒwèi	现代 1	通人性	tōngrénxìng	当代 35
索然无味	suǒránwúwèi	当代 29	通讯	tōngxùn	当代 3
琐事	suǒshì	当代 32	同居	tóngjū	现代 2
琐屑	suǒxiè	现代 8	铜子	tóngzǐ	现代 6
			统称	tǒngchēng	现代 4

T

			痛斥	tòngchì	现代 13
			痛定思痛	tòngdìngsītòng	当代 32
抬杠	táigàng	当代 40	偷生	tōushēng	现代 14
太平间	tàipíngjiān	当代 38	偷偷摸摸	tōutōumōmō	现代 5
太亲母	tàiqīnmǔ	现代 13	投缘	tóuyuán	当代 37
太师椅	tàishīyǐ	当代 29	图	tú	当代 33
贪婪	tānlán	当代 21	图解	tújiě	当代 36
潭	tán	现代 7	土豪	tǔháo	现代 5
忐忑	tǎntè	当代 29	土生土长	tǔshēngtǔzhǎng	现代 18
坦白	tǎnbái	现代 20	土语	tǔyǔ	现代 5
叹息	tànxī	当代 25	推崇	tuīchóng	现代 10
探身	tànshēn	现代 8	颓废	tuífèi	现代 12
探讨	tàntǎo	现代 4	颓唐	tuítáng	现代 8
堂堂仪表	tángtángyíbiǎo	现代 9	吞噬	tūnshì	现代 16
堂堂正正	tángtángzhèngzhèng	当代 33	屯戍	túnshù	现代 10
特立独行	tèlìdúxíng	当代 37	托物言志	tuōwùyánzhì	当代 32
特权	tèquán	现代 1	橐橐	tuótuó	现代 2
剔透	tītòu	当代 30	妥帖	tuǒtiē	现代 8
提炼	tíliàn	当代 22	妥协	tuǒxié	现代 3
题材	tícái	现代 2	拓展	tuòzhǎn	当代 27
体贴	tǐtiē	现代 2			
剃头	tìtóu	现代 14			
天光	tiānguāng	现代 3	## W		
天无绝人	tiānwújuérén	现代 8	挖掘	wājué	现代 2

瓦解	wǎjiě	现代 9
歪门邪道	wāiménxiédào	当代 33
歪曲	wāiqū	当代 36
崴	wǎi	当代 33
外遇	wàiyù	现代 17
玩品	wánpǐn	现代 9
宛若	wǎnruò	当代 26
惋惜	wǎnxī	现代 9
王浆	wángjiāng	当代 23
往日	wǎngrì	现代 8
忘却	wàngquè	现代 8
旺盛	wàngshèng	当代 24
围观	wéiguān	现代 5
违悖	wéibèi	现代 10
桅杆	wéigān	当代 22
唯独	wéidú	当代 30
唯一	wéiyī	现代 2
帏	wéi	当代 37
惟	wéi	现代 1
维	wéi	现代 5
伟岸	wěi'àn	当代 25
尾声	wěishēng	现代 14
委婉	wěiwǎn	现代 6
娓娓道来	wěiwěidàolái	当代 32
娓语	wěiyǔ	现代 17
谓	wèi	现代 1
蔚蓝	wèilán	当代 21
慰藉	wèijiè	当代 25
温存	wēncún	当代 26
温婉	wēnwǎn	当代 32
文法	wénfǎ	现代 1
文坛	wéntán	现代 5
文体	wéntǐ	现代 1
文言文	wényánwén	现代 1
稳重	wěnzhòng	当代 23
倭瓜	wōguā	现代 16
窝心	wōxīn	当代 34
我行我素	wǒxíngwǒsù	当代 37

乌贼	wūzéi	现代 5
污染	wūrǎn	当代 25
呜咽	wūyè	现代 4
无病呻吟	wúbìngshēnyín	现代 1
无疵	wúcī	现代 4
无妨	wúfáng	现代 2
无辜	wúgū	现代 15
无奈	wúnài	现代 11
无私	wúsī	现代 8
无余	wúyú	现代 9
吾	wú	现代 1
五彩缤纷	wǔcǎibīnfēn	当代 27
侮辱	wǔrǔ	现代 5
务	wù	现代 1
雾霭	wù'ǎi	当代 25
物我两忘	wùwǒliǎngwàng	当代 31
悟出	wùchū	当代 32

X

夕阳	xīyáng	现代 3
希冀	xījì	现代 20
希求	xīqiú	当代 32
昔日	xīrì	当代 26
奚落	xīluò	现代 2
稀罕物	xī·hanwù	当代 23
稀客	xīkè	当代 30
嘻	xī	现代 12
洗劫	xǐjié	现代 14
喜欢	xǐhuān	现代 6
喜剧	xǐjù	现代 2
喜怒无常	xǐnùwúcháng	现代 9
喜盈盈	xǐyíngyíng	当代 32
戏谑	xìxuè	当代 28
系列	xìliè	现代 3
细腻	xìnì	当代 21
侠客	xiákè	当代 38

狭隘	xiá'ài	当代 29	邪路	xiélù	现代 6
狭义	xiáyì	当代 23	胁肩	xiéjiān	现代 20
狭窄	xiázhǎi	当代 22	挟带	xiédài	当代 26
遐想	xiáxiǎng	现代 11	写实	xiěshí	现代 5
霞帔	xiápèi	现代 14	泄愤	xièfèn	现代 9
下凡	xiàfán	现代 12	谢罪	xièzuì	现代 4
下颔	xiàhàn	现代 11	心安理得	xīn'ānlǐdé	现代 10
下神	xiàshén	现代 18	心不在焉	xīnbúzàiyān	当代 26
先风	xiānfēng	现代 5	心肠	xīncháng	现代 3
先驱	xiānqū	现代 1	心肝儿	xīngānr	现代 5
先祖	xiānzǔ	当代 32	心态	xīntài	现代 1
纤细	xiānxì	当代 26	心心相印	xīnxīnxiāngyìn	现代 9
掀起	xiānqǐ	当代 31	心眼	xīnyǎn	当代 34
鲜明	xiānmíng	现代 5	新型	xīnxíng	现代 1
衔	xián	现代 10	新颖	xīnyǐng	当代 21
闲适	xiánshì	当代 32	信以为真	xìnyǐwéizhēn	当代 38
贤淑	xiánshū	现代 16	信用	xìnyòng	现代 6
险些	xiǎnxiē	当代 33	兴风作浪	xīngfēngzuòlàng	当代 30
线索	xiànsuǒ	现代 5	兴盛	xīngshèng	当代 23
乡绅	xiāngshēn	现代 5	兴旺	xīngwàng	当代 31
相濡以沫	xiāngrúyǐmò	当代 31	行	xíng	现代 8
想方设法	xiǎngfāngshèfǎ	现代 20	形形色色	xíngxíngsèsè	现代 15
鲞鱼	xiǎngyú	当代 30	杏仁	xìngrén	当代 37
象征	xiàngzhēng	现代 1	幸气	xìngqì	现代 12
像模像样	xiàngmóxiàngyàng	当代 33	性灵	xìnglíng	现代 7
橡树	xiàngshù	当代 25	胸襟	xiōngjīn	现代 3
箫	xiāo	现代 7	雄浑	xiónghún	现代 3
小道	xiǎodào	现代 1	羞赧	xiūnǎn	现代 11
销路	xiāolù	现代 6	袖手旁观	xiùshǒupángguān	现代 5
消磨	xiāomó	现代 6	须	xū	现代 1
萧条	xiāotiáo	现代 12	虚空	xūkōng	现代 4
销蚀力	xiāoshílì	当代 34	虚伪	xūwěi	现代 6
小巧玲珑	xiǎoqiǎolínglóng	当代 34	栩栩如生	xǔxǔrúshēng	现代 8
小窃恶棍	xiǎoqiè'ègùn	现代 6	序幕	xùmù	当代 33
小心翼翼	xiǎoxīnyìyì	当代 32	序言	xùyán	现代 7
效力	xiàolì	现代 2	续弦	xùxián	现代 13
笑柄	xiàobǐng	当代 38	酗酒	xùjiǔ	现代 9
歇	xiē	当代 32	宣言	xuānyán	当代 31

绚丽	xuànlì	当代	2
学养	xuéyǎng	当代	39
熏陶	xūntáo	现代	2
巡捕	xúnbǔ	现代	19
迅雷不及掩耳	xùnléibùjíyǎn'ěr	当代	39
殉情	xùnqíng	当代	39
殉葬	xùnzàng	现代	11

Y

压抑	yāyì	现代	5
雅俗共赏	yǎsúgòngshǎng	现代	19
胭脂	yānzhī	当代	26
腌	yān	当代	31
延续	yánxù	当代	22
严酷	yánkù	当代	25
妍	yán	当代	38
言	yán	现代	1
言行举止	yánxíngjǔzhǐ	现代	8
言之有物	yánzhīyǒuwù	现代	1
颜色	yánsè	现代	4
掩	yǎn	当代	37
俨然	yǎnrán	现代	10
掩饰	yǎnshì	当代	35
晏	yàn	现代	13
焰火	yànhuǒ	当代	24
厌世家	yànshìjiā	现代	2
扬弃	yángqì	现代	18
阳刚	yánggāng	当代	32
洋场	yángchǎng	现代	11
仰	yǎng	现代	4
妖冶	yāoyě	现代	9
摇篮	yáolán	当代	28
摇钱树	yáoqiánshù	当代	31
耀眼	yàoyǎn	当代	29
也	yě	现代	1
野人	yěrén	现代	9
业已	yèyǐ	现代	10
一股脑儿	yìgǔnǎor	现代	8
漪沦	yīlún	现代	7
一目了然	yímùliǎorán	当代	29
一塌糊涂	yītāhútú	现代	17
一条心	yìtiáoxīn	现代	12
一无所有	yìwúsuǒyǒu	现代	2
一心一意	yìxīnyíyì	当代	26
依	yī	现代	12
依附	yīfù	当代	27
依样	yīyàng	现代	9
宜	yí	现代	1
一度	yídù	现代	12
遗孤	yígū	现代	10
遗迹	yíjì	当代	30
疑难	yínán	当代	40
遗弃	yíqì	现代	4
怡然自得	yíránzìdé	现代	10
以为	yǐwéi	现代	1
以小见大	yǐxiǎojiàndà	当代	32
倚	yǐ	当代	23
倚老卖老	yǐlǎomàilǎo	当代	37
议论	yìlùn	当代	23
亦然	yìrán	当代	40
亦真亦幻	yìzhēnyìhuàn	当代	38
异化	yìhuà	现代	19
抑或	yìhuò	当代	28
抑压	yìyā	现代	15
抑制	yìzhì	当代	22
轶事	yìshì	现代	20
意境	yìjìng	当代	23
意识流	yìshíliú	当代	28
意蕴	yìyùn	当代	21
音韵	yīnyùn	当代	37
殷勤	yīnqín	现代	3
殷实	yīnshí	当代	31
引人注目	yǐnrénzhùmù	现代	1

引诱	yǐnyòu	当代33		渊源	yuānyuán	现代10
隐晦	yǐnhuì	当代25		元素	yuánsù	当代31
隐喻	yǐnyù	当代25		原生态	yuánshēngtài	当代34
应对	yìngduì	当代38		圆润	yuánrùn	当代24
应付	yìngfù	当代34		圆熟	yuánshú	当代37
嘤嘤嗡嗡	yīngyīngwēngwēng	当代23		曰	yuē	现代1
营造	yíngzào	当代31		约摸	yuē·mo	当代32
萦萦	yíngyíng	现代9		月琴	yuèqín	当代21
影戏	yǐngxì	现代11		月台	yuètái	现代8
映衬	yìngchèn	当代22		跃	yuè	现代10
硬木	yìngmù	现代5		跃然纸上	yuèránzhǐshàng	当代32
用典	yòngdiǎn	现代1		孕育	yùnyù	现代1
忧患	yōuhuàn	当代32		运河	yùnhé	当代30
忧郁	yōuyù	现代5		运作	yùnzuò	当代35
幽静	yōujìng	当代27		韵律	yùnlǜ	现代7
悠久	yōujiǔ	当代23		韵味	yùnwèi	当代21
尤为	yóuwéi	现代10		蕴涵	yùnhán	当代32
由来	yóulái	当代30				
由衷	yóuzhōng	当代21				
犹	yóu	现代1		**Z**		
油鸡	yóujī	现代2		杂沓	zátà	现代2
游刃	yóurèn	当代31		杂文	záwén	现代2
游行	yóuxíng	现代1		簪	zān	现代5
有机	yǒujī	现代2		錾	zàn	当代32
有气无力	yǒuqìwúlì	现代13		葬身	zàngshēn	现代10
黝黑	yǒuhēi	现代1		遭	zāo	当代37
黝黝	yǒuyǒu	现代6		遭际	zāojì	当代36
迂	yū	现代8		糟踏	zāotà	现代9
余	yú	现代8		糟蹋	zāotà	当代23
余剩	yúshèng	现代9		造作	zàozuò	当代39
愉悦	yúyuè	当代28		噪音	zàoyīn	当代28
榆荫	yúyīn	现代7		贼眉贼眼	zéiméizéiyǎn	当代32
与众不同	yǔzhòngbùtóng	现代2		栅栏	zhàlan	现代8
芋头	yùtóu	当代31		毡子	zhānzi	现代5
预兆	yùzhào	当代38		崭露头角	zhǎnlùtóujiǎo	当代24
欲罢不能	yùbàbùnéng	现代12		张扬	zhāngyáng	当代31
寓意	yùyì	当代31		掌故	zhǎnggù	当代32
渊博	yuānbó	现代20				

285

长养	zhǎngyǎng	现代 10	执掌	zhízhǎng	现代 17
丈	zhàng	现代 10	执着	zhízhuó	现代 3
丈姆	zhàngmǔ	现代 5	直白	zhíbái	当代 32
招牌	zhāopái	当代 30	直率	zhíshuài	现代 6
朝气蓬勃	zhāoqìpéngbó	当代 29	殖民地	zhímíndì	当代 39
招摇	zhāoyáo	现代 7	止水	zhǐshuǐ	现代 4
招之即来，挥之即去	zhāozhījílái, huīzhījíqù	现代 11	指点迷津	zhǐdiǎnmíjīn	当代 40
			指望	zhǐwàng	现代 4
召开	zhàokāi	当代 29	至	zhì	现代 5
照应	zhàoyìng	现代 8	挚爱	zhì'ài	现代 3
蜇	zhē	当代 23	至死不渝	zhìsǐbùyú	当代 24
遮住	zhēzhù	当代 32	制动	zhìdòng	当代 33
折射	zhéshè	当代 30	质朴	zhìpǔ	当代 32
哲理	zhélǐ	现代 7	致意	zhìyì	当代 25
者	zhě	现代 1	智慧	zhìhuì	当代 24
这般	zhèbān	现代 3	智性	zhìxìng	当代 32
贞操	zhēncāo	现代 4	稚气	zhìqì	现代 2
真诚	zhēnchéng	当代 28	中看	zhōngkàn	当代 23
真相大白	zhēnxiàngdàbái	现代 15	中人	zhōngrén	现代 12
真挚	zhēnzhì	现代 3	中叶	zhōngyè	当代 36
砧板	zhēnbǎn	当代 29	中庸	zhōngyōng	现代 9
斟酌	zhēnzhuó	当代 26	钟意	zhōngyì	现代 11
镇	zhèn	现代 9	重德重义	zhòngdézhòngyì	当代 31
震荡	zhèndàng	当代 37	重头戏	zhòngtóuxì	现代 14
震耳欲聋	zhèn'ěryùlóng	当代 22	舟车仆仆	zhōuchēpúpú	现代 20
震撼	zhènhàn	当代 33	周旋	zhōuxuán	现代 9
征兆	zhēngzhào	现代 15	咒骂	zhòumà	当代 32
争相	zhēngxiāng	当代 25	诸多	zhūduō	现代 8
争执	zhēngzhí	当代 33	竹笙	zhúshēng	当代 1
整顿	zhěngdùn	当代 29	烛照	zhúzhào	当代 37
正传	zhèngzhuàn	现代 2	主人公	zhǔréngōng	现代 2
正派	zhèngpài	当代 33	主宰	zhǔzǎi	现代 17
正人君子	zhèngrénjūnzǐ	现代 15	主张	zhǔzhāng	现代 7
正宗	zhèngzōng	现代 1	嘱咐	zhǔfù	现代 8
之	zhī	现代 1	注重	zhùzhòng	现代 2
支配	zhīpèi	现代 4	祝福	zhùfú	现代 2
织布	zhībù	现代 5	箸	zhù	现代 8
栀子花	zhīzihuā	当代 31	抓纲治国	zhuāgāngzhìguó	当代 27

专栏	zhuānlán	现代 8	自焚	zìfén	现代 3
专制	zhuānzhì	现代 1	自居	zìjū	现代 10
专注	zhuānzhù	当代 26	自如	zìrú	现代 5
转机	zhuǎnjī	现代 13	自首	zìshǒu	当代 27
转型	zhuǎnxíng	当代 35	自已	zìyǐ	现代 8
装神做鬼	zhuāngshénzuòguǐ	现代 18	自制力	zìzhìlì	现代 9
追逐	zhuīzhú	当代 35	踪迹	zōngjì	现代 8
坠入	zhuìrù	当代 39	踪影	zōngyǐng	当代 1
缀满	zhuìmǎn	当代 25	走马灯	zǒumǎdēng	现代 12
卓越	zhuóyuè	现代 20	走亲戚	zǒuqīnqi	现代 5
灼闪	zhuóshǎn	现代 9	足	zú	现代 3
琢磨	zhuómo	现代 9	岨	zǔ	现代 10
姿态	zītài	当代 25	遵循	zūnxún	当代 32
滋味	zīwèi	当代 34	作别	zuòbié	现代 7
滋养	zīyǎng	当代 23	作孽	zuòniè	现代 6
紫檀色	zǐtánsè	当代 29	作为	zuòwéi	现代 7
自卑	zìbēi	现代 6	坐	zuò	现代 2
自惭形秽	zìcánxínghuì	当代 39	做作	zuòzuo	现代 9

后 记

本系列教程中，每一篇课文都是中国文学史上的一个逻辑性的"点"，也是中国文学史发展的一个不可或缺的环节，它们点面结合，环环相扣，组成了中国源远流长、从古到今的文学发展进程。我们把古代文学史、现代文学史、当代文学史视为一个学科上的系列，既注重文学史内在发展的规律性，又注重对外汉语教学的特殊性，立足于对外汉语教学学科的自身规律，根据教学活动的实际和外国留学生的学习特点，将中国文学史课文中的复杂问题简单化，将课文的内容精读课程化，从教学的实际出发来编写每一篇课文。在这种编写思想指导下完成的《中国文学史教程》是古代与现当代的统一，是宏观与微观的统一，也是历史与逻辑的统一，更是中国文学史学科与对外汉语教学的统一。

本编写组的十四名成员都是长期工作在对外汉语教学一线、有着扎实的对外汉语教学专业知识和丰富教学经验的教师。教程的三位主笔既是从事对外汉语教学多年的专家，又都是相应专业的博士，其出色的专业素养保证了这系列教程在中国文学史学科的科学性与对外汉语教学的特殊性方面的紧密结合。教程从课文的设置到作品的选择，从练习的设计到课文的注释，都充分考虑了对外汉语教学的特殊性、针对性和实用性。长期以来我们坚定地认为，没有试验的教材就是不合格的教材，因而在编写本系列教程的过程中，我们丝毫没有放松对教材的试验。依托于对外汉语教学的性质设置教材编写的思想，依据教学经验编写教材，立足于课堂试验修改教材，是我们整个编写组的每一位成员始终遵循的基本原则。

本系列教程的主编是欧阳祯人教授，副主编是孙萍萍、周颖菁、〔韩〕金东洙三位教授。《中国古代文学史教程》（四十课）的主笔是欧阳祯人教授。翟颖华老师担任其中第一至第十课还有第四十课的注释；潘泰老师担任第十一至第二十课还有第三十九课的注释；范小青老师担任第二十一至三十课的注释；程娥老师担任第三十一至第三十八课的注释。刘莉妮老师担任古代文学史部分的校读。《中国现当代文学史教程（上编）》（二十课）的主笔是孙萍萍教授。李玲老师担任现代文学史部分的专有名词注释；吉晖老师担任现代文学史部分的一般生词注释；刘平老师担任现代文学史部分的校读。《中国现当代文学史教程（下编）》（二十课）的主笔是周颖菁教授。刘姝老师担任当代文学史部分的注释工作；唐为群老师担任当代文学史部分的校读工作。

编写中，主编负责编写思想、框架、体例的确定，书稿的审查、修改及最终定稿，另外还承担了编写人员的调配、工作流程的衔接等具体任务。三位主笔根据主编的编写思想及编写体例独立完成课文的写作、作品的选择、练习的设置。本教材在编写过程中一个较

后　记

为成功的经验是设立了三位"校读"。这三位校读人员是具有丰富对外汉语教学经验的教师，他们不仅在文字上、在原文的校读上多所订正，更重要的是在教材的编写过程中，从对外汉语教学的实际操作层面向主笔与注释人员提出了许多修改意见。另外，潘泰老师在写作过程中为我们提供了数据库支持，他不仅教会了我们每一位参编的人员使用数据库，而且不厌其烦做了大量相关的文本转换、生词总表制作等工作。

另外，我们还很有幸地请到了我们多年来的朋友，韩国成均馆大学韩中文化研究院院长、韩中论坛事务总长、中国社会科学院《当代韩国》编辑委员会编委、韩国HSK运营委员长、儒学大学院中国思想专攻主任教授金东洙博士担任本课题的副主编。金东洙教授直接参与了本课题的初期设计与后期的编审工作，他不仅给我们提供了很多韩国文学史编写的经验，并且为具体的编写工作提出了富有价值的建设性意见。

本系列教程在编写之初还征求过著名文学史专家、《中华大典·文学典》分典主编、武汉大学文学院吴志达教授的意见，整个教程编写完毕之后，我们又将全部定稿送交吴志达先生审查过，吴先生作出了充分肯定，并再次提出了很好的修改意见，我们根据吴先生的意见作了进一步的修改与调整。

当然，没有我们留学生教育学院彭元杰院长的倡导，没有翟汛、陈礼昌副院长以及办公室其他各级领导无微不至的关怀，这系列教材的顺利出版也是不可能的。北京大学出版社汉语与语言学编辑部主任沈浦娜老师及本系列教程的责任编辑张弘泓、白雪两位老师也为此付出了辛勤的劳动。在此一并表示感谢。编写一部理想的教材实属不易，我们期待着广大同仁、读者的批评与指正，以俟我们在再版的时候进一步修订、改正、提高。

编　者